4500

OEUVRES

COMPLETES

DE

VOLTAIRE.

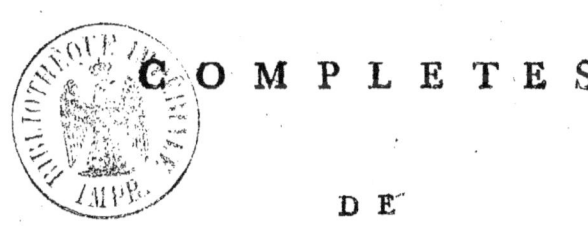

OEUVRES

COMPLETES

DE

VOLTAIRE.

TOME CINQUANTE-UNIEME.

DE L'IMPRIMERIE DE LA SOCIÉTÉ LITTÉRAIRE-
TYPOGRAPHIQUE.

1 7 8 5.

COMMENTAIRES

SUR

CORNEILLE.

REMARQUES

SUR

ANDROMEDE,

Tragédie repréfentée avec les machines, fur le théâtre royal de Bourbon, en 1650.

PREFACE DU COMMENTATEUR.

IL paraît par la pièce d'Andromède que *Corneille* fe pliait à tous les genres. Il fut le premier qui fit des comédies dans lefquelles on retrouvait le langage des honnêtes gens de fon temps, le premier qui fit des tragédies dignes d'eux, et le premier encore qui ait donné une pièce en machines qu'on ait pu voir avec plaifir.

On avait repréfenté le Mariage d'*Orphée* et d'*Eurydice*, ou la grande Journée des machines, en 1640. Il y avait de la mufique dans quelques fcènes ; le refte fe déclamait comme à l'ordinaire.

L'Andromède de *Corneille* eft auffi fupérieure à cet Orphée, que Mélite l'avait été aux comédies du temps : ainfi *Corneille* fut au-deffus de fes contemporains dans tous les genres qu'il traita.

Il eft vrai que quand on a lu l'Andromède de *Quinault*, on ne peut plus lire celle de *Corneille*, de même que les comédies de *Molière* firent oublier pour jamais Mélite et la Galerie du palais. Il y a pourtant

A 2

des beautés dans l'Andromède de *Corneille*, et on les trouve dans les endroits qui tiennent de la vraie tragédie ; par exemple, dans le récit que fait *Phorbas*, à l'avant-dernière scène de la pièce.

Cette pièce fut jouée au théâtre du petit Bourbon. Un italien, nommé *Torrelli*, fit les machines et les décorations. Ce spectacle eut un grand succès. L'opéra a fait tomber absolument toutes les pièces de ce genre ; et quand même nous n'eussions point eu d'opéra, l'Andromède ne pouvait se soutenir quand le goût fut perfectionné.

Andromède était un si beau sujet d'opéra que, trente-deux ans après *Corneille*, *Quinault* le traita sous le titre de *Persée*. Ce drame lyrique de *Quinault* fut comme tout ce qui sortait alors de sa plume, tendre, ingénieux, facile. On retenait par cœur presque tous les couplets, on les citait, on les chantait, on en fesait mille applications. Ils soutenaient la musique de *Lulli*, qui n'était qu'une déclamation notée, appropriée avec une extrême intelligence au caractère de la langue ; ce récitatif est si beau qu'en paraissant la chose du monde la plus aisée, il n'a pu être imité par personne. Il fallait les vers de *Quinault* pour faire valoir le récitatif de *Lulli*, qui demandait des acteurs plutôt que des chanteurs. Enfin, *Quinault* fut sans contredit, malgré ses ennemis et malgré *Boileau*, au nombre des grands hommes qui illustrèrent le siècle éternellement mémorable de *Louis XIV*.

REMARQUES

SUR ANDROMEDE,

TRAGEDIE.

PROLOGUE.

Vers 1.　　Arrête un peu ta courfe impétueufe ;
　　　　Mon théâtre, Soleil, mérite bien tes yeux, &c.

Je ne ferai point de remarques détaillées fur *ce théâtre qui mérite les yeux du foleil*, au lieu de *fes regards*, ni fur *le frein que le foleil tient à fes chevaux* ; mais je remarquerai que ce n'eft pas *Quinault* qui confacra le premier fes prologues à la louange de *Louis XIV* ; il ne lui donna même jamais de louanges auffi outrées dans le cours de fes conquêtes que *Corneille* lui en donne ici. Il n'eft guère permis de dire à un prince qui n'a eu encore aucune occafion de fe fignaler, qu'il eft le plus grand des rois. *Alexandre*, *Céfar* et *Pompée* attachés au char de *Louis XIV*, avant qu'il ait pu rien faire, révolte un peu le lecteur.

　　　Je lui montre Pompée, Alexandre, Céfar,
　　　Mais comme des héros attachés à fon char.

C'eft cet endroit que *Boileau* voulait noter quand il dit à *Louis XIV* :

　　　Ce n'eft pas qu'aifément, comme un autre, à ton char
　　　Je ne puffe attacher Alexandre et Céfar.

V. 79.　Louis eft le plus jeune et le plus grand des rois ;
　　　　La majefté qui déjà l'environne
　　　　　　Charme tous fes François ;
　　　　Il eft lui feul digne de fa couronne.

On prononçait alors *françois*, *anglois*, ce qui était

A 3

très-dur à l'oreille. On dit aujourd'hui *anglais* et *français*; mais les imprimeurs ne se sont pas encore défaits du ridicule usage d'imprimer avec un *o* ce qu'on prononce avec un *a*. Les Italiens ont eu plus de goût et de hardiesse; ils ont supprimé toutes les lettres qu'ils ne prononcent pas.

V. 83. Et quand même le ciel l'aurait mise à leur choix,
         Il serait le plus jeune et le plus grand des rois.

Racine a heureusement imité cet endroit dans sa Bérénice :

> Parle, peut-on le voir sans penser comme moi,
> Qu'en quelque obscurité que le ciel l'eût fait naître,
> Le monde en le voyant eût reconnu son maître ?

C'est là qu'on voit l'homme de goût et l'écrivain aussi délicat qu'élégant; il fait parler *Bérénice* de son amant : ce n'est point une louange vague, le sentiment seul agit, l'éloge part du cœur. Quelle prodigieuse différence entre ces vers charmans et ce refrain : *Il est le plus jeune et le plus grand des rois !*

A C T E   P R E M I E R.

S C E N E   P R E M I E R E.

Vers 5. Puisque vous avez vu le sujet de ce crime,
          Que chaque mois expie une telle victime,

L E *sujet de ce crime*, *ce crime glorieux*, *force jeux*, *ces miroirs vagabonds*, et toute cette longue et inutile description de la jalousie des Néréides, *qui se choisissent six fois*, pouvaient être les défauts du temps; et il était permis à *Corneille* de s'égarer dans un genre qui n'était pas le sien. Ce genre ne fut perfectionné par *Quinault* que plus de trente ans après. Voyez comme dans fa tragédie-opéra de Perſée et d'Andromède, *Caſſiope* raconte la même aventure, comme il n'y a rien de trop dans ſon récit, comme il ne fait point le poëte mal à propos ; tout eſt concis, vif, touchant, naturel, harmonieux.

> Heureuſe épouſe, tendre mère,
> Trop vaine d'un ſort glorieux,
> Je n'ai pu m'empêcher d'exciter la colère
> De l'épouſe du dieu de la terre et des cieux :
> J'ai comparé ma gloire à ſa gloire immortelle;
> La déeſſe punit ma fierté criminelle ;
> Mais j'eſpère fléchir ſon courroux rigoureux.
> J'ordonne les célèbres jeux
> Qu'à l'honneur de Junon dans ces lieux on prépare.
> Mon orgueil offenſa cette divinité,
> Il faut que mon reſpect répare
> Le crime de ma vanité.
> . . . .
> Les dieux puniſſent la fierté.
> Il n'eſt point de grandeur que le ciel irrité
> N'abaiſſe quand il veut, et ne réduiſe en poudre.
> Mais un prompt repentir
> Peut arrêter la foudre
> Toute prête à partir.

Les étrangers ne connaiſſent pas aſſez *Quinault ;* c'eſt un des beaux génies qui aient fait honneur au ſiècle de *Louis XIV. Boileau,* qui en parle avec tant de mépris, était incapable de faire ce que *Quinault* a fait ; perſonne n'écrira mieux en ce genre ; c'eſt beaucoup que *Corneille* ait préparé de loin ces beaux ſpectacles.

Une remarque importante à faire, c'eſt qu'il n'y a pas une ſeule faute contre la langue dans les opéra de *Quinault,* à commencer depuis Alceſte. Aucun auteur n'a plus de préciſion que lui, et jamais cette préciſion

A 4

ne diminue le fentiment; il écrit aussi correctement que *Boileau*; et on ne peut mieux le venger des critiques passionnées de cet homme, d'ailleurs judicieux, qu'en le mettant à côté de lui.

V. 35. Et voyant ses regards s'épandre sur les eaux...

Des regards ne s'épandent ni ne se répandent.

V. 56. O nymphes! qui ne cède à des attraits si doux ?
Et pourriez-vous nier, vous autres immortelles,
Qu'entre nous la nature en forme de plus belles ?

Vous autres immortelles est comique.

V. 62. L'onde qui les reçut s'en irrita pour elles.

Ce vers est comme le précurseur de celui de *Racine :*

Le flot qui l'apporta recule épouvanté.

On a critiqué beaucoup ce dernier vers; et on n'a jamais parlé du premier; c'est que l'un est de Phèdre, que tous les amateurs savent par cœur, et que l'autre est d'Andromède, que presque personne ne lit. Il paraît utile d'observer que *Corneille* n'a point changé de style en changeant de genre. Le grand art consisterait à se proportionner à ses sujets.

V. 77. Nous courons à l'oracle en de telles alarmes,
Et voici ce qu'Ammon répondit à nos larmes...

Il y a bien loin de la mer d'Ethiopie à l'oracle d'*Ammon*. Il fallait traverser toute l'Ethiopie et toute l'Egypte. On ne va guère consulter un oracle à quatre cents lieues quand le péril est si pressant.

V. 119. Les nymphes de la mer ne lui sont pas si chères
Qu'il veuille s'abaisser à suivre leurs colères.

Colère n'admet jamais de pluriel.

***V.* 123.** Il venge, et c'eſt de là que votre mal procède,
L'injuſtice rendue aux beautés d'Andromède.

On ne rend point injuſtice, comme on rend juſtice ;
c'eſt un barbariſme ; la raiſon en eſt qu'on rend ce qu'on
doit : on doit *juſtice*, on ne doit pas *injuſtice*. D'ailleurs,
il y a beaucoup d'eſprit dans le diſcours de *Perſée*, mais
il n'y a rien d'intéreſſant : c'eſt-là un des grands défauts
de *Corneille*. *Quinault* intéreſſe, quoiqu'il ſoit preſque
permis de négliger cet avantage dans l'opéra.

***V.* 147.** Et quand pour l'eſpérer je ferais aſſez folle,
Le roi dont tout dépend eſt homme de parole.

Ce terme *folle* et celui de *civilité*, et le ton de ce diſcours, ſont bourgeois, tandis qu'il s'agit de dieux et
de victimes. C'était un ancien uſage, dont *Corneille* ne
s'eſt défait que dans les grands morceaux de ſes belles
tragédies. Cet uſage n'était fondé que ſur la négligence
des auteurs, et ſur le peu d'uſage qu'ils avaient du
monde. Les bienſéances du ſtyle n'ont été connues que
par *Racine*.

SCENE II.

***V.* 2.** . . . Laiſſons d'Andromède aller la deſtinée.

Aller la deſtinée eſt encore une de ces expreſſions populaires qui ne ſont pas permiſes ; mais un défaut plus
conſidérable eſt celui du rôle de ce *Céphée*, qui vient
dire tranquillement qu'il faut que ſa fille ſoit expoſée
comme une autre. Il n'y a rien de ſi froid que cette ſcène.

***V.* 15.** Ce blaſphème, Seigneur, de quoi vous m'accuſez...

Ce blaſphème de quoi on l'accuſe, et cette longue
conteſtation entre le mari et la femme, dans un ſi grand
malheur, n'eſt pas ſans doute excuſable.

V. 28. Ce qu'il a fait cinq fois il le fera toujours.

On a déjà dit avec quel foin il faut éviter ces équi-voques.

V. 61. Seigneur, s'il m'eft permis d'entendre votre oracle ,
Je crois qu'à fa prière il donne peu d'obftacle.

Un oracle qui donne peu d'obftacle à une prière , s'arrêter à ce que l'oracle en dit , le ciel qui eft doux au crime des rois , et qui leur ayant montré une légère haine répand le refte de la peine fur les fujets ; tout cela eft d'un ftyle bien incorrect, bien dur , bien obfcur , bien barbare.

S C E N E   I I I.

V. 1. Reine de Paphe et d'Amathonte, &c.

Ce fut , dit-on, *Boiffette* qui mit ce chœur en mufique. On ne connaiffait prefque en ce temps-là qu'une efpèce de faux-bourdon, qu'un contre-point groffier : c'était une efpèce de chant d'églife ; c'était une mufique de barbares, en comparaifon de celle d'aujourd'hui. Ces paroles, *reine de Paphe*, font auffi ridicules que la mufique. Il n'y a rien de moins mufical , de moins harmonieux que , *d'où le mal procède part auffi le remède.* Le fond de toute cette idée eft fort beau. Qu'importe le fond quand les vers font durs et fecs? C'eft par l'heureux choix des mots et par la mélopée que la poëfie réuffit. Les penfées les plus fublimes ne font rien fi elles font mal exprimées.

V. 33. Allez, l'impatience eft trop jufte aux amans.

Il femble qu'il parle d'un habit.

SCENE IV.

V. dern. . . . Les dieux ont parlé, c'est à moi de céder.

On sent assez combien cette scène est froide et mal placée. Quand même elle serait bien écrite, elle serait toujours mauvaise par le fond.

ACTE SECOND.

SCENE PREMIERE.

Vers 12. Dites-moi cependant laquelle d'entre vous. . .
    Mais il faut me le dire et sans faire les sines. —
    Quoi, Madame ? — A tes yeux je vois que tu devines, &c.

CES puérilités étaient le vice du temps. Cela pouvait s'appeler alors de la galanterie ; on ne sentait pas l'indécence d'un pareil contraste avec le fond terrible de la pièce.

V. 57.   Qu'elle est lente cette journée
        Dont la fin doit me rendre heureux !

Ce page chante là une étrange chanson ; mais, fût-elle bonne, un page qui vient chanter est bien froid.

V. 77.   Viens, Soleil, viens voir la beauté
            Dont le divin éclat me dompte ;
                Et tu fuiras de honte
                D'avoir moins de clarté.

L'amour de *Phinée*, qui va bien obliger le soleil à se cacher, et à fuir de honte d'avoir moins de clarté que le visage d'*Andromède*, est d'un ridicule bien plus fort que celui du poignard de *Pirame* qui rougissait d'avoir versé le sang de son maître. On ne sort point d'étonnement de voir jusqu'où l'auteur de Cinna s'est égaré et s'est abaissé.

SCENE II.

V. 9.　Approchez, Liriope, et rendez-lui son change.

Liriope qui rend son change au page , est encore d'une étrange galanterie.

(*Fin de la scène.*) Voici une de ces choses étranges que j'ai promis de remarquer ; ce sont ces scènes de galanterie bourgeoise, aussi éloignées de la dignité de la tragédie que des grâces de l'opéra. C'est cette *Andromède* qui demande à ses filles d'honneur laquelle est amoureuse de *Persée* ; c'est ce page qui chante une chanson insipide ; c'est *Andromède* qui rend sérénade pour sérénade ; c'est , *Approchez, Liriope , et rendez-lui son change, &c.* Il semble que tout cela ait été fait pour la noce d'un bourgeois de la rue Thibautaudé.

Mais que l'on considère que les Français n'avaient aucun modèle dans ce genre ; nous n'avons rien de supportable avant *Quinault* dans le lyrique.

SCENE III.

V. 25.　Assez souvent le ciel par quelque fausse joie
　　　　Se plaît à prévenir les maux qu'il nous envoie.

Le plus grand fruit que l'on puisse recueillir de cette pièce , c'est d'en comparer les situations et les expressions avec celles de l'Iphigénie de *Racine. Iphigénie* , dans les mêmes circonstances , dit à son amant :

Je meurs dans cet espoir satisfaite et tranquille ;
Si je n'ai pas vécu la compagne d'Achille ;
J'espère que du moins un heureux avenir
A vos faits immortels joindra mon souvenir ;

> Et qu'un jour mon trépas, fource de votre gloire,
> Ouvrira le récit d'une fi belle hiftoire, &c.

C'eft là qu'on trouve la perfection du ftyle, c'eft là que tous les écrivains, foit en profe, foit en vers, doivent chercher un modèle.

V. 61. Hélas ! qu'il était grand quand je l'ai cru s'éteindre
Votre amour, et qu'à tort ma flamme ofait s'en plaindre !

De longs difcours et fi peu naturels dans une fituation fi violente, fi affreufe, fi inattendue, font pires que le page qui veut faire enfuir le foleil, et que *Liriope* qui lui rend fon change.

SCENE IV.

V. 5. Epargne ma douleur, juges-en par fa caufe ;
Et va fans me forcer à te dire autre chofe.

Cela eft encore plus mauvais que tout ce que nous avons vu. Les inepties du page et de *Liriope* font fans conféquence ; mais un père qui facrifie froidement fa fille, *fans lui dire autre chofe*, joint l'atrocité au ridicule.

V. 35. Apprenez que le fort n'agit que fous les dieux,
Et fouffrez comme moi le bonheur de ces lieux.

Ce *Céphée* eft ici plus infupportable que jamais ; il facrifie fa fille de trop bon cœur.

V. 59. J'y cours, mais autrement je jure fes beaux yeux,
Et mes uniques rois, et mes uniques dieux...

Il s'agit bien ici de *beaux yeux*, et d'*uniques rois*, et d'*uniques dieux*. Voyez comme *Achille* parle dans Iphigénie.

Cette fcène a encore beaucoup de conformité avec l'Iphigénie de *Racine. Andromède* dit :

> Seigneur, je vous l'avoue, il eft bien douloureux
> De tout perdre au moment que l'on croit être heureux !

Iphigénie s'exprime ainsi :

> J'ose vous dire ici qu'en l'état où je suis,
> Peut-être assez d'honneur environnait ma vie,
> Pour ne pas souhaiter qu'elle me fût ravie,
> Ni qu'en me l'arrachant un sévère destin
> Si près de ma naissance en eût marqué la fin.

Jamais un sentiment naturel et touchant ne fut plus éloigné de l'emphase tragique, ni exprimé avec une élégance plus noble et plus simple. Jamais on n'a mis plus de charmes dans la véritable éloquence.

SCENE VI.

V. 2. . . . . Je vole à son secours,
> Et vais forcer le sort à prendre un autre cours.

Persée qui *va forcer le sort à prendre un autre cours*, n'est pas le *Persée* de *Quinault*.

ACTE TROISIEME.

SCENE PREMIERE.

Vers 11.   Affreuse image du trépas. . . . .
> Que l'on vous conçoit mal, quand on vous envisage
> Avec un peu d'éloignement !

On doit remarquer un défaut que *Corneille* n'a pu éviter dans aucune de ses pièces de théâtre ; c'est de faire parler le poëte à la place du personnage ; c'est de mettre en froids raisonnemens, en maximes générales, ce qui doit être en sentiment ; défaut dans lequel *Racine* n'est jamais tombé.

SCENE II.

V. 17. Chacun préférerait le portrait au modèle,
Et bientôt l'univers n'adorerait plus qu'elle.

Voilà encore un des grands défauts de *Corneille*; il cherche des penfées, des traits d'efprit, et, qui pis eft, d'un efprit faux, quand il ne faut exprimer que la douleur. *Caffiope* découvre d'où provient tant de haine, c'eft de jaloufie ; et *Clytemneftre* dans Iphigénie ne s'exprime pas ainfi.

Mais, malgré ce défaut, il y a des momens de chaleur dans le difcours de *Caffiope*. On remarquera feulement qu'*Andromède*, enchaînée fur fon rocher et fur le point d'être dévorée, n'eft pas en état de faire la converfation.

ACTE QUATRIEME.

SCENE II.

Vers 34. Peut-être il ne lui faut qu'un foupir et deux larmes,
Pour diffiper, *&c.*

C'EST-LA un des plus étranges vers qu'on ait jamais faits en quelque genre que ce puiffe être ; mais ce n'eft qu'un vers aifé à corriger, au lieu que les froids et inutiles difcours d'*Andromède* et du chœur des nymphes ne peuvent être embellis.

SCENE III.

V. 1. Sur un bruit qui m'étonne, *&c.*

Le rôle de *Phinée* devient ridicule quand il fait des reproches à la princeffe de ce qu'on la donne à celui qui l'a fauvée ; il ne tenait qu'à lui de fe mettre dans une barque, et d'aller combattre le monftre. Ce perfonnage eft trop avili.

V. 46. Vous deviez l'efpérer fur la foi d'un oracle, &c.

Ces conteftations font bien froides.

V. 78. Et vos refpects trouvaient une digne matière
A me laiffer l'honneur de mourir la première, &c.

Andromède accable trop ce *Phinée.*

SCENE IV.

V. 17. Je fais que Danaé fut fon indigne mère :
L'or qui plut dans fon fein l'y forma d'adultère :
Mais le pur fang des rois n'eft pas moins précieux,
Ni moins chéri du ciel que les crimes des dieux.

Ces quatre vers font beaux ; c'eft la condamnation de prefque toutes les fables de l'antiquité.

ACTE CINQUIEME.

SCENE PREMIERE.

Vers 21. En cette extrémité que prétendez-vous faire ? —
Tout hormis l'irriter, tout hormis lui déplaire,
Soupirer à fes pieds, pleurer à fes genoux, &c.

CORNEILLE paffe pour avoir dédaigné de parler d'amour ; il en parle pourtant, et beaucoup, dans toutes fes pièces fans en excepter une feule. C'était fans doute dans cet ouvrage, qui eft moitié tragédie moitié opéra, qu'il devait traiter cette paffion ; mais il fallait en parler autrement, et ne point dire qu'*un véritable amant efpère jufqu'au bout*, &c.

SCENE

SCENE II.

V. 1. Une seconde fois, adorable Princesse, &c.

On ne doit jamais rien dire une seconde fois ; cette scène n'est qu'une répétition de la précédente.

SCENE III.

V. 1. Que fesait là Phinée ? &c.

Cette scène est encore plus froide.

SCENE V.

V. 15. Il découvre à ces mots la tête de Méduse, &c.

Voici presque le seul morceau où l'on retrouve *Corneille*. Cette image des guerriers pétrifiés par la tête de *Méduse* est imitée d'*Ovide* :

Immotusque silex armataque mansit imago.

Quinault n'a point exprimé ce qu'*Ovide* et *Corneille* ont si bien peint.

Je ne ferai point ici de remarque sur cette phrase qui n'est pas française, *descendons en un combat ;* sur ces mots, *ne prends que ton courage ; fait choir Ménale ; sauvez vos regards.* Je n'ai presque point examiné le style de cette pièce ; il est trop négligé et trop incorrect. La pièce d'ailleurs est oubliée, et il n'y a que celles qui sont restées au théâtre sur lesquelles on puisse entrer dans des détails utiles.

V. 21. J'entends comme à grands pas ce vainqueur le poursuit,
 Comme il court se venger de qui l'osait surprendre, &c.

Cette description paraît digne des bons ouvrages de *Corneille*.

SCENE VII.

On pouvait se passer de *Mercure*.

Comment. sur Corneille. Tome II. B

REMARQUE

DU COMMENTATEUR,

Sur un passage concernant Héraclius.

Louis RACINE, fils de l'admirable *Jean Racine*, a fait un traité de la poësie dramatique, avec des remarques sur les tragédies de son illustre père. Voici comme il s'explique sur l'Héraclius de *Corneille*, page 373 :

,, On croirait devoir trouver quelque ressemblance
,, entre Héraclius et Athalie, parce qu'il s'agit dans ces
,, pièces de remettre sur un trône usurpé un prince à
,, qui ce trône appartient, et ce prince a été sauvé du
,, carnage dans son enfance. Ces deux pièces n'ont
,, cependant aucune ressemblance entre elles, non-seu-
,, lement parce qu'il est bien différent de vouloir remettre
,, sur le trône un prince en âge d'agir par lui-même, ou
,, un enfant de huit ans ; mais parce que *Corneille* a
,, conduit son action d'une manière si singulière et si
,, compliquée, que ceux qui l'ont lue plusieurs fois, et
,, même l'ont vu représenter, ont encore de la peine à
,, l'entendre, et qu'on se lasse à la fin

,, D'un divertissement qui fait une fatigue.

,, Dans Héraclius, sujet et incidens, tout est de l'inven-
,, tion du génie fécond de *Corneille*, qui, pour jeter de
,, grands intérêts, a multiplié des incidens peu vraisem-
,, blables. Croira-t-on une mère capable de livrer son
,, propre fils à la mort, pour élever sous ce nom le fils
,, de l'empereur mort ? Est-il vraisemblable que deux
,, princes, se croyant toujours tous deux ce qu'ils ne sont
,, pas, parce qu'ils ont été changés en nourrice, s'aiment

» tendrement lorfque leur naiffance les oblige à fe
» détefter, et même à fe perdre? Ces chofes ne font pas
» impoffibles; mais on aime mieux le merveilleux qui
» naît de la fimplicité d'une action, que celui que peut
» produire cet amas confus d'incidens extraordinaires.
» Peu de perfonnes connaiffent Héraclius: et qui ne
» connaît pas Athalie?

» Il y a d'ailleurs de grands défauts dans Héraclius.
» Toute l'action eft conduite par un perfonnage fubal-
» terne, qui n'intéreffe point: c'eft la reconnaiffance qui
» fait le fujet, au lieu que la reconnaiffance doit naître
» du fujet, et caufer la péripétie. Dans Héraclius, la
» péripétie précède la reconnaiffance. La péripétie eft la
» mort de *Phocas*: les deux princes ne font reconnus
» qu'après cette mort; et comme alors ils n'ont plus à
» le craindre, qu'importe au fpectateur qui des deux
» foit *Héraclius*? Il me paraît donc que le poëte qui s'eft
» conformé aux principes d'*Ariftote*, et qui a conduit fa
» pièce dans la fimplicité des tragédies grecques, eft
» celui qui a le mieux réuffi. »

J'avoue que je ne fuis pas de l'avis de M. *Louis Racine*
en plufieurs points. Je crois qu'une mère peut livrer fon
fils à la mort pour fauver le fils de fon empereur: mais
pour rendre vraifemblable une action fi peu naturelle,
il faudrait que la mère eût été obligée d'en faire ferment,
qu'elle eût été forcée par la religion, par quelque motif
fupérieur à la nature: or, c'eft ce qu'on ne trouve pas
dans l'Héraclius de *Pierre Corneille*; *Léontine* même eft d'un
caractère abfolument incapable d'une piété fi étrange;
c'eft une intrigante, et même une très-méchante femme,
qui réferve *Héraclius* à un incefte: de tels caractères ne
font pas capables d'une vertu furnaturelle.

B 2

Je ne crois pas impoffible qu'*Héraclius* et *Martian* aient de l'amitié l'un pour l'autre ; je remarque feulement que cette amitié n'eft guère théâtrale, et qu'elle ne produit aucun de ces grands mouvemens néceffaires au théâtre.

A l'égard du dénouement, je crois que le critique a entièrement raifon ; mais je ne conçois pas comment il a voulu faire une comparaifon d'Athalie et d'Héraclius , fi ce n'eft pour avoir une occafion de dire qu'Héraclius lui paraît un mauvais ouvrage.

Il faut bien pourtant qu'il y ait de grandes beautés dans Héraclius , puifqu'on le joue toujours avec applaudiffement quand il fe trouve des acteurs convenables aux rôles.

Les lecteurs éclairés fe font aperçus fans doute qu'une tragédie écrite d'un ftyle dur, inégal, rempli de folécifmes, peut réuffir au théâtre par les fituations, et qu'au contraire une pièce parfaitement écrite peut n'être pas tolérée à la repréfentation. Efther , par exemple , eft une preuve de cette vérité ; rien n'eft plus élégant, plus correct que le ftyle d'Efther ; il eft même quelquefois touchant et fublime ; mais quand cette pièce fut jouée à Paris , elle ne fit aucun effet ; le théâtre fut bientôt défert : c'eft fans doute que le fujet eft bien moins naturel , moins vraifemblable , moins intéreffant que celui d'Héraclius. Quel roi qu'*Affuérus*, qui ne s'eft pas fait informer les fix premiers mois de fon mariage de quel pays eft fa femme ! qui fait égorger toute une nation , parce qu'un homme de cette nation n'a pas fait la révérence à fon vifir ! qui ordonne enfuite à ce vifir de mener par la bride le cheval de ce même homme , &c.

Le fond d'Héraclius eft noble , théâtral , attachant ; et le fond d'Efther n'était fait que pour des petites filles de couvent, et pour flatter madame de *Maintenon*.

REMARQUES

SUR HERACLIUS,

EMPEREUR D'ORIENT,

Tragédie repréſentée en 1647.

ACTE PREMIER.

SCENE PREMIERE.

Vers 1. Criſpe, il n'eſt que trop vrai, la plus belle couronne
N'a que de faux brillans dont l'éclat l'environne, &c.

ON trouve ſouvent dans *Corneille* de ces maximes
vagues et de ces lieux communs, où le poëte ſe met à la
place du perſonnage. S'il y a dans *Racine* quelque paſſage
qui reſſemble au début de *Phocas*, c'eſt celui d'*Agamemnon*
dans Iphigénie :

> Heureux qui ſatisfait de ſon humble fortune,
> Libre du joug ſuperbe où je ſuis attaché,
> Vit dans l'état obſcur où les dieux l'ont caché!

Mais que cette réflexion eſt pleine de ſentiment!
qu'elle eſt belle! qu'elle eſt éloignée de la déclamation!
Au contraire, les premiers vers de *Phocas* paraiſſent une
amplification, les vers en ſont négligés. Ce ſont *les faux
brillans qui environnent une couronne; c'eſt celui dont le ciel
a fait choix pour un ſceptre, et qui en ignore le poids; ce ſont
mille et mille douceurs qui font un amas d'amertumes cachées.*
J'ajouterai encore que cette déclamation conviendrait
peut-être mieux à un bon roi qu'à un tyran et à un
meurtrier qui règne depuis long-temps, et qui doit être

très-accoutumé aux dangers d'une grandeur acquise par les crimes, et à ces amertumes cachées sous mille douceurs.

V. 3. Et celui dont le ciel pour un sceptre a fait choix,
Jusqu'à ce qu'il le porte, en ignore le poids.

Jusqu'à ce qu'il le porte ; on doit, autant qu'on le peut, éviter ces cacophonies. Elles font si désagréables à l'oreille, qu'on doit même y avoir une grande attention dans la profe. Que fera-ce donc dans la poësie ? tout y doit être coulant et harmonieux.

V. 5. Mille et mille douceurs y semblent attachées
Qui ne font qu'un amas d'amertumes cachées ;
Qui croit les posséder les sent s'évanouir.

Si ces douceurs font des amertumes, comment se plaint-on de les fentir s'évanouir ? Quand on veut examiner les vers français avec des yeux attentifs et févères, on eft étonné des fautes qu'on y trouve.

V. 9. Surtout, qui comme moi d'une obfcure naiffance,
Monte par la révolte à la toute-puiffance,
Qui de fimple foldat à l'empire élevé,
Ne l'a que par le crime acquis et confervé ;
Autant que fa fureur s'eft immolé de têtes,
Autant deffus la fienne il croit voir de tempêtes.

Cette phrafe n'eft pas correcte, *qui comme moi s'eft élevé au trône, il croit voir des tempêtes ;* cet *il* eft une faute, furtout quand ce *qui comme* eft fi éloigné.

V. 13. Autant que fa fureur s'eft immolé de têtes, &c.

Cela eft en même temps négligé et forcé ; négligé, parce que ce mot vague de *tempêtes* n'eft là que pour la rime ; forcé, parce qu'il eft difficile de voir autant de tempêtes qu'on a fait de crimes.

V. 15. Et comme il n'a femé qu'épouvante et qu'horreur ,
　　　Il n'en recueille enfin que trouble et que terreur.

C'eft le fond de la même penfée exprimé par une
autre figure. On doit éviter toutes ces amplifications.
Ce tour de phrafe, *comme il n'a femé, comme il voit en
nous , &c.* eft très-fouvent employé par *Corneille ;* il ne
faut pas le prodiguer, parce qu'il eft profaïque.

V. 18. Mon trône n'eft fondé que fur des morts illuftres ;
　　　Et j'ai mis au tombeau, pour régner fans effroi
　　　Tout ce que j'en ai vu de plus digne que moi.

Ce dernier vers eft beau ; je ne fais cependant fi un
empereur, qui a eu affez de mérite et de courage pour
parvenir à l'empire du rang de fimple foldat, avoue fi
aifément qu'il a immolé tant de perfonnes plus dignes
que lui de la couronne; il doit les avoir crües dangereufes,
mais non plus dignes que lui de la pourpre. En général,
il n'eft pas dans la nature qu'un fouverain s'aviliffe ainfi
foi-même ; c'eft à quoi tous les jeunes gens qui travail-
lent pour le théâtre doivent prendre garde; les mœurs
doivent toujours être vraies.

V. 26. Byzance ouvre, dis-tu, l'oreille à fes menées.

On ouvre l'oreille à un bruit, et non à des menées ;
on les découvre.

V. 29. Impatient déjà de fe laiffer féduire
　　　Au premier impofteur armé pour me détruire.

Se laiffer féduire à quelqu'un n'eft plus d'ufage, et au fond
c'eft une faute ; *je me fuis laiffé aimer, perfuader, avertir
par vous;* et non pas , *aimer, perfuader, avertir à vous.*

V. 31. Qui, s'ofant revêtir de ce fantôme aimé...

Peut-on fe vêtir d'un fantôme ? l'image eft-elle affer
jufte ? comment pourrait-on fe mettre un fantôme fur

B 4

le corps? Toute métaphore doit être une image qu'on puisse peindre.

V. 32. Voudra servir d'idole à son zèle charmé.

Quelles expressions forcées ! Pour sentir à quel point tout cela est mal écrit, mettez en prose ces vers :

Le peuple est impatient de se laisser séduire au premier imposteur armé pour me détrôner, qui, s'osant revêtir d'un fantôme aimé , voudra servir d'idole à son zèle charmé.

Entendra-t-on un tel langage ? ne sera-t-on pas révolté de cette foule d'impropriétés et de barbarismes ? Le sévère *Boileau* a dit :

Sans la langue, en un mot, l'auteur le plus divin
Est toujours, quoi qu'il fasse , un méchant écrivain.

Mais souvenons-nous aussi que lorsque *Corneille* fesait les beaux morceaux du Cid , des Horaces , de Cinna , de Pompée , il était un admirable écrivain.

V. 33. Mais fais-tu sous quel nom ce fâcheux bruit s'excite ?

Un bruit ne s'excite point sous un nom. Qu'il est difficile de parler en vers avec justesse ! mais que cela est nécessaire !

V. 37. Sa mort est trop certaine et fut trop remarquable...

Il n'avait que six mois , et lui perçant le flanc,
On en fit dégoutter plus de lait que de sang ;

expressions trop familières, trop prosaïques ; *et lui perçant le flanc* est un solécisme ; il faut *en lui perçant*.

V. 41. Et ce prodige affreux, dont je tremblai dans l'ame,
Fut aussitôt suivi de la mort de ma femme.

Ce prodige n'est point affreux, c'est seulement une croyance puérile, assez commune autrefois, que les enfans au berceau avaient du lait dans les veines. *Phocas* même l'infinue affez en difant : *Il n'avait que fix mois, et on en fit dégoutter plus de lait que de fang.* Cette conjonction *et* fignifie évidemment que ce lait était une fuite, une preuve de fon enfance, et par là même exclut le prodige ; mais fi c'en était un, que fignifierait-il ? à quoi fervirait-il ?

V. 45. Il fut livré par elle, à qui pour récompenfe
Je donnai de mon fils à gouverner l'enfance, &c.

Je donnai à Léontine fon enfance à gouverner. — *Juge par là combien ce conte eft ridicule.* — Tout eft jufqu'ici de la profe un peu commune et négligée. Le milieu entre l'ampoulé et le familier eft difficile à tenir.

V. 51. Mais avant qu'à ce conte il fe laiffe emporter,
Il vous eft trop aifé de le faire avorter.

On ne fe laiffe point *emporter à un conte ;* on fait avorter des deffeins, et non pas des contes.

V. 53. Quand vous fîtes périr Maurice et fa famille,
Il vous en plut, Seigneur, réferver une fille...

Cela eft du ftyle d'affaires. *Il plut à votre majefté donner tel ordre ;* il n'y a pas là de faute contre la langue, mais il y en a contre le tragique.

V. 55. Et réfoudre dès-lors qu'elle aurait pour époux
Ce prince deftiné pour régner après vous.
Le peuple en fa perfonne aime encore et révère, &c.

Cette *perfonne* fe rapporte *à ce prince,* et c'eft de cette fille réfervée, de *Pulchérie,* que *Crifpe* veut parler.

V. 65. Et n'eût été Léonce en la dernière guerre...

Ces expreffions font bannies aujourd'hui, même du ftyle familier.

V. 66. Ce deſſein avec lui ſerait tombé par terre.

On a déjà repris ailleurs ces façons de parler vicieuſes.
Toute métaphore qui ne forme point une image vraie
et ſenſible, eſt mauvaiſe ; c'eſt une règle qui ne ſouffre
point d'exception. Or, quel peintre pourrait repréſenter
une idée qui tombe par terre ?

V. 68. Martian demeurait ou mort ou priſonnier.

On ne peut dire qu'un homme ſerait *demeuré mort* ſi on
ne l'avait ſecoùru. Ces mots, *demeurer mort*, ſignifient qu'il
était mort en effet. On peut bien dire qu'on demeurerait
eſtropié, parce qu'un eſtropié peut guérir ; qu'on demeurerait priſonnier, parce qu'un priſonnier peut être déli-
vré ; mais non pas qu'on demeurerait mort, parce qu'un
mort ne reſſuſcite pas.

V. 71. Et qui, réuniſſant l'une et l'autre maiſon,
    Tire chez vous l'amour qu'on garde pour ſon nom.

On a déjà repris ailleurs cette expreſſion *tirer l'amour* ;
on ne tire l'amour chez perſonne.

V. 74. Si pour en voir l'effet tout me devient contraire.

Tout me devient contraire pour en voir l'effet, n'eſt pas
français ; c'eſt un ſôléciſme.

V. 77. Et les averſions entre eux deux mutuelles
    Les font d'intelligence à ſe montrer rebelles ;

n'eſt pas français. *Des averſions qui font d'intelligence !* que
de barbariſmes !

V. 81. Le ſouvenir des ſiens, l'orgueil de ſa naiſſance
    L'emporte, à tous momens, à braver ma puiſſance.

L'emporte à braver, autre barbariſme.

V. 85. . . . . Ce que je vois fuivre
              Me punit bien du trop que je la laiffai vivre ;

eft d'une profe familière et trop incorrecte.

V. 87. Il faut agir de force avec de tels efprits.

On dit *entrer de force*, *ufer de force*; je doute qu'on
dife *agir de force*. Le ftyle de la converfation permet
agir de tête, *agir de loin*; et s'il permet *agir de force*, la
poëfie ne le fouffre pas.

V. 91. Je l'ai mandée exprès, non plus pour la flatter,
              Mais pour prendre mon ordre et pour l'exécuter.

C'eft une faute de conftruction ; il faut, *mais pour lui
donner des ordres*, car le *je* doit gouverner toute la phrafe.
Ne nous rebutons point de ces remarques grammaticales ;
la langue ne doit jamais être violée. *Phocas* parle très-
bien et très-convenablement; je ne fais fi on en peut
dire autant de *Pulchérie*.

S C E N E   I I.

V. 5. Ce n'eft pas exiger grande reconnaiffance
           Des foins que mes bontés ont pris de votre enfance,
           De vouloir qu'aujourd'hui, pour prix de mes bienfaits,
           Vous daigniez accepter les dons que je vous fais.
           Ils ne font point de honte au rang le plus fublime ;
           Ma couronne et mon fils valent bien quelque eftime.

Le rang le plus fublime! et *une couronne et un fils qui
valent de l'eftime!* Eft-ce là l'auteur des beaux morceaux
de Cinna?

V. 13. . . . De force ou de gré je veux me fatisfaire.

Se fatisfaire n'eft pas le mot propre ; on ne dit *je
veux me fatisfaire* que dans le difcours familier. Je veux

contenter mes goûts , mes inclinations , mes caprices. *Mais enfin dans la vie il faut se satisfaire* (*Molière*). Je veux me satisfaire *de gré* est un pléonasme ; et je veux me satiffaire *de force* est un contre-sens. On se fait obéir de gré ou de force ; mais on ne se satisfait pas de force. *Phocas* entend qu'il réduira de gré ou de force *Pulchérie* , mais il ne le dit pas.

V. 17. J'ai rendu jusqu'ici cette reconnaissance ,
    A ces soins tant vantés d'élever mon enfance...

Cela n'est pas français ; on ne rend point une reconnaissance à des soins , on a de la reconnaissance , on la témoigne , on la conserve ; *j'ai rendu cette reconnaissance !*

V. 19. Que , tant qu'on m'a laissée en quelque liberté ,
    J'ai voulu me défendre avec civilité.

Que j'ai voulu est encore une faute contre la langue. *Avec civilité* est du ton de la comédie.

V. 22. . . . . Il faut que je m'explique ,
    Que je me montre entière à l'injuste fureur ,
    Et parle à mon tyran en fille d'empereur.

Il faudrait *à la fureur de* , &c. On ne pourrait dire *à la fureur* généralement que dans un cas tel que celui-ci : *la fermeté brave la fureur*. L'épithète d'*injuste* est faible et oiseuse avec le mot *fureur*. Enfin , la *fureur* ne convient pas ici ; ce n'est point une fureur de marier *Pulchérie* à l'héritier de l'empire.

V. 25. Il fallait me cacher avec quelque artifice
    Que j'étais Pulchérie et fille de Maurice.

Sans examiner ici le style , je demande si une jeune personne élevée par un empereur peut lui parler avec cette arrogance ? On ne traite point ainsi son maître dans sa propre maison. Voyez comme *Josabeth* parle à *Athalie* ;

elle lui fait sentir tout ce qu'elle pense : cette retenue
habile et touchante fait beaucoup plus d'impression que
des injures. *Electre* aux fers, n'ayant rien à ménager, peut
éclater en reproches ; mais *Pulchérie* bien traitée doit-elle
s'emporter tout d'un coup ? peut-elle parler en souve-
raine ? Un sentiment de douleur et de fierté, qui échappe
dans ces occasions, ne fait-il pas plus d'effet que des
violences inutiles ? Ce n'est pas que j'ose condamner
ici *Pulchérie* ; mais, en général, ces tyrans qu'on traite
avec tant de mépris dans leurs palais, au milieu de leurs
courtisans et de leurs gardes, sont des personnages dont
le modèle n'est pas dans la nature.

V. 27. Si tu fesais dessein de m'éblouir les yeux....

Cela n'est pas français ; on ne *fait* pas dessein ; on *a*
dessein.

V. 28. Jusqu'à prendre tes dons pour des dons précieux.

Il semble que ce soit *Phocas* qui prenne ces dons pour
des dons précieux. Il fallait, pour l'exactitude, *jusqu'à me
faire prendre tes dons pour des dons précieux.*

V. 30. Tu me donnes, dis-tu, ton fils et ta couronne ;
Mais que me donnes-tu, puisque l'une est à moi ?

Non assurément, jamais femme n'a été héritière de
l'empire romain. *Pulchérie* a moins de droit au trône que
le dernier officier de l'armée. Il ne lui sied point du tout
de dire : *Il est à moi ce trône, c'est à moi d'y voir tout le
monde à mes pieds.* Elle lui propose de *laver ce trône avec
son sang* ; j'observerai que si un trône est teint de sang,
il n'est point lavé de sang. Si elle prétend qu'on lave
un trône teint du sang d'un empereur avec le sang d'un
autre empereur, elle doit dire, *lavé par le tien*, et non
du tien. Elle répète ce mot encore, *le bourreau de mon
sang.* Elle dit qu'elle a le cœur *franc et haut* ; on doit
bien rarement le dire ; il faut que cette hauteur se fasse

fentir par le difcours même. On a déjà remarqué que l'art confifte à déployer le caractère d'un perfonnage, et tous fes fentimens, par la manière dont on le fait parler, et non par la manière dont ce perfonnage parle de lui-même.

V. 45. Ton intérêt dès-lors fit feul cette réferve.

Faire une réferve, pour dire, *épargner les jours d'une prin-ceffe* ; cela n'eft pas noble. *Faire une réferve*, eft ftyle d'affaires.

V. 50. Mais connais Pulchérie et ceffe de prétendre.

Ce verbe *prétendre* exige abfolument un régime ; ce n'eft point un verbe neutre ; ainfi la phrafe n'eft point achevée. On pourrait dire, *ceffez d'aimer et de haïr*, quoi-que ce foient des verbes actifs, parce qu'en ce cas cela veut dire, *ceffez d'avoir des fentimens d'amour et de haine* ; mais on ne peut dire, *ceffez de prétendre*, *de fatisfaire*, *de fecourir*.

V. 61. J'ai forcé ma colère à te prêter filence.

Cette réponfe ne fait-elle pas voir que *Phocas* ne devait pas fe laiffer braver ainfi ? Le moyen de parler encore à quelqu'un qui vient de vous dire qu'il ne veut que vôtre mort ? Comment *Phocas* peut-il encore raifonner amia-blement avec *Pulchérie* après une telle déclaration ? eft-il poffible qu'il lui propofe encore fon fils ?

V. 69. Le trône où je me fieds n'eft pas un bien de race ;
L'armée a fes raifons pour remplir cette place ;
Son choix en eft le titre, &c.

Un *bien de race* ; une *armée qui a fes raifons* ; un choix *qui eft le titre d'une place*, toutes expreffions plates ou obfcures. *Phocas*, d'ailleurs, a très-grande raifon de dire à cette *Pulchérie* que le trône de l'empire romain ne paffe point aux filles. Mais il devait le dire auparavant, et mieux.

V. 81. Un chétif centenier des troupes de Myfie,
Qu'un gros de mutinés élut par fantaifie. . . .

Encore une fois , on ne parle point ainfi à un empereur
romain reconnu et facré depuis long-temps ; il peut avoir
paffé par tous les grades militaires , comme tant d'autres
empereurs , et comme *Théodofe* lui-même , fans que perfonne foit en droit de le lui reprocher. Mais ce qui paraît
plus répréhenfible , c'eft que tant d'injures et tant de
mépris doivent abfolument ôter à *Phocas* l'envie de donner
fon fils à *Pulchérie*, puifqu'il ne croit pas qu'*Héraclius*
foit en vie, et qu'il n'a pas un intérêt preffant à marier
fon fils avec une fille qui n'aime point le fils , et qui
outrage le père. Il ne fera peut-être pas inutile de remarquer ici que S*t* *Grégoire* le grand écrivait à ce même
Phocas : *Benignitatem pietatis veftræ ad imperiale faftigium
perveniffe gaudemus.* Nous ne prétendons pas que *Pulchérie*
dût imiter la lâche flatterie de ce pape ; ce n'eft qu'une
note purement hiftorique.

V. 85. Lui qui n'a pour l'empire autre droit que fes crimes.

Il fallait, *lui qui n'eut à l'empire autre droit que fes crimes.*
On n'a point des droits *pour*, mais des droits *à*; c'eft un
folécifme.

V. 95. Et l'on voit depuis lui remonter mon deftin
Jufqu'au grand Théodofe et jufqu'à Conftantin.

La race , le fang , la maifon , la famille , remonte à une
tige , à *Conftantin*; mais le deftin ne remonte pas.

V. 98. Eh bien, fi tu le veux , je te le reftitue,
Cet empire, et confens encor que ta fierté
Impute à mes remords l'effet de ma bonté.

Un homme doux et faible pourrait parler ainfi ; mais
notandi funt tibi mores. Eft-il vraifemblable qu'un guerrier

dur et impitoyable, tel que *Phocas*, s'excuse doucement envers une perfonne qui vient de l'outrager fi violemment, et qu'il lui offre toujours fon fils ? S'il y était forcé par la nation, fi en mariant fon fils à *Pulchérie* il excluait *Héraclius* du trône, il aurait raifon ; mais *Héraclius* n'en aura pas moins de droits, fuppofé qu'en effet on ait des droits à un empire électif, et fuppofé furtout qu'*Héraclius* foit en vie, ce que *Phocas* ne croit point.

V. 105. Par un dernier effort je veux fouffrir la rage
   Qu'allume dans ton cœur cette fanglante image.

Une rage qu'une fanglante image allume ! Il n'eft point d'ailleurs de fanglante image dans ce couplet.

V. 114. Va, je ne confonds point fes vertus et ton crime...
   J'en vois affez en lui pour les plus grands Etats.

 Cette phrafe n'eft pas françaife. On eft digne de gouverner de grands Etats ; on a affez de mérite pour être élu empereur ; mais *je vois affez de mérite en lui pour un royaume, pour une armée, &c.* ne peut fe dire, parce que le fens n'eft pas complet. Le mot *pour*, fans verbe, fignifie tout autre chofe ; cet ouvrage était excellent *pour* fon temps ; *Phocas* eft bien patient *pour* un homme violent. De plus, on ne doit point dire que le fils d'un empereur eft digne de gouverner les plus grands Etats ; car quel plus grand Etat que l'empire romain ?

V. 119. Je penche d'autant plus à lui vouloir du bien, &c.

expreffion de comédie.

V. 121. Que fes longues froideurs témoignent qu'il s'irrite
   De ce qu'on veut de moi par-delà fon mérite ;
   Et que de tes projets fon cœur trifte et confus,
   Pour m'en faire juftice, approuve mes refus.

Cela n'eft pas d'un ftyle élégant.

V. 125.

*V.*125. Ce fils si vertueux d'un père si coupable,
S'il ne devait régner, me pourrait être aimable.

On ne peut dire, *il m'est aimable*, *haïssable*; et pourtant l'on dit, *il m'est agréable*, *désagréable*, *odieux*, *insupportable*, *indifférent*. On en a dit la raison.

*V.*127. Et cette grandeur même où tu le veux porter
Est l'unique motif qui m'y fait résister.

Porter à une grandeur; cela n'est ni élégant ni correct. Et *un motif qui fait y résister!* A quoi? à cette grandeur où l'on veut porter *Martian*?

*V.*137. Avise; et si tu crains qu'il te fût trop infame
De remettre l'empire en la main d'une femme...

Corneille emploie souvent ce mot *avise*; il était très-bien reçu de son temps. *Qu'il te fût infame*, n'est pas français; la langue permet qu'on dise, *cela m'est honteux*, mais non pas *cela m'est infame*. Et cependant on dit, *il est infame à lui d'avoir fait cette action*. Toutes les langues ont leurs bizarreries et leurs inconséquences.

*V.*142. Tyran, descends du trône et fais place à ton maître;

est un vers admirable. Il le ferait encore plus si l'on pouvait parler ainsi à un empereur dans une simple conversation. Il n'y a qu'une situation violente qui permette les discours violens. Il est toujours étrange que *Phocas* persiste à vouloir offrir son fils à une princesse que tout autre ferait enfermer, pour l'empêcher de conspirer et pour avoir un otage.

N. B. En général, toutes les scènes de bravade doivent être ménagées par gradation. Un empereur et une fille d'empereur ne se disent point d'abord les dernières duretés; et quand une fois on a laissé échapper de ces reproches et de ces menaces qui ne laissent plus lieu à la

Comment. sur Corneille. Tome II. C

converfation, tout doit être dit. La fcène aurait fini très-heureufement par ce beau vers : *Tyran*, *defcends du trône et fais place à ton maître*; mais quand on entend enfuite, *à ce compte*, *arrogante*, &c. les injures multipliées révoltent le lecteur, et font languir le dialogue.

*V.*143. A ce compte, arrogante, un fantôme nouveau,
   Qu'un murmure confus fait fortir du tombeau,
   Te donne cette audace et cette confiance !

A ce compte eft du ftyle négligé et du ton familier qu'on fe permettait alors mal à propos. Ce mot *arrogante* conviendrait à *Pulchérie*, s'il était poffible qu'un empereur et une fille d'empereur fe diffent des injures groffières.

*V.*146. Ce bruit s'eft déjà fait digne de ta croyance.

Un bruit ne fe peut faire digne ni indigne; cela n'eft pas français, parce qu'on ne peut s'exprimer ainfi en aucune langue.

*V.*153. Et cette reffemblance où fon courage afpire
   Mérite mieux que toi de gouverner l'empire.

C'eft une faute en toute langue, parce qu'une reffemblance ne peut ni gouverner, ni mériter.

*V.*160. Sors du trône et te laiffe abufer comme moi.

Elle fait deux fois cette propofition, et la feconde eft bien moins forte que la première; mais peut-elle férieufement lui parler ainfi ? Je fais que ces bravades réuffiffent auprès du parterre; mais je doute qu'un lecteur inftruit les approuve quand elles ne font pas néceffaires, et quand elles font fi fortes qu'elles doivent rompre tout commerce entre les deux interlocuteurs.

*V.*164. Ma patience a fait par-delà fon pouvoir.

Comment une patience fait-elle au-delà de fon pouvoir? Jamais on ne peut faire que ce qu'on peut.

*V.*17O. Mais choifis pour demain la mort ou l'hymenée.

Phocas enfin la menace, mais quelle raifon a-t-il de perfifter à lui faire époufer fon fils, qui ne veut pas d'elle, et dont elle ne veut pas? Il n'en a d'autre raifon que celle qui lui a été fuggérée par fon confident *Crifpe* à la première fcène. *Crifpe* lui remontre que ce mariage attirerait à la maifon de *Phocas* l'affection du peuple, qu'on fuppofe attaché à la maifon de *Maurice* ; mais la haine implacable et jufte de *Pulchérie* détruit cette raifon. N'aurait-il pas fallu que les grands et le peuple euffent demandé le mariage de *Pulchérie* et de *Martian* ?

V. dern. Dis, fi tu veux, encor que ton cœur la fouhaite.

Il me femble que cette fcène ferait bien plus vraifemblable, bien plus tragique, fi l'auteur y avait mis plus de décence et plus de gradation. Un mot échappé à une princeffe, qui eft dans la fituation de *Pulchérie*, fait cent fois plus d'effet qu'une déclamation continuelle et un torrent d'injures répétées.

SCENE III.

J'ai cru qu'il ferait utile pour le lecteur d'ajouter, dans cette fcène et dans les fuivantes, aux noms des perfonnages, les noms fous lefquels ils paraiffent, et d'indiquer encore s'ils fe connaiffent eux-mêmes, ou s'ils ne fe connaiffent pas, pour lever toute équivoque, et pour mettre le lecteur plus aifément au fait ; c'eft une trifte néceffité.

V. 1. Approche, Martian, que je te le répète.

On doit répéter le moins qu'on peut. Mais fi *Pulchérie*, que *Phocas* nomme *ingrate furie*, confpire la perte du père et du fils, il eft bien étrange que le père s'opiniâtre à vouloir que fon fils époufe cette furie.

C 2

V. 10. Etant ce que je fuis, je me dois quelque effort,
          Pour vous dire, Seigneur, . . .

Le fens de la phrafe eft, *je dois vous dire, quoi qu'il m'en
coûte,* mais il ne doit pas faire *effort* pour *dire.* Ce n'eft
pas fur cet effort qu'il fe fait, que fon devoir tombe.
D'ailleurs, il ne fait point d'effort, puifqu'il n'aime point
Pulchérie, puifqu'il croit même être fon frère ; et puis
comment fe doit-on un effort ?

V. 11. . . . . Que c'eft vous faire tort. . .

eft trop du ftyle de la comédie.

V. 18. Eh bien, elle mourra ; tu n'en as pas befoin.

Ce mot femble condamner toute la fcène précédente.
Phocas avoue qu'il n'avait nul befoin de marier *Pulchérie*
à fon fils ; il femble, au contraire, qu'il devait avoir un
befoin très-preffant de ce mariage pour former un nœud
intéreffant.

V. 23. Vous verriez par fa mort le défordre achevé.

On n'achève point un défordre, comme on achève
un projet, une affaire, un ouvrage. Ce n'eft pas là le mot
propre.

V. 26. Et d'un parti plus bas puniffant fon orgueil. . .

On peut être puni de fon orgueil par un hymen dif-
proportionné ; mais on ne peut pas dire, *être puni d'un
hymen,* comme on dit *être puni du dernier fupplice. Parti
plus bas* eft déplacé. Il femble que *Martian* foit un parti
bas, et qu'on menace *Pulchérie* d'un parti plus bas encore.

V. 30. Seigneur, j'ai des amis chez qui cette moitié. . .

L'ufage a permis qu'en quelques occafions on puiffe
appeler fa femme *fa moitié.*

Manes du grand Pompée, écoutez fa moitié.

Ce mot fait là un effet admirable. C'eſt la moitié du grand *Pompée* qui parle ; mais il eſt ridicule de dire, d'une fille à marier, *cette moitié*.

V. 31. A l'épreuve d'un ſceptre il n'eſt point d'amitié ;
　　Point qui ne s'éblouiſſe à l'éclat de ſa pompe,
　　Point qu'après ſon hymen ſa haine ne corrompe.

Ces trois *point* font un mauvais effet dans la poëſie ; et *point qu'après* eſt encore plus dur et plus mal conſtruit. Et *point qui ne s'éblouiſſe à l'éclat de la pompe d'un ſçeptre*, eſt du galimatias. Ce n'eſt point écrire comme l'auteur des beaux vers répandus dans Cinna ; c'eſt écrire comme *Chapelain*.

V. 36. La vapeur de mon ſang ira groſſir la foudre
　　Que Dieu tient déjà prête à le réduire en poudre.

Cette figure n'eſt-elle pas un peu outrée et recherchée ? Ce qui eſt hors de la nature ne peut guère toucher. On reproche à notre ſiècle de courir après l'eſprit, d'affecter des penſées ingénieuſes ; c'était bien plutôt le goût du temps de *Corneille* que du nôtre. *Racine* et *Boileau* corrigèrent la France, qui depuis eſt retombée quelquefois dans ce défaut ſéduiſant. La vapeur d'un peu de ſang ne peut guère ſervir à former le tonnerre. Une fille va-t-elle chercher de pareilles figures de rhétorique ?

V. 41. Réſous-la de t'aimer ſi tu veux qu'elle vive.

Je crois qu'on pourrait dire en vers : *Réſoudre de*, auſſi bien que *réſoudre à*, quoique ce ſoit un ſolécifme en proſe ; mais il eſt plus eſſentiel de remarquer qu'il eſt bien étrange qu'un monarque diſe à ſon fils : Réſous cette princeſſe à t'aimer, ou je la ferai mourir. Il n'y a aucun exemple dans le monde d'une pareille propoſition. Elle paraît d'autant plus extraordinaire, que *Phocas* a dit qu'on n'a nul befoin de *Pulchérie*. En un mot, cela n'eft pas dans la nature.

V. 42. Sinon, j'en jure encore, et ne t'écoute plus ,
   Son trépas dès demain punira fes refus.

Il en jure encore; il n'a pourtant point juré , et il répète, pour la fixième fois , qu'il tuera cette *Pulchérie*, ou qu'il la mariera.

S C E N E I V.

V. 1. En vain il fe promet que fous cette menace
   J'efpère en votre cœur furprendre quelque place.

Que d'incongruités ! quel galimatias ! quel ftyle !

V. 7. Vous aurez en Léonce un digne poffeffeur.

Le lecteur doit favoir que *Léonce* , dont on n'a point encore parlé , paffe pour le fils de *Léontine* , ancienne gouvernante du prince *Héraclius* , fils de *Maurice* , et du prince *Martian* , fils de *Phocas*. On ne fait point encore que ce prétendu *Léonce* a été changé en nourrice, et qu'il eft le véritable *Martian*. Il eût été à fouhaiter peut-être que dès la première fcène ces aventures euffent été éclaircies ; mais avec un peu d'attention il fera aifé de fuivre l'intrigue ; il eft trifte qu'on ait befoin de cette attention , qui *d'un divertiffement nous fait une fatigue*, comme dit *Boileau.*

V. 10. Je fuis aimé d'Eudoxe autant comme je l'aime.

Cette *Eudoxe* eft une fille de *Léontine* , que par conféquent *Martian* croit fa fœur. On n'a point encore parlé d'elle , et le véritable *Héraclius* , cru *Martian* , s'occupe ici de l'arrangement d'un double mariage.

On ne s'arrêtera point à la faute grammaticale , *aimé autant comme je l'aime*, ni à ces *beaux nœuds*, ni à cet *amour parfait*, ni à *ces chaînes fi belles*, à *ces captivités éternelles*. *Quinault* a paffé pour avoir le premier employé ces expreffions, dont *Corneille* s'était fervi avant lui dans prefque toutes fes pièces. Il paraît étrange que le public fe foit trompé à ce point ; mais c'eft que ces expreffions firent une grande impreffion dans *Quinault*, qui ne parle jamais que d'amour, et qui en parle avec élégance ; elles en firent très-peu dans les ouvrages de *Corneille*, dont les beautés mâles couvrent toutes ces petiteffes trop fré-quentes. Tous ces vers, d'ailleurs, font du ftyle de la comédie, et d'un ftyle dur, rampant, incorrect.

V. 20. Il n'eft plus temps d'aimer alors qu'il faut mourir.

Ce beau vers paraît la condamnation de tout ce que vient de dire *Héraclius*, qui n'a parlé que de mariage ; on s'attendait qu'il parlerait d'abord à *Pulchérie* du péril affreux où elle eft, *et dicat jam nunc debentia dici*. Auffi tous ces perfonnages ont beau parler d'amour, et de tyrans, et de mort, aucun d'eux ne touche ; aucun n'infpire de terreur jufqu'ici. Mais l'intrigue commence à attacher, et c'eft beaucoup. Le principal mérite de cette pièce eft dans l'embarras de cette intrigue, qui pique toujours la curiofité.

V. 21. Et quand à ce départ une ame fe prépare. . .

Ce mot *départ* eft faible, et *une ame* auffi. Tâchez de ne jamais faire fuivre un vers fort et bien frappé par un vers languiffant qui l'énerve.

V. 24. J'ai peine à reconnaître encore un père en lui.

Le lecteur doit ici fe fouvenir qu'*Héraclius* fait bien que *Phocas* n'eft point fon père, mais qu'il n'a point dit fon fecret à *Pulchérie ;* cela caufe peut-être un peu d'em-barras, et c'eft au lecteur à voir s'il aimerait mieux que *Pulchérie* fût inftruite ou non. Mais il y a aujourd'hui beaucoup de lecteurs fi rebutés des mauvais vers, qu'ils ne fe foucient point du tout de favoir qui eft *Martian* et qui eft *Héraclius*, et qu'ils s'intéreffent fort peu à *Pulchérie*.

V. 33. Ah! mon prince, ah! Madame, il vaut mieux vous réfoudre
    Par un heureux hymen à diffiper ce foudre.

Comment diffipe-t-on un foudre par un hymen? Toute métaphore, encore une fois, doit être jufte. *Diffiper ce foudre* n'eft là que pour rimer à *réfoudre*. Ce ftyle eft trop négligé.

V. 37. Que la vertu du fils, fi pleine et fi fincère. . .

Une vertu *pleine* et *fincère* n'eft pas le mot propre; une vertu n'eft ni pleine ni vide.

V. 38. Vainque la jufte horreur que vous avez du père.

Vainque eft trop rude à l'oreille; *horreur de* eft permis en vers.

V. 39. Et pour mon intérêt n'expofez pas tous deux. . .

Martian, cru *Léonce*, amoureux de *Pulchérie*, veut ici que *Pulchérie* époufe *Héraclius*, cru *Martian*, amoureux d'*Eudoxe*. Je remarquerai, à cette occafion, que toutes les fois qu'on cède ce qu'on aime, ce facrifice ne peut faire aucun effet, à moins qu'il ne coûte beaucoup; ce font ces combats du cœur qui forment les grands intérêts; de fimples arrangemens de mariage ne font jamais tragiques, à moins que, dans ces arrangemens mêmes, il n'y ait un péril évident et quelque chofe de funefte. *N'expofez pas tous deux*, n'eft pas français; il faut *ne les expofez pas tous deux.*

V. 51. C'eft Martian en lui que vous favorifez.

Cela veut dire pour le fpectateur qu'*Héraclius*, cru *Martian*, voit dans *Léonce* un autre lui-même; et cela veut dire auffi, dans l'efprit de l'auteur, que *Léonce* eft le vrai *Martian* ; c'eſt ce qui ſe débrouillera par la ſuite , et ce qui eſt ici un peu embrouillé ; mais un ſpectateur bien attentif peut aimer à deviner cette énigme.

V. 52. Oppoſons la conſtance aux périls oppoſés.

Cet *oppoſés* eſt de trop , c'eſt une figure de mots inutile ; de plus , ce n'eſt pas le mot propre ; les périls *menacent*, les obſtacles *s'oppoſent*.

V. 54. Et ſi je n'en obtiens la grâce toute entière. . .
Je deviens le plus grand de tous ſes ennemis.

Ce premier vers eſt obſcur ; il va trouver *Phocas*, et *s'il n'en obtient la grâce*, il ſemble que ce ſoit la grâce de *Phocas*. Il eût fallu dire auſſi ce que c'eſt que cette grâce toute entière , puiſqu'on n'a pas encore parlé de grâce.

V. 59. Et puiſſe , ſi le ciel m'y voit rien épargner,
Un faux Héraclius en ma place régner !

Il n'a point été queſtion dans cette ſcène d'*un faux Héraclius*. Cette imprécation forcée , à laquelle on ne s'attend point , n'eſt là que pour rappeler le titre de la pièce , et pour faire ſouvenir qu'*Héraclius* eſt le ſujet de la tragédie.

SCENE V.

V. 12. Qu'il ne venge ſur vous ce qu'il craindra de moi.

On ne venge point ce qu'on craint, on le prévient, on l'écarte , on le détourne , on s'y oppoſe ; point de bons vers ſans le mot propre ; il faut l'exactitude de la proſe avec la beauté des images , l'harmonie des ſyllabes, la hardieſſe des tours et l'énergie de l'expreſſion ; c'eſt ce qu'on trouve dans pluſieurs morceaux de *Corneille*.

V. 14. Il ne faut craindre rien quand on a tout à craindre.

Cette ſentence paraît quelque choſe de contradictoire ;

elle eft cependant au fond d'une très-grande vérité ; elle fignifie qu'il faut tout hafarder quand tous les partis font également dangereux. Il eût fallu, je crois, éviter le jeu de mots et l'antithèfe, qui reviennent trop fouvent.

V. 15. Allons examiner pour ce coup généreux
Les moyens les plus prompts et les moins dangereux.

Pulchérie va donc confpirer de fon côté. On a donc lieu d'être furpris qu'elle ne foit pas dans le fecret, puifque la fille de *Maurice* doit avoir du pouvoir fur le peuple, et mettre un grand poids dans la balance ; mais il faut fe livrer à l'intrigue et aux refforts que l'auteur a choifis.

ACTE SECOND.

SCENE PREMIERE.

Vers 1. Voilà ce que j'ai craint de fon ame enflammée.

LE fpectateur ne peut favoir d'abord que c'eft *Léontine* qui parle, et que c'eft cette même *Léontine*, autrefois gouvernante d'*Héraclius* et de *Martian* ; il ferait peut-être mieux qu'on en fût informé d'abord. Il faut que tous ceux qui affiftent à une pièce de théâtre connaiffent tout d'un coup les perfonnages qui fe préfentent, excepté ceux dont l'intérêt eft de cacher leur nom.

V. 2. S'il m'eût caché fon fort, il m'aurait mal aimée.

Qui ? de qui parle-t-elle ? C'eft une énigme. *Mal aimée*, expreffion trop triviale.

V. 4. Vous êtes fille, Eudoxe, et vous avez parlé.

On voit affez que cela eft trop comique. *Corneille* a-t-il

voulu faire parler cette gouvernante comme une bourgeoise qui a confervé le ton bourgeois à la cour? Cela eft abfolument indigne de la tragédie.

V. 5. Vous n'avez pu favoir cette grande nouvelle,
Sans la dire à l'oreille à quelque ame infidelle.

Voilà la même faute ; et *dire à l'oreille à une ame !* on ne peut s'exprimer plus mal.

V. 11. C'eft par là qu'un tyran, plus inftruit que troublé
De l'ennemi fecret qui l'aurait accablé. . . .

Cela n'eft pas français. *Inftruit d'un ennemi, troublé d'un ennemi ;* ce font deux barbarifmes et deux folécifmes à la fois dans un feul vers.

V. 13. Ajoutera bientôt fa mort à tant de crimes.

Par la conftruction, c'eft la mort de *Phocas;* par le fens, c'eft celle de *Maurice.* Il faut que la fyntaxe et le fens foient toujours d'accord.

V. 17. Voyez combien de maux pour n'avoir fu vous taire.

Ce vers eft encore bourgeois ; mais les précédens font nobles , exacts , bien tournés , forts , précis , et dignes de *Corneille.*

V. 18. Madame, mon refpect fouffre tout d'une mère,
Qui, pour peu qu'elle veuille écouter la raifon,
Ne m'accufera plus de cette trahifon.

Cela ne donne pas d'abord une haute opinion de *Léontine.* Cette femme, qui conduit toute l'intrigue, commence par fe tromper, par accufer fa fille mal à propos ; cette accufation même eft abfolument inutile pour l'intelligence et pour l'intérêt de la pièce. *Léontine* commence fon rôle par une méprife et par des expreffions indignes même de la comédie.

V. 21. Car c'en eft une enfin bien digne de fupplice...

Le mot de *fupplice* paraît trop fort ; et *digne de fupplice*, n'eft pas français ; c'eft un barbarifme.

V. 22. Qu'avoir d'un tel fecret donné le moindre indice.

Il faut abfolument *que d'avoir* ; *c'eft une trahifon que d'avoir donné un indice. Trahifon qu'avoir donné*, eft un folécifme.

V. 27. On ne dit point comment vous trompâtes Phocas,
   Livrant un de vos fils pour ce prince au trépas,
   Ni comme auprès du fien étant la gouvernante,
   Par une tromperie encor plus importante...

Ces mots, *étant la gouvernante auprès du fien* et *tromperie*, font comiques et bas, et ne donnent pas de *Léontine* une affez haute idée. Voyez comme dans Athalie le rôle de *Jofabeth* eft ennobli, comme il eft touchant, quoiqu'il ne foit pas, à beaucoup près, auffi néceffaire que celui de *Léontine*.

V. 31. Vous en fîtes l'échange, et prenant Martian
   Vous laifsâtes pour fils ce prince à fon tyran ;
   En forte que le fien paffe ici pour mon frère...

Tout ce difcours eft un détail d'anecdotes. *Comme étant la gouvernante auprès du fien*, n'eft pas français ; *en forte que* eft trop ftyle d'affaires. Mais *Eudoxe*, en voulant éclaircir cette hiftoire, femble l'embrouiller. *Et prenant Martian vous laifsâtes pour fils ce prince à Phocas fon tyran*, ne peut avoir de fens que celui-ci : *Vous laifsâtes Martian pour fils à Phocas. Laiffer quelqu'un pour fils*, n'eft pas d'un ftyle élégant ; mais il ne s'agit pas ici d'élégance, il s'agit de clarté. *Eudoxe* fait croire au fpectateur que *Martian* a paffé et paffe pour fils de *Phocas* ; l'équivoque vient de ce mot *prince* : *vous laifsâtes ce prince à Phocas*. Elle entend par ce prince *Héraclius* ; mais elle ne dit pas ce qu'elle veut dire. Elle devrait expliquer que *Léontine* a fait paſſer *Martian* pour ſon propre fils *Léonce*, et a donné *Héraclius*, fils de *Maurice*, pour *Martian*, fils de *Phocas*.

V. 34. Cependant que de l'autre il croit être le père.

Cet *il croit être* ſe rapporte, par la phraſe, à *Martian*, et cependant c'eſt *Phocas* dont on parle. Dans un ſujet ſi obſcur, il eſt abſolument néceſſaire que les phraſes ſoient toujours claires, et *Eudoxe* ne s'explique pas aſſez nettement.

V. 37. On dirait tout cela ſi, par quelque imprudence,
Il m'était échappé d'en faire confidence ;
Mais, pour toute nouvelle, on dit qu'il eſt vivant.

Toutes ces manières de parler ſont d'une familiarité qui n'eſt nullement convenable à la tragédie.

V. 40. Aucun n'oſe pouſſer l'hiſtoire plus avant,
Comme ce ſont pour tous des routes inconnues. . .

expreſſions de comédie. Un tel ſtyle eſt trop rebutant.

V. 42. Il ſemble à quelques-uns qu'il doit tomber des nues ;
Et j'en fais tel qui croit, dans ſa ſimplicité,
Que pour punir Phocas Dieu l'a reſſuſcité.

Ces trois derniers vers ſont trop comiques ; ce qui précède eſt une explication de l'avant-ſcène. Cette explication devait appartenir naturellement au premier acte ; on n'aime point à être ſi long-temps en ſuſpens ; cette incertitude du ſpectateur nuit même toujours à l'intérêt. On ne peut être ému des choſes qu'on n'a pas bien conçues ; et ſi l'eſprit ſe plaît à deviner l'intrigue, le cœur n'eſt pas touché. *Que pour punir Phocas Dieu l'a reſſuſcité :* voilà où il fallait une métaphore, un tour noble qui ſauvât ce ridicule.

SCENE II.

V. 1. . . . Madame, il n'eſt plus temps de taire
D'un ſi profond ſecret le dangereux myſtère, &c.

Héraclius ne dit ici rien de nouveau à *Léontine.* Il ne s'eſt rien paſſé de nouveau depuis la première ſcène du premier acte ; mais l'embarras commence à croître dès qu'*Héraclius* veut ſe déclarer. Il ne dit rien à la vérité de tragique ; il explique ſeulement l'embarras où eſt *Phocas.*

V. 6. . . . Il prend tout pour groſſière impoſture,
Et me connaît ſi peu que, pour la renverſer,
A l'hymen qu'il ſouhaite il prétend me forcer.

On ne *renverſe* point une impoſture ; on la *confond.*

V. 10. Je ſuis fils de Maurice, il m'en veut faire gendre,
Et s'acquérir les droits d'un prince ſi chéri,
En me donnant moi-même à ma ſœur pour mari.

Ce *moi-même* eſt de trop ; ſans doute ſi on le marie, on le marie lui-même. Il fallait des expreſſions qui donnaſſent horreur de l'inceſte.

V. 26. Je rends grâces, Seigneur, à la bonté céleſte
De ce qu'en ce grand bruit le ſort nous eſt ſi doux...

Un ſort qui eſt doux en un grand bruit; ces façons de parler obſcures, impropres, gauches, triviales, incorrectes, indignent un lecteur qui a de l'oreille et du goût. Le parterre ne s'en aperçoit pas ; il ſe livre uniquement à la curioſité de ſavoir comment tout ſe démêlera.

V. 34. J'aurai trop de moyens d'arrêter ſa furie, &c.

Ce diſcours de *Léontine* inſpire une grande curioſité ; je ne ſais s'il ne dégrade pas un peu *Héraclius*, et même *Pulchérie.* Bien des gens n'aiment pas à voir les fils d'un empereur dépendre entièrement d'une gouvernante, qui les traite comme des enfans, et qui ne leur permet pas de fe mêler de leurs propres affaires; c'eſt au lecteur à juger de la valeur de cette critique. Le mal eſt encore que cette *Léontine*, qui dit avoir tant de moyens, n'a effectivement aucun moyen dans le cours de la pièce, hors un billet dont l'empereur peut très-bien fe faifir.

V. 41. Il femble que de Dieu la main appefantie,
    Se fefant du tyran l'effroyable partie,
    Veuille avancer par là fon juſte châtiment.

Les termes les plus bas deviennent quelquefois les plus nobles, foit par la place où ils font mis, foit par le fecours d'une épithète heureufe. La *partie* eſt un terme de chicane; *la main de Dieu appefantie qui devient l'effroyable partie du tyran*, eſt une idée terrible. On pourrait incidenter fur une main qui fe fait partie; mais c'eſt ici que la critique des mots doit, à mon avis, fe taire devant la nobleffe des chofes.

Tout ce que dit ici *Héraclius* eſt plein de force et de raifon, mais la diction dépare trop les penfées. *Evitons le hafard qu'un impoſteur l'abufe*, eſt un barbarifme. *Un trône arraché fous un titre; un empereur qui fe prévaudra d'un nom pris:* tout cela eſt impropre, confus, mal exprimé.

Plufieurs perfonnes de goût font choquées de voir une femme qui veut toujours prendre tout fur elle, et qui ne veut pas feulement qu'*Héraclius* fache autre chofe que fon nom. Ce caractère n'eſt pas ordinaire; il excite une grande curiofité; mais, encore une fois, il rend le prince petit. On eſt fecrétement bleffé que le héros de la pièce foit inutile, et qu'une gouvernante, qui n'eſt ici qu'une intrigante, veuille tout faire par vanité.

V. 45. Il difpofe les cœurs à prendre un nouveau maître,
    Et preffe Héraclius de fe faire connaître.
    C'eſt à nous de répondre à ce qu'il en prétend.

Cet *en prétend* tombe fur *Héraclius*. Mais *ce que Dieu en prétend* n'eſt pas ſupportable. Ce n'eſt pas ainſi qu'on parle de Dieu ; ce n'eſt pas ainſi que *Racine* s'exprime dans Athalie.

V. 71. Seigneur, ſi votre amour peut écouter mes pleurs...

On écoute des ſoupirs, on n'écoute point des pleurs, on les voit.

V. 72. Ne vous expoſez point au dernier des malheurs.
La mort de ce tyran, quoique trop légitime,
Aura dedans vos mains l'image d'un grand crime.

Dernier des malheurs eſt faible. *Trop légitime ;* ce *trop* eſt de trop. *Dedans vos mains ;* il faut *dans.*

V. 84. Vous en êtes auſſi, Madame, et je me rends.

Vous en êtes auſſi, c'eſt une de ces expreſſions de comédie qu'on eſt obligé de relever ſi ſouvent, mais en ajoutant toujours que c'était le défaut du temps. Si cette expreſſion n'eſt pas élevée, le fond du diſcours d'*Héraclius* ne l'eſt pas davantage ; il ne prend aucune meſure, et ne dit rien de grand ; il ſe borne à ne pas faire *éclat d'un ſecret,* ſans le *congé* de ſa gouvernante. Son compliment aux yeux *tout divins d'Eudoxe,* la proteſtation qu'il n'aſpire au trône que par *la ſeule foif* d'en faire part à *Eudoxe,* ſont une froide galanterie, telle que celle de *Céſar* avec *Cléopâtre.* Ce n'eſt pas là une paſſion tragique, c'eſt parler d'amour comme on en parlait dans la ſimple comédie, et d'une manière moins élégante, moins fine qu'aujourd'hui. *Corneille* a mis de l'amour dans toutes ſes pièces ; mais on a déjà remarqué que cet amour n'a jamais été intéreſſant que dans le Cid, et attachant que dans Polyeucte ; c'eſt de tous les ſentimens le plus froid et le plus petit, quand il n'eſt pas le plus violent.

Je ne ſais ſi on peut citer l'opinion de *Rouſſeau* comme une autorité ; il a fait de ſi mauvaiſes comédies, que ſon ſentiment en fait de tragédies peut n'avoir point de
poids ;

poids ; mais , quoiqu'il n'ait rien fait de bon pour le théâtre , et qu'il foit inégal dans fes autres ouvrages , il avait un goût très-cultivé. Voici ce qu'il dit dans fa lettre au comédien *Riccoboni* :

,, Que les effets de l'amour foient tragiques comme dans ,, *Hermione* et dans *Phèdre* , qu'on le repréfente accom-,, pagné du trouble , des inquiétudes et des violentes ,, agitations qui en font le caractère ; en un mot que les ,, héros foient amoureux , et non pas des difcoureurs ,, d'amour , comme dans les pièces du grand *Corneille* et ,, dans celles de fon frère. ,,

V. 93. C'eft le prix de fon fang, c'eft pour y fatisfaire
Que je rends à la fœur ce que je tiens du frère.

On ne fatisfait point au prix d'un fang.

V. 95. Non que pour m'acquitter par cette élection,
Mon devoir ait forcé mon inclination.

Le mot d'*élection* n'eft nullement le mot propre , et *Héraclius* ne peut mettre en doute qu'il n'ait eu de l'inclination pour *Eudoxe*, puifqu'il l'aime depuis long-temps.

V. 99. Et ces yeux tout divins, par un foudain pouvoir,
Achevèrent fur moi l'effet de ce devoir.

Des yeux divins qui achèvent l'effet d'un devoir fur quelqu'un, font une étrange façon de parler.

V. 103. Je ne me fuis voulu jeter dans le hafard ,

On fe jette dans le péril et non dans le hafard.

V. 104. Que par la feule foif de vous en faire part.

Tout cela eft trop mal écrit.

V. 107. Mais fi je me dérobe au fang qui vous eft dû,
Ce fera par moi feul que vous l'aurez perdu.

Que veut dire ce vers obfcur , *fi je me dérobe au fang*

Comment. fur Corneille. Tome II.   D

qui vous eft dû? eft-ce fon fang? eft-ce celui de *Phocas?*
Comment aura-t-elle perdu ce fang? Quelles expreffions
louches, fauffes, inintelligibles! Il femble que *Corneille*
ait, après fes fuccès, méprifé affez le public pour ne
jamais foigner fon ftyle, et pour croire que la poftérité
lui pafferait fes fautes innombrables.

*V.*109. Seul je vous ôterai ce que je vous dois rendre;
    Difpofez des moyens et du temps de le prendre.

Il lui parle de prendre ce qu'il lui doit rendre.

*V.*111. Quand vous voudrez régner faites-m'en poffeffeur.

*Faites-moi poffeffeur de ce que je dois vous rendre, quand
vous pourrez le prendre.* Tout cela eft bien loin de la nobleffe
et de l'élégance que le ftyle tragique demande.

*V.*115. Repofez-vous fur moi, Seigneur, de tout fon fort,
    Et n'en appréhendez ni l'hymen ni la mort.

N'appréhendez ni l'hymen ni la mort de tout fon fort. On ne
peut écrire plus barbarement.

SCENE III.

V. 3. Vous faurez les deffeins de tout ce que j'ai fait;

cela n'eft pas français; il faut *les raifons*, ou, *apprenez mes
deffeins et tout ce que j'ai fait.*

V. 7. Fefons que fon amour nous venge de Phocas,

Il paraît que *Léontine* n'a pris aucune mefure; elle a une
efpérance vague qu'un jour *Martian*, fe croyant *Héraclius*,
pourra tuer fon propre père *Phocas*; mais elle n'eft fûre
de rien; elle fe repaît de l'idée d'un parricide, à quoi
Eudoxe s'oppofe très-raifonnablement.

D'ailleurs *Léontine* n'a qu'un intérêt éloigné à toute
cette intrigue. Il n'eft guère dans la nature qu'elle ait

élevé *Martian* pour tuer un jour fon père ; on ne médite pas un parricide de fi loin. Aujourd'hui qu'il s'agit de faire régner *Héraclius*, il n'importe par quelles mains *Phocas* périffe. Un parricide n'eft ici qu'une horreur inutile. A peine eft-il queftion de ce parricide dans la pièce.

La fable a imaginé de telles atrocités dans la famille d'*Atrée*; mais ce font les perfonnages de cette famille qui les commettent eux-mêmes, emportés par la fureur de leur vengeance. Quand ils commettent ces parricides, quand *Atrée* fait manger à *Thyefte* fes propres enfans, c'eft dans l'excès de l'emportement qu'infpire un outrage récent. *Atrée* ne médite pas fa vengeance vingt ans, cela ferait froid et ridicule. Ici c'eft une gouvernante d'enfans qui, fans aucun intérêt perfonnel, a livré fon propre fils à la mort, il y a vingt ans, dans l'efpérance que *Martian*, fubftitué à ce fils, tuerait dans vingt ans fon père *Phocas*; cela n'eft guère dans l'ordre des poffibles.

Remarquons furtout que les atrocités font effet au théâtre quand la paffion les excufe, quand celui qui va tuer quelqu'un a des remords, quand cette fituation produit de grands mouvemens. C'eft ici tout le contraire. Il n'y a pas de lecteur qui ne faffe aifément toutes ces réflexions ; mais au théâtre, le fpectateur, occupé de l'intrigue, s'attache peu à démêler ces défauts qui font fenfibles à la lecture.

V. 25. Je fais qu'un parricide eft digne d'un tel père ;
Mais faut-il qu'un tel fils foit en péril d'en faire ?

Il femble qu'il foit en péril de faire des fils ; cela fe rapporte à parricide ; mais *faire un parricide* ne fe dit pas ; on dit *commettre un parricide, faire un crime*.

V. 29. Dans le fils d'un tyran l'odieufe naiffance
Mérite que l'erreur arrache l'innocence ;

La penfée n'eft pas exprimée. La naiffance ne mérite ni

D 2

ne démérite. Il veut dire , le fils d'un tyran ne mérite pas
d'être vertueux ; et encore cela n'eft pas vrai. Toutes ces
penfées fubtiles, obfcurément exprimées , choquent les
premières lois de l'art d'écrire , qui font le naturel et la
clarté.

V. 31. Et que, de quelque éclat qu'il fe foit revêtu ,
   Un crime qu'il ignore en fouille la vertu.

La vertu de l'innocence ! Ces derniers vers font
vicieux ; on dit bien la vertu de la tempérance , de la
modération , parce que ce font des efpèces de vertu ;
l'innocence eft l'exclufion de tous les vices , et non une
vertu particulière.

S C E N E I V.

V. 1. Exupère, Madame, eft là qui vous demande.

On fent affez que cet *eft là* eft un terme de domeftique
qui doit être banni de la tragédie. Ce page ne paraît plus
aujourd'hui. On ne connaiffait point alors les pages.

V. 3. Qu'il entre. A quel deffein vient-il parler à moi ?

Parler à moi ne fe dit point ; il faut *me parler*. On peut
dire en reproche , *parlez à moi ; oubliez-vous que vous parlez
à moi ?*

V. 4. Lui que je ne vois point, qu'à peine je connoi ?

On prononce *je connais* ; et du temps même de *Corneille*,
cette diphthongue *oi*, était toujours prononcée *ai* dans
tous les imparfaits, *j'aurais, je ferais* ; auparavant on la
prononçait comme *toi* , *foi* , *loi*. *Connoi* , pour *connais* , eft
une liberté qu'ont toujours eûe les poëtes , et qu'ils ont
confervée. Il leur eft permis d'ôter ou de conferver cette
s à la fin du verbe , à la première perfonne du préfent ;
ainfi on met , *je di* , pour *je dis ; je fai* , pour *je fais ; j'averti*,
pour *j'avertis ; je vai* , pour *je vais*.

. . . . Je vous en *averti*,
Et fans compter fur moi, prenez votre parti.

R A C I N E.

V. dern. Je vous l'ai déjà dit, votre langue nous perd.

Il eft intolérable que cette *Léontine* reproche toujours
à fa fille, en termes fi bas et fi comiques, une indifcré-
tion qu'*Eudoxe* n'a point commife. Ces reproches font
d'autant plus mal placés que les difcours et les actions
de *Léontine* ne produifent rien.

SCENE V.

V. 1. Madame, Héraclius vient d'être découvert. —
Eh bien! — Si. — Taifez-vous. Depuis quand? — Tout
à l'heure. &c.

C'eft encore un dialogue de comédie; mais le coup de
théâtre eft frappant.

SCENE VI.

V. 6. Léontine a trompé Phocas, &c.

C'eft ici que l'intrigue fe noue plus que jamais; c'eft
une énigme à deviner. Ce *Martian*, cru *Léonce*, eft-il fils
de *Maurice*, ou de *Phocas*, ou de *Léontine*? Le fpectateur
cherche la vérité; il eft très-occupé fans être ému. Ces
incertitudes n'ont pu encore produire ces grands mouvemens, cette terreur, ce pathétique, qui font l'ame de
la vraie tragédie; mais nous ne fommes encore qu'au
fecond acte. Il femble que l'on aurait pu tirer un bien
plus grand parti de l'invention de *Caldéron*; rien n'était
peut-être plus tragique et plus fingulier, que de voir
deux héros, élevés dans les forêts, dans la pauvreté,
dans l'ignorance d'eux-mêmes, qui déployent à la première occafion leur caractère de grandeur. Ce fujet, traité

D 3

avec la vraisemblance qu'exige notre théâtre, aurait
reçu de la main de *Corneille* les beautés les plus frappantes ; mais un billet de *Maurice*, dans les mains de
Léontine, ne peut faire ce grand effet. Cela exige des vers
de discussion qui énervent le tragique, et refroidissent le
cœur ; aussi la pièce est, jusqu'à présent, plutôt une
affaire difficile à démêler qu'une tragédie.

V. 12. . . . . Vous étiez en mes mains
    Quand on ouvrit Byzance au pire des humains.

On sent bien qu'il fallait une expression plus noble
que *pire des humains*.

V. 19. Ce zèle sur mon sang détourna votre perte.

Ce vers est trop obscur. Comment détourne-t-on la
perte d'un autre sur son sang ?

V. 21 Mais j'offris votre nom, et ne vous donnai pas.

Cette subtilité affaiblit le pathétique de l'image.

(L E O N T I N E *fesant un soupir.*)

V. 27. Ah ! pardonnez de grâce, il m'échappe sans crime.

Cela ne serait pas souffert à présent. Il était aisé de
mettre, *pardonnez ce soupir*, il m'échappe *sans crime*. Le mal
est que ce soupir d'une mère est accompagné d'une dissi-
mulation qui affaiblit tout sentiment tendre. *Léontine* ne
se montre jusqu'ici qu'une intrigante qui a voulu jouer
un rôle à quelque prix que ce fût.

V. 28. J'ai pris pour vous sa vie et lui rends un soupir ;

n'est pas français ; il faut, *j'ai donné sa vie pour vous*, et
non pas, *j'ai pris*.

V. 34. Il nous fit de sa main cette haute fortune.

De sa main est de trop.

V. 36. Voilà ce que mes foins vous laiffaient ignorer ;
Et j'attendais, Seigneur, à vous le déclarer,
Que, par vos grands exploits, votre rare vaillance
Pût faire à l'univers croire votre naiffance,
Et qu'une occafion pareille à ce grand bruit
Nous pût de fon aveu promettre quelque fruit.

Rien n'eft plus obfcur que ces derniers vers. Qu'eft-ce qu'une occafion pareille à un bruit qui peut promettre quelque fruit d'un aveu ? l'aveu de qui ? l'aveu de quoi ? Ne ceffons de dire, pour l'inftruction des jeunes gens, que la première loi eft d'être clair.

V. 42. Car comme j'ignorais que

Il n'eft pas permis d'écrire avec cette négligencé en profe ; à plus forte raifon en vers.

Ibid. notre grand monarque
En eût pu rien favoir, ou laiffer quelque marque...

Quel ftyle ! Il veut dire, j'ignorais que *Maurice* avait pu laiffer quelque marque à laquelle on pût reconnaître fon fils.

V. 46. Comme fa cruauté, pour mieux gêner Maurice,
Le forçait de fes fils à voir le facrifice,
Ce prince vit l'échange et l'allait empêcher,
Mais l'acier des bourreaux fut plus prompt à trancher.

Forcer un père à voir égorger fes enfans, eft-ce là fimplement le gêner ? n'eft-ce pas lui faire fouffrir un fupplice affreux ? Que le mot propre eft rare ! mais qu'il eft néceffaire !

Martian, qui s'eft toujours cru fils de cette femme, et qui fe voit en un inftant fils de l'empereur *Maurice*, demeure muet dans une telle conjoncture ; ce qui n'eft ni vraifemblable, ni théâtral. Jufqu'ici ni *Héraclius*, ni *Martian* n'ont été que deux inftrumens dont on ne fait pas encore comme on fe fervira. *Martian* laiffe parler

Exupère. Mais comment cet *Exupère* ne lui a-t-il pas parlé plutôt ? eſt-il poſſible qu'ayant eu ce billet *naguère de ſon cher parent*, il ne l'ait pas porté ſur le champ à *Martian* ou à *Léonce?* Il a conſpiré, dit-il, ſans en avertir celui pour lequel il conſpire ! il a agi préciſément comme *Léontine ;* il a voulu tout faire par lui-même. *Léontine* et *Exupère*, ſans ſe donner le mot, ont traité les deux princes comme des écoliers ; mais cet *Exupère* eſt l'ami de *Léonce*, c'eſt-à-dire de *Martian*, cru *Léonce ;* comment *Léontine* a-t-elle pu dire qu'elle ne le connaît pas? Il y a bien plus ; cet *Exupère* poſsède ce billet important, par lequel une partie du ſecret de *Léontine* eſt révélé ; et il s'eſt mis à la tête d'une conſpiration, ſans en parler à cette *Léontine*, qui s'eſt chargée de tout, qui ſe vante toujours d'être maîtreſſe de tout. Aucune de ces circonſtances n'eſt croyable ; tout paraît amené de la manière la plus forcée. Comment *Maurice* allait-il empêcher l'échange? Ajoutez que *fût plus prompt à trancher*, n'eſt pas français ; il faut un régime à *trancher ;* ce n'eſt pas un verbe neutre.

V. 5o. La mort de votre fils arrêta cette envie,
　　　　Et prévint d'un moment le refus de ſa vie.

Que veut dire *le refus de ſa vie?* à quoi ſe rapporte *ſa vie?* qu'eſt-ce que la mort qui arrête une *envie?* Cela n'eſt ni élégant, ni français, ni clair.

V. 52. Maurice, à quelque eſpoir ſe laiſſant lors flatter,

Se laiſſant lors flatter à un eſpoir, n'eſt pas français ; mais ſi cette faute ſe trouvait dans une belle tirade, elle ſerait à peine une faute. C'eſt la quantité de ces expreſſions vicieuſes qui révolte.

V. 53. S'en ouvrit à Félix qui le vint viſiter ;

Quel était ce *Félix?* comment put-il viſiter *Maurice*, que *Phocas* tenait au milieu des bourreaux, et qui fut tué fur le corps de fes enfans ? *Venir vifiter*, expreffion de comédie.

V. 60. Armé d'un tel fecret, Seigneur, j'ai voulu voir
Combien parmi le peuple il aurait de pouvoir.

Quoi! cet *Exupère* a agi de fon chef, fans confulter perfonne ? fon premier devoir n'était-il pas d'avertir celui qu'il croit *Héraclius* et de parler à *Léontine* ? Va-t-on ainfi foulever le peuple, fans que celui en faveur duquel on le foulève en ait la moindre connaiffance ? y a-t-il un feul exemple dans l'hiftoire, d'une conduite pareille ? tout cela n'eft-il pas forcé ? On permet un peu d'invraifemblance quand il en réfulte de beaux coups de théâtre et des morceaux pathétiques ; mais la conduite d'*Exupère* ne produit que de l'embarras. Ce n'eft pas affez qu'une pièce foit intriguée, elle doit l'être tragiquement. Ici *Léontine* ne fait qu'embrouiller une énigme qu'elle donne à deviner.

V. 68. Sans qu'autres que les deux qui vous parlaient là-bas,
De tout ce qu'elle a fait fachent plus que Phocas.

On ne fait point qui font ces deux qui parlaient là-bas, et qui n'en favaient pas plus que *Phocas*. *Sans qu'autres que les deux*, mots durs à l'oreille, cacophonie inadmiffible dans le ftyle le plus commun.

V. 76. Surpris des nouveautés d'un tel événement,

Des nouveautés. Ce n'eft pas le mot propre ; il fallait *de la nouveauté ;* et cette expreffion eût encore été trop faible.

V. 77. Je demeure à vos yeux muet d'étonnement.

Il faut éviter cette petite méprife, et ne pas dire qu'on eft muet quand on parle ; il pouvait dire, *j'ai refté jufqu'ici muet d'étonnement.*

V. 78. Je fais ce que je dois, Madame, au grand fervice
Dont vous avez fauvé l'héritier de Maurice.

Cela n'eft pas français, c'eft un barbarifme.

V. 84. J'aimais, vous le favez, et mon cœur enflammé
Trouve enfin une fœur dedans l'objet aimé.

On a déjà vu qu'il n'aimait guère. Tous les mouvemens
du cœur font étouffés jufqu'ici dans cette pièce, fous le
fardeau d'une intrigue difficile à débrouiller. Il n'était
guère poffible qu'au feul *Corneille* de foutenir l'attention
du fpectateur, et d'exciter un grand intérêt dans la
difcuffion embrouillée d'un fujet fi compliqué et fi obfcur.
Mais malheureufement ce *Martian* s'explique d'une
manière fi froide, fi sèche et en fi mauvais vers, qu'il
ne peut faire aucune impreffion.

V. 91. Il faut donner un chef à votre illuftre bande.

Une bande ne fe dit que des voleurs.

V. 96. Il n'eut rien du tyran qu'un peu de mauvais fang.

L'erreur où l'on a été long-temps, qu'on fe fait tirer
fon mauvais fang par une faignée, a produit cette fauffe
allégorie. Elle fe trouve employée dans la tragédie
d'Andronic : *Quand j'ai du mauvais fang, je me le fais tirer.*
Et on prétend qu'en effet *Philippe II* avait fait cette réponfe
à ceux qui demandaient la grâce de *Don Carlos*. Dans
prefque toutes les anciennes tragédies, il eft toujours
queftion de fe défaire *d'un peu de mauvais fang*. Mais le
grand défaut de cette fcène eft qu'elle ne produit aucun
des mouvemens tragiques qu'elle femblait promettre.

SCENE VII.

***V.* 1.** Madame, pour laisser toute sa dignité
A ce dernier effort de générosité,
Je crois que les raisons que vous m'avez données
M'en ont seules caché le secret tant d'années, &c.

Ce discours de *Martian* est encore trop obscur par l'expression. *La dignité d'un effort*, et les raisons qui ont caché tant d'années *le secret d'un effort*, sont bien loin de faire une phrase nette. L'esprit est tendu continuellement, non-seulement pour comprendre l'intrigue, mais souvent pour comprendre le sens des vers.

***V.* 11.** Mais je tiendrais à crime une telle pensée.

Tenir à crime n'est pas français.

***V.* 15.** Quel dessein fesiez-vous sur cet aveugle inceste?

Cela n'est pas français; il veut dire, qu'attendiez-vous du péril où vous me mettiez de commettre un inceste? quel projet formiez-vous sur cet inceste? Mais on ne peut dire, *faire un dessein*; on dit bien, *concevoir, former un dessein; mon dessein est d'aller, J'ai le dessein d'aller*, &c. mais non pas, *je fais un dessein sur vous. Racine* a dit :

> Les grands desseins de Dieu sur son peuple et sur vous,

mais non pas,

> Les desseins que Dieu fit sur son peuple et sur vous.

De plus, on a des desseins *sur* quelqu'un, mais on n'a point de desseins *sur* quelque chose; on ne fait point des desseins, on fait des projets. Ces règles paraissent étranges au premier coup d'œil, et ne le sont point. Il y a de la différence entre *dessein* et *projet*; un projet est médité et arrêté; ainsi on fait un projet. *Dessein* donne une idée plus vague; voilà pourquoi on dit qu'un général fait un projet de campagne, et non pas un deſſein de campagne.

Ce même embarras, cette même énigme continue toujours. *Martian* fait des objections à *Léontine*; il ne parle de ſon inceſte que pour demander à cette femme *quel deſſein elle feſait ſur cet inceſte.*

V. 17. . . Je le craignais peu, trop ſûre que Phocas
Ayant d'autres deſſeins ne le ſouffrirait pas.

Pouvait - elle être ſûre que *Phocas* s'oppoſerait à cet amour ? Elle ne donne ici qu'une défaite ; et tout cela n'a rien de tragique, rien de naturel.

V 19. Je voulais donc, Seigneur, qu'une flamme ſi belle
Portât votre courage aux vertus dignes d'elle, &c.

La réponſe de *Léontine* ne peut qu'inſpirer beaucoup de défiance à *Martian* qui ſe croit *Héraclius.* Je voulais vous rendre amoureux de votre ſœur, afin de vous inſpirer l'ardeur de venger votre père. Ce diſcours ſubtil doit indigner *Martian ;* il doit répondre : N'aviez-vous pas d'autres moyens ? n'êtes-vous pas une très-méchante et très-imprudente femme, d'avoir pris le parti de m'expoſer à être inceſtueux ? ne valait-il pas mieux m'apprendre ma naiſſance ? Sur quoi penſez-vous que le motif de venger mon père ne m'eût pas ſuffi ? fallait-il que je fuſſe amoureux de ma ſœur pour faire mon devoir ? Comment voulez-vous que je croie la mauvaiſe raiſon que vous m'alléguez ?

V, 25. Et j'oſe dire encor qu'un bras ſi renommé
Peut-être aurait moins fait ſi le cœur n'eût aimé.

Un bras renommé !

V. 27. Achevez donc, Seigneur, et puiſque Pulchérie
Doit craindre l'attentat d'une aveugle furie. . .

Elle veut parler du mariage propofé par *Phocas;* mais ce n'eft pas là une aveugle furie.

V. 29. Peut-être il vaudrait mieux moi-même la porter
A ce que le tyran témoigne en fouhaiter.

Cela eft trop profaïque. Ce font là des difcuffions et non pas des mouvemens tragiques.

V. 40. Et quand même l'iffue en pourrait être bonne,
Peut-être il m'eft honteux de reprendre l'Etat
Par l'infame fuccès d'un lâche affaffinat.

On reprend la couronne, l'empire, mais non pas l'Etat ; et l'*iffue bonne* eft trop profaïque.

V. 43. Peut-être il vaudrait mieux, en tête d'une armée,
Faire parler pour moi toute ma renommée,

Voyez comme ce mot *toute* gâte le vers, parce qu'il eft fuperflu.

V. 45. Et trouver à l'empire un chemin glorieux
Pour venger mes parens d'un bras victorieux.

Il femble, par la phrafe, que c'eft d'un bras ennemi victorieux du bras de *Phocas,* qu'il vengera fes parens ; et l'auteur entend que le bras victorieux de *Martian,* cru *Héraclius,* les vengera.

V. 47. C'eft dont je vais réfoudre avec cette princeffe,
Pour qui non plus l'amour, mais le fang m'intéreffe.

Cela n'eft pas français ; et d'ailleurs les grands mouvemens, néceffaires au théâtre, manquent à cette fcène.

V. dern. Adieu.

Martian n'a joué dans cette fcène qu'un rôle froid et aviliffant. *Léontine* fe moque de lui. Il n'agit point, il ne

fait rien, il n'aime point, il n'a aucun deſſein, aucun
mouvement tragique ; il n'eſt là que pour être trompé.

SCENE VIII.

V. 5.   Il ſemble qu'un démon funeſte à ſa conduite,
Des beaux commencemens empoiſonne la ſuite.

Léontine n'eſt pas plus claire dans la conſtruction de ſes
phraſes que dans ſes intrigues. *Funeſte à ſa conduite*, c'eſt
la conduite du deſſein, et cela n'eſt pas français.

V. 7.   Ce billet, dont je vois Martian abuſé,
Fait plus en ma faveur que je n'aurais oſé:
Il arme puiſſamment le fils contre le père ;
Mais comme il a levé le bras en qui j'eſpère...

Suivant l'ordre du diſcours, c'eſt ce billet qui a levé
ce bras en qui elle eſpère. On ne peut trop prendre garde
à écrire clairement. Tout ce qui met dans l'eſprit la
moindre confuſion doit être proſcrit.

V. 17.   Madame, pour le moins vous avez connaiſſance
De l'auteur de ce bruit, et de mon innocence.

Eudoxe ne ſonge qu'à faire voir à ſa mère qu'elle n'a
point parlé. Elle a été inutile dans toutes ces ſcènes.
Elle fait auſſi des raiſonnemens au lieu d'être effrayée,
comme elle doit l'être, du ſort qui menace le véritable
Héraclius qu'elle aime.

V. 27.   Vous êtes curieuſe et voulez trop ſavoir.

Ce vers eſt intolérable. *Léontine* parle toujours à ſa fille
comme une nourrice de comédie ; tout cela fait que dans
ces premiers actes, il n'y a ni pitié ni terreur.

V. 28.   N'ai-je pas déjà dit que j'y ſaurai pourvoir ?

Le malheur eſt qu'en effet elle ne pourvoit à rien.

On s'attend qu'elle fera la révolution , et la révolution se fera fans elle. Le lecteur impartial, et furtout les étrangers , demandent comment la pièce a pu réuffir avec des défauts fi vifibles et fi révoltans. Ce n'eft pas feulement le nom de l'auteur qui a fait ce fuccès ; car, malgré fon nom, plufieurs de fes pièces font tombées; c'eft que l'intrigue eft attachante , c'eft que l'intérêt de curiofité eft grand, c'eft qu'il y a dans cette tragédie de très-beaux morceaux qui enlèvent le fuffrage des fpectateurs. L'inftruction de la jeuneffe exige que les beautés et les défauts foient remarqués.

ACTE TROISIEME.

SCENE PREMIERE.

LA première fcène de ce troifième acte a la même obfcurité que tout ce qui précède ; et par conféquent le jeu des paffions , les mouvemens du cœur ne peuvent encore fe déployer; rien de terrible , rien de tragique , rien de tendre ; tout fe paffe en éclairciffemens , en réflexions, en fubtilités , en énigmes ; mais l'intérêt de curiofité foutient la pièce.

Vers 15. Je n'avais que quinze ans alors qu'empoifonnée, &c.

Voilà encore une nouvelle préparation, une nouvelle avant-fcène. On n'apprend qu'au troifième acte que la mère de *Pulchérie* a été empoifonnée ; on apprend encore qu'elle a dit que *Léontine* gardait un *tréfor* pour la princeffe. Tous ces échafauds doivent être pofés au premier acte, autant qu'on le peut, afin que l'efprit n'ait plus à s'occuper que de l'action.

V. 27. J'oppofais de la forte à ma fière naiffance
　　　Les favorables lois de mon obéiffance ;

Tous ces raifonnemens fubtils fur l'amour et fur la

force du fang, auxquels *Martian* répond auffi par des réflexions, font d'ordinaire l'oppofé du tragique. Les fubtilités ingénieufes amufent l'efprit dans un livre, et encore très-rarement ; mais tout ce qui n'eft point fentiment, paffion, pitié, terreur, eft froideur au théâtre. Qu'eft-ce que c'eft qu'une *fière naiffance* et les *lois d'une obéiffance*?

V. 44. C'eft un penchant fi doux qu'on y tombe fans peine.

On ne tombe point dans un penchant. Toujours des expreffions impropres.

V. 56. Je fais quelle amertume aigrit de tels divorces,

On aigrit des douleurs, des reffentimens, des foupçons même. *Racine* a dit avec fon élégance ordinaire :

> La douleur eft injufte, et toutes les raifons
> Qui ne la flattent point aigriffent fes foupçons.

Mais on n'a jamais aigri une féparation, et une fœur qui ne peut époufer fon frère ne fait point un divorce.

V. 57. Et la haine à mon gré les fait plus doucement,
Que quand il faut aimer, mais aimer autrement.

Les maximes, les fentences au moins doivent être claires ; celle-ci n'eft ni claire, ni convenable, ni vraie. Il eft faux qu'il foit plus agréable d'être obligé de paffer de l'amour à la haine, que de l'amour à l'amitié. *Corneille* eft tombé fi fouvent dans ce défaut, qu'il eft utile d'en examiner la fource.

Cette habitude de faire raifonner fes perfonnages avec fubtilité, n'eft pas le fruit du génie. Le génie peint à grands traits, invente toujours les fituations frappantes, porte la terreur dans l'ame, excite les grandes paffions, et dédaigne tous les petits moyens ; tel eft *Corneille* dans le cinquième acte de Rodogune, dans des fcènes des

Horaces,

Horaces, de Cinna, de Pompée. Le génie n'eſt point ſubtil et raiſonneur ; c'eſt ce qu'on appelle *eſprit*, qui court après les penſées, les ſentences, les antithèſes, les réflexions, les conteſtations ingénieuſes. Toutes les pièces de *Corneille*, et ſurtout les dernières, ſont infectées de ce grand défaut qui refroidit tout. L'*eſprit* dans *Corneille*, comme dans le grand nombre de nos écrivains modernes, eſt ce qui perd la littérature. Ce ſont les traits du génie de ce grand homme, qui ſeuls ont fait ſa gloire et montré l'art ; je ne ſais pourquoi on s'eſt plu à répéter que *Corneille* avait plus de génie, et *Racine* plus d'eſprit ; il fallait dire que *Racine* avait beaucoup plus de goût, et autant de génie. Un homme, avec du talent et un goût ſûr, ne fera jamais de lourdes chutes en aucun genre.

V. 59. J'ai ſenti comme vous une douleur bien vive,
  En briſant les beaux fers qui me tenaient captive ;

 De *beaux fers !* et on reproche à *Racine* d'avoir parlé d'amour ! Mais on ne trouve chez lui ni beaux fers, ni beaux feux ; ce n'eſt que dans ſa faible tragédie d'Alexandre, où il voulait imiter *Corneille*, où il fait dire à *Epheſtion :*

  Fidelle confident du beau feu de mon maître.

V. 72. Régnez ſur votre cœur avant que ſur Byzance,
  Et domptant comme moi ce dangereux mutin,
  Commencez à répondre à ce noble deſtin.

 Ce *dangereux mutin* eſt une expreſſion qui ne convient que dans une épigramme.

V. 77. Et ce grand nom ſans peine a pu vous enſeigner
  Comment deſſus vous-même il vous fallait régner.

 Un grand nom qui enſeigne comment il faut régner deſſus ſoi-même ! *Martian* caché *ſous une aventure* et

Comment. ſur Corneille. Tome II.   E

qui a pris *la teinture* d'une ame commune ! Que d'in-correction ! que de négligence ! quel mauvais ftyle !

V. 81. Il n'eft pas merveilleux , fi ce que je me crus

    - Mêle un peu de Léonce au cœur d'Héraclius. . .

    C'eft Léonce qui parle et non pas votre frère ;

Ce trait prouve encore la vérité de ce qu'on a dit, qu'on courait alors après les tours ingénieux et recher-chés.

V. 85. Mais fi l'un parle mal , l'autre va bien agir ;

Cela confirme encore la preuve que le mauvais goût était dominant , et que *Corneille* , malgré la folidité de fon efprit , était trop afferyi à ce malheureux ufage ; il y a même du comique dans ces oppofitions de *Léonce* avec *Martian* ; et ce jeu de *Léonce* qui parle, avec *Martian* qui agit, reffemble à l'*Amphitryon* , qui rejette fur l'époux d'*Alcmène* les torts reprochés à l'amant d'*Alcmène*. Ces artifices réuffiffent beaucoup plus dans le comique , et font puérils dans la tragédie.

V. 87. Je vais des conjurés embraffer l'entreprife ,

    Puifqu'une ame fi haute à frapper m'autorife,

    Et tient que pour répandre un fi coupable fang,

    L'affaffinat eft noble et digne de mon rang.

Pulchérie n'a point dit cela. On peut hafarder que l'affaffinat eft peut - être pardonnable contre un affaffin ; mais que l'affaffinat foit digne du rang suprême, c'eft une de ces idées monftrueufes qui révolteraient , fi leur extrême ridicule ne les rendait fans conféquence.

V. 93. Puifqu'un amant fi cher ne peut plus être à vous ,

    Ni vous , mettre l'empire à la main d'un époux ,

Ce *vous* fe rapporte à *peut* , et eft un folécifme ; mais , encore une fois , cette froide differtation fur l'incefte eft pire que des folécifmes.

V. 95. Epoufez Martian comme un autre moi-même.

Remarquez toujours que cette combinaifon ingénieufe d'inceftes, cette ignorance où chacun eft de fon état, peuvent exciter l'attention, mais jamais aucun trouble, aucune terreur.

V. 97. Ne pouvant être à vous, je pourrais juftement
Vouloir n'être à perfonne, et fuir tout autre amant;
Mais on pourrait nommer cette fermeté d'ame
Un refte mal éteint d'inceftueufe flamme.

Toute cette fcène eft une difcuffion qui n'a rien de la vraie tragédie. *Pulchérie* craint qu'on ne nomme *fa fermeté d'ame, refte d'incefte!*

V. 125. Outre que le fuccès eft encore à douter,

Outre que ne doit jamais entrer dans un vers héroïque; et *le fuccès eft à douter* eft un folécifme. On ne doute pas une chofe, elle n'eft pas doutée. Le verbe *douter* exige toujours le génitif, c'eft-à-dire la prépofition *de.*

V. 129. Ah! combien ces momens de quoi vous me flattez,
Alors pour mon fupplice auraient d'éternités!

On n'a jamais dû, dans aucune langue, mettre le mot d'*éternité* au pluriel, excepté dans le dogmatique, quand on diftingue mal à propos l'éternité paffée et l'éternité à venir; comme lorfque *Platon* dit que notre vie eft un point entre deux éternités; penfée que *Pafcal* a répétée, penfée fublime, quoique dans la rigueur métaphyfique elle foit fauffe.

Remarquez encore qu'on ne peut dire, *ces momens de quoi vous me flattez;* cela n'eft pas français, il faut, *ces momens dont vous me flattez.* Remarquez qu'une haine ne voit point l'erreur de fa tendreffe; car comment une haine aurait-elle une tendreffe? *Pulchérie* dit encore que

E 2

fa haine a les yeux mieux ouverts que celle de *Martian*.
Quel langage ! et qu'eft-ce encore qu'une *mort propice à
former de beaux nœuds*, et qui purifie un objet ? Il n'eft
pas permis d'écrire ainfi.

SCENE II.

V. 1.   Quel eft votre entretien avec cette princeffe ?
· Des noces que je veux ?

Ce mot *noces* eft de la comédie, à moins qu'il ne foit
relevé par quelque épithète terrible ; le refte eft très-
tragique, et c'eft ici que le grand intérêt commence. Le
tyran a raifon de croire que *Martian* fon fils eft *Héraclius*.
Voilà *Martian* dans le plus grand danger, et l'erreur du
père eft théâtrale.

V. 9.   Si vous aimez mon fils, faites-le-moi connaître. —
Vous le connaiffez trop, puifque je vois ce traître.

On pourrait dire que *Martian* fe hâte trop d'accufer
Exupère. Il peut, ce femble, penfer qu'*Exupère*, qui eft
de fon côté à la tête de la confpiration, trompe toujours
le tyran, autant que foupçonner qu'*Exupère* trahit fon
propre parti ; dans ce doute, pourquoi accufe-t-il *Exupère* ?

V. 33.   La mort n'a rien d'affreux pour une ame bien née ;
A mes côtés pour toi je l'ai cent fois traînée.

On voit la mort, on l'affronte, on la brave, on ne la
traîne pas.

V. 37.   Tu prends pour me toucher un mauvais artifice.

On ne prend point un artifice ; c'eft un barbarifme.

V. 43.   Et fe défavouant d'un aveugle fecours,
Sitôt qu'il fe connaît il en veut à mes jours.

Cela n'eft pas français ; on défavoue un fecours qu'on

a donné, on dément fa conduite, on fe rétracte, &c. mais on ne fe défavoue pas. *Défavouer* n'eft point un verbe réciproque, ét n'admet point le *de*.

V. 53. Que ferais-tu pour moi de me laiffer la vie ?

C'eft un folécifme ; il faut, *en me laiffant la vie.*

V. 57. Pour ton propre intérêt fois juge incorruptible.

Incorruptible n'eft pas le mot propre ; c'eft *inexorable*.

V. 65. Je me tiens plus heureux de périr en monarque,
Que de vivre en éclat fans en porter la marque ;

Toujours *monarque* et *marque*. On ne dit pas *vivre en éclat*, encore moins *porter la marque*.

V. 74. Faites-le retirer en la chambre prochaine,
Crifpe, et qu'on me l'y garde, attendant que mon choix,
Pour punir fon forfait, vous donne d'autres lois.

Attendant que mon choix, ce n'eft pas là le mot propre ; il veut dire, en attendant que j'en difpofe, en attendant que tout foit éclairci ; du refte on fent affez que cette fcéne eft grande et pathétique. Il eft vrai que *Pulchérie* y joue un rôle défagréable ; elle n'a pas un mot à placer. Il faut, autant qu'on le peut, qu'un perfonnage principal ne devienne pas inutile dans la fcène la plus intéreffante pour elle.

SCENE III.

V. 7. Laiffe aller tes foupirs, laiffe couler tes larmes.

expreffion qui n'eft ni noble ni jufte. Des foupirs ne vont point. Ce qui eft moins noble encore, c'eft l'infulte ironique faite inutilement à une femme par un empereur. Un tyran peut être repréfenté perfide, cruel, fanguinaire mais jamais bas ; il y a toujours de la lâcheté à infulter une femme, furtout quand on eft fon maître abfolu.

V. 15. Il n'a point pris le ciel, ni le fort à partie,
      Point querellé le bras qui fait ces lâches coups,

On ne fait point des coups ; on dit dans le ftyle fami-lier, faire un mauvais coup, mais jamais faire des coups ; on ne querelle point un bras ; et il n'y a ici nul bras qui ait fait un coup. Tout le refte du difcours de *Pulchérie* ferait d'une grande beauté, s'il était mieux écrit.

V. 17. Point daigné contre lui perdre un jufte courroux.

Point daigné perdre un jufte courroux contre un bras !

V. 28. Pour apaifer le père offre le cœur au fils.

Quelle raifon peut avoir *Phocas*, de vouloir que *Pulchérie* époufe fon prétendu fils, quand il fe croit fûr de tenir *Héraclius* en fa puiffance ? Il fait que *Pulchérie* et *Héraclius*, cru *Martian*, ne s'aiment point. Offre-t-on ainfi *le cœur* quand on eft menacée de mort ?

V. 30. Crois-tu que fur la foi de tes fauffes promeffes
      Mon ame ofe defcendre à de telles baffeffes ?

Ofe eft ici contradictoire ; on n'ofe pas être bas.

V. 34. Eh bien, il va périr, ta haine en eft complice ;

Autre impropriété. On eft complice d'un criminel, complice d'un crime, mais non pas de ce que quelqu'un va périr.

V. 35. Et je verrai du ciel bientôt choir ton fupplice.

Choir n'eft plus d'ufage. Cette idée eft grande, mais n'eft pas exprimée.

V. 44. Ils trompaient d'un barbare aifément la fureur,
      Qui n'avait jamais vu la cour, ni l'empereur.

Par la phrafe, c'eft la fureur de *Phocas* qui n'avait point vu *Maurice ;* il faut éviter les petites amphibologies. Mais peut-on dire d'un homme qui commandait les armées, qu'il n'avait jamais feulement vu l'empereur?

V. 47. L'un après l'autre enfin fe vont faire paraître ;

C'eft un barbarifme. On fe fait voir, on ne fe fait point paraître ; la raifon en eft évidente; c'eft qu'on paraît foi-même, et que ce font les autres qui vous voient.

V. 52. L'efclave le plus vil qu'on puiffe imaginer
Sera digne de moi s'il peut t'affaffiner.

Cet hémiftiche, *qu'on puiffe imaginer*, eft fuperflu, et fert uniquement à la rime. Quelle idée a *Pulchérie* d'époufer le dernier homme de la lie du peuple? La nobleffe de fa vengeance peut-elle defcendre à cette baffeffe?

V. 56. Et fans m'importuner de répondre à tes vœux,
Si tu prétends régner, défais-toi de tous deux.

Le premier vers n'eft pas français. Il fallait : *Et fans plus me preffer de répondre à tes vœux.* Remarquez encore que ce mot *vœux* eft trop faible pour exprimer les ordres d'un tyran.

SCENE IV.

V. 1. J'écoute avec plaifir ces menaces frivoles,

Cette fcène eft adroite. L'auteur a voulu tromper jufqu'au fpectateur, qui ne fait fi *Exupère* trahit *Phocas* ou non; cependant un peu de réflexion fait bien voir que *Phocas* eft dupe de cet officier.

Les trois principaux perfonnages de cette pièce, *Phocas*, *Héraclius* et *Martian*, font trompés jufqu'au bout; ce ferait un exemple très dangereux à imiter.

E 4

Corneille ne fe foutient pas feulement ici par l'intrigue, mais par de très-beaux détails. Toutes les pièces que d'autres auteurs ont faites dans ce goût, font tombées à la longue. On veut de la vraifemblance dans l'intrigue, de la clarté, de grandes paffions, une élégance continue.

V. 6. Vous dont je vois l'amour quand j'en craignais la haine,...

Pourquoi craignait-il la haine d'*Amintas*? et s'il a craint la haine d'*Exupère*, dont il a fait tuer le père, pourquoi fe fie-t-il à cet *Exupère*? *J'en craignais* n'eft pas bien; il fallait, *quand j'ai craint votre haine*. Malgré l'artifice de cette fcène, peut-être *Phocas* eft-il un peu trop un tyran de comédie, à qui on en fait aifément accroire; il a des troupes, il peut mettre *Léontine*, *Pulchérie* et le prétendu *Héraclius* en prifon; il n'a point pris ce parti, il attend qu'*Exupère* lui donne des confeils, il fe rend à tout ce qu'on lui dit.

V. 39. Le feul bruit de ce prince, au palais arrêté,
Difperfera foudain chacun de fon côté;

Le bruit d'un *prince arrêté* qui *difperfe* chacun de fon côté. Qui ne voit que ces expreffions font à la fois familières, profaïques et inexactes? *Le bruit d'un prince arrêté!* quelle expreffion! *Chacun de fon côté* eft oifeux et profaïque.

V. 45. Envoyez des foldats à chaque coin des rues;

Ce n'eft pas ainfi qu'on exprime noblement les plus petites chofes, et qu'un poëte, comme dit *Boileau*,

Fait des plus fecs chardons des lauriers et des rofes.

V. 51. Nous aurons trop d'amis pour en venir à bout,

Il doit dire précifément le contraire; nous avons trop d'amis pour n'en pas venir à bout.

V. 52. J'en réponds fur ma tête, et j'aurai l'œil à tout.

J'aurai l'œil à tout, expreſſion de comédie.

V. 53. C'en eſt trop, Exupère ; allez, je m'abandonne
Aux fidelles conſeils que votre ardeur me donne :

L'ardeur d'*Exupère* qui donne des conſeils !

V. 57. Je vais fans différer, pour cette grande affaire,
Donner à tous mes chefs un ordre néceſſaire.

Il n'eſt pas permis dans le tragique d'employer ces
phraſes qui ne conviennent qu'au genre familier. Ce
n'eſt pas là cette noble ſimplicité tant recommandée.

V. 59. Vous, pour répondre aux ſoins que vous m'avez promis,

Cela n'eſt pas français. On répond à la confiance, on
exécute ce qu'on a promis.

V. 60. Allez de votre part aſſembler vos amis ;

Il ſemble par ce mot qu'*Exupère* ſoit un homme auſſi
important que l'empereur, et que *Phocas* ait beſoin de
ces amis pour l'aider. Les choſes ne ſe paſſent ainſi dans
aucune cour. *Juſtinien* n'aurait pas dit, même à un *Béliſaire*,
aſſemblez vos amis ; on donne des ordres en pareil cas.
De votre part eſt encore une faute ; on peut ordonner de
ſa part, mais on n'exécute point de ſa part ; il fallait,
vous de votre côté raſſemblez vos amis.

V. 61. Et croyez qu'après moi, juſqu'à ce que j'expire,
Ils feront, eux et vous, les maîtres de l'empire.

Ces mots *après moi*, et *juſqu'à ce que j'expire*, ſemblent
dire, *juſqu'à ce que je ſois mort, après ma mort. Juſqu'à ce
que*, mot rude, raboteux, déſagréable à l'oreille, et dont
il ne faut jamais ſe ſervir.

Plus on réfléchit ſur cette ſcène, et plus on voit que
Phocas y joue le rôle d'un imbécille, à qui cet *Exupère*
fait accroire tout ce qu'il veut.

SCENE V.

Cette scène entre *Exupère* et *Amintas* est faite exprès pour jeter le public dans l'incertitude. Il s'agit du destin de l'Empire, de celui d'*Héraclius*, de *Pulchérie* et de *Martian*. La situation est violente; cependant ceux qui se sont chargés d'une entreprise si périlleuse, n'en parlent pas; ils disent *qu'ils sont en faveur, et qu'ils feront des jaloux*; ils parlent d'une manière équivoque, et uniquement de ce qui les regarde. Ces personnages subalternes n'intéressent jamais, et affaiblissent l'intérêt qu'on prend aux principaux. Je crois que c'est la raison pourquoi *Narcisse* est si mal reçu dans Britannicus quand il dit :

> La fortune t'appelle une seconde fois.

On ne se soucie point de la fortune de *Narcisse*, son crime excite l'horreur et le mépris; si c'était un criminel auguste, il imposerait. Cependant combien est-il au-dessus de cet *Exupère!* que la scène où il détermine *Néron* est adroite, et surtout qu'elle est supérieurement écrite! Comme il échauffe *Néron* par degrés! Quel art et quel style !

V. 1. Nous sommes en faveur, ami, tout est à nous.
L'heur de notre destin va faire des jaloux.

Ces deux vers d'*Exupère* sont d'un valet de comédie, qui a trompé son maître, et qui trompe un autre valet.

ACTE QUATRIEME.

SCENE PREMIERE.

L'EMBARRAS croît, le nœud se redouble. *Héraclius*
se croit trahi par *Léontine* et par *Exupère* ; mais il n'est
point encore en péril, il est avec sa maîtresse , il raisonne
avec elle sur l'aventure du billet. Les passions de l'ame
n'ont encore aucune influence sur la pièce. Aussi les
vers de cette scène sont tous de raisonnement. C'est à
mon avis l'opposé de la véritable tragédie. Des discussions
en vers froids et durs peuvent occuper l'esprit d'un
spectateur, qui s'obstine à vouloir comprendre cette
énigme. Mais ils ne peuvent aller au cœur, ils ne
peuvent exciter ni crainte , ni pitié , ni admiration.

Vers 9. Vous, pour qui son amour a forcé la nature !

Il eût été mieux , je crois, de dire , *a dompté la nature* ;
car *forcer la nature* signifie *pousser la nature trop loin.*

V. 10. Comment voulez-vous donc... par un faux rapport
Confondre en Martian, et mon nom et mon sort ?

L'expression n'est ni juste , ni claire ; il veut dire ,
donner à Martian mon nom et mes droits.

V. 15. Et le mettre en état, dessous sa bonne foi ,
De régner en ma place, ou de périr pour moi.

On ne dit ni *sous* , ni *dessous la bonne foi* ; cela n'est pas
français.

V. 25. Sûre en foi des moyens de vous rendre l'empire ,

On n'est point *sûr en foi.* Mais comment *Léontine* est-
elle si sûre du succès ? Elle a toujours parlé comme une

femme qui veut tout faire, et qui ne doute de rien ;
mais elle n'a point agi, elle n'a fait aucune démarche
pour s'éclaircir avec *Exupère* ; il était pourtant bien
naturel qu'elle s'informât de tout, et encore plus naturel
qu'*Exupère* la mît au fait. Il femble qu'*Exupère* et *Léontine*
aient fongé à rendre l'énigme difficile, plutôt qu'à fervir
véritablement.

V. 26.   Qu'à vous-même jamais elle n'a voulu dire,

Par la conftruction, elle *n'a pas voulu dire l'empire* ; elle
veut parler des moyens. Il faut foigneufement éviter ces
phrafes louches, ces amphibologies de conftruction.

V. 27.   Elle a fur Martian tourné le coup fatal
            De l'épreuve d'un cœur qu'elle connaiffait mal.

Tourner le coup de l'épreuve d'un cœur, n'eft pas intelligible ; et tout ce raifonnement d'*Eudoxe* eft un peu
obfcur.

V. 34.   ... L'un et l'autre enfin ne font que même chofe,
            Sinon qu'étant trahi je mourrais malheureux,
            Et que m'offrant pour toi je mourrai généreux.

Ici tous les fentimens font en raifonnement, et exprimés d'un ton didactique, dans un ftyle qui eft celui de
la profe négligée. *Ne font que même chofe, finon*, n'eft
pas français.

V. 37.   Quoi ! pour défabufer une aveugle furie,
            Rompre votre deftin et donner votre vie !

Rompre un deftin, défabufer une furie aveugle ! On
ne défabufe point une furie, on ne rompt point un
deftin ; ce ne font pas les mots propres.

V. 47.   Souffrir qu'il fe trahiffe aux rigueurs de mon fort !

Cette expreffion n'eft grammaticale en aucune langue,
et n'eft pas intelligible ; il veut dire, qu'il fubiffe la mort

qui m'était deftinée ; mais le fond de ces fentimens eft héroïque ; c'eft dommage qu'ils foient fi mal exprimés.

V. 55. Et prenant à l'empire un chemin éclatant,

Prendre un chemin éclatant à l'empire !

V. 56. Montrez Héraclius au peuple qui l'attend.

Ce vers eft fouvent répété, et forme une efpèce de refrain ; c'eft le fujet de la pièce ; il y a un peu d'affectation à cette répétition. Cette fcène d'ailleurs eft intéreffante par le fond, et il y a de très-beaux vers qui élèvent l'ame quand les raifonnemens l'occupent.

V. 57. Il n'eft plus temps, Madame, un autre a pris ma place ;

vers de comédie.

V. 68. Il m'ôtera l'ardeur qui me fait foulever.

Cela n'eft pas français, et l'expreffion eft auffi obfcure que vicieufe ; veut-il dire l'horreur qui foulève mon cœur, ou l'horreur qui me force à foulever le peuple, ou l'horreur qui me porte à me foulever contre le tyran ?

V. 72. Au tombeau comme au trône on me verra courir ;

eft fort beau.

SCENE II.

V. 4. Seigneur, ne croyez rien de ce qu'il va vous dire.

Ce vers ferait également convenable à la comédie et à la tragédie ; c'eft la fituation qui en fait le mérite ; il échappe à la paffion, il part du cœur ; et fi *Eudoxe* avait eu un amour plus violent, ce vers ferait encore plus d'effet.

SCENE III.

V. 5. Qu'on le faffe venir. Pour en tirer l'aveu ,
Il ne fera befoin ni du fer ni du feu.

Pour en tirer l'aveu, eft une faute ; cet *en* ne peut fe rapporter qu'à *Martian* dont on parle ; mais *en tirer l'aveu* fignifie *tirer l'aveu de quelque chofe* ; il fallait donc dire quel eft cet aveu qu'on veut tirer.

V. 13. La perfide ! Ce jour lui fera le dernier.

Cela n'eft pas français. *Ce jour eft mon dernier jour* , et non pas *m'eft le dernier jour.*

SCENE IV.

Jufqu'ici le fpectateur n'a été qu'embarraffé et inquiet ; à préfent il eft ému par l'attente d'un grand événement.

V. 3. Tout ce que je demande à votre jufte haine ,
C'eft que de tels forfaits ne foient pas impunis.

Cela eft dit ironiquement et à double entente , car ni *Héraclius* , ni *Martian* , n'ont commis de forfaits. La figure de l'ironie doit être employée bien fobrement dans le tragique.

V. 6. Voilà tout mon fouhait et toute ma prière ,
M'en refuferez-vous ?

Cet *en* était alors en ufage dans les difcours familiers, témoin ce vers du Cid : *Le roi quand il en fait* , *le mefure au courage.*

V. 20. . . . Semant de nos noms un infenfible abus ,
Fit un faux Martian du jeune Héraclius.

Semer un abus des noms , ne peut fe dire. Ces expreffions, auffi obfcures que forcées , fe rencontrent fouvent ; mais la fituation empêche qu'on ne remarque ces petites fautes au théâtre. Tous les efprits font en fufpens. Qui des deux eft *Héraclius*? Qui des deux va périr? Rien n'eft plus intéreffant ni plus terrible.

V. 24. Tu fais après cela des contes fuperflus.

Quoique les expreffions les plus fimples deviennent quelquefois les plus tragiques par la place où elles font, ce n'eft pas en cet endroit ; c'eft quand elles expriment un grand fentiment. *Des contes* eft ignoble.

V. 25. Si ce billet fut vrai, Seigneur, il ne l'eft plus.

C'eft encore une énigme, ou plutôt, ún procès par écrit. Il faut au quatrième acte effuyer encore une avant-fcène, informer le fpectateur de tout ce qui s'eft paffé autrefois ; mais cette explication même jette tant de trouble dans l'ame de *Phocas*, et rend le fort de *Martian* fi douteux, qu'elle devient un coup de théâtre pour les efprits extrêmement attentifs.

V. 32. Cependant Léontine étant dans le château
Reine de nos deftins et de notre berceau,

On n'eft point reine d'un deftin, encore moins d'un berceau.

V. 34. Pour me rendre le rang qu'occupait votre race,
Prit Martian pour elle et me mit en fa place.

On ne peut fe fervir de *race* pour fignifier *fils.* On défirerait dans toute cette tirade un ftyle plus tragique et plus noble.

V. 53. Perdez Héraclius et fauvez votre fils.

C'eft encore un refrain. On y voit peut-être encore trop d'apprêt. L'auteur fe complaît à dire par ce refrain le mot de l'énigme. Je crois cependant que cette répétition eft ici mieux placée que celle ci, *montrez Héraclius au peuple*, laquelle revient trop souvent. La situation est très-intéressante.

V. 69. Tombai-je dans l'erreur, ou si j'en vais sortir ?

Il faut, *ou bien vais-je en sortir ?* Ce *si* s'employait autrefois par abus en sous-entendant, je demande, ou dis-moi, *si j'en vais sortir ;* mais c'est une faute contre la langue : il n'y a qu'un cas où ce *si* est admis, c'est en interrogation ; *Si* je parle ? *Si* j'obéis ? *Si* je commets ce crime ? on sous-entend, qu'arrivera-t-il ? qu'en penserez-vous ? &c. Mais alors il ne faut pas faire précéder ce *si* par une autre figure ; il ne faut pas dire : *Parlé-je à un sage*, ou *si je parle à un courtisan ?*

V. 73 Elle a pu les changer et ne les changer pas ;

(Et plus bas)

Elle a pu l'abuser et ne l'abuser pas.

font des vers de comédie : mais la force de la situation les rend tragiques. La contestation d'*Héraclius* et de *Martian* me paraît sublime. Si *Phocas* joue un rôle faible et très-embarrassant pour l'acteur pendant cette noble dispute, il devient tout d'un coup noble et intéressant, dès qu'il parle.

V. 74. Et plus que vous, Seigneur, dedans l'inquiétude,
        Je ne vois que du trouble et de l'incertitude.

Le premier vers est mal fait, indépendamment de cette faute, *dedans ;* mais *Exupère* dit ce qu'il doit dire.

V. 77. Vous voyez quels effets en ont été produits.

Cet *en* est vicieux, et le vers est trop faible.

V. 82. . . . . Ah ciel ! quelle est sa ruse ?

Ce mot *ruse* ne doit point entrer dans le tragique, à moins qu'il ne soit relevé par une épithète noble.

V. 93.

V. 93. Elle a pu l'abufer et ne l'abufer pas.

Cette reffemblance affectée avec ce vers, *elle a pu les changer et ne les changer pas*, eft un peu trop du ftyle de la comédie.

V. 94. Tu vois comme la fille a part au ftratagême ;

Vers de comédie. Otez les noms d'empereur et de prince, l'intrigue en effet et la diction ne font pas tragiques jufqu'ici. Mais elles font ennoblies par l'intérêt d'un trône, et par le danger des perfonnages.

V. 102. Ami, rends-moi mon nom, la faveur n'eft pas grande ;
Ce n'eft que pour mourir que je te le demande, &c.

Ici le dialogue fe relève et s'échauffe ; voilà du tragique.

V. 109. Et nos noms au deffein donnent un divers fort ;

Eft obfcur parce que *fort* n'eft pas le mot propre ; il veut dire, *nos noms mettent une grande différence dans notre action* ; mais cette différence n'eft pas le *fort*.

V. 110. Dedans Héraclius, il a gloire folide ;
Et dedans Martian, il devient parricide.

Il a gloire n'eft pas permis dans le ftyle noble ; il devait dire, *c'eft dans Héraclius une gloire folide.*

V. 112. Puifqu'il faut que je meure, illuftre ou criminel,

Illuftre n'eft pas oppofé à *criminel*, parce qu'on peut être un criminel illuftre.

V. 113. Couvert ou de louange ou d'opprobre éternel,

n'eft pas français ; il faut, *d'un opprobre éternel. D'opprobre* eft ici abfolu, et ne fouffre point d'épithète ; et on ne peut dire *couvert de louange*, comme on dit *couvert de gloire, de lauriers, d'opprobre, de honte.* Pourquoi ? c'eft qu'en effet la honte, la gloire, les lauriers femblent

environner un homme , le couvrir. La gloire couvre de
ses rayons , les lauriers couvrent la tête ; la honte , la
rougeur couvrent le visage ; mais la louange ne couvre
pas.

V. 116. Mon nom seul est coupable. . . . . .

C'est-là , ce me semble , une très-noble hardiesse
d'expression.

V. 118. Il conspira tout seul , tu n'en es pas complice.

On ne peut pas dire qu'un nom a conspiré. *Tu n'en es
pas complice* est une petite faute.

V. 122. Et lorsque contre vous il m'a fait entreprendre,
La nature en secret aurait su m'en défendre.

Ce verbe *entreprendre* est actif , et veut ici absolument
un régime. On ne dit point *entreprendre* pour *conspirer*.

N. B. C'est parler très-bien que de dire , *je fais méditer ,
entreprendre et agir*, parce qu'alors *entreprendre* , *méditer*
ont un sens indéfini. Il en est de même de plusieurs verbes
actifs qu'on laisse alors sans régime. Il avait une tête
capable d'imaginer, un cœur fait pour sentir , un bras
pour exécuter ; mais *j'exécute contre vous* , *j'entreprends
contre vous* , *j'imagine contre vous* , n'est pas français.
Pourquoi? parce que ce défini *contre vous* fait attendre
la chose *qu'on imagine , qu'on exécute et qu'on entreprend*.
Vous ne vous êtes pas expliqué. Voyez comme tout ce
qui est règle est fondé sur la nature.

V. 129. Juge sous les deux noms ton dessein et tes feux ;

n'est pas français. Il faut un *de*. *Juger* , avec un accu-
satif , ne se dit que quand on juge un coupable , un
procès ; on juge une action bonne ou mauvaise. De plus
ce vers est obscur, *juge ton dessein et tes feux sous les deux
noms*.

*V.*132. Et n'eût pas eu pour moi d'horreur d'un grand forfait,

Pour moi, n'eſt pas français ainſi placé ; il veut dire, *n'eut pas eu horreur de me rendre parricide.*

*V.*136. Ce favorable aveu dont elle t'a féduit
T'expoſait aux périls pour m'en donner le fruit.

On ne peut pas dire, *elle t'a féduit d'un aveu ;* il faut *par un aveu ;* et aveu n'eſt pas ici le mot propre, puiſqu'*Héraclius* regarde cette confidence comme une feinte.

Avertiſſons toujours que ces fautes contre la langue ſont pardonnables à *Corneille.*

Boileau a dit, et répétons encore après lui :

Sans la langue, en un mot, l'auteur le plus divin,
Eſt toujours, quoi qu'il faſſe, un méchant écrivain.

Cela eſt vrai pour quiconque eſt venu après *Corneille*, mais non pas pour lui, non-ſeulement à cauſe du temps où il eſt venu, mais à cauſe de ſon génie.

*V.*140. Hélas ! je ne puis voir qui des deux eſt mon fils, *&c.*

Ce que *Phocas* dit ici, eſt bien plus intéreſſant que dans *Caldéron ;* et les quatre derniers beaux vers, *ô malheureux Phocas !* font, je crois, une impreſſion bien plus touchante, parce qu'ils ſont mieux amenés. *Phocas* dans l'eſpagnol, dit aux deux princes, *es-tu mon fils ?* tous deux répondent à la fois *non ;* et c'eſt à ce mot que *Phocas* s'écrie : *ô malheureux Phocas ! ô trop heureux Maurice !* &c.

Cette manière eſt fort belle, j'en conviens ; mais n'y a-t-il rien de trop bruſque ? Ces quatre beaux vers de *Caldéron* ne font-ils pas un jeu d'eſprit ? il trouve d'abord que *Maurice* a deux fils, et que lui n'en a plus : cette idée ne demande-t-elle pas un peu de préparation ? Quand les deux enfans ont répondu *nou*, la première choſe qui doit échapper à *Phocas*, n'eſt-ce pas une expreſſion de douleur, de colère, de reproche ? J'avoue que

F 2

le *non* des deux princes eft fort beau , et qu'il convient très - bien à deux fauvages comme eux.

On peut dire encore que *pour vivre après toi, pour régner après moi*, n'a pas l'énergie de l'efpagnol. Ces deux fins de vers *après toi , après moi*, font languir le difcours. *Caldéron* eft bien plus précis.

> Ah venturofo Mauricio !
>
> Ah infeliz Phocas quien vio
>
> Che para reynar no quiera
>
> Ser hijo de mi valor
>
> Uno , y che quieran del tuyo
>
> Ser lo para morir dos.

*V.*156. De quoi parle à mon cœur ton murmure imparfait?
Ne me dis rien du tout ou parle tout-à-fait.

Ces deux beaux vers de cette admirable tirade ont été imités par *Pafcal*, et c'eft la meilleure de fes penfées. Cela fait bien voir que le génie de *Corneille*, malgré fes négligences fréquentes, a tout créé en France. Avant lui, prefque perfonne ne penfait avec force , et ne s'exprimait avec nobleffe.

*V.*166. Qu'aux honneurs de ta mort je dois porter envie,
Puifque mon propre fils les préfère à fa vie !

Ces deux derniers vers faibles et languiffans gâtent la tirade ; il fallait , comme *Caldéron*, finir à *para morir dos.* D'ailleurs *les honneurs de la mort* , n'eft pas jufte; *mon fils préfère les honneurs de la mort à la vie.* Y a-t-il eu dans *Maurice* de l'honneur à mourir ? quels honneurs a-t-il eus ? Il n'y a de beau que le vrai exprimé clairement.

SCENE V.

Toute cette fcène de *Léontine* eft très-belle en fon genre ; car. *Léontine* dit tout ce qu'elle doit dire , et le dit de la manière la plus impofante. La feule chofe qui puiffe faire de la peine, c'eft que cette *Léontine*, qui femblait dès le fecond acte, conduire l'action, qui voulait qu'on fe reposât de tout fur elle, n'agit point dans la pièce, et c'eft ce que nous examinerons, furtout au cinquième acte.

V. 33. Je m'en confolerai quand je verrai Phocas
Croire affermir fon fceptre en fe coupant le bras,
Et de la même main fon ordre tyrannique
Venger Héraclius deffus fon fils unique.

Un ordre n'a point de main, et la phrafe eft trop incorrecte. *Je verrai Phocas fe couper le bras, et fon ordre venger Héraclius de la même main !*

V. 47. Tant ce qu'il a reçu d'heureufe nourriture
Dompte ce mauvais fang qu'il eut de la nature.

Ce terme, *nourriture*, mérite d'être en ufage ; il eft très-fupérieur à *éducation*, qui étant trop long et compofé de fyllabes fourdes, ne doit pas entrer dans un vers.

V. 53. Il ferait lâche, impie, inhumain comme toi ;

Remarquez que dans le cours de la pièce *Phocas* n'a été ni lâche, ni impie, ni inhumain ; ces injures vagues fentent trop la déclamation ; et encore une fois une domeftique ne parle point ainfi à un empereur dans fon propre palais. Qu'il ferait beau de faire fous-entendre toutes les injures que difent *Léontine* et *Pulchérie*, au lieu de les dire ! que ce ménagement ferait touchant et plein de force ! mais que ce vers eft beau, *c'eft du fils d'un tyran que j'ai fait un héros :* il eft un peu gâté par les deux vers faibles qui le fuivent.

V. 54. Et tu me dois ainfi plus que je ne te doi.

On dit indifféremment *dois* et *doi*, *vois* et *voi*, *crois* et *croi*, *fais* et *fai*, *prends* et *pren*, *rends* et *ren*, *dis* et *di*, *avertis* et *averti ;* mais il n'eft pas d'ufage d'y comprendre, je fuis, je puis ou je peux ; on ne peut dire , *je pui je peu, je fui ;* et toutes les fois que la terminaifon eft fans *s ,* on ne peut y en ajouter une ; il n'eft pas permis de dire , *je donnes , je foupires , je trembles.*

V. 56. Ne vous expofez plus à ce torrent d'injures,

Qui, ne fefant qu'aigrir votre reffentiment,

Vous donne peu de jour pour ce difcernement.

Laiffez-la moi, Seigneur, quelques momens en garde.

Peu de jour pour un difcernement, quelques momens en garde , font de petits défauts : le plus grand , fi je ne me trompe, c'eft que *Léontine* et cet *Exupère* traitent toujours un empereur éclairé et redoutable comme on traite un vieillard de comédie qu'on fait donner dans tous les panneaux.

V. 63. Vous favez à quel point l'affaire m'intéreffe.

Comment ce fubalterne peut-il faire entendre que l'affaire l'intéreffe particulièrement? quel autre intérêt peut-il être fuppofé y prendre devant *Phocas,* que l'intérêt d'obéir à fon maître ? mais il répond à fa penfée, il entend qu'il y va de fa vie, s'il ne vient à bout de trahir *Phocas.*

V. 67. Je faurai cependant prendre à part l'un et l'autre,

Et peut-être qu'enfin nous trouverons le nôtre.

Le nôtre eft incorrect et comique ; il eft incorrect parce que ce *nôtre* ne fe raporte à rien ; il eft comique parce que *le nôtre* eft familier, et qu'un prince qui veut dire, *peut-être qu'enfin je découvrirai mon fils ,* ne dit point en changeant tout d'un coup le fingulier en pluriel , *nous trouverons le nôtre.*

V. dern. . . . . Vous autres, fuivez-moi,

Vous autres ne fe dit point dans le ftyle noble.

SCENE VI.

V. 1. On ne peut nous entendre. . . . . .

Quoi ! ils font dans la chambre même de l'empereur, et on ne peut les entendre !

V. 7. L'apparence vous trompe, et je fuis en effet. . . —
L'homme le plus méchant que la nature ait fait.

Ce n'eft pas là, je crois, ce que *Léontine* devrait dire ; ce n'eft pas là cette femme fi adroite, fi fupérieure, qui fe vantait de venir à bout de tout ; il me femble qu'elle aurait dû, dans le cours de la pièce, faire l'impoffible pour s'entendre avec *Exupère*. Elle a traité les deux princes comme des enfans ; et *Exupère* qui n'eft qu'un fubalterne, l'a traitée comme une petite fille : elle n'a point confié fon fecret qu'elle devait confier, et *Exupère* ne lui a point dit le fien ; c'eft une confpiration dans laquelle perfonne n'eft d'intelligence ; et, par cela feul, toute l'intrigue eft peut-être hors de la vraifemblance.

Ce vers, *l'homme le plus méchant que la nature ait fait*, eft du ton de la comédie.

V. 13. Il n'eft aucun de nous à qui fa violence
N'ait donné trop de lieu d'une jufte vengeance ;

C'eft un folécifme ; *on donne lieu à quelque chofe*, et non *de quelque chofe*. Il donne lieu *à mes foupçons*, et non *de mes foupçons*. Quand on met un *de*, il faut un verbe : *il m'a donné lieu de le haïr. Lieu* eft profaïque.

V. 24. Vous voyez la pofture où j'y fuis aujourd'hui,

Le mot de *pofture* n'eft pas affez noble.

V. 39. Efprit lâche et groffier, quelle brutalité
Te fait juger en moi tant de crédulité ?

Il me femble qu'au contraire elle doit dire, eft-il bien vrai ? ne me trompez-vous point ? quelle preuve

F 4

pouvez-vous me donner ? faites-moi parler à quelques
conjurés ; je devrais les connaître tous puisque je me
suis vantée de tout faire, mais je n'en connais pas un ;
je devrais être d'intelligence avec vous ; nous détestons
tous deux le tyran ; il a immolé votre père, il m'en
coûte mon fils ; le même intérêt nous joint ; il est ridicule que je ne sache rien ; mettez-moi au fait de tout, et
je verrai ce que je dois croire, et ce que je dois faire.
Au lieu de dire ce qu'elle doit dire, elle appelle *Exupère*
lâche, grossier et brutal.

V. 44. Ne me fais point ici de contes superflus.

Elle doit au moins attendre qu'*Exupère* lui ait fait ces
contes.

Je ne sais si je ne me trompe, mais la fin de cette
scène entre deux subalternes, approche un peu trop
d'une scène de comédie, dans laquelle personne ne
s'entend ; d'ailleurs elle paraît inutile à la pièce ; elle ne
conclut rien. Aime-t-on à voir deux subalternes qui ne
s'entendent point et qui devraient s'entendre ? que font
pendant ce temps-là les deux héros de la pièce ? rien
du tout : il paraît qu'il ferait mieux de les faire agir.

ACTE CINQUIEME.

SCENE PREMIERE.

Vers 1.
Quelle confufion étrange
De deux princes fait un mélange
Qui met en difcord deux amis ! &c.

ON a prefque toujours retranché aux repréfentations ces ftances ; elles ne valent ni celles de Polyeucte , ni celles du Cid ; ce n'eft qu'une ode du poëte , fur l'incertitude où les héros de la pièce font de leur deftinée ; ce n'eft qu'une répétition de tous les fentimens tant de fois étalés dans la pièce ; et puifque c'eft une répétition , c'eft un défaut.

Un mélange de deux princes, deux amis en difcord, un fort brouillé , ce qu'Héraclius a de connaiffance qui brave une orgueilleufe puiffance; ce ne font pas des manières de parler qui puiffent entrer ni dans une tragédie , ni dans des ftances.

SCENE II.

V. 1.
O ciel ! quel bon démon devers moi vous envoie,
Madame ? — Le tyran qui veut que je vous voie.

On fent ici que le terrain manque à l'auteur : cette fcène eft entièrement inutile au dénouement de la pièce ; mais non-feulement elle eft inutile , elle n'eft pas vraifemblable. Il n'eft pas poffible que *Phocas* fe ferve ici de la fille de *Maurice* , comme il employerait un confident fur lequel il compterait ; il l'a menacée vingt fois de la mort ; elle lui a parlé avec la plus grande horreur et le plus profond mépris , et il l'envoie tranquillement pour furprendre le fecret d'*Héraclius.* Une telle difparate , un tel changement dans le caractère devrait au moins être excufé, s'il peut l'être, par une expofition pathétique du trouble extrême où eft *Phocas*, et qui le réduit à implorer le fecours de *Pulchérie* même, fa mortelle ennemie.

V. 4. Par vous-même en ce trouble il penfe réuffir !

Réuffir en un trouble !

V. 5. Il le penfe, Seigneur, et ce brutal efpère
Mieux qu'il ne trouve un fils que je découvre un frère ;

Il faut qu'en effet il foit non-feulement brutal, mais abruti, pour avoir remis fes intérêts entre les mains de *Pulchérie.*

V. 7. Comme fi j'étais fille à ne lui rien celer... —

Tout cela eft écrit du ftyle de la comédie, et c'eft dans un moment qui devrait être très-tragique.

V. 8. De tout ce que le fang pourrait me révéler.

Un fang révèle eft une expreffion bien impropre, bien obfcure, bien irrégulière. Les plus beaux fentimens révolteraient avec un fi mauvais ftyle.

V. 9. Puiffe-t-il, par un trait de lumière fidelle,
Vous le mieux révéler qu'il ne me le révèle !

Voilà trois *révèle.* Il faut éviter les répétitions, à moins qu'elles ne donnent une grande force au difcours ; *et qu'il ne me le* fait un fon défagréable.

V. 13. Ah, prince, il ne faut point d'affurance plus claire ;
Si vous craignez la mort vous n'êtes point mon frère.

Cela eft bien fubtil ; ce ne font pas là des raifons ; elle fe preffe trop ; elle joue fur le mot de *frayeur.* Tout ce que difent ici *Héraclius* et *Pulchérie,* n'ajoute rien à l'intrigue, ne conduit en rien au dénouement. *Affurance plus claire* n'eft ni un mot noble, ni le mot propre ; on a une ferme affurance, une preuve claire.

V. 23. J'ai beau faire et beau dire afin de l'irriter,
Il m'écoute si peu qu'il me force à douter.

Cela n'a pas besoin de commentaire ; mais de si basses trivialités étonnent toujours.

V. 25. Malgré moi comme fils toujours il me regarde ;

Il faut *comme son fils*.

V. 40. Ah ! vous ne l'êtes point puisque vous en doutez.

C'est encore une de ces subtilités qui ne vont point au cœur, qui ne causent ni terreur ni trouble ; il faut dans un cinquième acte autre chose que du raisonnement ; et ce raisonnement de *Pulchérie* n'est pas juste. *Héraclius* peut très-bien douter qu'il soit fils de *Maurice*, et cependant être son fils ; il a même les plus grandes raisons pour en douter. *Boileau* condamnait hautement dans *Corneille* toutes ces scènes de raisonnemens, et surtout celles qui refroidissent toutes les pièces qu'il fit après *Héraclius*.

> En vain vous étalez une scène savante ,
> Vos froids raisonnemens ne feront qu'attiédir
> Le spectateur toujours paresseux d'applaudir,
> Et qui des vains efforts de votre rhétorique,
> Justement fatigué s'endort ou vous critique.

Il est cependant naturel qu'*Héraclius* explique ses doutes. Le grand défaut de cette scène est, comme on l'a dit, qu'elle ne conduit à rien du tout.

V. 65. L'œil le plus éclairé sur de telles matières
Peut prendre de faux jours pour de vives lumières ;
Et comme notre sexe ose assez promptement
Suivre l'impression d'un premier mouvement, &c.

Ces expressions de comédie et la réflexion *sur notre sexe* achèvent de refroidir.

V. 72. Et quoique la pitié montre un cœur généreux ,

Ce terme *montre* n'eſt pas propre ; on croirait que la pitié a un cœur. Ces petites négligences feraient à peine remarquables , ſi elles n'étaient fréquentes , et ces inattentions étaient très-pardonnables pour le temps. Il fallait peut-être *prouve un cœur généreux*, ou bien *quoique la pitié ſoit d'un cœur généreux.*

V. 73. Celle qu'on a pour lui de ce rang dégénère.

De quel rang ? Eſt-ce du rang des cœurs généreux ? On ne dégénère point d'un rang.

V. 74. Vous le devez haïr, et fût-il votre père.

Cela n'eſt pas vrai. Un fils ne doit point haïr un père qui l'a élevé avec tendreſſe ; ce ſentiment eſt pardonnable dans la bouche de *Pulchérie* ; mais doit-elle l'alléguer comme un motif déterminant?

S C E N E   I I I.

V. 2. Quelque effort que je faſſe à lire dans ſon ame,
Je n'en vois que l'effet que je m'étais promis;

Cela n'eſt pas français ; *on a de la peine à lire* ; *on fait effort pour lire* ; et *l'effet d'un effort* n'a pas un ſens aſſez clair.

V. 4. Je trouve trop d'un frère, et vous trop peu d'un fils.

Elle ne fait là que répéter ce que *Phocas* a dit au quatrième acte ; et cette antithèſe de *trop* et de *trop peu* eſt ſouvent répétée.

V. 6. Il tient en ma faveur leur naiſſance couverte.

Le ciel qui tient une naiſſance couverte ! Ce n'eſt pas le mot propre. *Couvert* ne veut pas dire *incertain, obſcur.*

V. 18. En crois-tu mes soupirs ? en croiras-tu mes larmes ?

Il y a ici une remarque importante à faire pour toute la tragédie ; c'est qu'il ne faut jamais faire en aucun cas ni soupirer ni pleurer ceux dont les larmes ne font soupirer ni pleurer personne. Pour peu qu'on connaisse le cœur humain, on sent bien que les soupirs et les larmes d'un *Phocas* ressemblent à la voix du loup berger.

V. 25. C'est me l'ôter assez (son fils) que ne vouloir plus l'être. —
C'est vous le rendre assez que le faire connaître. —
C'est me l'ôter assez que me le supposer. —
C'est vous le rendre assez que vous désabuser.

Ces répétitions, *ôter assez*, *rendre assez*, font une espèce de jeu de mots et de symétrie, qui, n'ajoutant rien à la situation, peuvent faire languir.

V 31. Fais vivre Héraclius sous l'un ou l'autre sort.

On ne peut dire, *vivre sous un sort.*

V. 33. Ah ! c'en est trop enfin, et ma gloire blessée
Dépouille un vieux respect où je l'avais forcée.

Je ne sais si *Héraclius*, dans l'incertitude où il est de sa naissance, doit répondre avec tant d'indignation et de mépris à un empereur qui est peut-être son père. Cette scène d'ailleurs fait un grand effet, quoique la perplexité où est le spectateur n'ait point augmenté ; mais c'est beaucoup que, dans un tel sujet, elle soit toujours entretenue ; c'est un très-grand art d'y être parvenu, et c'est une grande ressource de génie. *Martian* fait seulement un personnage froid dans la scène ; il n'y parle qu'une fois, et est un personnage purement passif.

V. 67. J'accepte en sa faveur ses parens pour les miens ; &c.

Toute cette tirade est véritablement tragique ; voilà de la force, du pathétique, et de beaux vers.

V. 80. . . Donnes-m'en pour marque un véritable effet ;

cela n'eſt pas français.

V. 81. Ne laiſſe plus de place à la ſupercherie.

Jamais ce mot ne doit entrer dans la tragédie.

V. 88. J'aurais pour cette honte un cœur aſſez léger ?

cela n'eſt pas français. *Un cœur léger pour une honte !*
Et cette légéreté conſiſterait à épouſer ſon frère. Cette
ſcène ne finit pas heureuſement.

SCENE IV.

V. 1. Seigneur, vous devez tout au grand cœur d'Exupère.

On dirait à ce mot de *grand cœur* qu'*Exupère* eſt un
héros qui a offert ſon ſecours à *Phocas* ; mais ce n'eſt
qu'un officier qui a obéi aux ordres de ſon maître, et
qui a arrêté des ſéditieux : et comment n'a-t-il employé
que ſes amis ? L'empereur n'avait-il pas des gardes ?

SCENE V.

V 7. Trouve, ou choiſis mon fils, et l'épouſe ſur l'heure.

Eſt-ce là le temps d'un mariage ? de plus *Phocas* doit-il
faire ſur le champ ſa belle-fille d'une perſonne dont
il connaît la haine implacable ? Il n'a nul beſoin d'elle,
puiſqu'il ſe croit maître de l'Etat ; il les laiſſe tous trois.
Qu'en eſpère-t-il ? il a vu qu'il eſt haï de tous les trois.
Il doit penſer qu'ils tiendront conſeil contre lui. Ne
voit-on pas un peu trop que c'eſt uniquement pour
ménager une ſcène entre *Pulchérie* et les deux princes ?

V. 9. Je jure à mon retour qu'ils périront tous deux.

Il faut : *je jure qu'à mon retour ils . . . .*

V. 10. Je ne veux point d'un fils dont l'implacable haine
Prend ce nom pour affront, et mon amour pour gêne.

On ne prend point un amour pour gêne. Il veut dire
que sa tendresse gêne *Héraclius.* On ne dit pas non plus,
prendre un nom pour affront, mais *pour un affront.*

V. 13. A mourir ! jusque-là je pourrais te chérir !

Convenons que rien n'est plus outré. Un tyran furieux
peut bien dire à son ennemi qu'il aime mieux le faire
languir dans de longs supplices que de lui donner la
mort ; mais peut-on dire à une fille, *je ne t'aime pas assez
pour te faire mourir.*

V. 15. Et pense. — A quoi, tyran? — A m'épouser moi-même.

On ne s'attendait point à cette alternative ; elle aurait
quelque chose de trop comique, si cette saillie d'un
vieillard n'était tout d'un coup relevée par le vers
suivant.

V. 17. Quel supplice ! — Il est grand pour toi, mais il t'est dû.

Si on ne considère ici que la fille de *Maurice* ; ce n'est
guère un plus grand supplice pour elle d'être impératrice, que d'être bru de l'empereur régnant ; mais l'âge
d'un vieillard qui se présente pour époux au lieu de son
fils, pourrait donner du ridicule à ces expressions ; *Quel
supplice ! — il est grand.*

Remarquez que cette menace soudaine et inattendue
que *Phocas* fait à *Pulchérie* de l'épouser, donne lieu à
une dissertation dans la scène suivante. Il semble que
l'empereur ne laisse *Martian*, *Héraclius* et *Pulchérie*
ensemble, que pour leur donner lieu d'amuser la scène,
en attendant le dénouement.

SCENE VI.

V. 5. L'une et l'autre fortune en montre la faibleſſe ;
L'une n'eſt qu'inſolence , et l'autre que baſſeſſe.

Si *Pulchérie* et ces princes étaient des perſonnages agiſſans , *Pulchérie* ne débiterait pas des ſentences. *Phocas* n'a point montré de baſſeſſe ; c'eſt un père qui cherche à connaître ſon fils ; il n'y a là rien de bas.

V. 13. Il n'eſt point de conſeil qui vous ſoit ſalutaire,
Que d'épouſer le fils pour éviter le père.

La ſyntaxe demandait , *il n'eſt de conſeil ſalutaire pour vous que d'épouſer le fils. Eviter le père* eſt trop faible.

V. 20, Mais, Madame, on peut prendre un vain titre d'époux,
Abuſer du tyran la rage forcenée ,
Et vivre en frère et ſœur ſous un feint hymenée.

Vivre en frère et ſœur , cette expreſſion eſt trop familière, et n'eſt pas correcte. *Pulchérie* demande conſeil ; *Martian* lui conſeille d'épouſer *Héraclius* ſans uſer des droits du mariage ; il faut convenir que c'eſt là un très-petit artifice, et indigne de la tragédie. Ces converſations dans un cinquième acte , lorſqu'on doit agir , ſont preſque toujours très-languiſſantes. Je ne ſais s'il n'y a pas dans la pièce extravagante et monſtrueuſe de *Caldéron* un plus grand fonds de tragique , quand le fils de *Phocas* veut tuer ſon père. C'était même pour un parricide que *Léontine* l'avait réſervé ; elle s'en explique dès le ſecond acte ; on s'attend à cette cataſtrophe. Le fils de *Phocas*, prêt de tuer cet empereur , et *Héraclius* voulant le ſauver , pouvaient former un beau coup de théâtre ; cependant il n'arrive rien de ce que *Léontine* a projeté, et *Martian* ne fait autre choſe dans tout le cours de la pièce , que dire , *Qui ſuis-je ?*

V. 32.

V. 32. Sus donc.

On se servait autrefois de ce mot dans le discours familier; il veut dire, *vîte*, *allons*, *courage*, *dépêchez-vous*.

> Sus, sus, du vin par-tout; versez, garçon, versez.
>
> POURCEAUGNAC.

Mais *Pulchérie* ne peut dire, *allons vîte*, *sus*, *qui veut feindre avec moi? qui veut m'épouser pour ne point jouir des droits du mariage?*

V. 38. Vous saurez mieux que moi la traiter de maîtresse.

Cette contestation est-elle convenable à la tragédie? *Traiter de maîtresse* n'est ni français, ni noble.

V. 49. L'obscure vérité que de mon sang je signe
Du grand nom qui me perd ne me peut rendre digne.

Ces vers ne sont pas moins obscurs. *L'obscure vérité qu'il signe*, *ne peut le rendre digne du nom qui le perd!*

V. 59. Cédez, cédez tous deux aux rigueurs de mon sort.
Il a fait contre vous un violent effort.

Un sort qui fait un effort! presque aucune expression n'est ni pure ni naturelle. Enfin la délibération de ces trois personnages n'aboutit à rien. Ils n'agissent, ni n'ont aucun dessein arrêté dans toute la pièce.

SCENE VII.

V. 1. . . . . Mon bras
Vient de laver ce nom dans le sang de Phocas.

Je ne parle point ici d'un bras qui lave un nom, on sent assez combien le terme est impropre; mais j'insiste sur ce personnage subalterne d'*Amintas*, qui n'a dit que quatre mots dans toute la pièce, et qui en fait le dénoûment. Jamais en aucun cas on ne doit imiter un

tel exemple; il faut toujours que les premiers perſonnages agiſſent.

V. 3. Que nous dis-tu?— qu'à tort vous nous prenez pour traîtres,
      Qu'il n'eſt plus de tyran, que vous êtes les maîtres.

Ce mot n'eſt-il pas déplacé? car il s'adreſſe ſurement
au fils de *Phocas* comme au fils de *Maurice*; il doit croire
qu'un des deux princes vengera la mort de ſon père.

V. 5. De quoi? — De tout l'empire. — Et par toi? — Non,
      Seigneur.
    Un autre en a la gloire et j'ai part à l'honneur.

Martian doit au contraire répondre, *oui*, *ſeigneur*,
puiſqu'au vers ſuivant, il dit, *j'ai part à cet honneur.*

V. 12. Son ordre excitait ſeul cette mutinerie.

Ce mot eſt trop familier; *révolte*, *ſédition*, *tumulte*,
ſoulèvement, &c. ſont les termes uſités dans le ſtyle
tragique.

V. 13. . . . . Admirez
    Que ces priſonniers même avec lui conjurés,
    Sous cette illuſion couraient à leur vengeance.

Admirez qu'ils couraient n'eſt pas français. Cet événement eſt en effet bien étonnant; et jamais l'hiſtoire n'a
rien fourni de ſi improbable. On peut aſſaſſiner un roi
au milieu de ſa garde; on peut tuer *Céſar* dans le ſénat;
mais il n'eſt guère poſſible que dans le temps que *Phocas*
fait attaquer les conjurés, il n'ait pris aucune meſure
pour être le plus fort chez lui. Un homme, qui de
ſimple ſoldat eſt devenu empereur, n'eſt pas imbécille
au point de recevoir dans ſa maiſon plus de priſonniers
qu'il n'a de ſoldats pour les garder; on ne fait point
ainſi venir des priſonniers dans ſon appartement avec
des poignards ſous leurs robes; on les fouille, on les

défarme, on les charge de fers, on ne se livre point à eux. Ainsi la vraisemblance est par-tout violée.

Remarquez que dans la règle, il faut *ces prisonniers mêmes* ; mais s'il n'est pas permis à un poëte de retrancher un *s* en cette occasion, il n'y aura aucune licence pardonnable. *Corneille* retranche presque toujours cet *s*, et fait un adverbe de *même* au lieu de le décliner.

V. 20. Crispe même à Phocas porte notre message ;

   . . . A ses genoux on met les prisonniers
   Qui tirent pour signal leurs poignards les premiers.

(Et plus bas)

   Il frappe, et le tyran tombe aussitôt sans vie,
   Tant de nos mains la sienne est promptement suivie.

Porte notre message ; leurs poignards les premiers, tant de nos mains la sienne, &c. ces expressions, ou impropres, ou incorrectes, ou faibles, énervent le récit, et lui ôtent toute sa chaleur.

Oreste dans l'Andromaque, en fesant un récit à peu-près semblable, s'exprime ainsi :

   A ces mots, qui du peuple attiraient le suffrage,
   Nos grecs n'ont répondu que par un cri de rage ;
   L'infidelle s'est vu par-tout envelopper,
   Et je n'ai pu trouver de place pour frapper.

La pureté de la diction augmente toujours l'intérêt.

V. 26. C'est lui qui me rendra l'honneur presque perdu.

Ce *presque perdu* affaiblit encore la narration. Le spectateur s'embarrasse trop peu qu'un personnage aussi subalterne qu'*Exupère* ait presque perdu son honneur.

V. 35. Quel chemin Exupère a pris pour sa ruine !

Prendre un chemin pour une ruine, est une expression

vicieufe, un barbarifme ; et cette réflexion de *Pulchérie*
eft trop froide, quand elle apprend la mort de fon tyran.

S C E N E   V I I I et dernière.

V. 3. Seigneur, un tel fuccès à peine eft concevable.

Léontine a très-grande raifon de concevoir à peine une
chofe qui n'eft nullement vraifemblable. Elle dit que la
conduite de ce deffein eft admirable ; mais c'était à elle
à conduire ce deffein, puifqu'elle avait tant promis de
tout faire. C'eft une fubalterne qui a voulu jouer un rôle
principal, et qui ne l'a pas joué ; il fe trouve qu'elle
ne fait autre chofe dans les premiers actes, et dans le
dernier, que de montrer des billets ; elle a été, auffi-
bien que *Phocas*, la dupe d'un autre fubalterne. *Héraclius*,
Martian, *Pulchérie*, *Eudoxe*, n'ont contribué en rien, ni
au nœud, ni au dénouement. La tragédie a été une
méprife continuelle, et enfin *Exupère* a tout fait par une
efpèce de prodige. Remarquez encore que cette mort
de *Phocas* n'eft là qu'un événement inattendu, qui ne
dépend point du tout du fonds du fujet, qui n'y eft
point contenu, qui n'eft point tiré, comme on dit,
des entrailles de la pièce ; autant vaudrait que *Phocas*
mourût d'apoplexie. Du moins *Caldéron* fait mourir *Phocas*
en combattant contre *Héraclius*.

V. 5. Perfide généreux, hâte-toi, &c.

Une nuée de critiques s'eft élevée contre *la Motte*
pour avoir affecté de joindre ainfi des épithètes qui
femblent incompatibles: On ne s'avife pas de reprendre
le perfide généreux de *Corneille*. Quand un homme a
établi fa réputation par des morceaux fublimes, et qu'un
fiècle entier a mis le fceau à fa gloire, on approuve en
lui ce qu'on cenfure dans un contemporain. C'eft ce
qu'on voit en Angleterre, où l'on élève *Shakefpeare* au-
deffus de *Corneille*, et où l'on fiffle ceux qui l'imitent.

J'avoue que je ne fais fi *perfide généreux* eft un défaut ou non, mais je ne voudrais pas employer cette expreffion.

V. 18. Quelle autre fureté pourrions-nous demander ?

Je ne vois pas qu'on doive fi aveuglément s'en rapporter au témoignage feul de *Léontine*, que fa conduite myftérieufe a pu rendre très-fufpecte ; et dans de fi grands intérêts, il faut des preuves claires.

V. 20. Non, ne m'en croyez pas, croyez l'impératrice.

La naiffance des deux princes n'eft enfin éclaircie que par un billet de *Conftantine*, dont il n'a point été queftion jufqu'à préfent. On eft tout étonné que *Conftantine* ait écrit ce billet. Il ne faut jamais jeter dans les derniers actes aucun incident principal, qui ne foit bien préparé dans les premiers, et attendu même avec impatience.

Toutes ces raifons qui me paraiffent évidentes font que le cinquième acte d'*Héraclius* eft beaucoup inférieur à celui de *Rodogune*. La pièce eft d'un genre fingulier qu'il ne faudrait imiter qu'avec les plus grandes précautions.

V 25. Apprenez d'elle enfin quel fang vous a produits.

La reconnaiffance fuit ici la cataftrophe. On doit très-rarement violer la règle qui veut au contraire que la reconnaiffance précède. Cette règle eft dans la nature ; car lorfque la péripétie eft arrivée, quand le tyran eft tué, perfonne ne s'intéreffe au refte. Qu'importe qui des deux princes eft *Héraclius* ? Si *Joas* n'était reconnu qu'après la mort d'*Athalie*, la pièce finirait très-froidement. Il me femble qu'il fe préfentait une fituation, une péripétie bien théâtrale. *Phocas* méconnaiffant fon fils *Martian* voudrait le faire périr ; *Héraclius* fon ami en le défendant tuerait *Phocas* et croirait avoir commis un parricide ; *Léontine* lui dirait alors : Vous croyez-vous être fouillé du fang de votre père. Vous avez puni l'affaffin du vôtre.

G 3

V. 28. Après avoir donné fon fils au lieu du mien ,
Léontine à mes yeux , par un fecond échange,
Donne encore à Phocas mon fils au lieu du fien. . .
Celui qu'on croit Léonce eft le vrai Martian ,
Et le faux Martian eft vrai fils de Maurice.

Tout cela reffemble peut-être plus à une queftion d'état , à un procès par écrit , qu'au pathétique d'une tragédie.

V. 46. Donc, pour mieux l'oublier , foyez encor Léonce ;

On a déjà dit que ce mot *donc* ne doit jamais commencer un vers.

V. 47. Sous ce nom glorieux aimez fes ennemis ,
Et meure du tyran jufqu'au nom de fon fils !

Il femble que ce foient les ennemis de *Léonce.* Il entend apparemment les ennemis de *Phocas.*

V. 49. Vous, Madame, acceptez et ma main et l'empire
En échange d'un cœur qui pour le mien foupire.

On ne peut dire que dans le ftyle de la comédie, *en échange d'un cœur.* Un homme ne doit jamais dire d'une femme , *elle foupire pour moi.*

Remarquez encore que ce mariage n'eft point un échange d'un cœur contre une main ; ce font deux perfonnes qui s'aiment.

V. 51. Seigneur, vous agiffez en prince généreux.

Il faut dans la tragédie autre chofe que des complimens ; et celui-ci ne paraît pas convenable entre deux perfonnes qui s'aiment.

V. 52. Et vous dont la vertu me rend ce trouble heureux ,
Attendant les effets de ma reconnaiffance,
Reconnaiffons , amis , fa célefte puiffance, &c.

Rendre un trouble heureux à quelqu'un : cela n'eſt pas
français.

En général la diction de cette pièce n'eſt pas aſſez
pure, aſſez élégante, aſſez noble. Il y a de très-beaux
morceaux ; l'intrigue occupe l'eſprit continuellement ;
elle excite la curioſité ; et je crois qu'elle réuſſit plus
à la repréſentation qu'à la lecture.

Examen d'Héraclius, tome IV, page 228.

*La manière dont Eudoxe fait connaître au ſecond acte le
double échange que ſa mère a fait des deux princes, eſt une
des choſes les plus ſpirituelles qui ſoient ſorties de ma plume.*

Il n'eſt plus permis aujourd'hui de parler ainſi de
ſoi-même, et il n'eſt pas trop ſpirituel de dire qu'on a
fait des choſes ſpirituelles. J'avoue que je ne trouve
rien de ſpirituel dans le rôle d'*Eudoxe*, ni même rien
d'intéreſſant, ce qui eſt bien plus néceſſaire que d'être
ſpirituel.

DON SANCHE D'ARRAGON,

Comédie héroïque repréfentée en 1650.

PREFACE DU COMMENTATEUR.

Ce genre purement romanefque, dénué de tout ce qui peut émouvoir, et de tout ce qui fait l'ame de la tragédie, fut en vogue avant *Corneille.* Don Bernard de Cabrera, Laure perfécutée, et plufieurs autres pièces font dans ce goût ; c'eft ce qu'on appelait *comédie héroïque*, genre mitoyen qui peut avoir fes beautés. La comédie de l'Ambitieux de *Deftouches* eft à peu - près du même genre, quoique beaucoup au-deffous de Don Sanche d'Arragon, et même de Laure. Ces efpèces de comédies furent inventées par les Efpagnols. Il y en a beaucoup dans *Lopez de Vega.* Celle-ci eft tirée d'une pièce efpagnole, intitulée *El palacio confufo*, et du roman de *Pélage.*

Peut-être les comédies héroïques font-elles préfé- rables à ce qu'on appelle la *tragédie bourgeoife*, ou la *comédie larmoyante.* En effet, cette comédie larmoyante, abfolument privée de comique, n'eft au fond qu'un monftre né de l'impuiffance d'être ou plaifant ou tragique.

Celui qui ne peut faire ni une vraie comédie, ni une vraie tragédie, tâche d'intéreffer par des aven- tures bourgeoifes attendriffantes : il n'a pas le don du comique; il cherche à y fuppléer par l'intérêt :

il ne peut s'élever au cothurne; il rehauffe un peu le brodequin.

Il peut arriver fans doute des aventures très-funeftes à de fimples citoyens ; mais elles font bien moins attachantes que celles des fouverains, dont le fort entraîne celui des nations. Un bourgeois peut être affaffiné comme *Pompée; mais* la mort de *Pompée* fera toujours un tout autre effet que celle d'un bourgeois.

Si vous traitez les intérêts d'un bourgeois dans le ftyle de Mithridate, il n'y a plus de convenance ; fi vous repréfentez une aventure terrible d'un homme du commun en ftyle familier, cette diction familière convenable au perfonnage ne l'eft plus au fujet. Il ne faut point tranfpofer les bornes des arts ; la comédie doit s'élever, et la tragédie doit s'abaiffer à propos ; mais ni l'une ni l'autre ne doit changer de nature.

Corneille prétend que le refus d'un fuffrage illuftre fit tomber fon Don Sanche. Le fuffrage qui lui manqua fut celui du grand *Condé*. Mais *Corneille* devait fe fouvenir que les dégoûts et les critiques du cardinal de *Richelieu*, homme plus accrédité dans la littérature que le grand *Condé*, n'avaient pu nuire au Cid. Il eft plus aifé à un prince de faire la guerre civile, que d'anéantir un bon ouvrage. Phèdre fe releva bientôt, malgré la cabale des hommes les plus puiffans.

Si Don Sanche eft prefque oublié, s'il n'eut jamais un grand fuccès, c'eft que trois princeffes amoureufes d'un inconnu, débitent les maximes les plus froides d'amour et de fierté; c'eft qu'il ne s'agit que de favoir qui époufera ces princeffes ; c'eft que perfonne ne fe foucie qu'elles foient mariées ou non. Vous verrez toujours l'amour traité dans les pièces fuivantes de *Corneille*, du ftyle froid et entortillé des mauvais romans de ce temps-là. Vous ne verrez jamais les fentimens du cœur développés avec cette noble fimplicité, avec ce naturel tendre, avec cette élégance qui nous enchante dans le quatrième livre de *Virgile*, dans certains morceaux d'*Ovide*, dans plufieurs rôles de *Racine ;* mérite que depuis *Racine* perfonne n'a connu parmi nous, dont aucun auteur n'a approché en Italie depuis le *Paftor fido ;* mérite entièrement ignoré en Angleterre, et même dans le refte de l'Europe.

Corneille eft trop grand par les belles fcènes du Cid, de Cinna, des Horaces, de Polyeucte, de Pompée, &c. pour qu'on puiffe le rabaiffer en difant la vérité. Sa mémoire eft refpectable, la vérité l'eft encore davantage. Ce commentaire eft principalement deftiné à l'inftruction des jeunes gens. La plupart de ceux qui ont voulu imiter *Corneille*, et qui ont cru qu'une intrigue froide, foutenue de quelques maximes de méchanceté qu'on appelle politique, et d'infolence qu'on appelle grandeur, pourrait foutenir leurs pièces, les ont vu tomber pour jamais. *Corneille* fuppofe toujours dans les examens de fes pièces, depuis Théodore et Pertharite, quelque petit défaut qui a nui à fes ouvrages ; et il oublie toujours que le froid, qui eft le plus grand défaut, eft ce qui les tue.

La grandeur héroïque de *Don Sanche* qui fe croit

fils d'un pêcheur, eſt d'une beauté dont le genre était inconnu en France; mais c'eſt la ſeule choſe qui pût ſoutenir cette pièce, indigne d'ailleurs de l'auteur de Cinna. Le ſuccès dépend preſque toujours du ſujet. Pourquoi *Corneille* choiſit-il un roman eſpagnol, une comédie eſpagnole pour ſon modèle, au lieu de choiſir dans l'hiſtoire romaine et dans la fable grecque?

C'eût été un très-beau ſujet qu'un ſoldat de fortune, qui rétablit ſur le trône ſa maîtreſſe et ſa mère ſans les connaître. Mais il faudrait que dans un tel ſujet tout fût grand et intéreſſant.

REMARQUES

SUR

DON SANCHE D'ARRAGON,

COMEDIE HEROIQUE.

ACTE PREMIER.

SCENE PREMIERE.

Vers 1. Après tant de malheurs, enfin le ciel propice
S'est résolu, ma fille, à nous faire justice.

On a déjà observé qu'il ne faut jamais manquer à la grande loi de faire connaître d'abord ses personnages, et le lieu où ils font. Voilà une mère et une fille dont on ne connaît les noms que dans la liste imprimée des acteurs. Comment les deviner ? Comment savoir que la scène est à Valladolid ? On ne sait pas non plus quelle est cette reine de Castille dont on parle. Si votre sujet est grand et connu comme la mort de *Pompée*, vous pouvez tout d'un coup entrer en matière, les spectateurs font au fait, l'action commence dès le premier vers, sans obscurité : mais si les héros de votre pièce font tous nouveaux pour les spectateurs, faites connaître dès les premiers vers leurs noms, leurs intérêts, l'endroit où ils parlent.

V. 3.   Notre Arragon pour nous presque tout révolté...
Se remet sous nos lois et reconnaît ses reines ;
Et par ses députés qu'aujourd'hui l'on attend
Rend d'un si long exil le retour éclatant.

Il semble par la phrase que ce soit l'exil qui retourne. La diction est aussi obscure que l'exposition.

V. 16. Le peuple vous rappelle, et peut vous dédaigner
   Si vous ne lui portez, au retour de Caſtille,
   Que l'avis d'une mère, et le nom d'une fille.

Au retour de Caſtille, n'eſt pas plus français que le retour de l'exil, et eſt beaucoup plus obſcur.

V. 24. On aime votre ſceptre, on vous aime, et ſur tous
   Du comte don Alvar la vertu non commune
   Vous aima dans l'exil, et durant l'infortune.

Le comte don Alvar qui aima dona Elvire ſur tous, eſt bien moins français encore.

V. 27. Qui vous aima ſans ſceptre, et ſe fit votre appui,
   Quand vous le recouvrez, eſt bien digne de lui.

Lui ne ſe dit jamais des choſes inanimées à la fin d'un vers. Cela paraît une bizarrerie de la langue, mais c'eſt une règle.

V. 41. . . . . Une ſecrète flamme
   A déjà, malgré moi, fait ce choix dans votre ame.

Une ſecrète flamme qui fait un choix !

V. 51. Mais combien a-t-on vu de princes déguiſés. . .
   Dompter des nations, gagner des diadèmes.

On ne dit point *gagner des diadèmes* ; c'eſt peut-être encore une bizarrerie.

V. 56. J'aime et priſe en Carlos ſes rares qualités.
   Il n'eſt point d'ame noble en qui tant de vaillance
   N'arrache cette eſtime et cette bienveillance :
   Et l'innocent tribut de ces affections,
   Que doit toute la terre aux belles actions,
   N'a rien qui déshonore une jeune princeſſe.
   En cette qualité je l'aime et le careſſe ; &c.

Carlos, en qui tant de vaillance arrache l'eſtime et la

bienveillance; et l'innocent tribut des affections que toute la terre doit aux belles actions ; et *dona Elvire* qui l'aime et le careffe en cette qualité ! il faut avouer que voilà un amas d'expreffions impropres et de fautes contre la fyntaxe, qui forment un étrange ftyle.

V. 81. S'y voyant fans emploi, fa grande ame inquiète
Veut bien de don Garcie achever la défaite.

Il faudrait que ce *don Garcie* fût d'abord connu ; le fpectateur ne fait ni où il eft, ni qui parle, ni de qui l'on parle.

V. 85. Mais quand il vous aura fur le trône affermie,
Et jeté fous vos pieds la puiffance ennemie...

Jeter une puiffance fous des pieds !

V. dern. Madame, la reine entre.

Quelle reine ? Rien n'eft annoncé, rien n'eft déve-loppé. C'eft furtout dans ces fujets romanefques entiè-rement inconnus au public, qu'il faut avoir foin de faire l'expofition la plus nette et la plus précife.

J'aimerais encor mieux qu'il déclinât fon nom,
Et dît, je fuis Orefte ou bien Agamemnon.

SCENE II.

V. 1. Aujourd'hui donc, Madame,
Vous allez d'un héros rendre heureufe la flamme,
Et d'un mot fatisfaire aux plus ardens fouhaits
Que pouffent vers le ciel vos fidelles fujets.

Des fouhaits qu'on pouffe ! et madame, qui va rendre heureufe la flamme !

V. 7. Je fais deffus moi-même un illuftre attentat
Pour me facrifier au repos de l'Etat.

Que c'eſt un fort fâcheux et triſte que le nôtre ,
De ne pouvoir régner que ſous les lois d'un autre ,
Et qu'un ſceptre ſoit cru d'un ſi grand poids pour nous
Que pour le ſoutenir il nous faille un époux !

Et *Iſabelle* qui fait un illuſtre attentat ſur elle-même ,
et un ſceptre qui eſt cru !

V. 30. On vous obéira, qui qu'il vous plaiſe élire.

Cela n'eſt ni élégant ; ni harmonieux.

V. 33. Le rang que nous tenons, jaloux de notre gloire,
Souvent dans un tel choix nous défend de nous croire,
Jette ſur nos déſirs un joug impérieux , *&c.*

Un joug impérieux jeté ſur des déſirs !

S C E N E   I I I.

V. 14. Mais quoique mon deſſein ſoit d'y borner mon choix...
Je veux en le feſant pouvoir ne le pas faire ,

Quel vers ! nous avons déjà dit qu'on doit éviter ce
mot *faire* autant qu'on le peut.

V. 23. Ce n'eſt point ni ſon choix, ni l'éclat de ma race
Qui me font, grande Reine, eſpérer cette grâce ;

Ce n'eſt point eſt ici un ſolécifme , il faut *ce n'eſt ni ſon
choix.*

V. 25. Je l'attends de vous ſeule et de votre bonté,
Comme on attend un bien qu'on n'a pas mérité,
Et dont, ſans regarder ſervice, ni famille ,
Vous pouviez faire part au moindre de Caſtille.

Au moindre de Caſtille eſt un barbariſme ; il faut , *au
moindre guerrier, au moindre gentilhomme de la Caſtille.* La
plus grande faute eſt que cela n'eſt pas vrai. Elle ne peut
choiſir le moindre ſujet de la Caſtille.

V. 64. Tout beau, tout beau, Carlos, d'où vous vient cette audace?

Tout beau, tout beau, pourrait être ailleurs bas et familier, mais ici je le crois très-bien placé ; cette manière de parler eſt aſſez convenable , d'un ſeigneur très-fier à un ſoldat de fortune. Cela forme une ſituation ſingulière et intéreſſante , inconnue juſque-là au théâtre. Elle donne lieu très-naturellement à *Carlos* de parler dignement de ſes grandes actions. La vertu qui s'élève quand on veut l'avilir, produit preſque toujours de belles choſes.

V. 72. . . . . Nous vous avons vu faire,
Et ſavons mieux que vous ce que peut votre bras.

Faire eſt ici plus ſupportable ; mais il n'eſt que ſupportable. *Racine* n'aurait jamais dit , *nous vous avons vu faire.*

V. 74. Vous en êtes inſtruits, et je ne la ſuis pas.

Elle devrait certainement le ſavoir ; *Carlos* eſt à ſa cour ; *Carlos* a fait des actions connues de tout le monde ; il a ſauvé la Caſtille , et elle dit qu'elle n'en ſait rien ! il était aiſé de ſauver cette faute , et la reine qui a de l'inclination pour *Carlos* pouvait prendre un autre tour. Obſervez qu'il faut , *et je ne le ſuis pas.* S'il y avait là pluſieurs reines , elle dirait , *nous ne le ſommes pas* ; et non , *nous ne les ſommes pas.* Ce *le* eſt neutre ; on a déjà fait cette remarque , mais on peut la répéter pour les étrangers.

V. 75. . . . . Il importe aux monarques
Qui veulent aux vertus rendre de dignes marques,
De les ſavoir connaître , et ne pas ignorer
Ceux d'entre leurs ſujets qu'ils doivent honorer.

Rendre de dignes marques , eſt un barbariſme.

V. 79. Je ne me croyais pas être ici pour l'entendre.

C'eſt un ſoléciſme ; il faut , *je ne croyais pas être ici.*

V. 91.

V. 91. Ce même roi me vit dedans l'Andaloufie.

On a déjà fait voir combien *dedans* eft vicieux, et furtout quand il s'agit d'une province ; c'eft alors un folécifme.

V. 108. Voilà dont le feu roi me promit récompenfe.

Voilà dont eft un folécifme ; il faut, *voilà les fervices, les exploits, les actions, dont,* &c.

V. 112. Je prends fur moi fa dette, et je vous la fais bonne ;

eft trop trivial, c'eft le ftyle des marchands.

V. 121. Se pare qui voudra du nom de fes aïeux,

  Moi je ne veux porter que moi-même en tous lieux, *&c.*

Cette tirade était digne d'être imitée par *Corneille,* et l'on voit que fi elle n'était pas dans l'efpagnol, il l'aurait faite. Il eft vrai que *mon bras eft mon père* eft trop forcé.

V. 125. Mais pour en quelque forte obéir à vos lois,

  Seigneur, pour mes parens je nomme mes exploits,

  Ma valeur eft ma race, et mon bras eft mon père.

Quand *pour* eft fuivi d'un verbe, il ne faut ni d'adverbe entre deux, ni rien qui tienne lieu d'adverbe.

V. 129. . . . . Eh bien, je l'anoblis,

  Quelle que foit fa race et de qui qu'il foit fils.

Il faut éviter foigneufement ces cacophonies. On a déjà remarqué cette faute.

V. 154. . . . Au choix de fes Etats elle veut demeurer.

Demeurer au choix eft un barbarifme ; il faut, *s'en tenir au choix,* ou *demeurer attachée au choix des Etats.*

V. 156. Elle prend vos tranfports pour un excès de flamme...

  . . . Au lieu d'en punir le zèle injurieux,

  Sur un crime d'amour elle ferme les yeux.

Le zèle injurieux d'un excès de flamme !

Comment. fur Corneille. Tome II.   H

V. 160. Ne faites point ici de fauſſe modeſtie.

Faire de fauſſe modeſtie, barbariſme et ſolécifme ; il faut, *n'affectez point ici de fauſſe modeſtie.* Mais il ne s'agit pas ici de modeſtie quand *Manrique* parle d'antipathie. C'eſt jouer au propos interrompu.

V. 175. Marquis, prenez ma bague...

La bague du marquis vaut bien l'anneau royal d'*Aſtrate*. Cela eſt tout eſpagnol.

Ibid. . . . . . Et la donnez pour marque
Au plus digne des trois que j'en faſſe un monarque ;

barbariſme et ſolécifme.

SCENE IV.

V. 18. Comtes, de cet anneau dépend le diadème.
Il vaut bien un combat, vous avez tous du cœur,
Et je le garde. — A qui, Carlos ? — A mon vainqueur.

Cela eſt digne de la tragédie la plus ſublime. Dès qu'il s'agit de grandeur, il y en a toujours dans les pièces eſpagnoles. Mais ces grands traits de lumière, qui percent l'ombre de temps en temps, ne ſuffiſent pas ; il faut un grand intérêt ; nulle langueur ne doit l'interrompre ; les raiſonnemens politiques, les froids diſcours d'amour le glacent, et les penſées recherchées, les tours forcés l'affaibliſſent.

SCENE V.

V. 13. Les rois de leurs faveurs ne ſont jamais comptables ;
Ils ſont comme il leur plaît, et défont nos ſemblables.

Cela n'était pas vrai dans ce temps-là ; un roi de Caſtille ou d'Arragon n'avait pas le droit de deſtituer un homme titré.

ACTE SECOND.

SCENE PREMIERE.

CETTE fcène et toutes les longues differtations fur l'amour et la fierté ont toujours un défaut ; et ce vice, le plus grand de tous, c'eft l'ennui. On ne va au théâtre que pour être ému. L'ame veut toujours être hors d'elle-même, foit par la gaieté, foit par l'attendriffement, et au moins par la curiofité. Aucun de ces buts n'eft atteint, quand une *Blanche* dit à fa reine, *vous l'avez honoré fans vous déshonorer ;* et que la reine réplique que, *pour honorer fa générofité, l'amour s'eft joué de fon autorité,* &c.

Les fcènes fuivantes de cet acte font à peu-près dans le même goût, et tout le nœud confifte à différer le combat annoncé, fans aucun événement qui attache, fans aucun fentiment qui intéreffe.

Il y a de l'amour, comme dans toutes les pièces de *Corneille ;* et cet amour eft froid, parce qu'il n'eft qu'amour. Ces reines qui fe paffionnent froidement pour un aventurier, ajoutéraient la plus grande indécence à l'ennui de cette intrigue, fi le fpectateur ne fe doutait pas que *Carlos* eft autre chofe qu'un foldat de fortune. On a condamné l'*infante* du Cid, non-feulement parce qu'elle eft inutile, mais parce qu'elle ne parle que de fon amour pour *Rodrigue.* On condamna de même dans fon Don Sanche trois princeffes éprifes d'un inconnu, qui a fait de bien moins grandes chofes que le *Cid ;* et le pis de tout cela, c'eft que l'amour de ces princeffes ne produit rien du tout dans la pièce. Ces fautes font des auteurs efpagnols ; mais *Corneille* ne devait pas les imiter.

A l'égard du ftyle, il eft à la fois incorrect et recherché,

H 2

obscur et faible, dur et traînant. Il n'a rien de cette élégance et de ce piquant qui font absolument nécessaires dans un pareil sujet.

Il faudrait charger les pages de remarques plus longues que le texte, si on voulait critiquer en détail les expressions. Les remarques sur le premier acte peuvent suffire pour faire voir aux commençans ce qu'ils doivent imiter, et ce qu'ils ne doivent pas suivre. Les solécismes et les barbarismes dont cette pièce fourmille seront assez sentis. Comme *Corneille* n'avait point encore de rivaux, il écrivait avec une extrême négligence ; et quand il fut éclipsé par *Racine*, il écrivit encore plus mal.

V. 28. Je voulais seulement essayer leur respect, &c.

Essayer le respect ; un choix qui donne la peine ; il est bien dur à qui se voit régner ; l'amour à la faveur trouve une pente aisée ; il est attaché à l'intérêt du sceptre ; un outrage invisible revêtu de gloire ! Que dire d'un pareil galimatias ! il faut se taire et ne pas continuer d'inutiles remarques sur une pièce qu'il n'est pas possible de lire. Il y a quelques beaux morceaux sur la fin. Nous en parlerons avec d'autant plus de plaisir que nous ressentons plus de peine à être obligés de critiquer toujours. C'est suivant ce principe que nous ne les reprenons qu'au cinquième acte.

ACTE CINQUIEME.

SCENE V.

Vers 27. Je fuis bien malheureux fi je vous fais pitié!

Tout ce que dit ici *Carlos*. eft grand, fans enflure, et d'une beauté vraie. Il n'y a que ce vers, pris de l'efpagnol, dont le bon goût puiffe être mécontent :

> A l'exemple du ciel j'ai fait beaucoup de rien.

Ces traits hardis furprennent fouvent le parterre ; mais y a-t-il rien de moins convenable que de fe comparer à DIEU? Quel rapport les actions d'un foldat qui s'eft élevé peuvent-elles avoir avec la création? On ne faurait être trop en garde contre ces hyperboles audacieufes qui peuvent éblouir des jeunes gens, que tous les hommes fenfés réprouvent, et dont vous ne trouverez jamais d'exemple, ni dans *Virgile*, ni dans *Cicéron*, ni dans *Horace*, ni dans *Racine*.

Remarquez encore que le mot de *ciel* n'eft pas ici à fa place, attendu que DIEU a créé le ciel et la terre, et qu'on ne peut dire en cette occafion que *le ciel a fait beaucoup de rien*.

V. 87. Mais je vous tiens enfemble heureux au dernier point
D'être né d'un tel père et de n'en rougir point.

Ce dernier vers eft très-beau et digne de *Corneille*. Au refte, le dénouement eft à l'efpagnole.

REMARQUES

SUR NICOMEDE,

TRAGEDIE, 1650.

PREFACE DU COMMENTATEUR.

NICOMEDE eſt dans le goût de Don Sanche d'Arragon. Les Eſpagnols, comme on l'a déjà dit, ſont les inventeurs de ce genre qui eſt une eſpèce de comédie héroïque. Ce n'eſt ni la terreur, ni la pitié de la vraie tragédie. Ce ſont des aventures extraordinaires, des bravades, des ſentimens généreux, et une intrigue dont le dénouement heureux ne coûte ni de ſang aux perſonnages, ni de larmes aux ſpectateurs. L'art dramatique eſt une imitation de la nature, comme l'art de peindre. Il y a des ſujets de peinture ſublimes, il y en a de ſimples ; la vie commune, la vie champêtre, les payſages, les groteſques même, entrent dans cet art. *Raphaël* a peint les horreurs de la mort, et les noces de *Pſyché*. C'eſt ainſi que dans l'art dramatique on a la paſtorale, la farce, la comédie, la tragédie plus ou moins héroïque, plus ou moins terrible, plus ou moins attendriſſante.

Lorſqu'on rejoua, en 1756, Nicomède, oubliée pendant plus de quatre-vingts ans, les comédiens du roi ne l'annoncèrent que ſous le titre de tragicomédie. Cette pièce eſt peut-être une des plus fortes preuves du génie de *Corneille*, et je ne ſuis pas étonné de l'affection qu'il avait pour elle. Ce genre eft non-feulement le moins théâtral de tous, mais le plus difficile à traiter. Il n'a point cette magie qui tranf-porte l'ame, comme le dit fi bien *Horace* :

Ille per extinctum funem mihi poffe videtur
Ire poëta meum qui pectus inaniter angit,
Irritat et mulcet, falfis terroribus implet,
Ut magus, et modò me Thebis modò ponit Athenis.

Ce genre de tragédie ne fe foutenant point par un fujet pathétique, par de grands tableaux, par les fureurs des paffions, l'auteur ne peut qu'exciter un fentiment d'admiration pour le héros de la pièce. L'admiration n'émeut guère l'ame, ne la trouble point. C'eft de tous les fentimens celui qui fe refroidit le plutôt. Le caractère de *Nicomède* avec une intrigue terrible, telle que celle de Rodogune, eût été un chef-d'œuvre.

REMARQUES
SUR NICOMEDE,
TRAGEDIE.

ACTE PREMIER.

SCENE PREMIERE.

Vers 1. Après tant de hauts faits, il m'eſt bien doux , Seigneur,
De voir encor mes yeux régner ſur votre cœur.

On ne voit point ſes yeux. Cette figure manque un
peu de juſteſſe , mais c'eſt une faute légère.

V. 3.   De voir ſous les lauriers qui vous couvrent la tête...

Ce *vous* rend l'expreſſion trop vulgaire. Je me ſuis
couvert la tête ; vous vous êtes fait mal au pied. Il faut
chercher des tours plus nobles. Rarement alors on
s'étudiait à perfectionner ſon ſtyle.

V. 4.   Un ſi grand conquérant être encor ma conquête.

Corneille parait affectionner ces vers d'antithéſes :

Ce qu'il doit au vaincu brûlant pour le vainqueur,
Et pour être invaincu l'on n'eſt pas invincible.
J'irai ſous mes cyprès accabler ſes lauriers.

Ces figures ne doivent pas être prodiguées. *Racine*
s'en ſert très-rarement. Cependant il a imité ce vers
dans Andromaque :

Mener en conquérant ſa ſuperbe conquête.

Il dit aussi :

>Vous ne voulez aimer, et je ne peux vous plaire.
>Vous m'aimeriez, Madame, en me voulant haïr.
>*Non ego paucis offendar maculis.*

V. 5. Et de toute la gloire acquise à ses travaux
Faire un illustre hommage à ce peu que je vaux.

Cette manière de s'exprimer est absolument bannie. On dirait à présent dans le style familier , *au peu que je vaux.* L'épithète d'*illustre* gâte presque tous les vers où elle entre, parce qu'elle ne sert qu'à remplir les vers , qu'elle est vague, qu'elle n'ajoute rien au sens.

V. 9. Je vous vois à regret, tant mon cœur amoureux
Trouve la cour pour vous un séjour dangereux.

Il ne sied point à une princesse de dire qu'elle est amoureuse , et surtout de commencer une tragédie par ces expressions qui ne conviennent qu'à une bergère naïve. Nous avons observé ailleurs qu'un personnage doit faire connaître ses sentimens sans les exprimer grossièrement. Il faut qu'on découvre son ambition sans qu'il ait besoin de dire, je suis ambitieux ; sa jalousie, sa colère, ses soupçons , et qu'il ne dise pas, je suis colère, je suis soupçonneux , jaloux; à moins que ce ne soit un aveu qu'il fasse de ses passions.

V. 15. La haine que pour vous elle a si naturelle...

L'inversion de ce vers gâte et obscurcit un sens clair, qui est, *la haine naturelle qu'elle a pour vous.* Que *Racine* dit la même chose bien plus élégamment !

>Des droits de ses enfans une mère jalouse
>Pardonne rarement au fils d'une autre épouse.

V. 16. A mon occasion encor se renouvelle.

A mon occasion est de la prose rampante.

V. 18. Je le fais, ma Princeffe, et qu'il vous fait la cour.

Faire la cour, dans cette acception, eft banni du ftyle tragique. *Ma princeffe*, eft devenu comique, et ne l'était point alors.

V. 19. Je fais que les Romains, qui l'avaient en otage,

L'ont enfin renvoyé pour un plus digne ouvrage ;

Que ce don à fa mère était le prix fatal

Dont leur Flaminius marchandait Annibal, &c.

Cette expreffion populaire, *marchandait*, devient ici très-énergique et très-noble, par l'oppofition du grand nom d'*Annibal* qui infpire du refpect. On dirait très-bien, même en profe, cet empereur après avoir *marchandé* la couronne, trafiqua du fang des nations. Mais ce *don dont leur Flaminius*, n'eft ni harmonieux ni français ; on ne marchande point d'un don.

V. 23. Que le roi par fon ordre eût livré ce grand homme,

S'il n'eût par le poifon lui-même évité Rome,

Eviter une ville par le poifon, eft une efpèce de barbarifme ; il veut dire, *éviter par le poifon la honte d'être livré aux Romains, l'opprobre qu'on lui deftinait à Rome.*

V. 25. Et rompu par fa mort les fpectacles pompeux

Où l'effroi de fon nom le deftinait chez eux.

Rompre des fpectacles n'eft pas français. Par une fingularité commune à toutes les langues on interrompt des fpectacles, quoiqu'on ne les rompe pas. On corrompt le goût, on ne le rompt pas. Souvent le compofé eft en ufage quand le fimple n'eft pas admis. Il y en a mille exemples.

V. 37. Et je ne vois que vous qui le puiffe arrêter,

Pour aider à mon frère à vous perfécuter.

Aider à quelqu'un eft une expreffion populaire, *aidez-lui à marcher.* Il faut : *pour aider mon frère.*

V. 41. Annibal, qu'elle vient de lui facrifier,
   L'engage en fa querelle, et m'en fait défier.

A quoi fe rapporte cet *en ? Me fait défier* n'eft pas français. Il veut dire, *me donne des foupçons fur elle, me force à me défier d'elle.*

V. 45. Ma gloire et mon amour peuvent bien peu fur moi,
   S'il faut votre préfence à foutenir ma foi.

Une préfence à foutenir la foi n'eft pas français. On dit, *il faut foutenir* et non *à foutenir.*

V. 49. Attale, qu'en otage ont nourri les Romains,
   Ou plutôt qu'en efclave ont façonné leurs mains,
   Sans lui rien mettre au cœur qu'une crainte fervile,
   Qui tremble à voir un aigle et refpecte un édile.

La crainte qui tremble parait une expreffion faible et négligée, un pléonafme. Ce vers eft très-beau, *qui tremble à voir un aigle et refpecte un édile.*

V. 56. Et fi Rome une fois contre nous s'intéreffe. —

On fe ligue, on entreprend, on agit, on confpire *contre* ; mais on s'intéreffe *pour.* On peut dire, *Rome eft intéreffée dans un traité contre nous. Contre* tombe alors fur le traité. Cependant je crois qu'on peut dire en vers : *s'intéreffe contre nous.* C'eft une efpèce d'ellipfe.

V. 63. . . . . La reine d'Arménie
   Eft due à l'héritier du roi de Bithynie,
   Et ne prendra jamais un cœur affez abjet
   Pour fe laiffer réduire à l'hymen d'un fujét.

Cette expreffion de *prendre un cœur,* pour fignifier *prendre des fentimens,* n'eft guère permife que quand on dit, *prenez un cœur nouveau,* ou bien, *reprendre cœur, reprendre courage.*

V. 73. Et faura vous garder même fidélité
Qu'elle a gardée aux droits de l'hofpitalité.

Même qu'elle a gardée eft un folécifme ; il faut, *la
même fidélité*, ou *cette fidélité*.

V. 77. Seigneur, votre retour, loin de rompre fes coups,
Vous expofe vous-même, et m'expofe après vous.

On ne rompt pas plus des coups que des fpectacles.

V. 79. Comme il eft fait fans ordre, il paffera pour crime.

Faire un retour eft un barbarifme.

V. 83. Si j'ai befoin de vous de peur qu'on me contraigne,
J'ai befoin que le roi, qu'elle-même vous craigne.

Il faudrait, pour que la phrafe fût exacte, la négation
ne, qu'on ne me contraigne. En général, voici la règle.
Quand les latins emploient le *ne*, nous l'employons
auffi. *Vereor ne cadat*, je crains qu'il ne tombe. Mais
quand les latins fe fervent d'*ut*, *utrùm*, nous fupprimons
ce *ne*. *Dubito utrùm eas*, je doute que vous alliez ; *opto
ut vivas*, je fouhaite que vous viviez. Quand *je doute*
eft accompagné d'une négation, *je ne doute pas*, on la
redouble pour exprimer la chofe ; *je ne doute pas que
vous ne l'aimiez*. La fuppreffion du *ne* dans le cas où il
eft d'ufage, eft une licence qui n'eft permife que quand
la force de l'expreffion la fait pardonner.

V. 88. S'ils vous tiennent ici, tout eft pour eux fans crainte ;

n'eft pas français, et n'a de fens en aucune langue. Il
veut dire, *tout eft sûr pour eux ; ils n'ont rien à craindre ;
ils font maîtres de tout ; ils peuvent tout ; tout les raffure*.

V. 89. Et ne vous flattez point, ni fur votre grand cœur,
Ni fur l'éclat d'un nom cent et cent fois vainqueur.

Un nom n'eft pas vainqueur, à moins qu'on n'exprime

que la terreur feule de ce nom a tout fait. On dit alors noblement, *fon nom feul a vaincu*. Il ne faut jamais fe fervir de ces mots inutiles, *cent et cent fois*.

V. 91. Quelque haute valeur que puiffe être la vôtre...

Ce vers eft défectueux. Il eft vrai qu'il n'était pas facile ; mais ce font ces mêmes difficultés qui, lorfqu'elles font vaincues, rendent la belle poëfie fi fupérieure à la profe.

V. 92. Vous n'avez en ces lieux que deux bras comme un autre.

Voilà de ces vers de la baffe comédie qu'on fe permettait trop fouvent dans le ftyle noble.

V. 101. Deux (affaffins) s'y font découverts que j'amène avec moi,
   Afin de la convaincre et détromper le roi.

Il faut pour l'exactitude, *et de détromper*. Mais cette licence eft fouvent très-excufable en vers. Il n'eft pas permis de la prendre en profe.

V. 105. Trois fceptres, à fon trône attachés par mon bras,
   Parleront au lieu d'elle, et ne fe tairont pas.

Toute métaphore, comme on l'a dit, pour être bonne, doit être une image qu'on puiffe peindre. Mais comment peindre trois fceptres qu'un bras attache à un trône, et qui parlent? D'ailleurs, puifque les fceptres parleront, il eft clair qu'ils ne fe tairont pas. Ces fortes de pléonafmes font les plus vicieux; ils retombent quelquefois dans ce qu'on appelle le ftyle niais : *Hélas! s'il n'était pas mort, il ferait encore en vie.*

V. dern. Il ne m'a jamais vu, ne me découvrez pas.

Il ferait mieux, à mon avis, que *Nicomède* apportât quelque raifon qui fît voir qu'il ne doit pas être reconnu par fon frère avant d'avoir parlé au roi. Il femble que

Nicomède veuille feulement fe procurer ici le plaifir d'embarraffer fon frère, et que l'auteur ne fonge qu'à ménager une de ces fcènes théâtrales. Celle-ci eft plutôt de la haute comédie que de la tragédie. Elle eft attachante, et quoiqu'elle ne produife rien dans la pièce, elle fait plaifir.

SCENE II.

V. 5.   Si ce front eft mal-propre à m'acquérir le vôtre,
Quand j'en aurai deffein j'en faurai prendre un autre.

Mal-propre, dans toutes fes acceptions, eft abfolument banni du ftyle noble; et par la conftruction il femble que le front de *Laodice* foit mal-propre à acquérir le front d'*Attale*. De plus, *prendre un front* eft un barbarifme. On dit bien, *il prit un vifage févère*, *un front ferein* ou *trifte*; mais en général on ne peut pas dire, *prendre un front*; parce qu'on ne peut pas prendre ce qu'on a. Il faut ajouter une épithète qui marque le fentiment qu'on peint fur fon front, fur fon vifage.

V. 7.   Vous ne l'acquerrez point, puifqu'il eft tout à vous.

Ces complimens, ces dialogues de converfation ne doivent pas entrer dans la tragédie.

V. 8.   Je n'ai donc pas befoin d'un vifage plus doux.

Avoir befoin d'un vifage!

V. 10.   C'eft un bien mal acquis que j'aime mieux vous rendre.

Laodice commence à prendre le ton de l'ironie. *Corneille* l'a prodiguée dans cette pièce d'un bout à l'autre. Il ne faut pas foutenir un ouvrage entier par la même figure. L'ironie par elle-même n'a rien de tragique; il faudrait au moins qu'elle fût noble; mais *un bien mal acquis* eft comique.

V. 14. Pour garder votre cœur je n'ai pas où le mettre.

Après les beaux vers que *Laodice* a débités dans la scène précédente et va débiter encore, on ne peut sans chagrin lui voir prendre si souvent le ton du bas comique. Ce vers serait à peine souffert dans une farce.

V. 15. La place est occupée,

ressemble trop à la *signora è impedita* des Italiens. On ne doit jamais employer de ces expressions familières qui rappellent des idées comiques. C'est alors surtout qu'on doit chercher des tours nobles.

V. 18. Que celui qui l'occupe a de bonne fortune!

est comique et n'est pas français. On ne dit point, *il a bonne fortune, mauvaise fortune*; et on fait ce qu'on entend par *bonnes fortunes* dans la conversation; c'est précisément par cette raison, que cette expression doit être bannie du théâtre tragique.

V. 19. Et que serait heureux qui pourrait aujourd'hui
    Disputer cette place et l'emporter sur lui!

Que serait heureux qui n'est pas français. *Qu'ils sont heureux ceux qui peuvent aimer!* est un fort joli vers. *Que sont heureux ceux qui peuvent aimer!* est un barbarisme. Remarquez qu'un seul mot de plus ou de moins suffit pour gâter absolument les plus nobles pensées et les plus belles expressions.

V. 23. Et l'on ignore encor parmi ses ennemis
    L'art de reprendre un fort qu'une fois il a pris. —
    Celui-ci toutefois peut s'attaquer de sorte
    Que, tout vaillant qu'il est, il faudra qu'il en sorte.

Toutes les fois que l'on emploie un pronom dans une phrase, il se rapporte au dernier nom substantif; ainsi dans cette phrase, *celui-ci* se rapporte au *fort*, et les

deux pronoms *il* fe rapportent à *celui-ci*. Le fens gram-
matical eft , *quelque vaillant que foit ce fort , il faudra qu'il
forte* ; et l'on voit affez combien ce fens eft vicieux.
Corneille veut dire : *quelque vaillant que foit le conquérant* ;
mais il ne le dit pas.

V. 27. Vous pourriez vous méprendre. — Et fi le roi le veut?

On peut faire ici une réflexion. *Attale* parle de fon
amour , et des intérêts de l'Etat , et des fecrets du roi ,
devant un inconnu. Cela n'eft pas conforme à la prudence dont *Attale* eft fouvent loué dans la pièce. Mais
auffi fans ce défaut la fcène ne fubfifterait pas ; et quelquefois on fouffre des fautes qui amènent des beautés.

V. 30. . . . . S'il eft roi, je fuis reine ;
Et vers moi tout l'effort de fon autorité
N'agit que par prière et par civilité.

Civilité , terme de comédie. Ce fentiment de fierté eft
beau dans *Laodice* ; mais eft-il bien fondé? Elle eft reine
d'Arménie ; mais elle n'eft point dans fon royaume, elle
eft à la cour de *Prufias* , qui de fon aveu eft le dépofitaire
de *fes jeunes ans* , qui a fur elle les plus grands droits
par l'ordre de fon père , qui eft le maître enfin , et dont
les prières font des ordres. La jeune *Laodice* peut avec
bienféance n'écouter que fa fierté , et fe tromper un
peu par grandeur d'ame. Elle peut avoir tort dans le
fond ; mais il eft dans fon caractère d'avoir ce tort.
Enfin , *n'agit que par prière* , peut fignifier , *ne doit agir
que par prière*.

V. 38. Seigneur, je crains pour vous qu'un romain vous écoute.

Voyez la remarque ci-deffus. C'eft encore ici une
expreffion de doute , et la négation *ne* eft néceffaire ; *je
crains qu'un romain ne vous écoute*. Mais en poëfie on peut
fe difpenfer de cette règle.

V. 47.

V. 47. Et ne favez-vous plus qu'il n'eſt princes ni rois
Qu'elle daigne égaler à ſes moindres bourgeois?

Bourgeois, cette expreſſion eſt bannie du ſtyle noble. Elle y était admiſe à Rome, et l'eſt encore dans les républiques : le *droit de bourgeoiſie*, le *titre de bourgeois*. Elle a perdu chez nous de ſa dignité, peut-être parce que nous ne jouiſſons pas des droits qu'elle exprime. Un bourgeois dans une république eſt en général un homme capable de parvenir aux emplois ; dans un état monarchique, c'eſt un homme du commun. Auſſi ce mot eſt-il ironique dans la bouche de *Nicomède*, et n'ôte rien à la noble fermeté de ſon diſcours.

V. 69. Mais je crains qu'elle échappe.

Voyez les notes ci-deſſus. Il faudrait : *qu'elle n'échappe.*

V. 77. Puiſqu'ils ſe ſont privés, pour ce nom d'importance,
Des charmantes douceurs d'élever votre enfance.

Une affaire eſt d'importance, un nom ne l'eſt pas.

V. 79. Dès l'âge de quatre ans ils vous ont éloigné.

Ce vers eſt très-adroit ; il paraît ſans artifice ; et il y a beaucoup d'art à donner ainſi une raiſon qui empêche évidemment qu'*Attale* ne reconnaiſſe ſon frère.

V. 84. Madame, encore un coup, cet homme eſt-il à vous?

Encore un coup, ce terme trop familier a été employé par *Racine* dans Bérénice :

Madame, encore un coup, qu'en peut-il arriver?

Ce ſont des négligences qui étaient pardonnables.

V. 85. Et pour vous divertir eſt-il ſi néceſſaire
Que vous ne lui puiſſiez ordonner de ſe taire ?

Le mot *divertir*, et même les trois vers que dit *Attale*, ſont abſolument du ſtyle comique.

Comment. ſur Corneille. Tome II.   I

V. 94. Et loin de lui voler fon bien en fon abfence...

Le mot *voler* eft bas ; on emploie dans le ftyle noble, *ravir* , *enlever* , *arracher* , *ôter* , *priver* , *dépouiller* , &c.

*V.*101. Sachez qu'il n'en eft point que le ciel n'ait fait naître
　　　　Pour commander aux rois et pour vivre fans maître.

Ces deux vers font de la tragédie de Cinna dans le rôle d'*Emilie* , mais ils conviennent bien mieux à *Emilie*, romaine , qu'à un prince d'Arménie.

Au refte, cette fcène eft très-attachante ; toutes les fois que deux perfonnages fe bravent fans fe connaître, le fuccès de la fcène eft sûr.

S C E N E I I I.

Prefque toute la fin de la fcène feconde et le commencement de celle-ci font une ironie perpétuelle.

V. 5. . . . . . . Seigneur, vous êtes donc ici ?

C'eft une naïveté qui échappe à tout le monde , quand on voit quelqu'un qu'on n'attend pas. Cette familiarité et cette petite négligence doivent être bannies de la tragédie.

V. 6. Oui, Madame, j'y fuis, et Métrobate auffi.

Si *Nicomède* eût établi dans la première fcène que ce *Métrobate* était un des affaffins gagés par *Arfinoé*, ce vers ferait un grand effet ; mais il en fait moins parce qu'on ne connaît pas encore ce *Métrobate*.

V. 12. J'avais ici laiffé mon maître et ma maîtreffe.

Maîtreffe , on permettait alors ce terme peu tragique. *Maître* et *maîtreffe* femblent faire ici un jeu de mots peu noble.

V. 19. Il ne tiendra qu'au roi qu'aux effets je ne paffe.

Souvent en ce temps-là on fupprimait le *ne* , quand

il fallait l'employer, et on s'en fervait quand il fallait l'omettre. Le fecond *ne* eft ici un folécifme. *Il tient à vous*, c'eft-à-dire, il dépend de vous que je paffe, que je faffe, que je combatte, &c. *Il ne tient qu'à vous* eft la même chofe qu'*il tient à vous*; donc le *ne* fuivant eft un folécifme.

V. 25. Ah! Seigneur, excufez, fi vous connaiffant mal... —

On connaît mal quand on fe trompe au caractère. *Laodice* dit à *Cléopâtre*: je vous connaiffais mal. *Photin* dit: j'ai mal connu *Céfar*. Mais, quand on ignore quel eft l'homme à qui l'on parle, alors il faut, *je ne connaiffais pas*.

V. 26. Prince, faites-moi voir un plus digne rival, *&c.*

Tout ce difcours eft noble, ferme, élevé; c'eft-là de la véritable grandeur; il n'y a ni ironie, ni enflure.

V. 35. Et nous verrons ainfi qui fait mieux un brave homme
Des leçons d'Annibal, ou de celles de Rome.

Dans la règle il faut, *qui font*; et *faire mieux un brave homme* n'eft pas élégant.

SCENE IV.

V. 3. Ce prompt retour me perd, et rompt votre entreprife. —
Tu l'entends mal, Attale, il la met dans ma main.

Tu l'entends mal eft comique; et *mettre dans la main* n'eft pas noble.

V. 6. Dedans mon cabinet amène-le fans fuite.

Voyez les remarques des autres tragédies fur le mot *dedans*.

SCENE V.

V. 3. Je crains qu'à la vertu par les Romains inftruit. . .
   Il ne conçoive mal qu'il n'eft fourbe ni crime
   Qu'un trône acquis par là ne rende légitime.

Ces derńiers vers font de la converfation la plus
négligée , et ce fentiment eft intolérable. On retrouve
le même défaut toutes les fois que *Corneille* fait raifonner
un prince , un miniftre ; tous difent qu'il faut être fourbe
et méchant pour régner. On a déjà remarqué que jamais
homme d'Etat ne parle ainfi. Ce défaut vient de ce qu'il
eft très-difficile de ménager fes expreffions , et de faire
entendre avec art des chofes qui révoltent. C'eft une
grande imprudence et une grande baffeffe dans une
reine de dire qu'il faut être fourbe et criminel pour
régner. *Un trône acquis par là* eft une expreffion de
comédie.

V. 11. Rome l'eût laiffé vivre, et fa légalité
   N'eût point forcé les lois de l'hofpitalité.

Légalité n'a jamais fignifié *juftice , équité , magnanimité*;
il fignifie *authenticité d'une loi revêtue des formes ordinaires.*

V. 13. Savante à fes dépens de ce qu'il favait faire,
   Elle le fouffrait mal auprès d'un adverfaire.

Savante de eft un barbarifme. *Savante , favait*, répétition fautive.

V. 16. De chez Antiochus elle l'a fait bannir ;

expreffion trop baffe , *de chez lui , de chez nous.*

V. 21. Car je crois que tu fais que quand l'aigle romaine. . .

Tout écrivain doit éviter ces amas de monofyllabes
qui fe heurtent , *car , que , quand.* Mais ce qu'on doit
plus éviter , c'eft de dire à fa confidente ce qu'elle fait.
Ce tour n'eft pas affez adroit.

V. 22. Vit choir fes légions aux bords du Trafimène,
Flaminius fon père en était général.

Choir, expreffion abfolument vieillie.

V. 25. Ce fils donc qu'a preffé la foif de la vengeance...

Cacophonie qu'il faut éviter encore, *donc qu'a.*

V. 26. S'eft aifément rendu de mon intelligence ;

n'eft pas français. On eft en intelligence, on fe rend du
parti de quelqu'un.

V. 27. L'efpoir d'en voir l'objet entre fes mains remis
A pratiqué par lui le retour de mon fils.

Il faut un effort pour deviner quel eft cet *objet.* C'eft,
par la phrafe, l'objet de leur intelligence ; par le fens,
c'eft *Laodice.* La première loi eft d'être clair ; il ne faut
jamais y manquer.

V. 29. Par lui j'ai jeté Rome en haute jaloufie ;

n'eft pas français. On infpire de la jaloufie, on la fait
naître. La jaloufie ne peut être haute ; elle eft grande,
elle eft violente, foupçonneufe, &c.

V. 35. Il s'en eft fait nommer lui-même ambaffadeur.

Cet *il* fe rapporte au prince *Attale* ; mais il en eft trop
loin. Cela rend la phrafe obfcure, de même que *borner
fa grandeur* ; il femble que ce foit la grandeur de l'hymen.
Les articles, les pronoms mal placés jettent toujours de
l'embarras dans le ftyle ; c'eft le plus grand inconvénient
de la langue françaife, qui eft d'ailleurs fi amie de la
clarté.

V. 37. Et voilà le feul point où Rome s'intéreffe.

Pourquoi *Arfinoé* dit-elle tout cela à une confidente
inutile ? *Cléopâtre* dans Rodogune tombe dans le même

I 3

défaut. La plupart des confidences font froides et déplacées, à moins qu'elles ne foient néceffaires. Il faut qu'un
perfonnage paraiffe avoir befoin de parler, et non pas
envie de parler.

V. 38. Attale à ce deffein entreprend fa maîtreffe.

On entreprend de faire quelque chofe, ou bien on
entreprend quelque chofe; mais on n'entreprend pas quelqu'un. Cela ne fe pourrait dire à toute force que dans le
bas comique, et encore c'eft dans un autre fens; cela
veut dire, *attaquer*, *demander raifon*, *embarraffer*, *faire
querelle*. Ce vers n'eft pas français.

V. 43. . . . . Et j'ai cru pour le mieux
　　　　Qu'il fallait de fon fort l'attirer en ces lieux.

Pour le mieux, expreffion de comédie.

V. 45. Métrobate l'a fait par des terreurs paniques,

L'a fait et *terreurs paniques*, expreffions qui n'ont rien
de noble.

V. 46. Feignant de lui trahir mes ordres tyranniques;

eft un barbarifme; il faut, *de lui dévoiler*, *de lui déceler*,
de lui apprendre, *de trahir mes ordres tyranniques en fa
faveur*.

V. 53. Tantôt en le voyant j'ai fait de l'effrayée,

Les comédiens ont corrigé, *j'ai feint d'être effrayée*;
mais la chofe n'eft pas moins petite et moins indigne de
la grandeur du tragique.

V. 63. Et fi ce diadème une fois eft à nous,
　　　　Que cette reine après fe choififfe un époux,

Cet *une fois* eft une explétive trop triviale.

V. 67. Le roi que le romain pouffera vivement,
De peur d'offenfer Rome agira chaudement ;

Cet adverbe eft profcrit du ftyle noble.

V. 69. Et ce prince , piqué d'une jufte colère,
S'emportera fans doute et bravera fon père.

Piqué d'une jufte colère n'eft pas français. On eft piqué
d'un procédé , et animé de colère.

V. 72. Et comme à l'échauffer j'appliquerai mes foins...
Mon entreprife eft fûre et fa perte infaillible.

Cette phrafe et ce tour qui commencent par *comme*
font familiers à *Corneille*. Il n'y en a aucun exemple dans
Racine. Ce tour eft un peu trop profaïque. Il réuffit quelquefois ; mais il ne faut pas en faire un trop fréquent
ufage.

V. 75. Voilà mon cœur ouvert.

Mais pourquoi a-t-elle ouvert fon cœur à *Cléone* ?
Qu'en réfulte-t-il ? Je fais qu'il eft permis d'ouvrir fon
cœur ; ces confidences font pardonnées aux paffions.
Une jeune princeffe peut avouer à fa confidente des
fentimens qui échappent à fon cœur ; mais une reine
politique ne doit faire part de fes projets qu'à ceux qui
les doivent fervir. Cette fcène eft froide et mal écrite.

V. 76 Mais dans mon cabinet Flaminius m'attend.

Il eft clair que *Flaminius* attend la reine ; qu'elle a les
plus grands intérêts du monde de hâter fon entretien
avec lui. *Nicomède* eft arrivé ; il va trouver le roi. Il n'y
a pas un moment à perdre ; cependant elle s'arrête pour
détailler inutilement à *Cléone* des projets qui font d'une
nature à n'être confiés qu'à ceux qui doivent les feconder.
Cette manière d'inftruire le fpectateur eft fans art et fans
intérêt.

V. dern. Vous me connaissez trop pour vous en mettre en peine.

Cela est trop trivial, et ce vers fait trop voir l'inutilité du rôle de *Cléone.* C'est un très-grand art de savoir intéresser les confidens à l'action. *Néarque* dans Polyeucte montre comment un confident peut être nécessaire.

ACTE SECOND.

SCENE PREMIERE.

Vers 3: . . . La haute vertu du prince Nicomède
Pour ce qu'on peut en craindre est un puissant remède.

UNE *haute vertu, remède pour ce qu'on en peut craindre,* n'est ni correct ni clair.

V. 6. Un retour si soudain manque un peu de respect.

Un retour qui *manque de respect !*

V. 11. Il n'en veut plus dépendre, et croit que ses conquêtes
Au-dessus de son bras ne laissent plus de têtes.

Des têtes au-dessus des bras ! Il n'était plus permis d'écrire ainsi en 1657. Mais *Corneille* ne châtia jamais son style; il passe pour valoir mieux par la force des idées que par l'expression. Cependant observez que toutes les fois qu'il est véritablement grand, son expression est noble et juste, et ses vers sont bons.

V. 16. A suivre leur devoir leurs hauts faits se ternissent.

Il semble que les hauts faits suivent un devoir, et qu'ils se ternissent en le suivant. Ce n'est pas parler sa langue.

V. 17. Et ces grands cœurs enflés du bruit de leurs combats...
Font du commandement une douce habitude.

Des cœurs enflés de bruit font auffi intolérables que *des têtes au-deffus des bras.*

V. 21. Dis tout, Arafpe, dis que le nom du fujet
Réduit toute leur gloire en un rang trop abjet.

Qu'eft-ce que le rang d'une gloire ? on ne réduit pas *en*, on réduit *à*. Prefque tout le ftyle de cette pièce eft vicieux ; la raifon en eft que l'auteur emploie le ton de la converfation familière, dans laquelle on fe permet beaucoup d'impropriétés, et fouvent des folécifmes et des barbarifmes. Le ftyle de la converfation peut être admis dans une comédie héroïque ; mais il faut que ce foit la converfation des *Condé*, des *la Rochefoucault*, des *Retz*, des *Pafcal*, des *Arnaud*.

V. 23. Que bien que leur naiffance au trône les deftine,
Si fon ordre eft trop lent, leur grand cœur s'en mutine.

L'ordre de qui ? de la naiffance ? cela ne fait point de fens ; et *mutine* n'eft ni affez fort, ni affez rélevé.

V. 27. Qu'on voit naître de là mille fourdes pratiques
Dans le gros de fon peuple et dans fes domeftiques.

Ces expreffions n'appartiennent qu'au ftyle familier de la comédie.

V. 37. Si je n'étais bon père il ferait criminel, &c.

On retrouve un peu *Corneille* dans cette tirade, quoique la même penfée y foit répétée et retournée en plufieurs façons ; ce qui était un vice commun en ce temps-là. Mais à quoi bon tous ces difcours ? Que veut *Prufias?* Rien. Quelle réfolution prend-il avec *Arafpe?* Aucune. Cette fcène paraît peu néceffaire, ainfi que celle d'*Arfinoé* et de fa confidente. En général, toute fcène entre un

perfonnage principal et un confident eft froide , à moins
que ce perfonnage n'ait un fecret important à confier ,
un grand deffein à faire réuffir , une paffion furieufe à
développer.

V. 46. Il n'eft rien qui ne cède à l'ardeur de régner ;
    Et depuis qu'une fois elle nous inquiète ,
    La nature eft aveugle et la vertu muette.

 Inquiète n'eft pas le mot propre ; *depuis* eft ici un
folécifme. Le fens eft , dès qu'une fois cette paffion s'eft
emparée de nous.

V. 59. . . . Si je lui laiffe un jour une couronne ,
    Ma tête en porte trois que fa valeur me donne.
    J'en rougis dans mon ame ; et ma confufion . . .
    Sans ceffe offre à mes yeux cette vue importune ,
    Que qui m'en donne trois peut bien m'en ôter une ;
    Qu'il n'a qu'à l'entreprendre et peut tout ce qu'il veut.
    Juge , Arafpe , où j'en fuis , s'il veut tout ce qu'il peut.

 Ces antithèfes et ces figures de mots , comme on l'a
déjà remarqué , doivent être bien rares. La verfification
héroïque exige que les vers ne finiffent point par des
verbes en monofyllabes ; l'harmonie en fouffre , *il peut*,
il veut , *il fait* , *il court* , font des fyllabes sèches et rudes ;
il n'en eft pas de même dans les rimes féminines ; *il vole* , *il*
preffe , *il prie :* ces mots font plus foutenus , ils ne valent
qu'une fyllabe ; mais on fent qu'il y en a deux qui
forment une fyllabe longue et harmonieufe. Ces petites
fineffes de l'art font à peine connues et n'en font pas
moins importantes.

V. 81. Et le prends-tu pour homme à voir d'un œil égal
    Et l'amour de fon frère et la mort d'Annibal ?
    Il eft le dieu du peuple et celui des foldats.
    Sûr de ceux-ci , fans doute , il vient foulever l'autre ,
    Fondre avec fon pouvoir fur le refte du nôtre.

Expreſſions vicieuſes. On ne peut dire *l'autre*, que quand on l'oppoſe à *l'un*. Le *nôtre* ne ſe peut dire à la place *du mien*, à moins qu'on n'ait déjà parlé au pluriel. Je le répète encore, rien n'eſt ſi difficile et ſi rare que de bien écrire.

V. 91. Je veux bien toutefois agir avec adreſſe,
    Joindre beaucoup d'honneur à bien peu de rudeſſe, &c.

Tout cela eſt d'un ſtyle confus, obſcur. *Le reſte du nôtre qui n'eſt pas tout-à-fait impuiſſant*, et *bien peu de rudeſſe*, et *le prix d'un mérite mêlé doucement à un reſſentiment!* Il n'y a pas là deux mots qui ſoient faits l'un pour l'autre.

SCÈNE II.

V. 8. Je viens remercier et mon père et mon roi...
    D'avoir choiſi mon bras pour une telle gloire.

On ne choiſit point un bras pour une gloire.

V. 12. Vous pouviez vous paſſer de mes embraſſemens...
    Et vous ne deviez pas envelopper d'un crime
    Ce que votre victoire ajoute à votre eſtime.

Il a promis à ſon confident d'avoir *bien peu de rudeſſe*, et il commence par dire à *Nicomède* la choſe du monde la plus rude. Il le déclare criminel d'Etat.

Ajoute à votre eſtime, n'eſt pas français en ce ſens. L'eſtime où nous ſommes, n'eſt pas notre eſtime. On ne peut dire *votre eſtime*, comme *votre gloire*, *votre vertu*.

V. 16. Abandonner mon camp en eſt un capital,
    Inexcuſable en tous, et plus au général.

Au général eſt un ſoléciſme; il faut *dans un général*.

V. 16. ... Un bonheur ſi grand me coûte un petit crime.

Un petit crime, cette épithète n'eſt pas du ſtyle de la

tragédie. Le crime de *Nicomède* est en effet bien faible. *Nicomède* parle ici ironiquement à son père, comme il a parlé à son frère ; car par *ce désir trop ardent* il entend le désir qu'il avait de voir sa maîtresse. Il n'a point du tout *d'amour* pour son père ; le public n'en est pas fâché. On méprise *Prusias*. On aime beaucoup la hauteur d'un héros persécuté. *Petit crime, bonheur si grand ;* ces contrastes affectés font un mauvais effet.

V. 38. . . . . L'âge ne me laisse
Qu'un vain titre d'honneur qu'on rend à ma vieillesse.

On rend un honneur ; on ne rend point un titre d'honneur.

V. 41. L'intérêt de l'Etat vous doit seul regarder.

Seul semble dire que *Prusias* abdique ; et il est si loin d'abdiquer, qu'il vient de menacer son fils. C'est trop se contredire.

V. 42. Prenez-en aujourd'hui la marque la plus haute.

La marque haute !

V. 43. Mais gardez-vous aussi d'oublier votre faute ;
Et comme elle fait brèche au pouvoir souverain,
Pour la bien réparer, retournez dès demain.

Cette expression *faire brèche* n'est plus d'usage ; ce n'est pas que l'idée ne soit noble ; mais en français toutes les fois que le mot *faire* n'est pas suivi d'un article, il forme une façon de parler proverbiale trop familière. *Faire* assaut, *faire* force de voiles, *faire* de nécessité vertu, *faire* ferme, *faire* brèche, *faire* halte, &c. ; toutes expressions bannies du vers héroïque.

V. 46. Remettez en éclat la puissance absolue.

Comme on ne met rien en éclat, on n'y remet rien ;

on donne de l'éclat ; on met en lumiére , en évidence ,
en honneur , en son jour.

V. 48. . . . . N'autorisez pas
    De plus méchans que vous à la mettre plus bas.

Cette manière de s'exprimer n'est plus d'usage , et n'a
jamais fait un bon effet. Remarquez que *bas* est un
adverbe monosyllabe ; ne finissez jamais un vers par *bas* ,
à bas , *plus bas* , *haut* , *plus haut*.

V. 58. Il est temps qu'en son ciel cet astre aille reluire.

Cette métaphore est vicieuse , en ce qu'elle suppose
que cet astre de *Laodice* est descendu du ciel en terre.

V. 63. Vous savez qu'il y faut quelque cérémonie.

Prusias veut aussi railler. Cette pièce est trop pleine
de railleries et d'ironies.

V. 66. Elle est prête à partir sans plus grand équipage.

Ce dernier hémistiche est absolument du style de la
comédie.

V. 67. Je n'ai garde à son rang de faire un tel outrage.
    Mais l'ambassadeur entre , il le faut écouter ;
    Puis nous verrons quel ordre on y doit apporter.

Ce dernier vers est trop familier ; mais à quoi se rapporte cet ordre ? à l'*ambassadeur* , à l'*outrage* , ou à
l'*équipage* ?

S C E N E   I I I.

V. 4. . . . Vous pouvez juger du soin qu'elle en a pris
    Par les hautes vertus et les illustres marques
    Qui font briller en lui le rang de vos monarques.

Illustres marques ; on a déjà plusieurs fois remarqué ce
mot vague qui n'est que pour la rime.

V. 9. Si vous faites état de cette nourriture,
Donnez ordre qu'il règne.

Nourriture eft ici pour *éducation ;* et dans ce fens il ne
fe dit plus ; c'eft peut-être une perte pour notre langue.
Faire état eft auffi aboli.

V. 11. . . . Vous offenferiez l'eftime qu'elle en fait.

On ne fait point l'eftime ; cela n'a jamais été français ; on a de l'eftime, on conçoit de l'eftime, on fent de
l'eftime ; c'eft précifément parce qu'on la fent qu'on ne
la fait pas. Par la même raifon on fent de l'amour, de
l'amitié ; on ne fait ni de l'amour, ni de l'amitié.

V. 1,7. Je crois que pour régner il en a les mérites.

Ni ces expreffions, ni cette conftruction ne font
françaifes ; *il en a les mérites pour régner !*

V. 23. Souffrez qu'il ait l'honneur de répondre pour moi.

Le roi *Prufias*, qui n'eft déjà que trop refpectable,
eft peut-être encore plus avili dans cette fcène, où
Nicomède lui donne, en préfence de l'ambaffadeur de
Rome, des confeils qui reffemblent fouvent à des reproches. Il eft même affez étonnant que connaiffant la fierté
de fon fils, en fachant combien ce difciple d'*Annibal* hait
les Romains, il le charge de répondre à l'ambaffadeur
de Rome, qu'il croit avoir grand intérêt de ménager.
Prufias n'a nulle raifon de répondre à l'ambaffadeur par
une autre bouche, et il s'expofe vifiblement à voir
l'ambaffadeur outragé par *Nicomède.*

Il a commencé par dire à fon fils, vous êtes criminel
d'Etat ; vous méritez d'être puni de mort ; et il finit par
lui dire : Répondez pour moi à l'ambaffadeur de Rome
en ma préfence ; faites le perfonnage de roi, tandis que
je ferai celui de fubalterne. C'eft au fond une fcène de
lazzi ; paffe encore fi cette fcène était néceffaire, mais

elle ne fert à rien. *Prufias* joue un rôle aviliffant, mais celui de *Nicomède* eft noble et impofant. Ces perfonnages plaifent toujours à la multitude, et révoltent quelquefois les honnêtes gens.

C'eft toujours un problème à réfoudre, fi les caractères bas et faibles peuvent figurer dans une tragédie. Le parterre s'élève contre eux à une première repréfentation. On aime à faire tomber fur l'auteur le mépris que lui-même infpire pour le perfonnage ; les critiques fe déchaînent. Cependant ces caractères font dans la nature. *Maxime* dans Cinna, *Félix* dans Polyeucte.

V. 40. C'eft un rare tréfor qu'elle devait garder,
Et conferver chez foi fa chère nourriture.

Cela n'eft pas français ; et *conferver* ne fe lie pas avec *qu'elle devait. Nicomède* a déjà parlé de bonne nourriture; *fi vous faites état de cette nourriture.*

V. 45. Ce perfide ennemi de la grandeur romaine
N'en a mis en fon cœur que mépris et que haîne.

Cela n'eft pas français ; *n'en mettre que mépris !*

V. 49. On me croit fon difciple, et je le tiens à gloire.

Cette manière de s'exprimer a vieilli.

V. 62. Attale a le cœur grand, l'efprit grand, l'ame grande,
Et toutes les grandeurs dont fe fait un grand roi.

Ces deux vers font du nombre de ceux que les comédiens avaient corrigés ; en effet cette diftinction du cœur, de l'efprit et de l'ame, cette énumération de parties faite ironiquement, eft trop loin du ton de la tragédie, et cette répétition de *grand* et *grande* eft comique.

V. 68. Qu'il en faffe pour lui ce que j'ai fait pour vous.

On ne devine pas d'abord ce que veut dire cet *en*; il eft très-inutile, et il fe rapporte à *vertu*, qui eft deux vers plus haut.

V. 71. Je lui prête mon bras , et veux dès maintenant,
S'il daigne s'en servir, être son lieutenant.
L'exemple des Romains m'autorise à le faire.

On a déjà dit que cette expression ne doit jamais être admise ; elle est ici vicieuse , parce que *le faire* se rapporte à *être* , et signifie à la lettre , *faire son lieutenant.*

V. 78. Le reste de l'Asie à nos côtes rangée , &c.

On dit *ranger les côtes*, mais non *rangée aux côtes*, pour *située.* C'est un barbarisme.

V. 89. Et si Flaminius en est le capitaine ,
Nous pourrons lui trouver un lac de Trasimène.

Ce n'est pas le même *Flaminius* , mais l'insulte n'en est pas moindre.

V. 94. Ou laissez-moi parler, Sire, ou faite-moi taire.

Il est clair qu'il n'y a pas de milieu ; le sens est : *puisque vous m'avez fait répondre pour vous , laissez-moi parler.*

V. 105. Seigneur , vous pardonnez aux chaleurs de son âge.

Chaleurs de son âge , mauvais terme.

V. 106. Le temps et la raison pourront le rendre sage.

C'est ce qu'on dit à un enfant mal moriginé. Ce n'est pas ainsi qu'on parle à un prince qui a conquis trois royaumes ; et si ce jeune homme n'est pas sage , pourquoi *Prusias* l'a-t-il chargé de parler pour lui ?

V. 125. Puisqu'il peut la servir à me faire descendre,
Il a plus de vertu que n'en eut Alexandre.

Ce premier vers est inintelligible. A quoi se rapporte ce *la servir?* Au dernier substantif, à la puissance de *Nicomède* que Rome veut diviser ! *Me faire descendre;*

il

il faut dire d'où l'on defcend. *Et monté fur le faîte il afpire à defcendre.*

*V.*127. Et je lui dois quitter pour le mettre en mon rang.

On ne dit point *quitter à*, on dit, *quitter pour. Je dois quitter pour lui*, ou *je lui dois céder*, *laiffer*, *abandonner.*

*V.*137. Les plus rares exploits que vous avez pu faire
　　　　N'ont jeté qu'un dépôt fur la tête d'un père ;
　　　　Il n'eft que le gardien de leur illuftre prix, *&c.*

Jeter un dépôt fur une tête, *être gardien d'un illuftre prix*; *une grandeur épanchée*; toutes expreffions impropres et incorrectes. De plus, ce difcours de *Flaminius* femble un peu fophiftique. L'exemple de *Scipion* qui ne prit point Carthage pour lui, et qui ne le pouvait pas, ne conclut rien du tout contre un prince qui n'eft pas républicain, et qui a des droits fur fes conquêtes.

*V.*153. Si vous en confultiez des têtes bien fenfées,
　　　　Elles vous déferaient de ces belles penfées. . .
　　　　Prenez quelque loifir de rêver là-deffus.

Cela eft du ftyle de madame *Pernelle* dans *Molière.*

*V.*157. Laiffez moins de fumée à vos feux militaires,
　　　　Et vous pourrez avoir des vifions plus claires.

Laiffer de la fumée eft inintelligible. D'ailleurs, la fumée des feux militaires eft une figure trop bizarre. Le fecond vers eft du bas comique.

*V.*159. Le temps pourra donner quelque décifion
　　　　Si la penfée eft belle, ou fi c'eft vifion.

Même ftyle et même défaut.

*V.*161. . . . . . Cependant fi vous trouvez des charmes
　　　　A pouffer plus avant la gloire de vos armes,
　　　　Nous ne la bornons point.

Pouffer plus avant une gloire !

Comment. fur *Corneille.* Tome II.　　　　K

*V.*181. La pièce est délicate.

Le mot de *pièce* ne dit point là ce que l'auteur a prétendu dire. C'est d'ailleurs une expression populaire, lorsqu'elle signifie *intrigue*.

*V.*183. Je n'y réponds qu'un mot, étant sans intérêt :

Comment peut-il dire qu'il est sans intérêt, après avoir dit publiquement au premier acte que *Laodice* est sa maîtresse, qu'il n'a quitté l'armée que pour venir prendre sa défense ? Voudrait-il cacher son amour à *Flaminius* et le tromper ? Un tel dessein convient-il à la fierté du caractère de *Nicomède* ? *Flaminius* ne doit-il pas être instruit ?

*V.*184. Traitez cette princesse en reine comme elle est.

Il faut, *comme elle l'est* pour l'exactitude ; mais *comme elle l'est* ferait encore plus mauvais.

*V.*190. N'avez-vous, Nicomède, à lui dire autre chose ?

Cette interrogation de *Prusias*, qui n'a rien dit pendant le cours de cette scène, n'a-t-elle pas quelque chose de comique ?

*V.*191. Non, Seigneur, si ce n'est que la reine, après tout,
　　　　Sachant ce que je puis, me pousse trop à bout.

Cette expression est encore comique, ou du moins familière ; *Racine* s'en est servi dans Bajazet :

　　　Poussons à bout l'ingrat.

Mais le mot *ingrat*, qui finit la phrase, la relève. Ce sont de petites nuances qui distinguent souvent le bon du mauvais.

SCENE IV.

V. 1. . . . . Eh quoi ! toujours obftacle ? —
De la part d'un amant ce n'eft pas grand miracle.

Toujours obftacle, n'eft pas français ; et *grand miracle* n'eft pas noble, il eft du bas comique.

V. 3. Cet orgueilleux efprit, enflé de fes fuccès,
Penfe bien de fon cœur nous empêcher l'accès.

On ne dit point *empêchér à*, cela n'eft pas français. *Il nous empêche l'accès de cette maifon : nous* eft là au datif ; c'eft un folécifme ; il faut dire, *on nous défend l'accès de cette maifon ; on nous interdit l'accès ; on nous défend, on nous empêche d'entrer.*

V. 6. L'amour entre les rois ne fait pas l'hymenée,

Ce tour eft impropre. Il femble que des rois fe marient l'un à l'autre. Ce n'eft pas affez qu'on vous entende ; il faut qu'on ne puiffe pas vous entendre autrement.

V. 7. Et les raifons d'Etat, plus fortes que fes nœuds,
Trouvent bien les moyens d'en éteindre les feux.

Des raifons d'Etat plus fortes que des nœuds, qui trouvent *le moyen d'éteindre les feux de ces nœuds.* Il faut renoncer à écrire quand on écrit de ce ftyle.

V. 9. Comme elle a de l'amour, elle aura du caprice.

Et ce vers, et l'idée qu'il préfente, appartiennent abfolument à la comédie. Ce *comme* revient prefque toujours. C'eft un ftyle trop incorrect, trop négligé, trop lâche, et qu'il ne faut jamais fe permettre.

V. 16. Propofez cet hymen vous-même à fa grandeur.

Il femble qu'il appelle ici la reine *Laodice, fa Gran-deur*, comme on dit, *fa Majefté, fon Alteffe.*

V. 17. Je seconderai Rome, et veux vous introduire ;
Puisqu'elle est en nos mains, l'amour ne nous peut nuire.

Le pronom *elle* se rapporte à Rome, qui est le dernier nom. La construction dit, *puisque Rome est en nos mains ;* et l'auteur veut dire, *puisque Laodice est en nos mains.* Voyez la note au premier acte.

V. 19. Allons, de sa réponse à votre compliment,
Prendre l'occasion de parler hautement.

Ces deux vers sont trop mal construits ; le mot de *compliment* ne se peut recevoir dans la tragédie, s'il n'est ennobli par une épithète. Pour le mot de *civilité*, il ne doit jamais entrer dans le style héroïque. Mais ce qui ne peut jamais être ennobli, c'est le rôle de *Prusias*.

ACTE TROISIEME.

SCENE PREMIERE.

Vers 1. Reine, puisque ce titre a pour vous tant de charmes,
Sa perte vous devrait donner quelques alarmes.

L'AUTEUR n'exprime pas sa pensée. Il veut dire, *vous devriez craindre de le perdre.* Mais *sa perte* signifie qu'elle l'a déjà perdu. Or une perte donne des regrets, et non des alarmes.

V. 3. Qui tranche trop du roi ne règne pas long-temps.

Cette manière de s'exprimer n'appartient plus qu'au comique. D'ailleurs, un roi qui fait gouverner, peut *trancher du roi* et régner long-temps.

V. 7. Vous vous mettez fort mal au chemin de régner.

Chemin de régner ne se peut dire. Toutes ces façons de parler sont trop basses.

V. 9. Vous méprifez trop Rome, et vous devriez faire
Plus d'eftime d'un roi qui vous tient lieu de père.

Vous devriez faire à la fin d'un vers, et *plus d'eftime* au commencement de l'autre, eft ce qu'on appelle un enjambement vicieux. Cela n'eft pas permis dans la poëfie héroïque. Nous avons jufqu'ici négligé de remarquer cette faute. Le lecteur la remarquera aifément par-tout où elle fe trouve. Nous avons déjà obfervé que *faire eftime*, *faire plus d'eftime*, n'eft pas français.

V. 13. Recevoir ambaffade en qualité de reine,
Ce ferait à vos yeux faire la fouveraine, &c.

Ces petites difcuffions, ces fubtilités politiques font toujours très-froides. D'ailleurs elle peut fort bien négocier avec *Flaminius* chez *Prufias*, qui lui fert de tuteur; et en effet elle lui parle en particulier le moment d'après.

V. 23. Ici c'eft un métier que je n'entends pas bien;

Le mot *métier* ne peut être admis qu'avec une expreffion qui le fortifie, comme le *métier des armes*. Il eft heureufement employé par *Racine* dans le fens le plus bas. *Athalie* dit à *Joas* :

Laiffez là cet habit, quittez ce vil métier.

On ne peut exprimer plus fortement le mépris de cette reine pour le facerdoce des Juifs.

V. 24. Car hors de l'Arménie enfin je ne fuis rien.

Si elle *n'eft rien* hors de l'Arménie, pourquoi dit-elle tant de fois qu'elle conferve toujours le titre et la dignité de reine, qu'on ne peut lui ravir? Etre reine et en tenir le rang, c'eft être quelque chofe. *Corneille* n'aurait-il pas mis, *hors de l'Arménie, je ne puis rien*? Alors cette phrafe et celles qui la fuivent deviennent claires. Je ne puis rien ici, mais je n'y conferve pas moins le

K 3

titre de reine, et en cette qualité je ne connais de véritables souverains que les dieux.

V. 25. Et ce grand nom de reine ailleurs ne m'autorise...
Qu'à vivre indépendante, et n'avoir en tous lieux
Pour souverains que moi, la raison et les dieux.

En tous lieux ne peut signifier que l'Arménie; car elle dit qu'elle n'est rien hors de l'Arménie. Il y a du moins là une apparence de contradiction; et *en tous lieux* est une cheville qu'il faut éviter autant qu'on le peut.

V. 34. Je vais vous y remettre en bonne compagnie;

c'est-à-dire, accompagnée d'une armée; mais cette expression, pour vouloir être ironique, ne devient-elle pas comique?

V. 37. Préparez-vous à voir par toute votre terre
Ce qu'ont de plus affreux les fureurs de la guerre,
Des montagnes de morts, des rivières de sang.

Cette scène est une suite de la conversation dans laquelle on a proposé à *Laodice* la main d'*Attale*; sans cela ce long détail de menaces paraîtrait déplacé. Le spectateur ne voit pas comment la princesse peut les mériter; elle vient, par déférence pour le roi, de refuser la visite d'un ambassadeur : il semble que cela ne doit pas engager à dévaster son pays. De plus, le faible *Prusias* qui parle tout d'un coup de *montagnes de morts* à une jeune princesse, ne ressemble-t-il pas trop à ces personnages de comédie qui tremblent devant les forts, et qui sont hardis avec les faibles?

V. 50. Je ferai bien changée et d'ame et de courage;

mauvaise façon de parler. *Ame et courage*, pléonasme.

V. *dern*. Adieu.

Remarquez qu'un ambassadeur de Rome qui ne dit

mot dans cette fcène . y fait un perfonnage trop fubalterne. Il faut rarement mettre fur la fcène des perfonnages principaux fans les faire parler. C'eft un défaut
effentiel. Cette fcène de petites bravades , de petites
picoteries , de petites difcuffions entre *Prufias* et
Laodice, n'a rien de tragique ; et *Flaminius* qui ne dit mot
eft infupportable.

SCENE II.

V. 1. . . . . . Madame, enfin, une vertu parfaite. . .—

Ce n'eft guère que dans la paffion qu'il eft permis de
ne pas achever fa phrafe. La faute eft très-petite ; mais
elle eft fi commune dans toutes nos tragédies qu'elle
mérite attention.

V. 2. Suivez le roi, Seigneur, votre ambaffade eft faite.

Votre ambaffade eft faite eft un peu comique. *Sofie* dit
dans Amphitryon :

O jufte ciel! j'ai fait une belle ambaffade !

Mais auffi c'eft *Sofie* qui parle.

V. 13. La grandeur de courage en une ame royale
N'eft, fans cette vertu, qu'une vertu brutale , &c.

Cette expreffion eft très-brutale, furtout d'un ambaffadeur à une princeffe. D'ailleurs , ce difcours de
Flaminius, pour être fin et adroit, n'en eft pas moins
entortillé et obfcur. *Une vertu brutale qu'un faux jour
d'honneur jette en divorce avec le vrai bonheur , qui fe livre
à ce qu'elle craint ; et cette vertu brutale qui, après un grand
foupir*, dit qu'*elle avait droit de régner*. Tout cela eft bien
étrange. La clarté , le naturel doivent être les premières
qualités de la diction. Quelle différence quand *Néron*
dit à *Junie* dans *Racine* :

Et ne préférez point à la folide gloire
Des honneurs dont Céfar a dû vous revêtir,
La gloire d'un refus fujet au repentir.

K 4

V. 24. Je ne fais fi l'honneur eut jamais un faux jour.

Il femble que *Laodice* par ce vers reproche à *Flaminius* les expreffions impropres, les phrafes obfcures dont il s'eft fervi, et fon galimatias, qui n'était pas le ftyle des ambaffadeurs romains.

V. 25. . . . . Je veux bien vous répondre en amie.
Ma prudence n'eft pas tout-à-fait endormie.

Prudence endormie, *répondre en amie*, *&c.* ; toutes ces expreffions font familières ; il ne les faut jamais employer dans la vraie tragédie.

V. 28. La grandeur de courage eft fi mal avec vous ;

ftyle de converfation familière.

V. 36. Le roi, s'il s'en fait fort, pourrait s'en trouver mal ;

Se faire fort de quelque chofe, ne peut être employé pour *s'en prévaloir*; il fignifie, j'en réponds, je prends fur moi l'entreprife, je me flatte d'y réuffir. *Se faire fort* ne peut être employé qu'en profe. Plufieurs étrangers fe font imaginés que nous n'avions qu'un langage pour la profe et pour la poëfie : ils fe font bien trompés.

V. 37. Et s'il voulait paffer de fon pays au nôtre,
Je lui confeillerais de s'affurer d'un autre.

Autre fe rapporte à *pays*, et non à *général*, qui eft trois vers plus haut.

V. 42. La vertu trouve appui contre la tyrannie.

Il faut *trouve un appui*, ou *de l'appui ; trouve un fecours*, *du fecours*, et non *trouve fecours*.

V. 43. Tout fon peuple a des yeux pour voir quel attentat
Font fur le bien public les maximes d'Etat.
Il connaît Nicodème, il connaît fa marâtre ;
Il en fait, il en voit la haine opiniâtre ;

> Il voit la fervitude où le roi s'eft foumis,
> Et connaît d'autant mieux les dangereux amis.

Ces vers font ingénieufement placés pour préparer la révolte qui s'élève tout d'un coup au cinquième acte. Refte à favoir s'ils la préparent affez, et s'ils fuffifent pour la rendre vraifemblable ; mais *un attentat que des maximes d'Etat font fur le bien public*, forme une phrafe trop incorrecte, trop irrégulière ; et ce n'eft pas parler fa langue.

V. 61. Si vous me dites vrai, vous êtes ici reine.

Ces malheureufes conteftations, ces froides difcuffions politiques qui ne mènent à rien, qui n'ont rien de tragique, rien d'intéreffant, font aujourd'hui bannies du théâtre. *Flaminius* et *Laodice* ne parlent ici que pour parler. Quelle différence entre *Acomat* dans Bajazet, et *Flaminius* dans Nicomède ! *Acomat* fe trouve entre *Bajazet* et *Roxane* qu'il veut réunir, entre *Roxane* et *Athalide*, entre *Athalide* et *Bajazet* : comme il parle convenablement, noblement, prudemment, à tous les trois ! et quel tragique dans tous ces intérêts ! quelle force de raifons ! quelle pureté de langage ! quels vers admirables ! Mais dans Nicomède tout eft petit, prefque tout eft groffier ; la diction eft fi vicieufe qu'elle déparerait le fond le plus intéreffant.

V. 63. Le roi n'eft qu'une idée, et n'a de fon pouvoir
    Que ce que par pitié vous lui laiffez avoir.

On dit bien, *n'eft qu'un fantôme*, mais non pas *n'eft qu'une idée*. La raifon en eft que *fantôme* exclut la réalité, et qu'*idée* ne l'exclut pas.

V. 79. . . . . Il fuffit ; je vois bien ce que c'eft ;

eft du ftyle comique. C'eft en général celui de la pièce.

V. 80. Tous les rois ne font rois qu'autant comme il vous plaît.

Il faut, *autant que*.

V.102. ... Rome eſt aujourd'hui la maîtreſſe du monde. —
La maîtreſſe du monde ? ah ! vous me feriez peur.

Cette expreſſion placée ici ironiquement, dégénère
peut-être trop en comique. Ce n'eſt pas là une bonne
traduction de cet admirable paſſage d'*Horace* : *Et cuncta
terrarum ſubacta præter atrocem animum Catonis.* Ajoûtez
que *tout tremble ſur l'onde* eſt ce qu'on appelle une cheville malheureuſement amenée par la rime, comme on
l'a déjà remarqué tant de fois.

V.111. L'Aſie en fait l'épreuve, où trois ſceptres conquis
Font voir en quelle école il en a tant appris.

Le mot *école* eſt du ſtyle familier ; mais quand il s'agit
d'un diſciple d'*Annibal*, ces mots *diſciple*, *école*, &c.
acquièrent de la grandeur. Il ne faut pas répéter trop
ces figures.

V.113. Ce font des coups d'eſſai, mais ſi grands, que peut-être
Le capitole a lieu d'en craindre un coup de maître.

Coup d'eſſai, *coup de maître*, figure employée dans le
Cid, et qu'il ne faudrait pas imiter ſouvent.

V.116. .... Quelques-uns vous diront au beſoin
Quels dieux du haut en bas renverſent les profanes.

Du haut en bas, qui n'eſt mis là que pour faire le vers,
ne peut être admis dans la tragédie. Les dieux et les
profanes ne font pas là non plus à leur place. Un ambaſ-
ſadeur ne doit pas parler en poëte ; un poëte même ne
doit pas dire que ſon ſénat eſt compoſé de dieux, que
les rois font des profanes, et que l'ombre du capitole fit
trembler *Annibal*. Un très-grand défaut encore eſt ce
mélange d'enflure et de familiarité ; *quelques-uns vous
diront au beſoin quels dieux du haut en bas renverſent les
profanes !* Ce ſtyle eſt entièrement vicieux.

SCENE III.

V. 1. Ou Rome à fes agens donne un pouvoir bien large,
Ou vous êtes bien long à faire votre charge.

Ces deux vers, que leur ridicule a rendus fameux, ont été auffi corrigés par les comédiens. Ce n'eft plus ici une ironie, qui peut quelquefois être ennoblie; c'eft une plaifanterie baffe, abfolument indigne de la tragédie et de la comédie.

V. 5. . . . . Laiffez à ma flamme
Le bonheur à fon tour d'entretenir Madame;

eft du comique le plus négligé.

V. 11. Les malheurs où la plonge une indigne amitié
Me fefaient lui donner un confeil par pitié.

Flaminius, qui fe donne pour un ambaffadeur prudent, ne doit pas dire qu'un homme tel que *Nicomède* n'eft pas digne de l'amitié de *Laodice*. Il n'a certainement aucune efpérance de brouiller ces deux amans; par conféquent fa fcène avec *Laodice* était inutile, et il ne refte ici avec *Nicomède* que pour en recevoir des nafardes. Quel ambaffadeur!

V. 14. C'eft être ambaffadeur et tendre et pitoyable.

Le mot *pitoyable* fignifiait alors *compatiffant*, auffi-bien que *digne de pitié*. Cela forme une équivoque qui tourne l'ambaffadeur en ridicule, et on devait retrancher *pitoyable*, auffi-bien que *le long* et *le large*.

V. 15. Vous a-t-il confeillé beaucoup de lâchetés?

Voilà des injures auffi groffières que les railleries. Une grande partie de cette pièce eft du ftyle burlefque; mais il y a de temps en temps un air de grandeur qui impofe, et furtout qui intéreffe pour *Nicomède*; ce qui eft un très-grand point.

Au reste, jusqu'ici la plupart des scènes ne sont que des conversations assez étrangères à l'intrigue. En général toute scène doit être une espèce d'action qui fait voir à l'esprit quelque chose de nouveau et d'intéressant.

SCENE IV.

V 5. J'ai fait entendre au roi Zénon et Métrobate.

Voilà la première fois que le spectateur entend parler de ce *Zénon* : il ne sait encore quel il est ; on sait seulement que *Nicomède* a conduit deux traîtres avec lui ; mais on ignore que *Zénon* soit un des deux.

Voilà le sujet et l'intrigue de la pièce ; mais quel sujet et quelle intrigue ! Deux malheureux que la reine *Arsinoé* a subornés pour l'accuser faussement elle-même, et pour faire retomber la calomnie sur *Nicomède* : il n'y a rien de si bas que cette invention ; c'est pourtant là le nœud, et le reste n'est que l'accessoire. Mais on n'a point encore vu paraître cette reine *Arsinoé* ; on n'a dit qu'un mot d'un *Métrobate*, et cependant on est au milieu du troisième acte.

V. 18. Les mystères de cour souvent sont si cachés,
　　　Que les plus clairvoyans y sont bien empêchés.

Le mot *clairvoyans* est aujourd'hui banni du style noble. On ne dit pas non plus *être empêché à quelque chose* ; cela est à peine souffert dans le comique.

Rien n'est plus utile que de comparer : opposons à ces vers ceux que *Junie* dit à *Britannicus*, et qui expriment un sentiment à peu-près semblable, quoique dans une circonstance différente :

> Je ne connais Néron et la cour que d'un jour ;
> Mais, si je l'ose dire, hélas ! dans cette cour
> Combien tout ce qu'on dit est loin de ce qu'on pense !
> Que la bouche et le cœur sont peu d'intelligence !
> Avec combien de joie on y trahit sa foi !
> Quel séjour étranger et pour elle et pour moi !

Voilà le ftyle de la nature. Ce font-là des vers ; c'eft ainfi qu'on doit écrire. C'eft une difpute bien inutile, bien puérile, que celle qui dura fi long-temps entre les gens de lettres fur le mérite de *Corneille* et de *Racine*. Qu'importe à la connaiffance de l'art, aux règles de la langue, à la pureté du ftyle, à l'élégance des vers, que l'un foit venu le premier, et foit parti de plus loin, et que l'autre ait trouvé la route aplanie ? Ces frivoles queftions n'apprennent point comment il faut parler. Le but de ce Commentaire, je ne puis trop le redire, eft de tâcher de former des poëtes, et de ne laiffer aucun doute fur notre langue aux étrangers.

V. 26. Pour moi je ne vois goutte en ce raifonnement ;

expreffion populaire et baffe.

V. 33. Il eft trop bon mari pour être affez bon père.

On ne s'exprimerait pas autrement dans une comédie. Jufqu'ici on ne voit qu'une petite intrigue et de petites jaloufies. Ce qui eft encore bien plus du reffort de la comédie, c'eft cet *Attale* qui vient n'ayant rien à dire, et à qui *Laodice* dit qu'il eft un importun.

V. 34. Voyez quel contre-temps Attale prend ici.

On ne dit point *prendre un contre-temps* ; et quand on le dirait, il ne faudrait pas fe fervir de ces tours trop familiers.

V. 35. Qui l'appelle avec nous ? quel projet ? quel fouci ?

Eft-ce le contre-temps qui appelle ? A quoi fe rap-portent *quel projet ? quel fouci ?* Quel mot que celui de *fouci* en cette occafion ! Elle *connaît mal ce qu'il faut qu'elle penfe ; mais elle en rompra le coup.* Eft-ce le coup de ce qu'elle penfe ? *Rompre un coup s'il y faut fa préfence !* Il n'y a pas là un vers qui ne foit obfcur, faible, vicieux, et qui ne pèche contre la langue. Elle fort en difant, *je vous quitte*, fans dire pourquoi elle quitte *Nicomède*. Les perfonnages importans doivent toujours avoir une raifon d'entrer et de fortir ; et quand cette raifon n'eft pas affez déterminée, il faut qu'ils fe gardent bien de dire, *je fors*, de peur que le fpectateur, trop averti de la faute, ne dife : Pourquoi fortez-vous ?

SCENE VI.

V. 2. . . . J'ai quelque chofe auffi-bien à vous dire.

Non-feulement dans une tragédie on ne doit point avoir *auffi-bien à dire quelque chofe* ; mais il faut, autant qu'on peut, dire des chofes qui tiennent liéu d'action, qui nouent l'intrigue, qui augmentent la terreur, qui mènent au but. Une fimple bravade, dont on peut fe paffer, n'eft pas un fujet de fcène.

V. 6. Je vous avais prié de l'attaquer lui-même,
　　　　Et de ne mêler point, furtout dans vos deffeins,
　　　　Ni le fecours du roi, ni celui des Romains ;

Ces deux *ni* avec *point* ne font pas permis ; les étrangers y doivent prendre garde. *Je n'ai point ni crainte ni efpérance*, c'eft un barbarifme de phrafe ; dites, *je n'ai ni crainte ni efpérance*.

V. 9. Mais, ou vous n'avez pas la mémoire fort bonne,
　　　　Ou vous n'y mettez rien de ce qu'on vous ordonne.

Ces deux vers, ainfi que le dernier de cette fcène, font une ironie amère qui peut-être avilit trop le caractère d'*Attale*, que *Corneille* cependant veut rendre intéreffant. Il paraît étonnant que *Nicomède* mette de la grandeur d'ame à injurier tout le monde, et qu'*Attale*, qui eft brave et généreux, et qui va bientôt en donner des preuves, ait la complaifance de le fouffrir.

Plus on examine cette pièce, plus on trouve qu'il fallait l'intituler *Comédie*, ainfi que Don Sanche d'Arragon.

Ibid. De ce qu'on vous ordonne ;

eſt trop fort et ne s'accorde pas avec le mot de *prière*.

V. 14. Mais vous défaites-vous du cœur de la princeſſe...
De trois ſceptres conquis, du gain de ſix batailles,
Des glorieux aſſauts de plus de cent murailles ?

On ne ſe défait pas d'un gain de batailles et d'un aſſaut. Le mot de *ſe défaire*, qui d'ailleurs eſt familier, convient à des droits d'aîneſſe ; mais il eſt impropre avec des aſſauts et des batailles gagnées.

V. 20. Rendez donc la princeſſe égale entre nous deux.

Il fallait, *rendez le combat égal.*

V. dern. Vous avez de l'eſprit ſi vous n'avez du cœur.

Il ne doit pas traiter ſon frère de poltron, puiſque ce frère va faire une action très-belle, et que cet outrage même devrait empêcher de la faire.

SCENE VII.

Cette ſcène eſt encore une ſcène inutile de picoterie et d'ironie entre *Arſinoé* et *Nicomède.* A quel propos *Arſinoé* vient-elle ? quel eſt ſon but ? Le roi mande *Nicomède.* Voilà une action pétite à la vérité, mais qui peut produire quelque effet ; *Arſinoé* n'en produit aucun.

V. 11. Ces hommes du commun tiennent mal leurs promeſſes.

Ces mots ſeuls font la condamnation de la pièce ; *Deux hommes du commun ſubornés !* Il y a dans cette invention de la froideur et de la baſſeſſe.

V. 18. Je les ai ſubornés contre vous à ce compte ?

On voit aſſez combien ces termes populaires doivent être proſcrits.

V. 25. Seigneur, le roi s'ennuie et vous tardez long-temps.

Le roi s'ennuie n'eſt pas bien noble; et on eſt étonné peut-être qu'*Araſpe*, un ſimple officier, parle d'une manière ſi preſſante à un prince tel que *Nicomède*.

V. 30. Mais. — Achevez, Seigneur, ce mais que veut-il dire?

Cette interrogation, qui reſſemble au ſtyle de la comédie, n'eſt évidemment placée en cet endroit que pour amener les trois vers ſuivans qui répondent en écho aux trois autres. On trouve fréquemment des exemples de ces répétitions; elles ne ſont plus ſouffertes aujourd'hui. Ce *mais* eſt intolérable.

SCENE VIII.

Cette fauſſe accuſation, ménagée par *Arſinoé*, n'eſt pas ſans quelque habileté; mais elle eſt ſans nobleſſe et ſans tragique, et *Arſinoé* eſt plus baſſe encore que *Pruſias*. Pourquoi les petits moyens déplaiſent-ils, et que les grands crimes font tant d'effet? c'eſt que les uns inſpirent la terreur, les autres le mépris; c'eſt par la même raiſon qu'on aime à entendre parler d'un grand conquérant plutôt que d'un voleur ordinaire. *Ce tour qu'on a joué* met le comble à ce défaut. *Arſinoé* n'eſt qu'une bourgeoiſe qui accuſe ſon beau-fils d'une friponnerie, pour mieux marier ſon propre fils.

V. 9. Qu'en préſence des rois les vérités ſont fortes!

Ce ne ſont point ces vérités qui ſont fortes, c'eſt la préſence des rois qui eſt ſuppoſée ici aſſez forte pour forcer la vérité de paraître.

V. 10. Que pour ſortir d'un cœur elles trouvent de portes!

On a déjà dit que toute métaphore, pour être bonne, doit fournir un tableau à un peintre. Il eſt difficile de peindre des vérités qui ſortent d'un cœur par pluſieurs portes.

portes. On ne peut guère écrire plus mal. Il eſt à croire
que l'auteur fit cette pièce au courant de la plume. Il
avait acquis une prodigieuſe facilité d'écrire, qui dégé-
néra enfin en impoſſibilité d'écrire élégamment.

V. 15. Mais pour l'examiner et bien voir ce que c'eſt,
　　　 Si vous pouviez vous mettre un peu hors d'intérêt...
　　　 Contre tant de vertus, contre tant de victoires,
　　　 Doit-on quelque croyance à des ames ſi noires ?

　　*Bien voir ce que c'eſt, devoir de la croyance contre des
victoires*; le premier eſt trop familier, le ſecond n'eſt pas
exact.

V. 27. Nous ne ſommes qu'un ſang.

　　Je crois que cette expreſſion peut s'admettre, quoiqu'on ne diſe pas *deux ſangs*.

Ibid. . . . . . . Et ce ſang dans mon cœur
　　　 A peine à le paſſer pour calomniateur.

　　A peine à le paſſer, n'eſt pas français; on dit dans le
comique, *je le paſſe pour honnête homme*.

V. 29. Et vous en avez moins à me croire aſſaſſine.

　　Je ne ſais ſi le mot *aſſaſſine* pris comme ſubſtantif
féminin ſe peut dire. Il eſt certain du moins qu'il n'eſt
pas d'uſage.

V. 47. Vous êtes peu du monde, et ſavez mal la cour. —
　　　 Eſt-ce autrement qu'en prince on doit traiter l'amour ? —
　　　 Vous le traitez, mon fils, et parlez en jeune homme ;

ſtyle comique ; mais le caractère d'*Attale*, trop avili,
commence ici à ſe développer, et devient intéreſſant.

　　On ne peut terminer un acte plus froidement. La
raiſon eſt, que l'intrigue eſt très-froide, parce que perſonne n'eſt véritablement en danger.

Comment. ſur Corneille. Tome II. 　　　 L

ACTE QUATRIEME.

SCENE PREMIERE.

ARSINOÉ joue précifément le rôle de la femme du *Malade imaginaire*, et *Prufias* celui du *Malade*, qui croit fa femme. Très-fouvent des fcènes tragiques ont le même fond que des fcènes de comédie : c'eft alors qu'il faut faire les plus grands efforts pour fortifier par le ftyle la faibleffe du fujet. On ne peut cacher entièrement le défaut, mais on l'orne, on l'embellit par le charme de la poëfie. Ainfi dans Mitridate, dans Britannicus, &c.

SCENE II.

Vers 3. Grâce à ce conquérant, à ce preneur de villes...
Grâce... — De quoi, Madame? &c.

C'eft encore ici de l'ironie. *Nicomède* ne doit pas répondre fur le même ton, et ne faire que répéter qu'il a pris des villes.

V. 18. Qui n'a que la vertu de fon intelligence,
Et vivant fans remords, marche fans défiance.

Cela veut dire, *qui ne s'entend qu'avec la vertu* ; mais cela eft très-mal dit. Il femble qu'il n'ait d'autre vertu que l'*intelligence*.

V. 26. Que fon maître Annibal, malgré la foi publique,
S'abandonne aux fureurs d'une terreur panique.

Fureurs d'une terreur eft un contre-fens : *fureur* eft le contraire de la crainte.

V. 41. Car enfin, hors de là, que peut-il m'imputer?

Hors de là, c'eft toujours le ftyle de la comédie.

V. 53. Mais tout eft excufable en un amant jaloux.

Il y a de l'ironie dans ce vers ; et le pauvre *Prufias* ne le fent pas. Il ne fent rien. Tranchons le mot, il joue le rôle d'un vieux père de famille imbécille : mais, dira-t-on, cela n'eft-il pas dans la nature ? n'y a-t-il pas des rois qui gouvernent très-mal leurs familles, qui font trompés pas leurs femmes, et méprifés par leurs enfans ? Oui, mais il ne faut pas les mettre fur le théâtre tragique. Pourquoi ? c'eft qu'il ne faut pas peindre des ânes dans les batailles d'Arbelles ou de Pharfale.

V. 60. . . . Par mon propre bras elle amaffait pour lui.

Amaffait quoi ? *Amaffer* n'eft point un verbe fans régime. Par-tout des folécifmes.

V. 76. L'offenfe, une fois faite à ceux de notre rang, Ne fe répare point que par des flots de fang.

Point que n'eft pas français ; il faut, *ne fe répare que par des flots.*

V. 82. L'exemple eft dangereux et hafarde nos vies, S'il met en fureté de telles calomnies.

L'expreffion propre était, *s'il laiffe de telles calomnies impunies.* On ne met point la calomnie en fureté, on l'enhardit par l'impunité.

V. 90. C'eft être trop adroit, Prince, et trop bien l'entendre.

Ce ton bourgeois rend encore le rôle d'*Arfinoé* plus bas et plus petit. L'accufation d'un affaffinat devait au moins jeter du tragique dans la pièce ; mais il y produit à peine un faible intérêt de curiofité.

V. 91. Laiffe là Métrobate, et fonge à te défendre.

Ce difcours eft d'un prince imbécille ; c'eft précifément de *Métrobate* dont il s'agit. Le roi ne peut favoir la vérité qu'en fefant donner la queftion à ces deux misérables ; et cette vérité, qu'il néglige, lui importe infiniment.

V. 93. M'en purger ! moi, Seigneur ! vous ne le croyez pas.

Ce vers eft beau, noble, convenable au caractère et à la fituation ; il fait voir tous les défauts précédens.

V. 94. Vous ne favez que trop qu'un homme de ma forte,
Quand il fe rend coupable un peu plus haut fe porte ;
Qu'il lui faut un grand crime à tenter fon devoir.

Un homme de fa forte, qui un peu plus haut fe porte, et à qui il faut un grand crime à tenter fon devoir, n'a pas un ftyle digne de ce beau vers :

M'en purger ! moi, Seigneur ! vous ne le croyez pas.

Il y a de la grandeur dans ce que dit *Nicomède ;* mais il faut que la grandeur et la pureté du ftyle y répondent.

V. 106. La fourbe n'eft le jeu que des petites ames,
Et c'eft-là proprement le partage des femmes.

Ce vers, quoiqu'indirectement adreffé à *Arfinoé,* n'eft-il pas un trait un peu fort contre tout le fexe ? Quoique *Corneille* ait pris plaifir à faire des rôles de femmes, nobles, fiers et intéreffans, on peut cependant remarquer qu'en général il ne les ménage pas.

V. 110. A ce dernier moment la confcience le preffe.
Pour rendre compte aux dieux tout refpect humain ceffe ;

Ces idées font belles et juftes ; elles devraient être exprimées avec plus de force et d'élégance.

V. 112. Et ces efprits légers, approchant des abois,
Pourraient bien fe dédire une feconde fois.

Cette expreffion *des abois,* qui par elle-même n'eft pas noble, n'eft plus d'ufage aujourd'hui. *Un efprit léger qui approche des abois,* eft une impropriété trop grande.

V. 124. Je ne demande point que par compaſſion
Vous aſſuriez un ſceptre à ma protection.

Le ſens n'eſt pas aſſez clair; elle veut dire , *que ma
protection aſſure le ſceptre à mon fils.*

V. 130. Je n'aime point ſi mal que de ne vous pas ſuivre
Sitôt qu'entre mes bras vous ceſſerez de vivre.

Cela n'eſt pas français; il fallait , *je vous aime trop pour
ne vous pas ſuivre ;* ou plutôt , il ne fallait pas exprimer ce
ſentiment, qui eſt admirable quand il eſt vrai , et ridicule
quand il eſt faux.

V. 134. . . . Oui , Seigneur , cette heure infortunée
Par mes derniers ſoupirs clorra ma deſtinée.

Clorre, clos, n'eſt abſolument point d'uſage dans le ſtyle
tragique. L'intérêt devrait être preſſant dans cette ſcène,
et ne l'eſt pas : c'eſt que *Pruſias* ſur qui ſe fixent d'abord
les yeux, partagé entre une femme et un fils, ne dit
rien d'intéreſſant ; il eſt même encore avili. On voit que
ſa femme le trompe ridiculement, et que ſon fils le
brave. On ne craint rien au fond pour *Nicomède ;* on
mépriſe le roi, on hait la reine.

V. 148. Il ſait tous les ſecrets du fameux Annibal.

Il ſait tous les ſecrets eſt une expreſſion bien baſſe,
pour ſignifier, *il eſt l'élève du grand Annibal, il a été formé
par lui dans l'art de la guerre et de la politique.* Arſinoé parle
avec trop d'ironie, et laiſſe peut-être trop voir ſa haine ,
dans le temps qu'elle veut la diſſimuler.

SCENE III.

V. 1. Nicomède, en deux mots, ce déſordre me fâche.

Le mot *fâcher* eſt bien bourgeois. Ce vers comique
et trivial jette du ridicule ſur le caractère de *Pruſias* , et

fait trop apercevoir au spectateur que toute l'intrigue de cette tragédie n'est qu'une tracasserie.

V. 4. Et tâchons d'assurer la reine qui te craint.

Le mot d'*assurer* n'est pas français ; ici il faut *de rassurer*. On assure une vérité ; on rassure une ame intimidée.

V. 5. J'ai tendresse pour toi, j'ai passion pour elle.

Il faut pour l'exactitude, *j'ai de la tendresse*, *j'ai de la passion* ; et pour la noblesse et l'élégance, il faut un autre tour.

V. 12. . . . . . . Et que dois-je être ? — Roi.
Reprenez hautement ce noble caractère.
Un véritable roi n'est ni mari, ni père ;
Il regarde son trône, et rien de plus. Régnez,
Rome vous craindra plus que vous ne la craignez.

Ce morceau sublime, jeté dans cette comédie, fait voir combien le reste est petit. Il n'y a peut-être rien de plus beau dans les meilleures pièces de *Corneille*. Ce vrai sublime fait sentir combien l'ampoulé doit déplaire aux esprits bien faits. Il n'y a pas un mot dans ces quatre vers qui ne soit simple et noble ; rien de trop ni de trop peu. L'idée est grande, vraie, bien placée, bien exprimée. Je ne connais point dans les anciens de passage qui l'emporte sur celui-ci. Il fallait que toute la pièce fût sur ce ton héroïque. Je ne veux pas dire que tout doive tendre au sublime, car alors il n'y en aurait point ; mais tout doit être noble. *Nicomède* insulte ici un peu son père, mais *Prusias* le mérite.

V. 34. Quelle fureur t'aveugle en faveur d'une femme ?
Tu la préfères, lâche, à ces prix glorieux
Que ta valeur unit au bien de tes aïeux.

Prusias ne doit point traiter son fils de lâche, ni lui dire qu'il *est indigne de vivre après cette infamie*. Il doit

avoir affez d'efprit pour entendre ce que lui dit fon fils,
et ce que ce prince lui explique bientôt après.

V. 46. Mais un monarque enfin comme un autre homme expire.

Quoique ce vers foit un peu profaïque, il eft fi vrai,
fi ferme, fi naturel, fi convenable au caractère de
Nicomède, qu'il doit plaire beaucoup, ainfi que le refte
de la tirade. On aime ces vérités dures et fières, furtout
quand elles font dans la bouche d'un perfonnage qui
les relève encore par fa fituation.

S C E N E I V.

V. 3. Le fénat en effet pourra s'en indigner,
    Mais j'ai quelques amis qui pourront le gagner.

Autre ironie de *Flaminius.*

V. 10. Je veux qu'au lieu d'Attale il lui ferve d'otage,
    Et pour l'y mieux conduire il vous fera donné
    Sitôt qu'il aura vu fon frère couronné.

Pourquoi cette idée foudaine d'envoyer *Nicomède* à
Rome? elle paraît bizarre. *Flaminius* ne l'a point demandé;
il n'en a jamais été queftion. *Prufias* eft un peu comme
les vieillards de comédie, qui prennent des réfolutions
outrées quand on leur a reproché d'être trop faibles. Il
eft bien lâche dans fa colère de remettre fon fils aîné
entre les mains de *Flaminius* fon ennemi.

V. 14. Va, va lui demander ta chère Laodice.

Autre ironie, qui eft dans *Prufias* le comble de la
lâcheté et de l'aviliffement.

V. 17. Rome fait vos hauts faits et déjà vous adore.

Autre ironie auffi froide que le mot *vous adore* eft
déplacé.

S C E N E V.

V. 11. Seigneur, l'occasion fait un cœur différent.

Faire au lieu de *rendre* ne se dit plus. On n'écrit point *cela vous fait heureux*, mais *cela vous rend heureux*. Cette remarque ainsi que toutes celles purement grammaticales sont pour les étrangers principalement.

Cette scène est toute de politique, et par conséquent très froide : quand on veut de la politique, il faut lire *Tacite* ; quand on veut une tragédie, il faut lire Phèdre. Cette politique de *Flaminius* est d'ailleurs trop grossière. Il dit que Rome fesait une injustice en procurant le royaume de *Laodice* au prince *Attale*, et que lui *Flaminius* s'était chargé de cette injustice ; n'est-ce pas perdre tout son crédit ? Quel ambassadeur a jamais dit : On m'a chargé d'être un fripon ? Ces expressions, *ce n'est pas loi pour elle*, *reine comme elle est*, *à bien parler*, &c. ne relèvent pas cette scène.

V. 51. Ce ferait mettre encor Rome dans le hasard
       Que l'on crût artifice ou force de sa part, *&c.*

La plupart de tous ces vers sont des barbarismes : ce dernier en est un ; il veut dire, *ce ferait exposer le sénat à passer pour un fourbe ou pour un tyran.*

V. 58. Rome ne m'aime pas, elle hait Nicomède.

Ce vers excellent est fait pour servir de maxime à jamais.

V. 65. Mais puisqu'enfin ce jour vous doit faire connaître
       Que Rome vous a fait ce que vous allez être,
       Que perdant son appui vous ne serez plus rien,
       Que le roi vous l'a dit, souvenez-vous en bien.

Tâchons d'éviter ces phrases louches et embarrassées.

SCENE VI.

V. 1. Attale, était-ce ainsi que régnaient tes ancêtres ?

Dans ce monologue, qui prépare le dénouement, on aime à voir le prince *Attale* prendre les fentimens qui conviennent au fils d'un roi qui va régner lui-même ; mais *Flaminius* lui a laiffé très-imprudemment voir que Rome hait *Nicomède* fans aimer *Attale* ; mais fi *Flaminius* eft un peu mal-adroit, *Attale* eft un peu imprudent d'abandonner tout d'un coup des protecteurs tels que les Romains, qui l'ont élevé, qui viennent de le couronner, et cela en faveur d'un prince qui l'a toujours traité avec un mépris infultant qu'on ne pardonne jamais. Rien de tout cela ne paraît ni naturel, ni bien conduit, ni intéreffant ; mais le monologue plaît, parce qu'il eft noble. Il eft toujours défagréable de voir un prince qui ne prend une réfolution noble que parce qu'il s'aperçoit qu'on l'a joué, qu'on l'a méprifé : je ne fais s'il n'eût pas mieux valu qu'il eût puifé ces nobles fentimens dans fon caractère à la vue des lâches intrigues qu'on fefait (même en fa faveur) contre fon frère.

V. dern. Et comme ils font pour eux fefons auffi pour nous,

eft encore du ftyle comique.

ACTE CINQUIEME.

SCENE PREMIERE.

Vers 1. J'ai prévu ce tumulte et n'en vois rien à craindre.
Comme un moment l'allume un moment peut l'éteindre.

ON n'allume pas un tumulte. Il fe fait dans la ville une fédition imprévue. C'eft une machine qu'il n'eft plus guère permis d'employer aujourd'hui, parce qu'elle eft triviale, parce qu'elle n'eft pas renfermée dans l'expofition de la pièce, parce que n'étant pas née du fujet, elle eft fans art et fans mérite. Cependant fi cette fédition eft férieufe, *Arfinoé* et fon fils perdent leur temps à raifonner fur la puiffance et fur la politique des Romains. *Arfinoé* lui dit froidement, *vous me raviffez d'avoir cette prudence.* Ce vers comique et les fautes de langue ne contribuent pas à embellir cette fcène.

V. 14. Puifque te voilà roi, l'Afie a d'autres reines,
Qui, loin de te donner des rigueurs à fouffrir,
T'épargneront la peine de t'offrir.

On ne donne point des rigueurs comme on donne des faveurs; cela n'eft pas français, parce que cela n'eft admis dans aucune langue.

V. 22. Pourras-tu dans fon lit dormir en affurance?
Et refufera-t-elle à fon reffentiment
Le fer ou le poifon pour venger fon amant?

Quelle idée! pourquoi lui dire que fa femme l'empoifonnera ou l'affaffinera?

V. 26. Que de fauffes raifons pour me cacher la vraie!

Ce n'eft pas elle qui cache la vraie raifon; ce qu'il dit à fa mère, ne doit être dit qu'à *Flaminius.* Ce n'eft pas affurément fa mère qui craint qu'*Attale* ne foit trop puiffant.

V. 36.   Sa chute doit guérir l'ombrage qu'elle en prend.

On ne guérit point un ombrage, cette expreffion eft impropre.

V. 37.   C'eft bleffer les Romains que faire une conquête,
Que mettre trop de bras fous une feule tête ;

Mettre des bras fous une tête !

V. 39.   Et leur guerre eft trop jufte après cet attentat
Que fait fur leur grandeur un tel crime d'Etat.

Un attentat qu'un crime d'Etat fait fur une grandeur, c'eft à la fois un folécifme et un barbarifme.

V. 45.   Je les connais, Madame, et j'ai vu cet ombrage
Détruire Antiochus et renverfer Carthage.

Un ombrage qui a détruit Carthage !

V. 48.   Je cède à des raifons que je ne puis forcer.

Des raifons qu'on ne peut forcer ; c'eft un barbarifme.

V. 55. . . . . Cependant prenez foin
D'affurer des jaloux dont vous avez befoin.

Affurer des jaloux ne s'entend point. Quelque fens qu'on donne à cette phrafe, elle eft inintelligible.

SCENE II.

Cette fcène paraît jeter un peu de ridicule fur la reine. *Flaminius* vient l'avertir, elle et fon fils, qu'il n'eft pas fage de parler de toute autre chofe que d'une fédition qui eft à craindre, et lui cite de vieux exemples de l'hiftoire de Rome. Au lieu de s'adreffer au roi, il vient parler à fa femme ; c'eft traiter ce roi en vieillard de comédie qui n'eft pas le maître chez lui.

V. 9. Ne vous figurez plus que ce foit le confondre
Que de le laiffer faire et ne lui point répondre, *&c.*

Laiffer faire le peuple, expreffion trop triviale. *Ne point répondre au peuple*, expreffion impropre. *L'efcadron mutin qu'on aurait abandonné à fa confufion*, n'eft pas meilleur.

SCENE III.

V. 3. Ces mutins ont pour chefs les gens de Laodice.

Mais que veut dire *Laodice*? fauver fon amant? c'eft le perdre. Il n'eft point libre ; il eft en la puiffance du roi. *Laodice*, en fefant révolter le peuple en fa faveur, le rend décidément criminel, et expofe fa vie et la fienne, furtout dans une cour tyrannique dont elle a dit: *Quiconque entre au palais, porte fa tête au roi.* On pardonnerait cette action violente et peu réfléchie à une amante emportée par fa paffion, à une *Hermione* ; mais ce n'eft pas ainfi que *Corneille* a peint *Laodice*.

Les mutins n'entendent plus raifon, dit *la Bruyère* ; dénouement vulgaire de tragédie. Ce dénouement n'était pas encore vulgaire du temps de *Corneille* ; il ne l'avait employé que dans Héraclius. On ne confeillerait pas aujourd'hui d'employer ce moyen, qui ferait trop groffier, s'il n'était relevé par de grandes beautés.

V. 5. Ainfi votre tendreffe et vos foins font payés.

C'eft ici une ironie d'*Attale* ; il a deffein de fauver *Nicomède*.

SCENE IV.

C'eft une règle invariable que, quand on introduit des perfonnages chargés d'un fecret important, il faut que ce fecret foit révélé : le public s'y attend ; on doit dans tous les cas lui tenir ce qu'on lui a promis. *Arfinoé* a été menacée de la délation de ces prifonniers. *Arfinoé* a

fait accroire au roi que *Nicomède* les a fubornés. Cet éclair-
ciffement eft la chofe la plus importante, et il ne fe
fait point. C'eft peut-être mal dénouer cette intrigue
que de faire maffacrer ces deux hommes par le peuple.

V. 12. Mais un deffein formé ne tombe pas ainfi.

Flaminius preffe toujours d'agir ; cependant le roi, la
reine et le prince *Attale* reftent dans la plus grande tran-
quillité. Cette inaction eft extraordinaire, furtout de la
part de la reine, dont le caractère eft remuant. N'a-t-elle
pas tort d'être tranquille, et de ne pas craindre qu'on
la traite comme *Métrobate* et *Zénon* ? Le peuple ne les
a déchirés que parce qu'il les a crus apoftés par elle. Si
on a tué fes complices, elle doit trembler pour elle-
même. Il eft beau de préfenter au public une reine
intrépide ; mais il faut qu'elle foit affez éclairée pour
connaître fon danger.

V. 13. Il fuit toujours fon but jufqu'à ce qu'il l'emporte.

On n'emporte point un but ; on n'éteint point une
horreur : toujours des termes impropres et fans jufteffe.

SCENE V.

V. 13. . . . . C'eft livrer à fa rage
Tout ce qui de plus près touche votre courage...

Expreffion vicieufe.

V. 24. C'eft l'otage de Rome et non plus votre fils.

Tout ce difcours de *Flaminius* eft une conféquence
de fon caractère artificieux parfaitement foutenu ; mais
remarquez que jamais des raifonnemens politiques ne
font un grand effet dans un cinquième acte, où tout
doit être action ou fentiment, où la terreur et la pitié
doivent s'emparer de tous les cœurs.

V. 36. Ah ! rien de votre part ne faurait me choquer.

On fent affez que cette manière de parler eft trop familière. Je paffe plufieurs termes déjà obfervés ailleurs.

V. 44. Amufez-le du moins à débattre avec vous.

Débattre eft un verbe réfléchi qui n'emporte point fon action avec lui. Il en eft ainfi de *plaindre*, *fouvenir*; on dit, *fe plaindre*, *fe fouvenir*, *fe débattre*; mais quand *débattre* eft actif, il faut un fujet, un objet, un régime. Nous avons débattu ce point; cette opinion fut débattue.

V. 48. Vous ferez comme lui le furpris, le confus.

C'eft un vers de comédie, et le confeil d'*Arfinoé* tient auffi un peu du comique.

V. 53. ... Mille empêchemens que vous ferez vous-même...

n'eft ni noble, ni français; on ne fait point des empê-chemens.

V. 54. Pourront de toutes parts aider au ftratagême.

Le roi et fon époufe, qui dans une fituation fi preffante ont refté fi long-temps paifibles, fe déterminent enfin à prendre un parti; mais il paraît que le lâche confeil que donne *Arfinoé*, eft petit, indigne de la tragédie; et fes expreffions, *faire le furpris*, *le confus*, *fitôt qu'il fera jour*, et *fuir vous et moi*, font d'un ftyle auffi lâche que le confeil.

V. 61. . . . . Ah ! j'avoûrai, Madame,
Que le ciel a verfé ce confeil dans votre ame.

C'eft là que *Prufias* eft plus que jamais un vieillard de *Molière* qui ne fait quel parti prendre, et qui trouve toujours que fa femme a raifon.

V. 64. Il vous affure, et vie, et gloire, et liberté.

Il vous affure vie !

SCENE VI.

V. 1. Attale, où courez-vous ? — Je vais de mon côté...
A votre ſtratagême en ajouter quelqu'autre.

Le projet que forme ſur le champ le prince *Attale* de délivrer ſon frère, eſt noble, grand, et produit dans la ſcène un très-bel effet ; mais la manière dont il l'annonce aux ſpectateurs ne tient-elle pas trop de la comédie ?

SCENE VII.

Pourquoi la reine d'Arménie vient-elle là ? Si elle veut qu'*Arſinoé* ſoit ſa priſonnière, elle doit venir avec des gardes.

V. 8. Il lui faudrait du front tirer le diadème.

Tirer un diadème du front !

V. 13. Le ciel ne m'a pas fait l'ame plus violente.

Voici encore au cinquième acte, dans le moment où l'action eſt la plus vive, une ſcène d'ironie, mais remplie de beaux vers. *Laodice*, en qualité de chef de parti, au lieu de venir braver la reine ſous le frivole prétexte de la prendre ſous ſa protection, devrait veiller plus ſoigneuſement à la ſuite de la révolte et à la ſureté du prince qu'elle appelle ſon époux. Elle vient inutilement ; elle n'a rien à dire à *Arſinoé*. Ces deux femmes ſe bravent ſans ſavoir en quel état ſont leurs affaires ; mais les ſcènes de bravades réuſſiſſent preſque toujours au théâtre.

V. 18. Nous nous entendons mal, Madame, je le voi ;
Ce que je dis pour vous, vous l'expliquez pour moi.

Ces méprifes entre deux reines, ces équivoques ſemblent bien peu dignes de la tragédie.

V. 21. Et je viens vous chercher pour vous prendre en ma garde,
Pour ne hafarder pas en vous la majefté
Au manque de refpect d'un grand peuple irrité.

Hafarder une majefté au manque de refpect ! encore s'il
y avait *expofer.* Ce ne font point là les *pompeux folécifmes* que *Boileau* réprouve avec tant de raifon, ce font
de très-plats folécifmes.

V. 62. Mais hâtez-vous, de grâce, et faites bien ramer,
Car déjà fa galère a pris le large en mer ;

ironie, ou plutôt plaifanterie, indigne de la nobleffe
tragique, ainfi que toutes celles qu'on a remarquées.

V. 68. Mais plutôt demeurez pour me fervir d'otage.

Elle lui parle comme fi elle était maîtreffe du palais ;
elle devrait donc avoir des gardes.

V. 74. Je veux qu'elle me voye au cœur de fes Etats
Soutenir ma fureur d'un million de bras,
Et fous mon défefpoir rangeant fa tyrannie...

Ranger une tyrannie fous un défefpoir ! quelle phrafe !
quelle barbarie de langage !

V. 81. Puifque le roi veut bien n'être roi qu'en peinture,
Que lui doit importer qui donne ici la loi ?

Etre roi en peinture, cette expreffion eft du grand
nombre de celles auxquelles on reproche d'être trop
familières.

SCENE VIII.

V. 2. . . . . Tous les dieux irrités
Dans les derniers malheurs nous ont précipités :
Le prince eft échappé.

C'eft dommage que la belle action d'*Attale* ne fe
présente

préfente ici que fous l'idée d'un menfonge, et d'une fupercherie. *Le prince eft échappé* tient encore du comique.

V. 8. Le malheureux Arafpe avec fa faible efcorte
    L'avait déjà conduit à cette fauffe porte ;

Je penfe qu'on doit rarement parler dans un cinquième acte, de perfonnages qui n'ont rien fait dans la pièce. *Arafpe*, facrifié ici, n'eft pas un objet affez important, et le prince qui l'a fait tuer, eft coupable d'une très-vilaine action.

V. 22. . . . . Ce monarque étonné
    A fes frayeurs déjà s'était abandonné.

Voilà ce pauvre bon homme de *Prufias* avili plus que jamais ; il eft traité tour à tour par fes deux enfans de fot et de poltron.

SCENE IX.

V. 1. Non, non, nous revenons l'un et l'autre en ces lieux
    Défendre votre gloire, ou mourir à vos yeux.

Corneille dit lui-même, dans fon Examen, qu'il avait d'abord fini fa pièce fans faire revenir l'ambaffadeur et le roi ; qu'il n'a fait ce changement que pour plaire au public, qui aime à voir à la fin d'une pièce tous les acteurs réunis. Il convient que ce retour avilit encore plus le caractère de *Prufias*, de même que celui de *Flaminius*, qui fe trouve dans une fituation humiliante, puifqu'il femble n'être revenu que pour être témoin du triomphe de fon ennemi. Cela prouve que le plan de cette tragédie était impraticable.

V. 3. Mourons, mourons, Seigneur, et dérobons nos vies
    A l'abfolu pouvoir des fureurs ennemies ;
    N'attendons pas leur ordre, et montrons-nous jaloux
    De l'honneur qu'ils auraient à difpofer de nous.

La penfée eft très-mal exprimée ; il fallait dire , *ravif-fons-leur en mourant la gloire d'ordonner de notre fort ;* il fallait au moins s'énoncer avec plus de clarté et de jufteffe.

V. 11. Je le défavoûrais s'il n'était magnanime ,
  S'il manquait à remplir l'effort de mon eftime ;

Manquer à remplir l'effort d'une eftime ! On s'indigne quand on voit la profufion de ces irrégularités , de ces termes impropres. On ne voit point cette foule de barbarifmes dans les belles fcènes des Horaces et de Cinna. Par quelle fatalité *Corneille* écrivait-il toujours avec plus d'incorrection et dans un ftyle plus groffier , à mefure que la langue fe perfectionnait fous *Louis XIV?* Plus fon goût et fon ftyle devaient fe perfectionner , et plus ils fe corrompaient.

SCENE X *et dernière.*

V. 7. Je viens en bon fujet vous rendre le repos...

Nicomède toujours fier et dédaigneux , bravant toujours fon père , fa marâtre et les Romains , devient généreux , et même docile , dans le moment où ils veulent le perdre , et où il fe trouve leur maître. Cette grandeur d'ame réuffit toujours ; mais il ne doit pas dire qu'il adore les bontés d'*Arfinoé.* Quant au royaume qu'il offre de conquérir au prince *Attale ,* cette promeffe ne paraît-elle pas trop romanefque ? et ne peut-on pas craindre que cette vanité ne faffe une oppofition trop forte avec les difcours nobles et fenfés qui la précèdent ? Au refte le retour de *Nicomède* dut faire grand plaifir aux fpectateurs ; et je préfume qu'il en eût fait davantage , fi ce prince eût été dans un danger évident de perdre la vie.

V. 37. Je me rends donc auffi , Madame , et je veux croire
  Qu'avoir un fils fi grand eft ma plus grande gloire , &c.

Si *Prufias* n'eft pas du commencement jufqu'à la fin un vieillard de comédie , j'ai tort.

V. 42. Mais il m'a demandé mon diamant pour gage,

Attale paraît ici bien prudent, et *Nicomède* bien peu curieux ; mais fi ce moyen n'eft pas digne de la tragédie, la fituation n'en eft pas moins belle. Il paraît feulement bien injufte et bien odieux qu'*Attale* ait affaffiné un officier du roi fon père, qui fefait fon devoir. Ne pouvait-il pas faire une belle action fans la fouiller par cette horreur? A l'égard du diamant, je ne fais fi *Boileau*, qui blâmait tant l'anneau royal dans Aftrate, était content du diamant de *Nicomède*.

V. 61. Seigneur, à découvert, toute ame généreufe
D'avoir votre amitié doit fe tenir heureufe ;
Mais nous n'en voulons plus avec ces dures lois
Qu'elle jette toujours fur la tête des rois.

Jeter des lois fur la tête! cette métaphore a le vice que nous avons remarqué dans les autres, de manquer de jufteffe, parce qu'on ne peut jeter une loi comme on jette de l'opprobre, de l'infamie, du ridicule. Dans ces cas le mot *jeter* rappelle l'idée de quelque fouillure, dont on peut phyfiquement couvrir quelqu'un ; mais on ne peut couvrir un homme *d'une loi.* Je n'ai rien à dire de plus fur la pièce de Nicomède. Il faut lire l'Examen que l'auteur lui-même en a fait.

M 2

REMARQUES

SUR

PERTHARITE,

ROI DES LOMBARDS,

Tragédie repréſentée en 1659.

PREFACE DU COMMENTATEUR.

CETTE pièce, comme on ſait, fut malheureuſe, elle ne put être repréſentée qu'une fois ; le public fut juſte. *Corneille*, à la fin de l'Examen de Pertharite, dit que les ſentimens en ſont *aſſez vifs et nobles, et les vers aſſez bien tournés.* Le reſpect pour la vérité, toujours plus fort que le reſpect pour *Corneille*, oblige d'avouer que les ſentimens ſont outrés ou faibles, et rarement nobles ; et que les vers, loin d'être bien tournés, ſont preſque tous d'une proſe comique rimée.

Dès la ſeconde ſcène, *Eduige* dit à *Rodelinde* :

Je ne vous parle pas de votre Pertharite ;
Mais il ſe pourra faire enfin qu'il reſſuſcite,
Qu'il rende à vos déſirs leur juſte poſſeſſeur ;
Et c'eſt dont je vous donne avis en bonne ſœur.
. . . .
Vous êtes donc, Madame, un grand exemple à ſuivre.—
Pour vivre l'ame ſaine on n'a qu'à m'imiter.—
Et qui veut vivre aimé n'a qu'à vous en conter.

Les noms feuls des héros de cette pièce révoltent; c'eft une *Eduige*, un *Grimoald*, un *Unulphe*. L'auteur de Childebrand ne choifit pas plus mal fon fujet et fon héros.

Il eft peut-être utile pour l'avancement de l'efprit humain, et pour celui de l'art théâtral, de rechercher comment *Corneille*, qui devait s'élever toujours après fes belles pièces, qui connaiffait le théâtre, c'eft-à-dire, le cœur humain, qui était plein de la lecture des anciens, et dont l'expérience devait avoir fortifié le génie, tomba pourtant fi bas, qu'on ne peut fupporter ni la conduite, ni les fentimens, ni la diction de plufieurs de fes dernières pièces. N'eft-ce point qu'ayant acquis un grand nom, et ne poffédant pas une fortune digne de fon mérite, il fut forcé fouvent de travailler avec trop de hâte : *Conatibus obftat res angufta domi*. Peut-être n'avait-il pas d'ami éclairé et févère ; il avait contracté une malheureufe habitude de fe permettre tout, et de parler mal fa langue. Il ne favait pas, comme *Racine*, facrifier de beaux vers, et des fcènes entières.

Les pièces précédentes de Nicomède et de Don Sanche d'Arragon n'avaient pas eu un brillant fuccès : cette décadence devait l'avertir de faire de nouveaux efforts ; mais il fe repofait fur fa réputation ; fa gloire nuifait à fon génie; il fe voyait fans rival; on ne citait que lui; on ne connaiffait que lui. Il lui arriva la même chofe qu'à *Lulli* qui ayant excellé dans la mufique de déclamation, à l'aide de l'inimitable *Quinault*, fut très-faible et fe négligea fouvent dans prefque tout le refte; manquant de rival comme *Corneille*, il ne fit point d'efforts pour fe furpaffer lui-même. Ses con-

M 3

temporains ne connaiſſaient pas ſa faibleſſe; il a fallu que long-temps après il ſoit venu un homme ſupérieur, pour que les Français, qui ne jugent des arts que par comparaiſon, ſentiſſent combien la plupart des airs détachés et des ſymphonies de *Lulli* ont de faibleſſe.

Ce ſerait à regret que j'imprimerais la pièce de Pertharite, ſi je ne croyais y avoir découvert le germe de la belle tragédie d'Andromaque.

Serait-il poſſible que ce Pertharite fût en quelque façon le père de la tragédie pathétique, élégante et forte d'Andromaque ? pièce admirable, à quelques ſcènes de coquetterie près, dont le vice même eſt déguiſé par le charme d'une poëſie parfaite, et par l'uſage le plus heureux qu'on ait jamais fait de la langue françaiſe.

L'excellent *Racine* donna ſon Andromaque en 1668, neuf ans après Pertharite. Le lecteur peut conſulter le commentaire qu'on trouvera dans le ſecond acte; il y trouvera toute la diſpoſition de la tragédie d'Andromaque, et même la plupart des ſentimens que *Racine* a mis en œuvre avec tant de ſupériorité; il verra comment d'un ſujet manqué, et qui paraît très-mauvais, on peut tirer les plus grandes beautés, quand on ſait les mettre à leur place.

C'eſt le ſeul commentaire qu'on fera ſur la pièce infortunée de Pertharite. Les amateurs et les auteurs ajouteront aiſément leurs propres réflexions au peu que nous dirons ſur cet honneur ſingulier qu'eut Pertharite de produire les plus beaux morceaux d'Andromaque.

REMARQUES

SUR

PERTHARITE,

TRAGEDIE.

ACTE PREMIER.

SCENE PREMIERE.

***Vers* 11.** S'il m'aime, il doit aimer cette digne arrogance
Qui brave ma fortune, et remplit ma naissance.

ON est toujours étonné de cette foule d'impropriétés, de cet amas de phrases louches, irrégulières, incohérentes, obscures, et de mots qui ne sont point faits pour se trouver ensemble ; mais on ne remarquera pas ces fautes qui reviennent à tout moment dans Pertharite. Cette pièce est si au-dessous des plus mauvaises de notre temps, que presque personne ne peut la lire. Les remarques sont inutiles.

***V.* 25.** Son ambition seule. . . — Unulphe, oubliez-vous
Que vous parlez à moi, qu'il était mon époux ? —
Non, mais vous oubliez que, bien que la naissance
Donnât à son aîné la suprême puissance,
Il osa toutefois partager avec lui
Un sceptre dont son bras devait être l'appui, &c.

Cette exposition est très-obscure. Un *Unulphe*, un *Gundebert*, un *Grimoald* annoncent d'ailleurs une tragédie bien lombarde. C'est une grande erreur de croire que tous ces noms barbares de goths, de lombards, de francs,

M 4

puiffent faire fur la fcène le même effet qu'*Achille*, *Iphigénie*, *Andromaque*, *Electre*, *Orefte*, *Pyrrhus*. *Boileau* fe moque avec raifon de celui *qui pour fon héros va choifir Childebrand*. Les Italiens eurent grande raifon, et montrèrent le bon goût qui les anima long temps, lorfqu'ils firent renaître la tragédie au commencement du feizième fiècle ; ils prirent prefque tous les fujets de leurs tragédies chez les Grecs. Il ne faut pas croire qu'un meurtre commis dans la rue Tictonne ou dans la rue Barbette, que des intrigues politiques de quelques bourgeois de Paris, qu'un prévôt des marchands nommé *Marcel*, que les fieurs *Aubert* et *Fauconnau*, puiffent jamais remplacer les héros de l'antiquité. Nous n'en dirons pas plus fur cette pièce : voyez feulement les endroits où *Racine* a taillé en diamans brillans les cailloux bruts de *Corneille*.

ACTE SECOND.

SCENE PREMIERE.

Vers 1. Je l'ai dit à mon traître, et je vous le redis, *&c.*

IL me paraît prouvé que *Racine* a puifé toute l'ordonnance de fa tragédie d'Andromaque dans ce fecond acte de Pertharite. Dès la première fcène vous voyez *Eduige* qui eft avec fon *Garibalde* précifément dans la même fituation qu'*Hermione* avec *Orefte*. Elle eft abandonnée par un *Grimoald*, comme *Hermione* par *Pyrrhus* ; et fi *Grimoald* aime fa prifonnière *Rodelinde*, *Pyrrhus* aime *Andromaque* fa captive. Vous voyez qu'*Eduige* dit à *Garibalde* les mêmes chofes qu'*Hermione* dit à *Orefte* ; elle a des ardens fouhaits de voir punir le change de *Grimoald*, elle affure fa conquête à fon vengeur ; il faut fervir fa haine pour venger fon amour : c'eft ainfi qu'*Hermione* dit à *Orefte* :

Vengez-moi, je crois tout... —
Qu'Hermione eſt le prix d'un tyran opprimé,
Que je le hais ; enfin... que je l'aimai.

Oreſte, en un autre endroit, dit à *Hermione* tout ce
que dit ici *Garibalde* à *Eduige :*

Le cœur eſt pour Pyrrhus, et les vœux pour Oreſte...
Et vous le haïſſez ! avouez-le, Madame,
L'amour n'eſt pas un feu qu'on renferme en ſon ame ;
Tout nous trahit, la voix, le ſilence, les yeux,
Et les feux mal couverts n'en éclatent que mieux.

Hermione parle abſolument comme *Eduige*, quand
elle dit :

Mais cependant ce jour il épouſe Adromaque...
Seigneur, je le vois bien, votre ame prévenue
Répand ſur mes diſcours le poiſon qui la tue.

Enfin, l'intention d'*Eduige* eſt que *Garibalde* la ſerve
en détachant le parjure *Grimoald* de ſa rivale *Rodelinde ;*
et *Hermione* veut qu'*Oreſte* en demandant *Aſtianax*, dégage
Pyrrhus de ſon amour pour *Andromaque.* Voyez avec
attention la ſcène cinquième du ſecond acte, vous trouverez une reſſemblance non moins marquée entre
Andromaque et *Rodelinde.* Voyez la ſcène cinquième et la
première ſcène de l'acte troiſième.

SCENE V.

V. 39. La vertu doit régner dans un ſi grand projet,
En être ſeule cauſe, et l'honneur, ſeul objet ;
Et depuis qu'on le ſouille, ou d'eſpoir de ſalaire,
Ou de chagrin d'amour, ou de ſouci de plaire,
Il part indignement d'un courage abattu,
Où la paſſion règne et non pas la vertu.

Andromaque dit à *Pyrrhus* :

> Seigneur, que faites-vous ? et que dira la Gréce ?
> Faut-il qu'un fi grand cœur montre tant de faibleffe,
> Et qu'un deffein fi beau, fi grand, fi généreux,
> Paffe pour le tranfport d'un efprit amoureux ?...
> Non, non, d'un ennemi refpecter la misère,
> Sauver des malheureux, rendre un fils à fa mère,
> De cent peuples pour lui combattre la rigueur,
> Sans me faire payer fon falut de mon cœur,
> Malgré moi, s'il le faut, lui donner un afile ;
> Seigneur, voilà des foins dignes du fils d'Achille.

On reconnaît dans *Racine* la même idée, les mêmes nuances que dans *Corneille* ; mais avec cette douceur, cette molleffe, cette fenfibilité, et cet heureux choix de mots qui portent l'attendriffement dans l'ame.

Grimoald dit à *Rodelinde* :

> Vous la craindrez peut-être en quelqu'autre perfonne.

Grimoald entend par là le fils de *Rodelinde*, et il veut punir par la mort du fils les mépris de la mère ; c'eft ce qui fe développe au troifième acte. Ainfi *Pyrrhus* menace toujours *Andromaque* d'immoler *Aftianax*, fi elle ne fe rend à fes défirs : on ne peut voir une reffemblance plus entière ; mais c'eft la reffemblance d'un tableau de *Raphaël* à une efquiffe groffièrement deffinée.

> Songez-y bien, il faut déformais que mon cœur,
> S'il n'aime avec tranfport, haïffe avec fureur ;
> Je n'épargnerai rien dans ma jufte colère ;
> Le fils me répondra du mépris de la mère.

ACTE TROISIEME.

SCENE PREMIERE.

Vers 5. Il y va de fa vie, et la jufte colère
Où jettent cet amant les mépris de la mère,
Veut punir fur le fang de ce fils innocent
La dureté d'un cœur fi peu reconnaiffant.
C'eft a vous d'y penfer ; tout le choix qu'on vous donne
C'eft d'accepter pour lui la mort , ou la couronne.
Son fort eft en vos mains ; aimer, ou dédaigner ,
Le va faire périr , ou le faire règner.

Ces vers forment abfolument la même fituation que celle d'Andromaque. Il eft évident que *Racine* a tiré fon or de cette fange. Mais , ce que *Racine* n'eût jamais fait , *Corneille* introduit *Rodelinde* propofant à *Grimoald* d'égorger le fils qu'elle a de fon mari vaincu par ce même *Grimoald ;* elle prétend qu'elle l'aidera dans ce crime , et cela dans l'efpérance de rendre *Grimoald* odieux à fes peuples. Cette feule atrocité abfurde aurait fuffi pour faire tomber une pièce d'ailleurs paffablement faite ; mais le rôle du mari de *Rodelinde* eft fi révoltant et fi ennuyeux à la fois , et tout le refte eft fi mal inventé, fi mal conduit et fi mal écrit, qu'il eft inutile de remarquer un défaut dans une pièce qui n'eft remplie que de défauts. Mais, me dira-t-on , vous faites un commentaire fur *Corneille*, et vous remarquez fes fautes , et vous l'appelez grand homme, et vous ne le montrez que petit quand il eft en concurrence avec *Racine ?* Je réponds qu'il eft grand homme dans Cinna , et non dans Pertharite et dans fes autres mauvaifes pièces ; je réponds qu'un commentaire n'eft pas un panégyrique , mais un examen de la vérité; et qui ne fait pas réprouver le mauvais, n'eft pas digne de fentir le bon.

On peut encore me dire : Vous faites ici de *Racine* un plagiaire qui a pillé dans *Corneille* les plus beaux endroits d'Andromaque. Point du tout; le plagiaire eft celui qui donne pour fon ouvrage ce qui appartient à un autre : mais fi *Phidias* eût fait fon Jupiter olympien de quelque ftatue informe d'un autre fculpteur, il aurait été créateur et non plagiaire.

Je ne ferai plus d'autre remarque fur ce malheureux Pertharite ; on n'a befoin de commentaire que fur les ouvrages où le bon eft mêlé continuellement avec le mauvais. Il faut que ceux qui veulent fe former le goût apprennent foigneufement à diftinguer l'un de l'autre.

REMARQUES

SUR OEDIPE,

TRAGEDIE REPRESENTÉE EN 1659.

Piéces imprimées au-devant de la tragédie d'Oedipe, tome V, page 3.

ÉPITAPHE

Sur la mort de damoiselle Elisabeth Ranquet, femme de M. du Chevreul, écuyer, seigneur d'Esturnville. (1)

SONNET

Ne verse point de pleurs sur cette sépulture,
Passant, ce lit funèbre est un lit précieux,
Où gît d'un corps tout pur la cendre toute pure ;
Mais le zèle du cœur vit encore en ces lieux.

Avant que de payer le droit à la nature,
Son ame s'élevant au-delà de ses yeux,
Avait au Créateur uni la créature,
Et marchant sur la terre elle était dans les cieux.

Les pauvres bien mieux qu'elle ont senti sa richesse.
L'humilité, la peine, étaient son allégresse ;
Et son dernier soupir fut un soupir d'amour.

Passant, qu'à son exemple un beau feu te transporte,
Et, loin de la pleurer d'avoir perdu le jour,
Crois qu'on ne meurt jamais quand on meurt de la sorte.

(1) On trouve cette épitaphe dans la vie de cette béate, imprimée à Paris pour la première fois en 1655, et, pour la seconde fois, en 1660, chez *Charles Savreux.*

Ce sonnet fut imprimé avec Oedipe dans la première édition de cette tragédie ; je ne sais pas pourquoi.

VERS

*Présentés à monseigneur le procureur-général Fouquet,
surintendant des finances.* (1)

(*a*) Laisse aller ton essor jusqu'à ce grand génie,
Qui te rappelle au jour dont les ans t'ont bannie,
Muse, et n'oppose plus un silence obstiné
A l'ordre surprenant que sa main t'a donné.
(*b*) De ton âge importun la timide faiblesse
A trop et trop long-temps déguisé ta paresse;
Et fourni des couleurs à la raison d'état
(*c*) Qui mutine ton cœur contre le siècle ingrat.
L'ennui de voir toujours ses louanges frivoles
Rendre à tes grands travaux (*d*) paroles pour paroles,

(1) Imprimés à la tête de l'Oedipe, Paris 1657, in-12. Ce fut M. *Fouquet* qui engagea *Corneille* à faire cette tragédie. „ Si le public (dit ce grand „ poëte) a reçu quelque satisfaction de ce poëme, et s'il en reçoit encore „ de ceux de cette nature et de ma façon, qui pourront le suivre, c'est à lui „ qu'il en doit imputer le tout, puisque sans ses commandemens je „ n'aurais jamais fait l'Oedipe. „ Dans l'avis au lecteur qui est à la tête de la tragédie, de l'édition que j'ai indiquée au commencement de cette note.

(*a*) *Laisse aller ton essor jusqu'à ce grand génie.*

Ce grand génie n'était pas *Nicolas Fouquet*, c'était *Pierre Corneille*, malgré Pertharite, et malgré quelques pièces assez faibles, et malgré Oedipe même.

(*b*) *De ton âge importun la timide faiblesse.*

Il avait cinquante-six ans; c'était l'âge où *Milton* fesait son poëme épique.

(*c*) *Qui mutine ton cœur contre le siècle ingrat.*

Il eût dû dire que le peu de justice qu'on lui avait rendu l'avait dégoûté. *Ploravêre suis non respondere favorem speratum meritis :* mais le dégoût d'un poëte n'est pas une raison d'état.

(*d*) . . . . *Paroles pour paroles,*

Il se plaint qu'ayant trafiqué de la parole on ne lui a donné que des louanges. *Boileau* a dit bien plus noblement :

Apollon ne promet qu'un nom et des lauriers, &c.

(e) Et le ftérile honneur d'un éloge impuiffant
    Terminer fon accueil le plus reconnaiffant ;
    Ce légitime ennui qu'au fond de l'ame excite
    L'excufable fierté d'un peu de vrai mérite,
    Par un jufte dégoût, ou par reffentiment,
    Lui pouvait de tes vers envier l'agrément :
    Mais aujourd'hui qu'on voit un héros magnanime
    Témoigner pour ton nom une tout autre eftime,
    Et répandre l'éclat de fa propre bonté
    Sur l'endurciffement de ton oifiveté ;
    Il te ferait honteux d'affermir ton filence
    Contre une fi preffante et douce violence ;
    Et tu ferais un crime à lui diffimuler
    Que ce qu'il fait pour toi te condamne à parler.
      Oui, généreux appui de tout notre Parnaffe,
    Tu me rends ma vigueur lorfque tu me fais grâce ;
    Et je veux bien apprendre à tout notre avenir
(f) Que tes regards benins ont fu me rajeunir.
    Je m'élève fans crainte avec de fi bons guides :
    Depuis que je t'ai vu, je ne vois plus mes rides :
    Et, plein d'une plus claire et noble vifion,
    Je prends mes cheveux gris pour une illufion.
    Je fens le même feu, je fens la même audace
    Qui fit plaindre le Cid, qui fit combattre Horace ;

    (e) *Et le ftérile honneur d'un éloge impuiffant*, &c.

Il fe plaint que les éloges du public n'ont pas contribué à fa fortune.
„ Mais à préfent que le grand *Fouquet*, héros magnanime, répand l'éclat
„ de fa propre bonté fur l'endurciffement de l'oifiveté de l'auteur, il lui
„ ferait honteux d'affermir fon filence contre cette douce violence. „ Que
dire fur de tels vers ? plaindre la faibleffe de l'efprit humain, et admirer
les beaux morceaux de Cinna.

    (f) *Que tes regards benins*, &c.

On eft fâché des *regards benins* et de la *claire vifion*, et que dans le temps
qu'il fait de fi étranges vers, il dife qu'il fe fent encore la main qui crayonna
l'ame du grand *Pompée*.

Et je me trouve encor la main qui crayonna
L'ame du grand Pompée, et l'esprit de Cinna.
Choifis-moi feulement quelque nom dans l'histoire
Pour qui tu veuilles place au temple de la Gloire,
(g) Quelque nom favori qu'il te plaife arracher
A la nuit de la tombe, aux cendres du bûcher :
Soit qu'il faille ternir ceux d'Enée et d'Achille,
Par un noble attentat fur Homère et Virgile ;
Soit qu'il faille obfcurcir par un dernier effort
Ceux que j'ai fur la fcène affranchis de la mort ;
Tu me verras le même, et je te ferai dire,
Si jamais pleinement ta grande ame m'infpire,
Que dix luftres et plus n'ont pas tout emporté
Cet affemblage heureux de force et de clarté,
Ces preftiges fecrets de l'aimable impofture
Qu'à l'envi m'ont prêtés et l'art et la nature.
(h) N'attends pas toutefois que j'ofe m'enhardir,
Ou jufqu'à te dépeindre, ou jufqu'à t'applaudir ;
Ce ferait préfumer que d'une feule vue
J'aurais vu de ton cœur la plus vafte étendue ;
Qu'un moment fuffirait à mes débiles yeux
Pour démêler en toi ces dons brillans des cieux,

(g) *Quelque nom favori*, &c.

Il eût fallu que ces noms favoris euffent été célébrés par des vers tels que ceux des Horaces et de Cinna.

(h) *N'attends pas toutefois que j'ofe m'enhardir*, &c.

On eft bien plus fâché encore qu'un homme tel que *Corneille* n'ofe s'enhardir *jufqu'à applaudir* un autre homme, et que la *plus vafte étendue* du cœur d'un procureur-général de Paris *ne puiffe être vue d'une feule vue*. Il eût mieux valu, à mon avis, pour l'auteur de Cinna, vivre à Rouen avec du pain bis et de la gloire, que de recevoir de l'argent d'un fujet du roi, et de lui faire de fi mauvais vers pour fon argent. On ne peut trop exhorter les hommes de génie à ne jamais proftituer ainfi leurs talens. On n'eft pas toujours le maître de fa fortune ; mais on l'eft toujours de faire refpecter fa médiocrité, et même fa pauvreté.

De

De qui l'inépuisable et perçante lumière,
Sitôt que tu parais fait baiffer la paupière.
J'ai déjà vu beaucoup en ce moment heureux :
Je t'ai vu magnanime, affable, généreux ;
Et ce qu'on voit à peine après dix ans d'excufes,
Je t'ai vu tout d'un coup libéral pour les mufes.
Mais pour te voir entier, il faudrait un loifir
Que tes délaffemens daignaffent me choifir.
C'eft lors que je verrais la faine politique
Soutenir par tes foins la fortune publique ;
Ton zèle infatigable à fervir ton grand roi,
Ta force et ta prudence à régir ton emploi ;
C'eft lors que je verrais ton courage intrépide
Unir la vigilance et la vertu folide ;
Je verrais cet illuftre et haut difcernement,
Qui te met au-deffus de tant d'accablement ;
Et tout ce dont l'afpect d'un aftre falutaire
Pour le bonheur des lys t'a fait dépofitaire.
Jufque-là ne crains pas que je gâte un portrait,
Dont je ne puis encor tracer qu'un premier trait ;
Je dois être témoin de toutes ces merveilles,
Avant que d'en permettre une ébauche à mes veilles :
Et ce flatteur efpoir fera tous mes plaifirs,
Jufqu'à ce que l'effet fuccède à mes défirs.
Hâte-toi cependant de rendre un vol fublime
Au génie amorti que ta bonté ranime,
Et dont l'impatience attend pour fe borner,
Tout ce que tes faveurs lui voudront ordonner.

AVIS DE CORNEILLE AU LECTEUR.

Tome V, *J'AI connu que ce qui avait paſſé pour miraculeux*
pag. 11. *dans ces ſiècles éloignés, pourrait ſembler horrible au nôtre,
et que cette éloquente et curieuſe deſcription de la manière dont
ce malheureux prince ſe crève les yeux, et le ſpectacle de ces
mêmes yeux crevés, dont le ſang lui diſtille ſur le viſage, qui
occuppe tout le cinquième acte chez ces incomparables originaux, ferait ſoulever la délicateſſe de nos dames, qui compo-
ſent la plus belle partie de notre auditoire, et dont le dégoût
attire aiſément la cenſure de ceux qui les accompagnent.*

Cette *éloquente deſcription* réuſſirait ſans doute beaucoup,
ſi elle était dans ce ſtyle mâle et terrible, et en même-
temps pur et exact, qui caractériſe *Sophocle.* Je ne ſais
même ſi aujourd'hui que la ſcène eſt libre et dégagée
de tout ce qui la défigurait, on ne pourrait pas faire
paraître *Oedipe* tout ſanglant, comme il parut ſur le
théâtre d'Athènes. La diſpoſition des lumières, *Oedipe*
ne paraiſſant que dans l'enfoncement pour ne pas trop
offenſer les yeux, beaucoup de pathétique dans l'acteur,
et peu de déclamation dans l'auteur, les cris de *Jocaſte,*
et les douleurs de tous les Thébains, pourraient former
un ſpectacle admirable. Les magnifiques tableaux dont
Sophocle a orné ſon Oedipe, feraient ſans doute le même
effet que les autres parties du poëme firent dans Athènes.
Mais du temps de *Corneille,* nos jeux de paume étroits,
dans leſquels on repréſentait ſes pièces, les vêtemens
ridicules des acteurs, la décoration auſſi mal entendue
que ces vêtemens, excluaient la magnificence d'un
ſpectacle véritable, et réduiſaient la tragédie à de ſimples converſations, que *Corneille* anima quelquefois par
le feu de ſon génie.

Page 12. *Je n'ai fait aucune pièce de théâtre où ſe trouve
tant d'art qu'en celle-ci, bien que ce ne ſoit qu'un ouvrage de
deux mois.*

Il eût bien mieux valu que c'eût été l'ouvrage de deux ans, et qu'il ne fût resté presque rien de ce qui fut fait en deux mois.

> Travaillez à loisir, quelque ordre qui vous presse,
> Et ne vous piquez point d'une folle vîtesse.

Il semble que *Fouquet* ait commandé à *Corneille* une tragédie pour lui être rendue dans deux mois, comme on commande un habit à un tailleur, ou une table à un menuisier. N'oublions pas ici de faire sentir une grande vérité : *Fouquet* n'est plus connu aujourd'hui que par un malheur éclatant, et qui même n'a été célèbre que parce que tout le fut dans le siècle de *Louis XIV*; l'auteur de Cinna, au contraire, sera connu à jamais de toutes les nations, et le sera même, malgré ses dernières pièces et malgré ses vers à *Fouquet*, et j'ose dire encore malgré Oedipe. C'est une chose étrange que le difficile et concis *la Bruyère*, dans son parallèle de *Corneille* et de *Racine*, ait dit les Horaces et Oedipe ; mais il dit aussi Phèdre et Pénélope. Voilà comme l'or et le plomb sont confondus souvent.

On disait *Mignard* et *le Brun*. Le temps seul apprécie, et souvent ce temps est long.

REMARQUES

SUR OEDIPE,

TRAGEDIE.

ACTE PREMIER.

SCENE PREMIERE.

Vers 3. La gloire d'obéir n'a rien qui me foit doux,
Lorfque vous m'ordonnez de m'éloigner de vous.

JAMAIS la malheureufe habitude de tous les auteurs Français, de mettre fur le théâtre des converfations amoureufes, et de rimer les phrafes des romans, n'a paru plus condamnable que quand elle force *Corneille* à débuter dans la tragédie d'Oedipe, par faire dire à *Théfée* qu'il eft *un fidelle amant*, mais qu'il fera un rebelle aux ordres de fa maîtreffe, fi elle lui ordonne de fe féparer d'elle.

V. 5. Quelque ravage affreux qu'étale ici la pefte,
L'abfence aux vrais amans eft encor plus funefte,

On ne revient point de fa furprife, à cette abfence qui eft pour les vrais amans pire que la pefte. On ne peut concevoir ni comment *Corneille* a fait ces vers, ni comment il n'eut point d'amis pour les lui faire rayer, ni comment les comédiens ofèrent les dire.

V. 7. Et d'un fi grand péril l'image s'offre en vain,
Quand ce péril douteux épargne un mal certain.

Ce péril douteux, c'eft la pefte ; *ce mal certain,* c'eft l'abfence de l'objet aimé.

V. 21. Ah ! Seigneur, quand l'amour tient une ame alarmée,
Il l'attache aux périls de la perſonne aimée.

C'eſt aſſez qu'on débite de ces maximes d'amour,
pour bannir tout intérêt d'un ouvrage. Cette ſcène eſt
une conteſtation entre deux amans, qui reſſemble aux
converſations de *Clélie* : rien ne ferait plus froid, même
dans un ſujet galant ; à plus forte raiſon dans le ſujet
le plus terrible de l'antiquité. Y a-t-il une plus forte
preuve de la néceſſité où étaient les auteurs d'introduire
toujours l'amour dans leurs pièces , que cet épiſode de
Théſée et de *Dircé*, dont *Corneille* même a le malheur de
s'applaudir dans ſon examen d'Oedipe ? Encore ſi au
lieu d'un amour galant et raiſonneur, il eût peint une
paſſion auſſi funeſte que la déſolation où Thèbes était
plongée ; ſi cette paſſion eût été théâtrale , ſi elle avait
été liée au ſujet ! mais un amour qui n'eſt imaginé que
pour remplir le vide d'un ouvrage trop long , n'eſt pas
ſupportable. *Racine* même y aurait échoué avec ſes vers
élégans ; comment donc put-on ſupporter une ſi plate
galanterie débitée en ſi mauvais vers ? et comment reconnaître la même nation qui, ayant applaudi aux morceaux
admirables du Cid, d'Horace, de Cinna et de Polyeucte,
n'avait pu ſouffrir ni Pertharite , ni Théodore ?

V. 63. Oſerai-je, Seigneur, vous dire hautement
Qu'un tel excès d'amour n'eſt pas d'un tel amant? &c.

Jugez quel effet ferait aujourd'hui au théâtre une
princeſſe inutile, différant ſur l'amour , et voulant
prouver en forme que ce qui ſerait vertu dans un femme,
ne le ferait pas dans un homme. Je ne parle pas du ſtyle
et des fautes contre la langue , et de *l'horreur animée par
toute la Grèce*, et des *hauts emportemens qu'un beau feu
inſpire.* Ce galimatias froid et bourſouflé eſt aſſez condamné aujourd'hui.

V. 89. Ah! Madame, vos yeux combattent vos maximes; *&c.*

Et que dirons-nous de ce *Théfée* qui lui répond galamment que fes yeux combattent fes maximes, que fi elle aimait bien, elle confeillerait mieux, et qu'auprès de fa princeffe *aux feuls devoirs d'amant un héros s'intéreffe !* Difons la verité, cela ne ferait pas fupporté aujourd'hui dans le plus plat de nos romans.

S C E N E   I I.

V. 12. Je vous aurais fait voir un beau feu dans mon fein, *&c.*

Théfée qui fait voir *un beau feu dans fon fein*, et qui s'appelle *amant miférable ;* Oedipe qui devine qu'un intérêt d'amour retient *Théfée* au milieu de la pefte ; l'offre d'une fille, la demande d'une autre fille, l'aveu qu'*Antigone* eft *parfaite*, *Ifmène admirable*, et que *Dircé n'a rien de comparable ;* en un mot, ce ftyle d'un froid comique, qui revient toujours, ces ironies, ces differtations fur l'amour galant, tant de petiteffes groffières dans un fujet fi fublime, font voir évidemment que la rouille de notre barbarie n'était pas encore enlevée, malgré tous les efforts que *Corneille* avait faits dans les belles fcènes de Cinna et d'Horace. Le fujet d'Oedipe demandait le ftyle d'Athalie ; et celui dont *Corneille* s'eft fervi, n'eft pas à beaucoup près auffi noble que celui du Mifanthrope. Cependant *Corneille* avait montré dans plufieurs fcènes de Pompée, qu'il favait orner fes vers de toute la magnificence de la poëfie. Le fujet d'Oedipe n'eft pas moins poëtique que celui de Pompée ; pourquoi donc le langage eft-il dans Oedipe fi oppofé au fujet ? *Corneille* s'était trop accoutumé à ce ftyle familier, à ce ton de differtation. Tous fes perfonnages, dans prefque tous fes ouvrages, raifonnent fur l'amour, et fur la politique. C'eft non-feulement l'oppofé de la tragédie, mais de toute poësie ; car la poësie n'est guère que peinture, sentiment et imagination. Les raisonnémens sont nécessaires dans une tragédie, quand on délibère sur un grand intérêt d'Etat ; il faut seulement qu'alors celui qui raisonne, ne tienne point du sophiste ; mais des raisonnemens sur l'amour sont par-tout hors de saison.

L'abbé d'*Aubignac* écrivit contre l'Oedipe de *Corneille* ; il y reprend plusieurs fautes avec lesquelles une pièce pourrait être admirable, fautes de bienséance, duplicité d'action, violation des règles. D'*Aubignac* n'en savait pas assez pour voir que la principale faute est d'être froid dans un sujet intéressant, et rampant dans un sujet sublime. Cette scène dans laquelle il n'est question que de savoir si *Thésée* épousera *Antigone* qui est parfaite, ou *Ismène* qui est admirable, ou *Dircé* qui n'a rien de comparable, est une vraie scène de comédie, mais de comédie très-froide.

Je ne relève pas les fautes contre la langue, elles sont en trop grand nombre.

SCENE II.

V. 9. Le sang a peu de droits dans le sexe imbécille ;

Que veut dire *le sang a peu de droits dans le sexe imbécille ?* C'est une injure très-déplacée et très-grossière, fort mal exprimée. L'auteur entend-il que les femmes ont peu de droits au trône ? entend-il que le sang a peu de pouvoir sur leurs cœurs ?

V. 17. On t'a parlé du sphinx, dont l'énigme funeste
Oùvrit plus de tombeaux que n'en ouvre la peste. *&c.*

Oedipe raconte l'histoire du sphinx à un confident qui doit en être instruit ; c'est un défaut très-commun et très-difficile à éviter. Ce récit a de la force et des beautés : on l'écoutait avec plaisir, parce que tout ce

N 4

qui forme un tableau, plaît toujours plus que les contestations qui ne font pas fublimes, et que l'amour qui
n'est pas attendriffant.

SCENE IV.

Jocafte raifonne fur l'amour de *Dircé*, fur lequel *Théfée*
n'a déjà raifonné que trop. Elle dit que *Dircé* eft amante
à bon titre, et princeffe avifée. Prenez cette fcène ifolée,
on ne devinera jamais que c'eft là le fujet d'Oedipe.

SCENE V.

Cette fcène paraît la plus mauvaife de toutes, parce
qu'elle détruit le grand intérêt de la pièce ; et cet intérêt
eft détruit parce que le malheur et le danger public
dont il s'agit, ne font préfentés qu'en épifodes, et comme
une affaire prefque oubliée ; c'eft qu'il n'a été queftion
jufqu'ici que du mariage de *Dircé* ; c'eft qu'au lieu de ce
tableau fi grand et fi touchant de *Sophocle* , c'eft un confident qui vient apporter froidement des nouvelles ; c'eft
qu'*Oedipe* cherche une raifon du courroux du ciel, laquelle
n'eft pas la vraie raifon ; c'eft qu'enfin dans ce premier
acte de tragédie, il n'y a pas quatre vers tragiques, pas
quatre vers bien faits.

ACTE SECOND.

SCENE PREMIERE.

Toutes les fois que dans un sujet pathétique et terrible, fondé sur ce que la religion a de plus auguste et de plus effrayant, vous introduisez un intérêt d'Etat, cet intérêt, si puissant ailleurs, devient alors petit et faible. Si au milieu d'un intérêt d'Etat, d'une conspiration, ou d'une grande intrigue politique qui attache l'ame, supposé qu'une intrigue politique puisse attacher, si, dis-je, vous faites entrer la terreur et le sublime tiré de la religion ou de la fable, dans ces sujets, ce sublime déplacé perd toute sa grandeur, et n'est plus qu'une froide déclamation. Il ne faut jamais détourner l'esprit du but principal. Si vous traitez Iphigénie, ou Electre, ou Pélopée, n'y mêlez point de petite intrigue de cour. Si votre sujet est un intérêt d'Etat, un droit au trône disputé, une conjuration découverte, n'allez pas y mêler les dieux, les autels, les oracles, les sacrifices, les prophéties. *Non erat his locus.*

S'agit-il de la guerre et de la paix ? raisonnez. S'agit-il de ces horribles infortunes que la destinée ou la vengeance céleste envoient sur la terre ? effrayez, touchez, pénétrez. Peignez-vous un amour malheureux ? faites répandre des larmes. Ici *Dircé* brave *Oedipe*, et l'avilit ; défaut trop ordinaire de toutes nos anciennes tragédies, dans lesquelles on voit presque toujours des femmes parler arrogamment à ceux dont elles dépendent, et traiter les empereurs, les rois, les vainqueurs, comme des domestiques dont on serait mécontent.

Cette longue scène ne finit que par un petit souvenir du sujet de la pièce ; *mais il faut aller voir ce qu'a fait Tiréfie.* Ce n'est donc que par occasion qu'on dit un mot de la seule chose dont on aurait dû parler.

Vers 15. Pour la reine, il eſt vrai qu'en cette qualité
    Le ſang peut lui devoir quelque civilité ;

Cette princeſſe eſt un peu mal-appriſe.

V. 46. Et quel crime a commis cette reconnaiſſance,
    Qui par un ſentiment, et juſte et relevé,
    L'a conſacré lui-même à qui l'a conſervé ?

La reconnaiſſance qui n'a point commis de crime, et
qui, par un ſentiment et juſte et relevé, a conſacré le
peuple lui-même à qui a conſervé le peuple !

V. 49. Si vous aviez du ſphinx vu le ſanglant ravage... —
    Je puis dire, Seigneur, que j'ai vu davantage ;
    J'ai vu ce peuple ingrat, que l'énigme ſurprit,
    Vous payer aſſez bien d'avoir eu de l'eſprit.

Elle a vu plus que la mort de tout un peuple, elle a
vu un homme élu roi pour avoir eu de l'eſprit !

V. 64. Le peuple eſt trop heureux quand il meurt pour ſes rois.

Trop heureux ! ah, madame, la maxime eſt un peu
violente. Il paraît à votre humeur que le peuple a très-
bien fait de ne vous pas choiſir pour reine.

V. 85. Puiſſe de plus de maux m'accabler leur colère,
    Qu'Apollon n'en prédit jadis pour votre frère !

Quoique cette imprécation ſoit peu naturelle et
amenée de trop loin, cependant elle fait effet, elle eſt
tragique ; elle ramène du moins pour un moment au
ſujet de la pièce, et montre qu'il ne fallait jamais le
perdre de vue.

V. 100. Qui ne craint point la mort ne craint point les tyrans.

Le mot de *tyran* eſt ici très-mal placé ; car ſi *Oedipe* ne
mérite pas ce titre, *Dircé* n'eſt qu'une impertinente ; et
s'il le mérite, plus de compaſſion pour ſes malheurs. La

pitié et la crainte, les deux pivots de la tragédie, ne
subſiſtent plus. *Corneille* a ſouvent oublié ces deux reſſorts
du théâtre tragique. Il a mis à la place des converſations dans leſquelles on trouve ſouvent des idées fortes,
mais qui ne vont point au cœur.

SCENE II.

V. 1. Mégare, que dis-tu de cette violence?

Mégare n'a rien à dire de cette violence, ſi non que
Dircé eſt un perſonnage très-étranger et très-inſipide dans
cette tragédie.

V. 18. J'ai vu ſa politique en former les tendreſſes; &c.

Sa politique, *politique nouvelle*, *politique par-tout*.
Je n'inſiſte pas ſur le comique de cette répétition et de
ce tour; mais il faut remarquer que toute femme paſſion-
née qui parle de politique, eſt toujours très-froide, et
que l'amour de *Dircé*, dans de telles circonſtances, eſt
plus froid encore.

SCENE III.

V. 10. Appréhender pour lui, c'eſt lui faire une injure.

Ce vers ſeul ſuffirait pour faire un grand tort à la
pièce, pour en bannir tout l'intérêt. Il ne faut jamais
tâcher de rendre odieux un perſonnage qui doit attirer
ſur lui la compaſſion; c'eſt manquer à la première règle.
J'avertis encore que je ne remarque point dans cette
pièce les fautes de langage, elles ſont à peu-près les
mêmes que dans les pièces précédentes. *Corneille* n'écrivit
preſque jamais purement. La langue françaiſe ne ſe per-
fectionna que lorſque *Corneille*, ayant déjà donné pluſieurs
pièces, s'était formé un ſtyle dont il ne pouvait plus ſe
déſaire.

Mais voici une observation plus importante. *Dircé* se croit destinée pour victime, elle se prépare généreuse-ment à mourir; c'est une situation très-belle, très-tou-chante par elle-même. Pourquoi ne fait-elle nul effet? pourquoi ennuie-t-elle? c'est qu'elle n'est point préparée, c'est que *Dircé* a déjà révolté les spectateurs par son caractère, c'est qu'enfin on sent bien que ce péril n'est pas véritable.

V. 85. Hélas! sur le chemin il fut assassiné.

Voilà une raison bien forcée, bien peu naturelle, et par conséquent nullement intéressante. *Dircé* suppose qu'elle a causé la mort de son père, parce qu'il fut tué en allant consulter l'oracle par amitié pour elle. Jusqu'à présent elle n'en a point encore parlé. Elle invente tout d'un coup cette fausse raison pour faire parade d'un sen-timent filial et héroïque. Ce sentiment n'est point du tout touchant, parce qu'elle n'a été occupée jusqu'ici qu'à dire des injures à *Oedipe*.

S C E N E I V.

Cette scène devrait encore échauffer le spectateur, et elle le glace. Rien de plus attendrissant que deux amans dont l'un va mourir; rien de plus insipide, quand l'au-teur n'a pas eu l'art de rendre ses personnages aimables et intéressans. *Dircé* a pris tout d'un coup la résolution de mourir sur un oracle équivoque :

Et la fin de vos maux ne se fera point voir
Que mon sang n'ait fait son devoir.

et il semble qu'elle ne veut mourir que par vanité; elle avait débité plus haut cette maxime atroce et ridicule :

Un peuple est trop heureux quand il meurt pour ses rois.

et elle dit le moment d'après :

Ne perdez point d'efforts à m'arrêter au jour.
Ne me ravalez point jusqu'à cette bassesse.

> Les exemples abjects de ces petites ames
> Règlent-ils de leurs rois les glorieuses trames ?

Quels vers ! quel langage ! et la scène dégénère en une longue dissertation ; *quæstio in utramque partem*, s'il faut mourir, ou non.

ACTE TROISIEME.

SCENE PREMIERE.

Vers 1.   Impitoyable soif de gloire. . . .
. . Souffre qu'en ce triste et favorable jour,
Avant que de donner ma vie,
Je donne un soupir à l'amour, &c.

Ces stances de Dircé sont bien différentes de celles de Polyeucte. Il n'y a que de l'esprit, et encore de l'esprit alambiqué. Si *Dircé* était dans un véritable danger, ces épigrammes déplacées ne toucheraient personne. Jugez quel effet elles doivent produire, quand on voit évidemment que *Dircé* à laquelle personne ne s'intéresse, ne court aucun risque.

SCENE II.

V. 17. Et des morts de son rang les ombres immortelles
Servent souvent aux dieux de truchemens fidelles.

C'est toujours le même défaut d'intérêt et de chaleur qui régne dans toutes ces scènes. C'est une chose bien singulière que l'obstination de *Dircé* à vouloir mourir de sang froid, sans nécessité et par vanité. Mon père a parlé obscurément, mais un *mort de son rang* est un truchement des Dieux. Cela ressemble à cette dame qui disait que DIEU y regarde à deux fois quand il s'agit de damner une femme de qualité.

V. 38. Agiffez en amante , auffi-bien qu'en princeffe.

Jocafte confeille à *Dircé* de s'enfuir avec *Théfée* , et de s'aller marier où elle voudra. Elle ajoute que l'amour eft un doux maître. Le confeil n'eft pas mauvais en temps de pefte ; mais cela tient un peu trop de la farce.

V. 43. Je n'ofe demander fi de pareils avis
    Portent des fentimens que vous ayez fuivis. *&c.*

La réponfe de *Dircé* eft d'une infolence révoltante. *Des avis qui portent des fentimens* , bien *juger des chofes* , du *fang fucé dans un flanc* , et toutes ces expreffions vicieufes , font de faibles défauts , en comparaifon de cette indécence intolérable avec laquelle cette *Dircé* parle à fa mère. Toute cette fcène eft auffi odieufe et auffi mal-faite qu'inutile.

S C E N E   I I I.

V. 1. A quel propos , Seigneur , voulez-vous qu'on diffère ,
    Qu'on dédaigne un remède à tous fi falutaire , *&c.*

Cette fcène eft encore auffi glaçante , auffi inutile , auffi mal écrite que toutes les précédentes. On parle toujours mal quand on n'a rien à dire. Prefque toutes nos tragédies font trop longues ; le public voulait pour fes dix fous avoir un fpectacle de deux heures ; et il y avait trop fouvent une heure et demie d'ennui. Ce n'était pas des *Archontes* qui donnaient des jeux aux peuples d'Athènes. Ce n'était pas des *Ediles* qui affemblaient le peuple romain. C'était une fociété d'hiftrions qui moyennant quelque argent qu'ils donnaient au clerc d'un lieutenant-civil , obtenaient la permiffion de jouer dans un jeu de paume. Les décorations étaient peintes par un barbouilleur , les habits fournis par un fripier. Le parterre voulait des épifodes d'amour ; et celle qui jouait les amoureufes , voulait abfolument un rôle. Ce n'eft pas ainfi que l'Oedipe de *Sophocle* fut repréfenté fur le théâtre d'Athènes.

SCENE IV.

C'eſt ici que commence la pièce. Le ſpectateur eſt remué dès les premiers vers que dit *Oedipe*. Cela ſeul fait voir combien d'*Aubignac* était mauvais juge de l'art dont il donna des règles. Il ſoutient que le ſujet d'Oedipe ne peut intéreſſer ; et dès les premiers vers où ce ſujet eſt traité, il intéreſſe malgré le froid de tout ce qui précède.

V. 25. Un bruit court depuis peu qu'il vous a mal ſervie , &c.

Oedipe devrait donc en avoir déjà parlé au premier acte. Il ne devait donc pas dire dans ce premier acte que c'était le ſang innocent de cet enfant, qui était la cauſe des malheurs de Thèbes.

V. 38. Vous pouvez conſulter le devin Tiréſie.

Quelle différence entre ce froid récit de la conſultation, et les terribles prédictions que fait *Tiréſie* dans *Sophocle* ? Pourquoi n'a-t-on pu faire paraître ce *Tiréſie* ſur le théâtre de Paris ? J'oſe croire que ſi on avait eu du temps de *Corneille* un théâtre tel que nous l'avons depuis peu d'années, grâce à la généroſité éclairée de M. le comte de *Lauraguais*, le grand *Corneille*, n'eût pas héſité à produire *Tiréſie* ſur la ſcène, à imiter le dialogue admirable de *Sophocle*. On eût connu alors la raiſon pour laquelle les arrêts des Dieux veulent qu'*Oedipe* ſe prive lui-même de la vue, c'eſt qu'il a reproché à l'interprète des Dieux ſon aveuglement. Je ſais bien qu'à la farce, dite italienne, on repréſenterait *Tiréſie* habillé en Quinze-vingt, une taſſe à la main, et que cela divertirait la populace ; mais ceux *quibus eſt æquus et pater et res*, applaudiraient à une belle imitation de *Sophocle*. Si ce ſujet n'a jamais été traité parmi nous, comme il a dû l'être, accuſons-en encore une fois la conſtruction malheureuſe de nos théâtres, autant que notre habitude méprifable d'introduire toujours une intrigue d'amour, ou plutôt de galanterie, dans les fujets qui excluent tout amour.

SCENE V.

Cette fcène de *Jocafte* et de *Théfée* détruit l'intérêt qu'*Oedipe* commençait d'infpirer. Le fpectateur voit trop bien que *Théfée* n'eft que le fils de *Jocafte*. On connaît trop l'hiftoire de *Théfée*, on aperçoit trop aifément l'inutilité de cet artifice. De plus, il faut bien obferver qu'une méprife eft toujours infipide au théâtre, quand ce n'eft qu'une méprife, quand elle n'amène pas une cataftrophe attendriffante. *Théfée* fe croit fils de *Jocafte*, et cela, dit-il, *fans en avoir la preuve manifefte*. Cela ne produit pas le plus petit événement. *Théfée* s'eft trompé, et voilà tout. Cette aventure reffemble (s'il eft permis d'employer une telle comparaifon) à arlequin qui fe dit curé de Domfront, qui en eft quitte pour dire : Je croyais l'être.

V. 85. Quoi ! la néceffité des vertus et des vices
     D'un aftre impérieux doit fuivre les caprices ? *&c.*

Ce morceau contribua beaucoup au fuccès de la pièce. Les difputes fur le libre arbitre agitaient alors les efprits. Cette tirade de *Théfée*, belle par elle-même, acquit un nouveau prix par les querelles du temps, et plus d'un amateur la fait encore par cœur.

Il y a dans ce beau morceau quelques expreffions impropres et vicieufes, comme, une néceffité de vertus et de vices qui fuit les caprices d'un aftre impérieux, un bras qui précipite d'en haut une volonté, rendre aux actions leur peine, enfoncer un œil dans un abîme ; mais le beau prédomine.

Ce couplet même n'eft pas une déclamation étrangère au fujet ; au contraire, des réflexions fur la fatalité ne

peuvent

peuvent être mieux placées que dans l'histoire d'*Oedipe*. Il est vrai que *Théfée* condamne ici les dieux qui ont prédestiné *Oedipe* au parricide et à l'incefte.

Il y aurait de plus belles chofes à dire pour l'opinion contraire à celle de *Théfée*. Les idées de la toute-puiffance divine, l'inflexibilité du deftin, le portrait de la faibleffe des vils mortels, auraient fourni des images fortes et terribles. Il y en a quelques-unes dans *Sophocle*.

ACTE QUATRIEME.

SCENE PREMIERE.

Tout retombe ici dans la langueur. Ce n'eft plus ce *Théfée* qui croyait être fils de *Laïus*; il avoue que tout cela n'eft qu'un ftratagème. Ces malheureufes fineffes détournent l'efprit de l'objet principal. On ne f'intéreffe plus à rien. Les grandes idées du falut public, de la découverte du meurtrier de *Laïus*, de la deftinée d'*Oedipe*, des crimes involontaires auxquels il ne peut échapper, font toutes diffipées; à peine a-t-il attiré fur lui l'attention; il ne peut plus fe reffaifir du cœur des fpectateurs, qui l'ont oublié. *Corneille* a voulu intriguer ce qu'il fallait laiffer dans fa fimplicité majeftueufe : tout eft perdu dès ce moment; et *Théfée* n'eft plus qu'un perfonnage intrigant, qu'un valet de comédie, qui a imaginé un très-plat menfonge pour tirer la pièce en longueur. Il eft très-inutile de remarquer toutes les fautes de diction, et le ftyle obfcur, entortillé, de toutes ces fcènes où *Théfée* joue un fi froid et fi aviliffant perfonnage. Nous avons déjà vu que toutes les fcènes qui péchent par le fond, péchent auffi par le ftyle.

SCENE II.

Il femble qu'alors on fe fît un mérite de s'écarter de la
noble fimplicité des anciens, et furtout de leur pathétique.
Jocafte vient ici conter froidement une hiftoire, fans faire
paraître aucune de ces terribles inquiétudes qui devaient
l'agiter. Elle parle d'un paffant inconnu qui fe chargea
d'élever fon fils, fans demander qui était cet enfant, et
fans vouloir le favoir : un *Phœdime* favait qui était cet
enfant, mais il eft mort de la pefte ; *ainfi*, dit-elle,
vous pouvoir l'être, et ne le pas être. Tout cela eft difcuté
comme s'il s'agiffait d'un procès ; nulle tendreffe de
mère, nulle crainte, nul retour fur foi-même. Il ne faut
pas s'étonner fi on ne peut plus jouer cette pièce.

V. 49. L'affaffin de Laïus eft digne du trépas, &c.

Quoique le théâtre permette quelquefois un peu
d'exagération, je ne crois pas que de telles maximes
foient approuvées des gens fenfés. Comment peut-on
reconnaître un monarque fous l'habit d'un payfan ? Le
gafcon qui a écrit les *Mémoires du duc de Guife*, *prifon-*
nier à Naples, dit que *les princes ont quelque chofe entre*
les deux yeux qui les diftingue des autres hommes. Cela eft bon
pour un gafcon ; mais ce qui n'eft bon pour perfonne,
c'eft d'affurer qu'on eft digne de mort quand on fe
défend contre trois hommes dont l'un par hafard fe
trouve un roi. Cette maxime paraît plus cruelle que
raifonnable.

Qu'on fe fouvienne que *Montgomeri* ne fut pas feulement mis en prifon pour avoir tué malheureufement
Henri II fon maître, dans un tournois.

SCENE III.

V. 45. Mais fi je vous nommais quelque perfonne chère,
Æmon votre neveu, Créon votre feul frère,
Ou le prince Lycus, ou le roi votre époux,
Me pourriez-vous en croire, ou garder ce courroux?

Ce tour que prend *Phorbas* fuffirait pour ôter à la pièce tout
fon tragique. Il femble que *Phorbas* faffe une plaifanterie;
*fi je vous nommais quelqu'un à qui vous vous intéréffez, que
diriez-vous?* C'eft-là le difcours d'un homme qui raille,
qui veut embarraffer ceux auxquels il parle, et rien n'eft
plus indécent dans un fubalterne.

SCENE IV.

Il n'y a pas moyen de déguifer la vérité. Cette fcène,
qui eft fi tragique dans *Sophocle*, eft tout le contraire
dans l'auteur français. Non-feulement le langage eft bas,
*il y pourrait avoir entre quinze et vingt ans, c'eft un de mes
brigands, ce furent brigands*, un des fuivans de *Laïus*,
qui était *louche*, *Laïus chauve fur le devant, et mêlé
fur le derrière;* mais les difcours de *Théfée*, et une
efpèce de défi entre *Oedipe* et *Théfée*, achèvent de tout
gâter.

SCENE V.

La fcène précédente, qui devait porter l'effroi et la
douleur dans l'ame, étant très-froide, porte fa glace
fur celle-ci, qui par elle-même eft auffi froide que
l'autre. *Oedipe* au lieu de fe livrer à fa douleur, et à
l'horreur de fon état, prodigue des antithèfes fur *le
vivant* et fur *le mort. Jocafte* raifonne au lieu d'être
accablée. Quelle eft la fource d'un fi grand défaut?
c'eft qu'en effet le caractère de *Corneille* le portait à la
differtation; c'eft qu'il avait le talent de nouer une

O 2

intrigue adroite, mais non intéressante : il abandonna
trop souvent le pathétique qui doit être l'ame de la
tragédie. Je ne parle pas du style ; il n'est pas tolérable.

ACTE CINQUIEME.

SCENE PREMIERE.

QUEL est le lecteur qui ne sente pas combien ce terrible sujet est affaibli dans toutes les scènes ? J'avoue que
la diction vicieuse, obscure, sans chaleur, sans pathétique, contribue beaucoup aux vices de la pièce : mais
la malheureuse intrigue de *Théfée* et de *Dircé*, introduite
pour remplir les vides, est ce qui tue la pièce. Peut-on
souffrir que, dans des momens destinés à la plus grande
terreur, *Oedipe* parle froidement de se battre en duel
avec *Théfée* ? Un duel chez des Grecs ! et dans le
sujet d'Oedipe ! et ce qu'il y a de pis, c'est qu'*Oedipe*
qui se voit l'auteur de la défolation de Thèbes et le
meurtrier de *Laïus*, *Théfée* qui doit craindre que le reste
de l'oracle ne foit accompli, *Théfée* qui doit être faifi
d'horreur et l'infpirer, s'occupent tous deux de la crainte
d'un foulèvement de ces pauvres peftiférés qui pourraient bien devenir mutins.

Si vous ne frappez pas le cœur du fpectateur par des
coups toujours redoublés au même endroit, ce cœur
vous échappe. Si vous mêlez plufieurs intérêts enfemble,
il n'y a plus d'intérêt.

SCENE III.

Ces fcènes font beaucoup plus intéreffantes que les
autres, parce qu'elles font uniquement prifes du fujet.
On n'y differte point ; on n'y cherche point à étaler
des raifons et des traits ingénieux ; tout eft naturel ;
mais il y manque ces grands mouvemens de terreur et

de pitié qu'on attend d'une fi affreufe fituation. Cette
tragédie péche par toutes les chofes qu'on y a introduites , et par celles qui lui manquent.

SCENE IV.

Vers 1. Ce jour eft donc pour moi le grand jour des malheurs,
    Puifque vous apportez un comble à mes douleurs , *&c.*

Je n'examine point fi on apporte *un comble à la dou-*
leur , s'il eft bien de dire que fon époufe *eft dans la fureur*.
Je dis que je retrouve le véritable efprit de la tragédie
dans cette fcène d'*Iphicrate* où l'on ne dit rien qui ne
foit néceffaire à la pièce , dans cette fimplicité éloignée de
la fatigante differtation , dans cet art théâtral et naturel
qui fait naître fucceffivement tous les malheurs d'*Oedipe*
les uns des autres. Voilà la vraie tragédie ; le refte eft du
verbiage , mais comment faire cinq actes fans verbiage ?

V. 61. Je ferais donc thébain à ce compte ? — Oui, Seigneur.

Ne prenons point garde *à ce compte.* Ce n'eft qu'une
expreffion triviale qui ne diminue rien de l'intérêt de
cette fituation. Un mot familier et même bas , quand il
eft naturel , eft moins répréhenfible cent fois que toutes
ces penfées alambiquées , ces differtations froides , ces
raifonnemens fatigans et fouvent faux , qui ont gâté
quelquefois les plus belles fcènes de l'auteur.

SCENE V.

V. 15. Hélas ! je le vois trop , et vos craintes fecrètes
    Qui vous ont empêché de vous entr'éclaircir ,
    Loin de tromper l'oracle ont fait tout réuffir , *&c.*

Ici l'art manque. *Oedipe* exerce trop tôt fon autre art
de deviner les énigmes. Plus de furprife , plus de terreur ,
plus d'horreur. L'auteur retombe dans fes malheureufes
differtations , *voyez où m'a plongé votre fauffe prudence.* &c.

Il eſt d'autant plus inexcuſable qu'il avait devant les yeux
Sophocle qui a traité ce morceau en maître.

S C E N E V I I.

Le ſpectateur qui était ému, ceſſe ici de l'être. *Oedipe*
qui raiſonne avec *Dircé* de l'amour de cette princeſſe
pour *Théſée*, fait oublier ſes malheurs ; il rompt le fil
de l'intérêt. *Dircé* eſt ſi étrangère à l'aventure d'*Oedipe*,
que toutes les fois qu'elle paraît, elle fait beaucoup plus
de tort à la pièce que l'*infante* n'en fait à la tragédie du
Cid, et *Livie* à Cinna ; car on peut retrancher *Livie* et
l'*infante*, et on ne peut retrancher *Dircé* et *Théſée*, qui
ſont malheureuſement des acteurs principaux.

Il reſte une réflexion à faire ſur la tragédie d'Oedipe.
C'eſt, ſans contredit, le chef-d'œuvre de l'antiquité,
quoiqu'avec de grands défauts. Toutes les nations éclai-
rées ſe ſont réunies à l'admirer, en convenant des fautes
de *Sophocle*. Pourquoi ce ſujet n'a-t-il pu être traité avec
un plein ſuccès chez aucune de ces nations ? Ce n'eſt
pas certainement qu'il ne ſoit très-tragique. Quelques
perſonnes ont prétendu qu'on ne peut s'intéreſſer aux
crimes involontaires d'*Oedipe*, et que ſon châtiment
révolte plus qu'il ne touche. Cette opinion eſt démentie
par l'expérience : car tout ce qui a été imité de *Sophocle*,
quoique très-faiblement, dans l'Oedipe, a toujours réuſſi
parmi nous ; et tout ce qu'on a mêlé d'étranger à ce
ſujet a été condamné. Il faut donc conclure qu'il fallait
traiter Oedipe dans toute la ſimplicité grecque. Pourquoi ne l'avons-nous pas fait ? c'eſt que nos pièces en
cinq actes, dénuées de chœurs, ne peuvent être con-
duites juſqu'au dernier acte ſans des ſecours étrangers
au ſujet. Nous les chargeons d'épiſodes, et nous les
étouffons ; cela s'appelle du rempliſſage. J'ai déjà dit
qu'on veut une tragédie qui dure deux heures ; il faudrait
qu'elle durât moins, et qu'elle fût meilleure.

C'eft le comble du ridicule de parler d'amour dans Oedipe, dans Electre, dans Mérope. Lorfqu'en 1718, il fut queftion de repréfenter le feul Oedipe qui foit refté depuis au théâtre, les comédiens exigèrent quelques fcènes où l'amour ne fût pas oublié ; et l'auteur gâta et avilit ce beau fujet par le froid reffouvenir d'un amour infipide entre *Philoctète* et *Jocafte*.

L'actrice qui repréfentait *Dircé* dans l'Oedipe de *Corneille*, dit au nouvel auteur : ,, C'eft moi qui joue ,, l'amoureufe, et fi on ne me donne un rôle, la pièce ,, ne fera pas jouée ,,. A ces paroles, *je joue l'amoureufe dans Oedipe*, deux étrangers de bon fens éclatèrent de rire ; mais il fallut en paffer par ce que les acteurs exigeaient ; il fallut s'affervir à l'abus le plus méprifable ; et fi l'auteur, indigné de cet abus auquel il cédait, n'avait pas mis dans fa tragédie le moins de converfations amoureufes qu'il put, s'il avait prononcé le mot d'amour dans les trois derniers actes, la pièce ne mériterait pas d'être repréfentée.

Il y a bien des manières de parvenir au froid et à l'infipide. *La Motte*, l'un des plus ingénieux auteurs que nous ayons, y eft arrivé par une autre route, par une verfification lâche, par l'introduction de deux grands enfans d'*Oedipe* fur la fcène, par la fouftraction entière de la terreur et de la pitié.

S C E N E V I I I.

V. 1. Eft-ce encor votre bras qui doit venger fon père ? *&c.*

Théfée et *Dircé* viennent achever de répandre leur glace fur cette fin qui devait être fi touchante et fi terrible. *Oedipe* appelle *Dircé* fa fœur comme fi de rien n'était. Il lui parle de l'empire qu'une belle flamme lui fit fur une ame. Il va en confoler la reine. Tout fe paffe en civilités, et *Dircé* refte à differter avec *Théfée* ; et pour comble, l'auteur fe félicite dans fa préface de *l'heureux épisode* de *Théfée* et de *Dircé*. Plaignons la faibleffe de l'efprit humain.

DECLARATION DU COMMENTATEUR.

Mon refpect pour l'auteur des admirables morceaux du Cid , de Cinna et de tant de chefs-d'œuvre , mon amitié conflante pour l'unique héritière du nom de ce grand homme , ne m'ont pas empêché de voir et de dire la vérité , quand j'ai examiné fon Oedipe et fes autres pièces indignes de lui; et je crois avoir prouvé tout ce que j'ai dit. Le fouvenir même que j'ai fait autrefois une tragédie d'Oedipe , ne m'a point retenu. Je ne me fuis point cru égal à *Corneille :* je me fuis mis hors d'intérêt, je n'ai eu devant les yeux que l'intérêt du public, l'inftruction des jeunes auteurs, l'amour du vrai , qui l'emporte dans mon efprit fur toutes les autres confidérations. Mon admiration fincère pour le beau eft égale à ma haine pour le mauvais. Je ne connais ni l'envie , ni l'efprit de parti. Je n'ai jamais fongé qu'à la perfection de l'art, et je dirai hardiment la vérité en tout genre jufqu'au dernier moment de ma vie.

REMARQUES

SUR

LA TOISON D'OR,

Tragédie repréſentée en 1 6 6 1.

PREFACE DU COMMENTATEUR.

L'HISTOIRE de la Toiſon d'or eſt bien moins fabuleuſe, et moins frivole qu'on ne penſe. C'eſt de toutes les époques de l'ancienne Gréce, la plus brillante et la plus conſtatée. Il s'agiſſait d'ouvrir un commerce, de la Gréce aux extrémités de la mer noire. Ce commerce conſiſtait principalement en fourrures, et c'eſt de là qu'eſt venue la fable de la Toiſon. Le voyage des Argonautes ſervit à faire connaître aux Grecs le ciel et la terre. *Chiron*, qui était de cette expédition, obſerva que l'équinoxe du printemps était au milieu de la conſtellation du belier; et cette obſervation, faite il y a environ 4300 années, fut la baſe ſur laquelle on s'eſt fondé depuis pour conſtater l'étonnante révolution de vingt-cinq mille neuf cents années, que l'axe de la terre fait autour du pôle.

Les habitans de Colchos, voiſins d'une peuplade de Huns, étaient des barbares, comme ils le ſont encore aujourd'hui. Leurs femmes ont toujours eu de la beauté. Il eſt très-vraiſemblable que les Argonautes enlevèrent quelques mingréliennes, puiſque nous avons vu de nos jours un homme envoyé à Tornéo pour mesurer un degré du méridien, enlever une fille de ce pays-là. L'enlèvement de *Médée* fut la source de toutes les aventures attribuées à cette femme, qui probablement ne méritait pas d'être connue. Elle passa pour une magicienne. Cette prétendue magie était l'usage de quelques poisons qu'on prétend être assez communs dans la Mingrélie. Il est à croire que ces malheureux secrets furent une des sources de cette croyance à la magie qui a inondé la terre dans tous les temps. L'autre source fut la fourberie : les hommes ayant été toujours divisés en deux classes, celle des charlatans, et celle des sots. Le premier qui employa des herbes au hasard, pour guérir une maladie que la nature guérit toute seule, voulut faire croire qu'il en savait plus que les autres, et on le crut : bientôt tout fut prestige et miracle.

C'était la coutume de tous les Grecs et de tous les peuples, excepté peut-être des Chinois, de tourner toute l'histoire en fable ; la poësie seule célébrait les grands événemens ; on voulait les orner, et on les défigurait. L'expédition des Argonautes fut chantée en vers ; et quoiqu'elle méritât d'être célèbre par le fond, qui était très-vrai et très-utile, elle ne fut connue que par des mensonges poëtiques.

La partie fabuleuse de cette histoire semble beaucoup plus convenable à l'opéra qu'à la tragédie. Une toison d'or gardée par des taureaux qui jettent des flammes, et par un grand dragon ; ces taureaux attachés à une charrue de diamant, les dents du dragon qui font naître des hommes armés ; toutes ces imaginations ne ressemblent guère à la vraie tragédie, qui après tout doit être la peinture fidelle des mœurs. Auffi *Corneille* voulut en faire une efpèce d'opéra, ou du moins une pièce à machines, avec un peu de mufique. C'était ainfi qu'il en avait ufé en traitant le fujet d'Andromède. Les opéra français ne parurent qu'en 1671, et la Toifon d'or eft de 1660. Cependant un an avant la repréfentation de la pièce de *Corneille*, c'eft-à-dire en 1659, on avait exécuté à Yffi, chez le cardinal *Mazarin*, une paftorale en mufique, mais il n'y avait que peu de fcènes, nulles machines, point de danfes ; et l'opéra s'établit enfuite en réuniffant tous ces avantages.

Il y a plus de machines et de changemens de décoration dans la Toifon d'or que de mufique ; on y fait feulement chanter les *Sirènes* dans un endroit, et *Orphée* dans un autre ; mais il n'y avait point dans ce temps-là de muficien capable de faire des airs qui répondiffent à l'idée qu'on s'eft faite du chant d'*Orphée* et des *Sirènes*. La mélodie, jufqu'à *Lulli*, ne confifta que dans un chant froid, traînant et lugubre, ou dans quelques vaudevilles, tels que les airs de nos Noëls ; et l'harmonie n'était qu'un contre-point affez groffier.

En général, les tragédies dans lefquelles la mufique interrompt la déclamation, font rarement un grand effet, parce que l'une étouffe l'autre. Si la pièce eft intéreffante, on eft fâché de voir cet intérêt détruit par des inftrumens qui détournent toute l'attention. Si la mufique eft belle, l'oreille du fpectateur retombe avec peine et avec dégoût, de cette harmonie au récit fimple.

Il n'en était pas de même chez les anciens, dont la déclamation, appelée *mélopée*, était une efpèce de chant ; le paſſage de cette mélopée, à la ſymphonie des chœurs, n'étonnait point l'oreille, et ne la rebutait pas.

Ce qui ſurprit le plus dans la repréſentation de la Toiſon d'or, ce fut la nouveauté des machines et des décorations, auxquelles on n'était point accoutumé. Un marquis de *Sourdéac*, grand mécanicien, et paſſionné pour les ſpectacles, fit repréſenter la pièce en 1660, dans le château de Neufbourg en Normandie, avec beaucoup de magnificence. C'eſt ce même marquis de *Sourdéac* à qui on dut depuis en France l'établiſſement de l'opéra ; il s'y ruina entièrement, et mourut pauvre et malheureux, pour avoir trop aimé les arts.

Les prologues d'Andromède et de la Toiſon d'or, où *Louis XIV* était loué, ſervirent enſuite de modèle à tous les prologues de *Quinault* ; et ce fut une coutume indiſpenſable de faire l'éloge du roi à la tête de tous les opéra, comme dans les diſcours à l'académie françaiſe.

Il y a de grandes beautés dans le prologue de la Toiſon d'or. Ces vers ſurtout, que dit la France perſonnifiée, plurent à tout le monde :

A vaincre tant de fois mes forces s'affaibliſſent ;
L'Etat eſt floriſſant, mais les peuples gémiſſent ;
Leurs membres décharnés courbent ſous mes hauts faits ;
Et la gloire du trône accable les ſujets.

Long-temps après il arriva, ſur la fin du règne de *Louis XIV*, que cette pièce ayant diſparu du théâtre, et n'étant lue tout au plus que par un petit nombre de gens de lettres, un de nos poëtes, dans une tragédie nouvelle, mit ces quatre vers dans la bouche d'un de fes perfonnages. Ils furent défendus par la police. C'eft une chofe fingulière, qu'ayant été bien reçus en 1660, ils déplurent trente ans après ; et qu'après avoir été regardés comme la noble expreffion d'une vérité importante, ils furent pris dans un autre auteur pour un trait de fatire ; ils ne devaient être regardés que comme un plagiat.

De même que les opéra de *Quinault* fefaient oublier Andromède et la Toifon d'or, fes prologues fefaient oublier auffi ceux de *Corneille*. Les uns et les autres font compofés de perfonnages, ou allégoriques, ou tirés de l'ancienne fable ; c'eft *Mars* et *Vénus*, c'eft la *Victoire* et la *Paix*. Le feul moyen de faire fupporter ces êtres fantaftiques eft de les faire peu parler, et de foutenir leurs vains difcours par une belle mufique, et par l'appareil du fpectacle. La *France* et la *Victoire* qui raifonnent enfemble, qui s'appellent toutes deux par leurs noms, qui récitent de longues tirades, et qui pouffent des argumens, font de vraies amplifications de collége.

Le prologue d'Amadis eft un modèle en ce genre ; ce font les perfonnages mêmes de la pièce qui paraif-fent dans ce prologue, et qui fe réveillent à la lueur des éclairs et au bruit du tonnerre ; et dans tous les prologues de *Quinault*, les couplets font courts et harmonieux.

A l'égard de la tragédie de la Toifon d'or, on ne la fupporterait pas aujourd'hui telle que *Corneille* l'a traitée ; on ne fouffrirait pas *Junon fous le vifage de Chalciope*, parlant et agiffant comme une femme ordinaire, donnant à *Jason* des conseils de confidente, et lui disant :

C'est à vous d'achever un si doux changement ;
Un soupir poussé juste, en suite d'une excuse,
Perce un cœur bien avant, quand lui-même il s'accuse...

　　　　　J A S O N *lui répond :*

Déesse, quel encens. . . . .

　　　　　J U N O N.

　　　　　　　　Traitez-moi de princesse,
Jason, et laissez-là l'encens et la déesse. . . .
Mais cette passion est-elle en vous si forte,
Qu'à tous autres objets elle ferme la porte ?

C'est dans cette tragédie qu'on retrouve encore ce goût des pointes et des jeux de mots qui était à la mode dans presque toutes les cours, et qui mêlait quelquefois du ridicule à la politesse introduite par la mère de *Louis XIV*, et par les hôtels de Longueville, de la Rochefoucauld et de Rambouillet; c'est ce mauvais goût justement frondé par *Boileau* dans ces vers :

Toutefois à la cour les turlupins restèrent,
Insipides plaisans, bouffons infortunés,
D'un jeu de mots grossier partisans surannés.

Il nous apprend que la tragédie elle-même fut infectée de ce défaut :

Le madrigal d'abord en fut enveloppé ;
La tragédie en fit ses plus chères délices.

Ce dernier vers exagère un peu trop. Il y a en effet quelques jeux de mots dans *Corneille*, mais ils sont rares; le plus remarquable est celui d'*Hypsipile* qui,

dans la quatrième fcène du troifième acte, dit à
Médée fa rivale, en fefant allufion à fa magie :

Je n'ai que des attraits, et vous avez des charmes.

Médée lui répond :

C'eft beaucoup en amour, que de favoir charmer.

Médée fe livre encore au goût des pointes dans fon
monologue , où elle s'adreffe à la Raifon contre
l'Amour, en lui difant :

Donne encor quelques lois à qui te fait la loi:
Tyrannife un tyran qui triomphe de toi ;
Et par un faux trophée ufurpe fa victoire....
Sauve tout le dehors d'un honteux efclavage
    Qui t'enlève tout le dedans.

Le ftyle de la Toifon d'or eft fort au-deffous de
celui d'Oedipe ; il n'y a aucun trait brillant qu'on y
puiffe remarquer ; ainfi le lecteur permettra qu'on ne
faffe aucune note fur cet ouvrage.

REMARQUES
SUR SERTORIUS,

Tragédie représentée en 1662.

PREFACE DU COMMENTATEUR.

APRÈS tant de tragédies peu dignes de *Corneille*, en voici une où vous retrouvez souvent l'auteur de Cinna ; elle mérite plus d'attention et de remarques que les autres. L'entrevue de *Pompée* et de *Sertorius* eut le succès qu'elle méritait, et ce succès réveilla tous ses ennemis. Le plus implacable était alors l'abbé d'*Aubignac*, homme célèbre en son temps, et que sa *Pratique du théâtre*, toute médiocre qu'elle est, fesait regarder comme un législateur en littérature. Cet abbé, qui avait été long-temps prédicateur, s'était acquis beaucoup de crédit dans les plus grandes maisons de Paris. Il était bien douloureux, sans doute, à l'auteur de Cinna, de voir un prédicateur et un homme de lettres considérable, écrire à madame la duchesse de *Retz*, à l'abri d'un privilége du roi, des choses qui auraient flétri un homme moins connu et moins estimé que *Corneille*.

  ,, Vous êtes poëte, et poëte de théâtre (dit-il à ce grand
,, homme dans sa quatrième dissertation adressée à
,, madame de *Retz*) ; vous êtes abandonné à une vile
,, dépendance des histrions ; votre commerce ordi-
,, naire n'est qu'avec leurs portiers ; vos amis ne sont
,, que des libraires du palais. Il faudrait avoir perdu
,, le sens, aussi-bien que vous, pour être en mauvaise
,, humeur du gain que vous pouvez tirer de vos
                                      veilles,

,, veilles, et de vos empreffemens auprès des hiftrions
,, et des libraires. — Il vous arrive affez fouvent,
,, lorfqu'on vous loue, que vous n'êtes plus affamé
,, de gloire, mais d'argent. — Défaites-vous, M. de
,, *Corneille*, de ces mauvaifes façons de parler, qui
,, font encore plus mauvaifes que vos vers —......
,, J'avais cru, comme plufieurs, que vous étiez le
,, poëte de la critique de l'Ecole des femmes, et que
,, *Licidas* était un nom déguifé comme celui de
,, M. de *Corneille* ; car vous êtes, fans doute, le mar-
,, quis de *Mafcarille*, qui piaille toujours, qui ricane
,, toujours, qui parle toujours, et ne dit jamais rien
,, qui vaille, &c. ,, Ces horribles platitudes trouvaient alors des protecteurs, parce que *Corneille* était
vivant. Jamais les *Zoïle*, les *Gacon*, les *Fréron* n'ont
vomi de plus grandes indignités. Il attaqua *Corneille*
fur fa famille, fur fa perfonne ; il examina jufqu'à
fa voix, fa démarche, toutes fes actions, toute fa
conduite dans fon domeftique ; et dans ces torrens
d'injures il fut fecondé par les mauvais auteurs, ce
que l'on croira fans peine.

J'épargne à la délicateffe des honnêtes gens, et à
des yeux accoutumés à ne lire que ce qui peut inftruire
et plaire, toutes ces perfonnalités, toutes ces calomnies que répandirent contre ce grand homme ces
fefeurs de brochures et de feuilles, qui déshonorent
la nation, et que l'appas du plus léger et du plus vil
gain engage encore plus que l'envie, à décrier tout
ce qui peut faire honneur à leur pays, à infulter le
mérite et la vertu, à vomir impofture fur impof-
fture, dans le vain efpoir qu'un de leurs menfonges
pourra venir enfin aux oreilles des hommes en place,

et fervir à perdre ceux qu'ils ne peuvent rabaiſſer. On alla juſqu'à lui imputer des vers qu'il n'avait point faits; reſſource ordinaire de la baſſe envie, mais reſſource inutile; car ceux qui ont aſſez de lâcheté pour faire courir un ouvrage ſous le nom d'un grand homme, n'ayant jamais aſſez de génie pour l'imiter, l'impoſture eſt bientôt reconnue.

Mais enfin, rien ne put obſcurcir la gloire de *Corneille*, la ſeule choſe preſque qui lui reſtât. Le public, de tous les temps, et de toutes les nations, toujours juſte à la longue, ne juge les grands hommes que par leurs bons ouvrages, et non par ce qu'ils ont fait de médiocre ou de mauvais.

Les belles ſcènes du Cid, les admirables morceaux des Horaces, les beautés nobles et ſages de Cinna, le ſublime de Cornélie, les rôles de Sévère et de Pauline, le cinquième acte de Rodogune, la conférence de *Sertorius* et de *Pompée*, tant de beaux morceaux tous produits dans un temps où l'on ſortait à peine de la barbarie, aſſureront à *Corneille* une place parmi les plus grands hommes juſqu'à la dernière poſtérité.

Ainſi l'excellent *Racine* a triomphé des injuſtes dégoûts de madame de *Sévigné*, des farces de *Subligni*, des mépriſables critiques de *Viſé*, des cabales des *Boyer* et des *Pradon*. Ainſi *Molière* ſe ſoutiendra toujours; et ſera le père de la vraie comédie, quoique ſes pièces ne ſoient pas ſuivies comme autrefois par la foule. Ainſi les charmans opéra de *Quinault* feront toujours les délices de quiconque eſt ſenſible à la douce harmonie de la poëſie, au naturel et à la vérité de l'expreſſion, aux grâces faciles du ſtyle; quoique ces mêmes opéra aient toujours été en butte aux ſatires de *Boileau*, fon ennemi perfonnel, et quoiqu'on les repréfente moins fouvent qu'autrefois.

Il eft des chefs-d'œuvre de *Corneille* qu'on joue rarement. Il y en a, je crois, deux raifons. La première, c'eft que notre nation n'eft plus ce qu'elle était du temps des Horaces et de Cinna. Les premiers de l'Etat alors, foit dans l'épée, foit dans la robe, foit dans l'églife, fe fefaient un honneur, ainfi que le fénat de Rome, d'affifter à un fpectacle où l'on trouvait une inftruction et un plaifir fi noble.

Quels furent les premiers auditeurs de *Corneille*? Un *Condé*, un *Turenne*, un cardinal de *Retz*, un duc de la *Rochefoucauld*, un *Molé*, un *Lamoignon*, des évêques gens de lettres, pour lefquels il y avait toujours un banc particulier à la cour, auffi-bien que pour meffieurs de l'académie. Le prédicateur venait y apprendre l'éloquence et l'art de prononcer; ce fut l'école de *Boffuet*. L'homme deftiné aux premiers emplois de la robe venait s'inftruire à parler dignement. Aujourd'hui, qui fréquente nos fpectacles? un certain nombre de jeunes gens et de jeunes femmes.

La feconde raifon eft, qu'on a rarement des acteurs dignes de repréfenter Cinna et les Horaces. On n'encourage peut-être pas affez cette profeffion, qui demande de l'efprit, de l'éducation, une connaiffance affez grande de la langue, et tous les talens extérieurs de l'art oratoire. Mais quand il fe trouve des artiftes qui réuniffent tous ces mérites, c'eft alors que *Corneille* paraît dans toute fa grandeur.

Mon admiration pour ce rare génie ne m'empêchera point de fuivre ici le devoir que je me fuis prefcrit, de marquer avec autant de franchife que

d'impartialité, ce qui me paraît défectueux, auſſi-bien
que ce qui me ſemble ſublime. Autant les injures des
d'*Aubignacs* et de ceux qui leur reſſemblent ſont
mépriſables, autant on doit aimer un examen réfléchi,
dans lequel on reſpecte toujours la vérité que l'on
cherche, le goût des connaiſſeurs qu'on a conſultés,
et l'auteur illuſtre que l'on commente. La critique
s'exerce ſur l'ouvrage, et non ſur la perſonne : elle ne
doit ménager aucun défaut, ſi elle veut être utile.

REMARQUES

SERTORIUS,

TRAGEDIE.

ACTE PREMIER.

On doit être plus scrupuleux sur Sertorius que sur les quatre ou cinq pièces précédentes, parce que celle-ci vaut mieux. Cette première scène paraît intéressante ; les remords d'un homme qui veut assassiner son général, font d'abord impression.

SCENE PREMIERE.

Vers 1. D'où me vient ce désordre, Aufide, et que veut dire
Que mon cœur sur mes vœux garde si peu d'empire ?

L'abbé d'*Aubignac*, malgré l'aveuglement de sa haine pour *Corneille*, a raison de reprendre ces expressions : *que veut dire qu'un cœur garde peu d'empire sur des vœux.* Il traite ces vers de *galimatias ;* mais il devait ajouter que cette manière de parler, *que veut dire* au lieu de *pourquoi, est-il possible, comment se peut-il,* &c. était d'usage avant *Corneille. Malherbe* dit en parlant du mariage de *Louis XIII :*

Son Louis soupire
Après ses appas.
Que veut-elle dire
De ne venir pas ?

Cette ridicule stance de *Malherbe* n'excuse pas *Corneille ;*

P 3

mais elle fait voir combien il a fallu de temps pour épurer la langue, pour la rendre toujours naturelle et toujours noble, pour s'élever au-deſſus du langage du peuple, ſans être guindé.

V. 3.   L'horreur que, malgré moi, me fait la trahiſon,
        Contre tout mon eſpoir révolte ma raiſon ;

Le premier vers eſt bien, le ſecond ſemble pouvoir paſſer à l'aide des autres ; mais il ne peut ſoutenir l'examen ; on voit d'abord que le mot *raiſon* n'eſt pas le mot propre : un crime révolte le cœur, l'humanité, la vertu ; un ſyſtème faux et dangereux révolte la raiſon. Cette raiſon ne peut-être révoltée contre *tout un eſpoir*. Le mot de *tout* mis avec *eſpoir* eſt inutile et faible ; et cela ſeul ſuffirait pour défigurer le plus beau vers. Examinez encore cette phraſe, et vous verrez que le ſens en eſt faux. *L'horreur que me fait la trahiſon révolte ma raiſon contre mon eſpoir*, ſignifie préciſément, empêche ma raiſon d'eſpérer ; mais que *Perpenna* ait des remords ou non, que l'action qu'il médite lui paraiſſe pardonnable ou horrible, cela n'empêchera pas la raiſon de *Perpenna* d'eſpérer la place de *Sertorius*. Si on examinait ainſi tous les vers, on en trouverait beaucoup plus qu'on ne penſe, défectueux, et chargés de mots impropres. Que le lecteur applique cette remarque à tous les vers qui lui feront de la peine, qu'il tourne le vers en proſe, qu'il voie ſi les paroles de cette proſe ſont préciſes, ſi le ſens eſt clair, s'il eſt vrai, s'il n'y a rien de trop, ni de trop peu ; et qu'il ſoit ſûr que tout vers qui n'a pas la netteté et la préciſion de la proſe la plus exacte, ne vaut rien. Les vers, pour être bons, doivent avoir tout le mérite d'une proſe parfaite, en s'élevant au-deſſus d'elle par le rhythme, la cadence, la mélodie, et par la ſage hardieſſe des figures.

V. 4.   Contre tout mon eſpoir révolte ma raiſon, *&c.*

Une raiſon révoltée contre un eſpoir, une image qui

ne trouve point de bras à lui prêter au point d'exécuter, méritent le même reproche que l'abbé d'*Aubignac* fait aux premiers vers ; et *exécuter* ne peut être employé comme un verbe neutre.

V. 13. Cette ame d'avec foi tout-à-coup divifée,
      Reprend de fes remords la chaîne mal brifée;

Divifée d'avec foi eft une faute contre la langue ; on eft féparé de quelque chofe, mais non pas divifé de quelque chofe. Cette première fcène eft déjà intéreffante.

V. 17. Quel honteux contre-temps de vertu délicate
      S'oppofe au beau fuccès de l'efpoir qui vous flatte ?

Le premier vers n'eft pas français. Un contre-temps de vertu eft impropre ; et comment un contre-temps peut-il être honteux? *Le beau fuccès*, et *le crime qui a plein droit de régner*, révoltent le lecteur.

V. 25. L'honneur et la vertu font des noms ridicules.

Cette maxime abominable eft ici exprimée affez ridiculement. Nous avons déjà remarqué dans la première fcène de la mort de Pompée, qu'il ne faut jamais étaler ces dogmes du crime ; que ces fentences triviales, qui enfeignent la fcélératefle, reffemblent trop à des lieux communs d'un rhéteur qui ne connaît pas le monde. Non-feulement de telles maximes ne doivent jamais être débitées, mais jamais perfonne ne les a prononcées, même en fefant un crime, ou en le confeillant. C'eft manquer aux loix de l'honnêteté publique et aux règles de l'art, c'eft ne pas connaître les hommes, que de propofer le crime comme crime. Voyez avec quelle adreffe le fcélérat *Narciffe* preffe *Néron* de faire empoifonner *Britannicus* ; il fe garde bien de révolter *Néron* par l'étalage odieux de ces horribles lieux communs, qu'un empereur doit être empoifonneur et parricide, dès qu'il y va de fon intérêt. Il échauffe la colère de

P 4

Néron par degrés, et le difpofe petit à petit à fe défaire de fon frère, fans que *Néron* s'aperçoive même de l'adreffe de *Narciffe* ; et fi ce *Narciffe* avait un grand intérêt à la mort de *Britannicus*, la fcène en ferait incomparablement meilleure. Voyez encore comme *Acomat* dans la tragédie de Bajazet, s'exprime, en ne confeillant qu'un fimple manquement de parole à une femme ambitieufe et criminelle :

> Et d'un trône fi faint la moitié n'eft fondée
> Que fur la foi promife, et rarement gardée.
> Je m'emporte, Seigneur.

Il corrige la dureté de cette maxime, par ce mot fi naturel et fi adroit, *je m'emporte.*

Le refte de cette fcène eft beau et bien écrit. On ne peut, ce me femble, y reprendre qu'une feule chofe, c'eft qu'on ne fait point que c'eft *Perpenna* qui parle. Le fpectateur ne peut le deviner. Ce défaut vient en partie de la mauvaife habitude où nous avons toujours été d'appeler nos perfonnages de tragédies, *Seigneurs*. C'eft un nom que les Romains ne fe donnèrent jamais. Les autres nations font en cela plus fages que nous. *Shakefpeare* et *Adiffon* appellent *Céfar*, *Brutus*, *Caton*, par leurs noms propres.

V. 27. . . . . Sylla, ni Marius,
N'ont jamais épargné le fang de leurs vaincus.

On ne dit point mon vaincu, comme on dit mon efclave, mon ennemi.

V. 31. Tour-à-tour le carnage et les profcriptions
Ont facrifié Rome à leurs diffentions.

Le carnage qui a facrifié Rome aux diffentions, quelle incorrection ! quelle impropriété ! et que ce défaut revient fouvent ! . . . . . .

V. 39. Vous y renoncez donc, et n'êtes plus jaloux, &c.

Ce couplet du confident est beaucoup plus beau que tout ce que dit le principal perfonnage. Ce n'est point un défaut qu'*Aufide* parle bien ; mais c'en est un grand que *Perpenna*, principal perfonnage, ne parle pas fi bien que lui.

V. 53. . . . . Sertorius gouverne ces provinces,
    Leur impofe tribut, fait des lois à leurs princes.

Par un caprice de langue on dit faire la loi à quelqu'un, et non pas faire des lois à quelqu'un.

V. 73. L'impérieufe aigreur de l'âpre jaloufie...
    Groffit de jour en jour fous une paffion
    Qui tyrannife encor plus que l'ambition.

Une aigreur s'envenime, devient plus cuifante, fe tourne en haine, en fureur, mais une aigreur qui groffit fous une paffion, n'est pas tolérable.

V. 77. J'adore Viriate.

Après avoir entendu les difcours d'un conjuré romain qui doit affaffiner fon général ce jour même, on est bien étonné de lui entendre dire tout d'un coup, *j'adore Viriate.* Il n'y a que la malheureufe habitude de voir toujours des héros amoureux fur le théâtre comme dans les romans, qui ait pu faire fupporter un fi étrange contrafte. Quand on repréfente un héros enivré de la paffion furieufe et tragique de l'amour, il faut qu'il en parle d'abord. Son cœur est plein ; fon fecret doit échapper avec violence : il ne doit pas dire en paffant, *j'adore,* le fpectateur n'en croira rien. Vous parlez d'abord politique, et après vous parlez d'amour. Si on a dit : *non benè conveniunt, nec eâdem in fede morantur majeftas et amor :* on en doit dire autant de l'amour et de la politique ; l'une fait tort à l'autre ; auffi ne s'intéreffe-t-on point du tout à la paffion prétendue de *Perpenna* pour la reine de Lufitanie.

***V*. 85.** De fon aftre oppofé telle eft la violence,

Qu'il me vole par-tout , même fans qu'il y penfe ;

Un aftre, dans les anciens préjugés reçus, a de la puiffance , de l'influence , de l'afcendant ; mais on n'a jamais attribué de la violence à un aftre.

***V*. 92.** J'immolerai ma haine à mes défirs contens;

Contens eft de trop, et n'eft là que pour la rime. C'eft un défaut trop commun.

***V*. 101.** Oui, mais de cette mort la fuite m'embarraffe.

M'embarraffe , terme de comédie.

***V*. 103.** Ceux dont il a gagné la croyance et l'appui

Prendront-ils même joie à m'obéir qu'à lui ?

C'eft bien pis. Par quelle fatalité à mefure que la langue fe poliffait, *Corneille* mettait-il toujours plus de barbarifmes dans fes vers ?

SCENE II.

***V*. 7.** . . . . Ce qui me furprend

C'eft de voir que Pompée ait pris le nom de grand ,

Pour faire encore au vôtre entière déférence.

Faire déférence eft un folécifme. On montre , on a de la déférence ; on ne fait point déférence comme on fait hommage.

***V*. 14.** . . . Nous forçons les fiens de quitter la campagne.

Quitter la campagne eft une de ces expreffions triviales qui ne doivent jamais entrer dans le tragique. *Scarron* voulant obtenir le rappel de fon père, confeiller au parlement, exilé dans une petite terre, dit au cardinal de *Richelieu* :

Si vous avez fait quitter la campagne
Au roi tanné qui commande en Espagne :
Mon père, hélas ! qui vous crie merci
La quittera si vous voulez aussi.

V. 26. . . . Au lieu d'attaquer il a peine à défendre ;

c'est un solécisme ; il faut, *il a peine à se défendre.* Ce verbe n'est neutre que quand il signifie prohiber, empêcher ; je défends qu'on prenne les armes, je défends qu'on marche de ce côté, &c.

V. 33. J'aurais cru qu'Aristie ici réfugiée,

Que, forcé par ce maître, il a répudiée,
Par un reste d'amour l'attirât en ces lieux
Sous une autre couleur lui faire ses adieux.

Cela n'est pas français, c'est un barbarisme de phrase. On vient faire, on engage, on invite à faire, on attire quelqu'un dans une ville pour y faire ses adieux : mais *attirer faire*, est un solécisme intolérable. De plus, toutes ces expressions et ces tours sont de la prose trop négligée et trop embrouillée.

J'aurais cru qu'Aristie l'attirât, est un solécisme : il faut l'*attirait*, à l'imparfait, parce que la chose est positive : j'aurais cru que vous étiez amis, je ne savais pas que vous fussiez amis ; je pensais que vous aviez été amis, j'espérais que vous feriez amis.

V. 45. C'est ainsi qu'elle parle, et m'offre l'assistance
De ce que Rome encore a de gens d'importance.

Gens d'importance, expression populaire et triviale, que la prose et la poësie réprouvent également.

V. 49. Leurs lettres en font foi qu'elle vient de me rendre.

Cela n'est pas français : il faut, *leurs lettres qu'elle vient de me rendre en font foi.* Toute cette conversation est d'un style trop familier, trop négligé.

***V.* 59.** J'aime ailleurs.

Un tel amour eſt ſi froid qu'il ne fallait pas en prononcer le nom. *J'aime ailleurs* eſt d'un jeune galant de
comédie. Ce n'eſt pas là *Sertorius.*

Cette paſſion de l'amour eſt ſi différente de toutes les
autres, qu'elle ne peut jamais occuper la ſeconde place ;
il faut qu'elle ſoit tragique, ou qu'elle ne ſe montre pas.
Elle eſt tout-à-fait étrangère dans cette ſcène où il ne
s'agit que d'intérêt d'Etat ; mais on était ſi accoutumé
aux intrigues d'amour ſur le théâtre, que le vieux
Sertorius même prononce ce mot qui ſied ſi mal dans ſa
bouche. Il dit, *J'aime ailleurs*, comme s'il était abſolument néceſſaire à la tragédie que le héros aimât en un
endroit ou en un autre. Ces mots *j'aime ailleurs* ſont
du ſtyle de la comédie.

Ibid. . . . . **A** mon âge il ſied ſi mal d'aimer.

A mon âge eſt encore comique ; et *il ſied ſi mal d'aimer*
l'eſt davantage. Il ſemble qu'on examine ici, comme
dans Clélie, s'il ſied à un vieillard d'aimer ou de n'aimer
pas. Ce n'eſt point ainſi que les héros de la tragédie
doivent penſer et parler. Si vous voulez un modèle de
ces vieux perſonnages auxquels on propoſe une jeune
princeſſe par un intérêt de politique, prenez-le dans
l'Acomat de l'admirable et ſage *Racine :*

> Voudrais-tu qu'à mon âge
> Je fiſſe de l'amour le vil apprentiſſage ?
> Qu'un cœur qu'ont endurci la fatigue et les ans
> Suivît d'un vain plaiſir les conſeils imprudens ?

C'eſt-là penſer et parler comme il faut. *Racine* dit
toujours ce qu'il doit dire dans la poſition où il met ſes
perſonnages, et le dit de la manière la plus noble, et
à la fois la plus ſimple, la plus élégante. *Corneille*, ſurtout dans ſes dernières pièces, débite trop ſouvent des
penſées ou fauſſes, ou mal placées, ou exprimées en

folécifmes , ou en termes bas , pires que des folécifmes ;
mais auffi il étincelle de temps en temps de beautés
fublimes.

V. 60. Que je le cache même à qui m'a fu charmer.

Sertorius que *Viriate* a fu charmer ! ce n'eft pas là
Horace ou *Curiace*.

V. 68. Qu'ils réduifent bientôt les deux peuples en un.

Mauvaife expreffion. *En un* finiffant un vers choque
l'oreille , et réduire *deux en un* choque la langue.

V. 81. Auprès d'un tel malheur, pour nous irréparable,
　　　Ce qu'on promet pour l'autre eft peu confidérable.
　　　Et fous un faux efpoir de nous mieux établir,
　　　Ce renfort accepté pourrait nous affaiblir.

Obfervez comme ce ftyle eft confus, embarraffé,
négligé, comme il péche contre la langue. *Auprès d'un
tel malheur irréparable pour nous , ce qu'on promet pour
l'autre eft peu confidérable :* Quel eft cet *autre?* c'eft *Ariftie;*
mais il faut le deviner ; et quel eft ce *renfort ?* eft-ce le
renfort du mariage d'*Ariftie ?* Serait-il permis de s'exprimer ainfi en profe ? et quand une telle profe eft en
rimes , en eft-elle meilleure ?

V. 97. Des plus nobles d'entre eux, et des plus grands courages,
　　　N'avez-vous pas les fils dans Ofca pour otages ?

On ne peut dire : vous avez pour otages les fils des
plus *grands courages.* Que la malheureufe néceffité de rimer
entraîne d'impropriétés , d'inutilités , de termes louches,
de fautes contre la langue! mais qu'il eft beau de vaincre
tous ces obftacles ! et qu'on les furmonte rarement !

V. 99. . . . . Leurs propres foldats,
　　　Difperfés dans nos rangs, ont fait tant de combats. . .

Expreffion du peuple de province. *Faire des combats,
faire une maladie.*

V. 105. Je vois ce qu'on m'a dit, vous aimez Viriate ;

Vers de comédie. Il semble que ce soit *Damis* ou *Erafte* qui parle, et c'est le vieux *Sertorius!*

V. 108. Dites que vous l'aimez, et je ne l'aime plus.

Si *Sertorius* a le ridicule d'aimer à son âge, il ne doit pas céder tout d'un coup sa maîtresse ; s'il n'aime pas, il ne doit pas dire qu'il aime. Dans l'une et l'autre supposition, le vers est trop comique.

Voilà où conduit cette malheureuse coutume de vouloir toujours parler d'amour, de ne point traiter cette passion comme elle doit l'être. Comment a-t-on pu oublier que *Virgile* dans l'Enéïde ne l'a peinte que funeste ? On ne peut trop redire que l'amour sur le théâtre doit être armé du poignard de *Melpomène*, où être banni de la scène. Il est vrai que le *Mithridate* de *Racine* est amoureux aussi, et que de plus il a le ridicule d'être le rival de deux jeunes princes ses fils. *Mithridate* est au fond aussi fade, aussi héros de roman, aussi condamnable que *Sertorius* ; mais il s'exprime si noblement, il se reproche sa faiblesse en si beaux vers ; *Monime* est un personnage si décent, si aimable, si intéressant, qu'on est tenté d'excuser dans la tragédie de Mithridate l'impertinente coutume de ne fonder les tragédies françaises que sur une jalousie d'amour.

V. 114. Tous mes vœux sont déjà du côté d'Aristie ;
  Et je l'épouserai, pourvu qu'en même jour
  La reine se résolve à payer votre amour :

Voilà donc ce vieux *Sertorius* qui a deux maîtresses, et qui en cède une à son lieutenant. Il forme une partie quarrée de *Perpenna* avec *Viriate*, et d'*Aristie* avec *Sertorius*.

Et on a reproché à *Racine* d'avoir toujours traité l'amour ! mais qu'il l'a traité différemment !

*V.*117. Car, quoique vous difiez, je dois craindre fa haine,
    Et fuirais à ce prix cet illuftre romaine.

A ce prix n'eft pas jufte ; la haine de *Viriate* n'eft pas
un prix. Il veut dire, je fuirais cette illuftre romaine, fi
fon hymen me privait des fecours de *Viriate*.

V. dern. . . . Voyez cependant de quel air on m'écrit.

Cela eft trop comique.

SCENE III.

Ce premier couplet d'*Ariftie* n'a pas toute la netteté
qui eft abfolument néceffaire au dialogue ; *l'un et l'autre*
qui ont fa raifon d'Etat contre fa retraite ; Pompée qui veut
fe reffaifir par la violence, &c.

D'un bien qu'il ne peut voir ailleurs fans déplaifir.

Ces phrafes n'ont pas l'élégance et le naturel que
les vers demandent. Mais le plus grand défaut, ce me
femble, c'eft qu'*Ariftie* ne lie point une intrigue tragique ;
elle ne fait ce qu'elle veut ; elle eft délaiffée par fon
mari ; elle eft indécife ; elle n'eft ni affez animée par la
vengeance, ni affez puiffante pour fe venger, ni affez
touchée, ni affez héroïque.

V. 5. Mais vous pouvez, Seigneur, joindre à mes efpérances,
    Contre un péril nouveau, nouvelles affurances.

Ces phrafes barbares et le refte du difcours d'*Ariftie*
ne font pas affurément tragiques : mais ce qui eft contre
l'efprit de la vraie tragédie, contre la décence auffi-bien
que contre la vérité de l'hiftoire, c'eft une femme de
Pompée qui s'en va en Arragon pour prier un vieux foldat
révolté de l'époufer.

V. 28. Mais s'il fe dédifait d'un outrage forcé . . . .
    J'aurais peine, Seigneur, à lui refufer grâce.

Le mot de *dédire* femble petit et peu convenable.

Peut-être *s'il se repentait*, ferait mieux placé. On ne se dédit point d'un outrage.

V. 41. Vous ravaleriez-vous jufques à la baffeffe...

Ravaler ne fe dit plus.

V. 45. . . . . Laiffons pour les petites ames
    Ce commerce rampant de foupirs et de flammes;

L'abbé d'*Aubignac* condamne durement ce commerce rampant, et je crois qu'il a raifon, mais le fond de l'idée eft beau. *Ariflie* et *Sertorius* s'expriment noblement; et il ferait à fouhaiter qu'il y eût plus de force, plus de tragique dans le rôle de la femme de *Pompée*.

V. 49. Uniffons ma vengeance à votre politique,
   Pour fauver des abois toute la république.

On n'a jamais dû dire *fauver des abois*, parce qu'*abois* fignifie les derniers foupirs, et qu'on ne fauve point d'un foupir; on fauve d'un péril, et on tire d'une extrémité; on rappelle des portes de la mort; on ne fauve point des abois. Au refte ce mot *abois* eft pris des cris des chiens qui aboient autour d'un cerf forcé, avant de fe jeter fur lui.

V. 65. Si votre hymen m'élève à la grandeur fublime...

Grandeur fublime n'eft plus d'ufage. Ce terme, *fublime*, ne s'emploie que pour exprimer les chofes qui élèvent l'ame; une penfée fublime, un difcours fublime. Cependant, pourquoi ne pas appeller de ce nom tout ce qui eft élevé? On doit, ce me femble, accorder à la poëfie plus de liberté qu'on ne lui en donne. C'eft furtout aux bons auteurs qu'il appartient de reffufciter des termes abolis, en les plaçant avantageufement. Mais auffi remarquons que *rang fublime* vaut bien mieux que *grandeur fublime* : pourquoi? c'eft que *fublime* joint avec *rang* eft une épithète néceffaire; *fublime* apprend que ce rang eft
            élevé;

élevé ; mais *sublime* est inutile avec *grandeur*. Ne vous servez jamais d'épithètes, que quand elles ajouteront beaucoup à la chose.

V. 66. Tandis qu'en l'esclavage un autre hymen l'abyme.

Le mot d'*abyme* ne convient point à l'esclavage. Pourquoi dit-on, *abymé dans la douleur, dans la tristesse,* &c. c'est qu'on y peut ajouter l'épithète de *profonde ;* mais un esclavage n'est point profond. On ne saurait y être abymé. Il y a une infinité d'expressions louches, qui font peine au lecteur ; on en sent rarement la raison, on ne la cherche pas même ; mais il y en a toujours une, et ceux qui veulent se former le style doivent la chercher.

V. 69. Tout mon bien est encor dedans l'incertitude.

Il semble que son bien consiste à être incertaine. Quand on dit, *tout mon bien est dans l'espérance,* on entend que le bonheur consiste à espérer. L'auteur veut dire, *tout mon bien est incertain.*

V. 72. Tant que de cet espoir vous m'ayez répondu.

On ne répond point d'un espoir, on répond d'une personne, d'un événement. *Tant que* n'est pas ici français en ce sens.

V. 78. J'adore les grands noms que j'en ai pour otages,
Et vois que leur secours, nous rehaussant le bras,
Aurait bientôt jeté la tyrannie à bas.

Des noms pour *otages,* des secours qui *rehaussent le bras,* et qui jettent la tyrannie *à bas,* sont des expressions trop impropres, trop triviales ; ce style est trop obscur et négligé. Un secours qui rehausse le bras n'est ni élégant ni noble ; la tyrannie jetée à bas n'est pas meilleure. Voyez si jamais *Racine* a jeté la tyrannie à bas. Quoi dans une scène entre la femme de *Pompée* et un général romain, il n'y a pas quatre vers supérieurement écrits !

V. 85. Si vous vouliez ma main par choix de ma perfonne,
Je vous dirais, Seigneur : Prenez, je vous la donne.

Il femble qu'*Ariftie* ne doit point dire à *Sertorius*, fi
vous m'aimiez, je vous épouferais. Ce n'eft point du
tout fon intention de faire des coquetteries à ce vieux
général, elle ne veut que fe venger de *Pompée.* Il eft
vrai que ces mariages politiques ne peuvent faire aucun
effet au théâtre ; ce font des intrigues, mais non pas des
intrigues tragiques. Le cœur veut être remué, et tout ce
qui n'eft que politique eft plutôt fait pour être lu dans
l'hiftoire, que pour être repréfenté dans la tragédie.

Plus j'examine les pièces de *Corneille*, et plus je fuis
furpris qu'après le prodigieux fuccès du Cid, il ait
prefque toujours renoncé à émouvoir. Je ne peux m'empêcher de dire ici, que quand je pris la réfolution de
commenter les tragédies de *Corneille*, un homme qui
honore fa haute naiffance par les talens les plus diftin-
gués, m'écrivit, *vous prenez donc Tacite et Tite-Live
pour des poëtes tragiques?* En effet Sertorius et toutes les
pièces fuivantes, font plutôt des dialogues fur la politique et des penfées dans le goût et non dans le ftyle
de *Tacite*, que des pièces de théâtre ; il faut bien diftinguer les intérêts d'Etat et les intérêts du cœur. Tout ce
qui n'eft point fait pour remuer fortement l'ame, n'eft
pas du genre de la tragédie : le plus grand défaut eft
d'être froid.

V. 110. Tu l'as fait un parjure, un méchant, un infame.

On ne doit jamais donner le nom d'infame à *Pompée*,
et furtout *Ariftie* qui l'aime encore, ne doit point le
nommer ainfi.

V. 117. Si votre amour trop prompt veut borner fa conquête,
Je vous le dis encor, ma main eft toute prête.

L'amour de *Sertorius* n'eft ni prompt ni lent ; car en
effet il n'en a point du tout, quoiqu'il ait dit qu'il eft

amoureux, pour être au ton du théâtre. Il faut avouer que les anciens Romains auraient été bien étonnés d'entendre reprocher à *Sertorius* un amour trop prompt.

*V.*123. Elle veut un grand homme à recevoir sa foi.

Ce vers n'est pas français, c'est un barbarisme. On dit bien, il est homme à recevoir sa foi ; et encore ce n'est que dans le style familier. Il y a dans Polyeucte, *vous n'êtes pas homme à la violenter* ; mais *un grand homme à faire quelque chose* ne peut se dire. *Souvenez-vous qu'elle veut un grand homme* est beau, mais *un grand homme à recevoir une foi*, ne forme point un sens ; *vouloir à* est encore plus vicieux.

*V.*127. ...J'y vais préparer mon reste de pouvoir.

On ne prépare point un pouvoir. Elle veut dire qu'elle va se préparer à regagner *Pompée*, ce qui n'est pas bien flatteur pour *Sertorius*.

*V.*128. Moi, je vais donner ordre à le bien recevoir.

C'est ainsi qu'on pourrait finir une scène de comédie. Rien n'est plus difficile que de terminer heureusement une scène de politique.

*V.*129. Dieux, souffrez qu'à mon tour avec vous je m'explique.

On ne doit, ce me semble, s'adresser aux Dieux que dans le malheur ou dans la passion. C'est là qu'on peut dire, *nec Deus intersit nisi dignus* ; mais qu'il *s'explique* avec les Dieux comme avec quelqu'un à qui il parlerait d'affaires ! Le mot *s'expliquer* n'est pas le mot propre : et que dit-il aux Dieux ? *que c'est un sort cruel d'aimer par politique ; et que les intérêts de ce sort cruel sont des malheurs étranges, s'ils font donner la main quand le cœur est ailleurs.* C'est en effet la situation où *Sertorius* et *Aristie* se trouvent : mais on ne plaint nullement un vieux soldat dont le cœur est ailleurs. Il y a dans cet acte de beaux vers

Q 2

et de belles penſées ; mais tout eſt affaibli par le peu
d'intérêt qu'on prend à la prétendue paſſion du héros
et aux offres que lui fait *Ariſtie* , et ſurtout par le mauvais ſtyle.

ACTE SECOND.

SCENE PREMIERE.

Vers 3. . . . . L'exil d'Ariſtie, enveloppé d'ennuis ,
    Eſt prêt à l'emporter ſur tout ce que je ſuis.
    En vain de mes regards l'ingénieux langage,
    Pour découvrir mon cœur a tout mis en uſage.

Un exil qui eſt prêt à l'emporter ſur tout ce qu'eſt
Viriate. Expreſſions un peu trop négligées et trop impropres. Une grande reine , une héroïne ne doit pas dire,
ce me ſemble , qu'elle a employé *l'ingénieux langage de
ſes regards*.

V. 8. J'ai cru faire éclater l'orgueil d'un autre choix ,

n'eſt pas une expreſſion propre ; ce choix n'eſt pas
orgueilleux.

V. 9. Le ſeul pour qui je tâche à le rendre viſible ,
    Ou n'oſe en rien connaître , ou demeure inſenſible. . . .

Eſt-ce ſon cœur ? eſt-ce l'orgueil de ſon choix qu'elle
tâche à rendre viſible ?

V. 11. Et laiſſe à ma pudeur des ſentimens confus ,
    Que l'amour-propre obſtine à douter du refus.

Il ne faut jamais parler de ſa pudeur ; mais il faut
encore moins *laiſſer à ſa pudeur des ſentimens confus , que
l'amour propre obſtine à douter du refus* , parce que c'eſt un
galimatias ridicule.

V. 13. Epargne-m'en la honte, et prends foin de lui dire,
A ce héros fi cher... Tu le connais, Thamire;
Car d'où pourrait mon trône attendre un ferme appui,
Et pour qui méprifer tous nos rois que pour lui?

Cet embarras, cette crainte de nommer celui qu'elle aime, pourraient convenir à une jeune perfonne timide et femblent peu faits pour une femme politique. Mais, *et pour qui méprifer tous nos rois que pour lui?* eft un vers digne de *Corneille*. Il faudrait pour que ce vers fît fon effet, qu'il fût pour un jeune héros aimable, et non pas pour un vieux foldat de fortune.

V. 21. Dis-lui... Mais j'aurais tort d'inftruire ton adreffe.

Peut-être le mot d'*adreffe* eft-il plus propre au comique qu'au tragique dans cette occafion.

V. 25. Il eft affez nouveau qu'un homme de fon âge
Ait des charmes fi forts pour un jeune courage;
Et que d'un front ridé les replis jauniffans
Trouvent l'heureux fecret de captiver les fens.

Difcours de foubrette, fans doute, plutôt que de la confidente d'une reine; mais difcours qui rendent *Viriate* un perfonnage intolérable à quiconque a un peu de goût. Ces replis jauniffans, et cette pudeur de *Viriate*, et ce héros fi cher que *Thamire* connaît, font un étrange contrafte. Rien n'eft plus indigne de la tragédie.

La réplique de *Viriate* me paraît admirable. Je ne voudrais pourtant pas qu'une reine parlât des *fens*. *Racine* qu'on regarde fi mal à propos comme le premier qui ait parlé d'amour, mais qui eft le feul qui en ait bien parlé, ne s'eft jamais fervi de ces mots *les fens*. Voyez la première fcène de Pulchérie.

V. 40. Et quiconque peut tout eft aimable en tout temps.

Ces fentimens de *Viriate* font les feuls qu'elle aurait

dû exprimer. Il ne fallait pas les affaiblir par cette *pudeur et ce héros si cher.*

V. 50. Il faut, pour la braver, qu'elle nous prête un homme.

C'est dommage qu'un aussi mauvais vers suive ce vers si beau :

Rome seule aujourd'hui peut résister à Rome.

C'est presque toujours la rime qui amène les vers faibles, inutiles et rampans avant ou après les beaux vers. On en a fait souvent la remarque. Cet inconvénient attaché à la rime, a fait naître plus d'une fois la proposition de la bannir ; mais il est plus beau de vaincre une difficulté que de s'en défaire. La rime est nécessaire à la poësie française par la nature de notre langue, et est consacrée à jamais par les ouvrages de nos grands hommes.

V. 51. Et que son propre sang, en faveur de ces lieux,
Balance les destins et partage les dieux.

Balance, &c. est un très-beau vers ; mais celui qui le précède est mauvais.

V. 53. Depuis qu'elle a daigné protéger nos provinces,
Et de son amitié faire honneur à leurs princes.

Faire honneur de son amitié n'est pas le mot propre.

V. 63. Le grand Viriatus de qui je tiens le jour,
D'un sort plus favorable eut un pareil retour.

On dit bien en général *un retour du sort*, et encore mieux *un revers du sort*, mais non pas *un retour d'un sort favorable*, pour exprimer une disgrâce ; au contraire, *un retour d'un sort favorable* signifie une nouvelle faveur de la fortune après quelque disgrâce passagère.

V. 65. Il défit trois préteurs, il gagna dix batailles,
Il repoussa l'assaut de plus de cent murailles.

Gagner des batailles, repouffer l'affaut de plus de cent murailles. Voilà de ces vers communs et faibles qu'on doit foigneufement s'interdire. On voit trop que *murailles* n'eft là que pour rimer à *batailles.*

V. 79. Nos rois, fans ce héros, l'un de l'autre jaloux
Du plus heureux fans ceffe auraient rompu les coups, &c.

Rompre les coups du plus heureux ; avoir l'ombre d'une montagne pour fe couvrir, un bonheur qui décide des armes, tout cela eft impropre, irrégulier, obfcur.

V. 95. Sa mort me laiffera, pour ma protection,
La fplendeur de fon ombre et l'éclat de fon nom.

Ces figures outrées ne réuffiffent plus. Le mot d'*ombre* eft trop le contraire de *fplendeur ;* il n'eft pas permis non plus à une femme telle que *Viriate* de dire que l'ombre d'un général mort protégera plus l'Efpagne que ne feraient cent rois. Ces exagérations ne feraient pas même tolérées dans une ode. Le vrai doit régner par-tout, et furtout dans la tragédie. La fplendeur d'une ombre a quelque chofe de fi contradictoire, que cette expreffion dégénère en pure plaifanterie.

SCENE II.

V. 1. . . . . Que direz-vous, Madame,
Du deffein téméraire où s'échappe mon ame ?

Une ame ne s'échappe point à un deffein.

V. 23. Pour qui de tous ces rois êtes-vous fans foupçon ?

C'eft un barbarifme de phrafe. On foupçonne quelqu'un, on a des foupçons, on jette des foupçons fur lui, on n'a pas des foupçons pour quelqu'un, comme on a de l'eftime, de l'amitié, de la haine pour quelqu'un. Il eft vraifemblable que c'eft une faute ancienne des imprimeurs, et qu'on doit lire : *fur qui de tous ces rois êtes-vous fans foupçons ?*

V. 34. Digne d'être avoué de l'ancienne Rome,
Il en a la naiſſance, il en a le grand nom.

Cette phraſe ſignifie il a la naiſſance de Rome, il a le grand cœur de Rome. On ſent bien que l'auteur veut dire il eſt né romain, il a la valeur d'un romain ; mais il ne ſuffit pas qu'on puiſſe l'entendre, il faut qu'on ne puiſſe pas l'entendre autrement.

V. 38. Libéral, intrépide, affable, magnanime ;
Enfin, c'eſt Perpenna ſur qui vous emportez... —
J'attendais votre nom après ces qualités.
Les éloges brillans que vous daignez y joindre
Ne me permettaient pas d'eſpérer rien de moindre ; ...
Si vos Romains ainſi choiſiſſent des maîtreſſes,
A vos derniers tribuns il faudra des princeſſes. —
Madame... — Parlons net ſur ce choix d'un époux.

Cette réponſe eſt fort belle, elle doit toujours faire un grand effet. Les vers ſuivans ſemblent l'affaiblir. *Parlons net* ſent un peu trop le dialogue de comédie ; et le mot de maîtreſſe n'a jamais été employé par *Racine* dans ſes bonnes pièces.

V. 50. ... Un pareil amour ſied bien à mes pareilles.

Un amour qui ſied bien, ou qui ſied mal, ne peut ſe dire. Il ſemble qu'on parle d'un ajuſtement. On doit éviter le mot de *mes pareilles*, il eſt plus bourgeois que noble.

V. 53. Je le dis donc tout haut afin que l'on m'entende.

Viriate n'élève pas ici la voix ; elle parle devant ſa confidente qui connaît ſes ſentimens : ainſi ce vers n'eſt qu'un vers de comédie qui ne devait pas avoir place dans une ſcène noble.

V. 57. Mais ſi de leur puiſſance ils vous laiſſent l'arbitre,
Leur faibleſſe du moins en conſerve le titre.

Etre *arbitre des rois* se dit très-bien ; parce qu'en effet des rois peuvent choisir ou recevoir un arbitre. On est l'arbitre des lois, parce que souvent les lois sont opposées l'une à l'autre ; l'arbitre des Etats qui ont des prétentions, mais non pas l'arbitre de la puissance, encore moins a-t-on le titre de sa puissance.

V. 59. Ainsi ce noble orgueil qui vous préfère à tous,
En préfère le moindre à tout autre qu'à vous.

Elle veut dire *préfère le moindre* des rois à tout autre romain que vous.

V. 61. Car enfin, pour remplir l'honneur de ma naissance, ...

On soutient l'honneur de sa naissance, on remplit les devoirs de sa naissance, mais on ne remplit point un honneur. Encore une fois rien n'est si rare que le mot propre.

V. 62. Il me faudrait un roi de titre et de puissance.

On dit bien, *un roi de nom* : par exemple, *Jacques II* fut roi de nom, et *Guillaume* resta roi en effet ; mais on ne dit point *roi de titre* : on dit encore moins *roi de puissance* ; cela n'est pas français. Toutes ces expressions sont des barbarismes de phrase ; mais le sens est fort beau, et tous les sentimens de *Viriate* ont de la dignité. Je pense *m'en devoir ou le pouvoir sans nom ou le nom sans pouvoir.* Voilà de ces jeux de mots qu'il faut soigneusement éviter : et si on se permet cette licence, il faut du moins s'exprimer avec netteté et correctement. Se devoir le pouvoir d'un roi sans nom est un barbarisme et une construction très-vicieuse.

V. 65. J'adore ce grand cœur qui rend ce qu'il doit rendre
Aux illustres aïeux dont on me voit descendre.

Cette expression ne paraît pas juste ; on ne voit descendre personne de ses aïeux. *Racine* dit dans Iphigénie :

Le fang de ces héros dont tu me fais defcendre.

Mais non pas, *le fang dont on me voit defcendre.*

V. 71. Perpenna, parmi nous, eft le feul dont le fang
Ne mêlerait point d'ombre à la fplendeur du rang.

Qu'eft-ce qu'un fang qui ne mêlerait point d'ombre à une fplendeur? On ne peut trop redire que toute métaphore doit être jufte et faire une image vraie.

V. 75. Je n'ofe m'éblouir d'un peu de nom fameux...

Le mot de *peu* ne convient point à un nom; un peu de gloire, un peu de renommée, de réputation, de puiffance, fe dit dans toutes les langues, et *un peu de nom*, dans aucune. Il y a une grammaire commune à toutes les nations, qui ne permet pas que les adverbes de quantité fe joignent à des chofes qui n'ont pas de quantité. On peut avoir plus ou moins de gloire ou de puiffance, mais non pas plus ou moins de nom.

V. 76. Jufqu'à déshonorer le trône par mes vœux.

Il eft étrange que *Corneille* faffe parler ainfi un romain, après avoir dit ailleurs, *pour être plus qu'un roi tu te crois quelque chofe*, et après avoir répété fi fouvent cette exagération prodigieufe, qu'il n'y a point de bourgeois de Rome qui ne foit au-deffus de tous les rois. Ces manières fi différentes d'envifager la même chofe, font bien voir que l'archevêque *Fénélon* et le marquis de *Vauvenargues* avaient raifon de dire que *Corneille* atteignit rarement le véritable but de la tragédie, et que trop fouvent au lieu d'émouvoir, il exagérait ou il differtait.

V. 78. Je ne veux que le nom de votre créature.

Créature, ce mot dans notre langue n'eft employé que pour les fubalternes qui doivent leur fortune à leurs patrons, et femble ne pas convenir à *Sertorius.*

V. 79. Un fi glorieux titre a de quoi me ravir ;

Ce titre n'eft point *glorieux* ; il n'a point de *quoi ravir.*
Ce mot *ravir* eft trop familier.

V. 80. Il m'a fait triompher en voulant vous fervir.

Par la conftruction de la phrafe, c'eft le glorieux
titre qui a voulu fervir *Viriate.*

V. 81. Et malgré tout le peu que le ciel m'a fait naître.

Tout le peu eft une contradiction dans les termes ; les
mots de *peu* et de *tout* s'excluent l'un l'autre.

V. 85. Accordez le refpect que mon trône vous donne,
Avec cet attentat fur ma propre perfonne.

On ne donne point du refpect, on l'impofe, on
l'imprime, on l'infpire, &c.

V. 101. Ainfi pour eftimer chacun à fa manière, . . .

eft trop familier, et *fa manière pour eftimer* eft auffi bas
que peu français.

V. 102. Au fang d'un efpagnol je ferais grâce entière.

ne dit point ce qu'elle veut dire ; elle entend que ce
ferait faire une grâce à un efpagnol que de l'époufer.
Faire grâce entière, c'eft ne point pardonner à demi.

V. 105. Mais fi vous haïffez comme eux le nom de reine,
Regardez-moi, Seigneur, comme dame romaine.

Elle ne doit point dire à *Sertorius* qu'il peut haïr le
trône, après que *Sertorius* lui a dit qu'il déshonorerait
le trône, s'il ofait afpirer à elle. Tous ces raifonnemens
fur le trône femblent trop fe contredire ; tantôt le trône
de *Viriate* dépend de *Sertorius*, tantôt *Sertorius* eft au-
deffous du trône, tantôt il hait le trône, tantôt *Viriate*
veut faire refpecter fon trône ; mais quand même il y
aurait de la jufteffe dans ces differtations, il y aurait

toujours trop de froideur. Presque tous ces raisonnemens sont faux : ils auraient besoin du style le plus
élégant et le plus noble pour être tolérés ; mais malheureusement le style est guindé, obscur, souvent bas,
et hérissé de solécismes et de barbarismes.

V. 123. Je trahirais, Madame, et vous et vos Etats,
    De voir un tel secours et ne l'accepter pas.

Je trahirais de est un solécisme.

*V.*127. Et qu'un destin jaloux de nos communs desseins,
    Jetât ce grand dépôt en de mauvaises mains.

On ne jette point un dépôt, c'est un barbarisme ; il faut,
ne mît ce grand dépôt.

*V.*137. Après que ma couronne a garanti vos têtes,
    Ne méritai-je point de part en vos conquêtes ?

Que veut dire une couronne qui garantit des têtes ?
Il fallait au moins dire de quoi elle les garantit ; on
garantit un traité, une possession, un héritage : mais
une couronne ne garantit point une tête.

*V.*154. Il en est bien payé d'avoir sauvé sa vie.

C'est un barbarisme et un contre-sens. On est payé en
recevant une récompense, on est payé par une récompense ; mais on n'est point payé de recevoir une récompense ; il fallait, *il fut assez payé*, *vous sauvâtes sa vie*, ou
quelque chose de semblable.

*V.*161. Quand nous sommes aux bords d'une pleine victoire,
    Quel besoin avons-nous d'en partager la gloire ?

La victoire n'a point de bords ; on touche à la victoire,
on est près de la remporter, de la saisir, mais on n'est
point à ses bords. Cela ne peut se dire dans aucune
langue, parce que dans toutes les langues, les métaphores doivent être justes.

*V.*169. L'espoir le mieux fondé n'a jamais trop de forces.

On ne peut dire *les forces d'un efpoir ;* aucune langue ne peut admettre ce mot, parce que les forces ne peuvent pas être dans un efpoir. C'eft un barbarifme.

V. 170. Le plus heureux deftin furprend par *les divorces,*

Un deftin n'a point de divorces, il a des viciffitudes, des changemens, des revers ; et alors ce n'eft pas l'heureux deftin qui furprend. Cette expreffion eft un barbarifme.

V. 171. Du trop de confiance il aime à fe venger.

Ce deftin qui aime à fe venger, eft une idée poëtique qui n'a rien de vrai. Pourquoi aimerait-il à fe venger de la confiance qu'on a en lui? Eft-ce ainfi que doit raifonner un grand capitaine, un homme d'Etat?

V. 173. Devons-nous expofer à tant d'incertitude
L'efclavage de Rome et notre fervitude?

Ce n'eft point l'efclavage qu'on expofe ici à l'incertitude des événemens ; au contraire, c'eft la liberté de Rome et celle de l'Efpagne, pour laquelle *Sertorius* et *Viriate* combattent, et qu'on expoferait.

V. 189. Faites, faites entrer ce héros d'importance ;

eft un peu trop comique. L'auteur a déjà dit *des gens d'importance :* il n'eft pas permis d'écrire d'un ftyle fi trivial, furtout après avoir écrit de fi belles chofes.

V. 191. Et fi vous le craignez, craignez autant du moins
Un long et vain regret d'avoir prêté vos foins.

Il faudrait achever la phrafe. *Prêter vos foins* n'a pas un fens complet ; on doit dire à qui on les a prêtés. De plus, on ne prête point de foins, on ne prête que les chofes qu'on peut retirer. Quand les foins font une fois donnés, on peut en refufer de nouveaux. Il n'en eft pas de même du mot *appui, fecours ;* on prête fon *appui,* fon *fecours,* fon *bras*, fon *armée*, &c. parce qu'on peut les retirer, les reprendre. Ce ftyle eft très-vicieux.

V. 196. Je parle pour un autre, et toutefois, hélas !
>   Si vous faviez... — Seigneur, que faut-il que je fache ?

Cet *hélas* dans la bouche de *Sertorius* eft trop déplacé ; il ne convient ni à fon caractère, ni à fon âge, ni à la fcène politique et raifonnée qui vient de fe paffer entre *Viriate* et lui.

V. 199. Ce foupir redoublé... — N'achevez point, allez.

Ce *foupir redoublé* achève de dégrader *Sertorius*.
>   Qu'Achille aime autrement que Tircis et Philène !

Un vieux capitaine romain qui fait remarquer fes foupirs à fa maîtreffe, eft au-deffous de *Tircis* ; car *Tircis* foupirera fans le dire, et ce fera fa maîtreffe qui s'en apercevra.

Qu'un amant paffionné foit attendri, ému, troublé, qu'il foupire ; mais qu'il ne dife pas, voyez comme je fuis attendri, comme je fuis ému, comme je fuis touché, comme je foupire. Cette pufillanimité dans laquelle *Corneille* fait tomber *Sertorius* et *Viriate*, eft une preuve bien manifefte de ce que nous avons dit tant de fois, que l'amour s'était emparé du théâtre, très-long-temps avant *Racine* ; qu'il n'y avait aucune pièce où cette paffion n'entrât, et c'était prefque toujours mal à propos. Encore une fois, l'amour n'a jamais bien été traité que dans les fcènes du Cid, imitées de Guilain de Caftro, jufqu'à l'Andromaque de *Racine* ; je dis jufqu'à l'Andromaque, car dans la Thébaïde et dans Alexandre on fent que *Racine* fuit la mauvaife route que *Corneille* avait tracée ; c'eft l'unique raifon peut-être pour laquelle ces deux pièces n'intéreffent point du tout.

S C E N E I I I.

V. 1. Sa dureté m'étonne et je ne puis, Madame... —

Il eft affez difficile de comprendre comment *Thamire* peut parler de dureté après ces hélas et ces foupirs.

V. 2. L'apparence t'abufe, il m'aime au fond de l'ame.

Rien n'eft affurément moins tragique qu'une femme qui dit qu'un homme l'aime. C'eft de la comédie froide.

V. 3. Quoi, quand pour un rival il s'obftine au refus, ...

Quoi quand forme une cacophonie défagréable.

V. 4. Il veut que je l'amufe, et ne veut rien de plus.

Viriate dans cet hémiftiche comique, ne dit point ce qu'elle doit dire. Sa vanité lui perfuade qu'elle eft aimée, et que *Sertorius* facrifie fon amour à l'amitié. Ce n'eft pas là un amufement. Il faut convenir que rien n'eft plus éloigné du caractère de la tragédie.

S C E N E I V.

V. 1. Vous m'aimez, Perpenna, Sertorius le dit,
Je crois fur fa parole, et lui dois tout crédit.

Il fallait dire, *je le crois. Corneille* a bien employé le mot *je crois* fans régime dans Polyeucte, *je vois*, *je fais*, *je crois*, *je fuis défabufée*; mais c'eft dans un autre fens. *Polyeucte* veut dire *j'ai la foi*; mais *Viriate* n'a point la foi.

Et lui dois tout crédit, ce terme eft impropre et n'eft pas noble. *Crédit* ne fignifie point *confiance. Racine* s'eft fervi plus noblement de ce mot dans un autre fens, quand il fait dire à *Agrippine* :

Je vois mes honneurs croître, et tomber mon crédit.

Crédit alors fignifie *autorité*, *puiffance*, *confidération*.

V. 5.   A quel titre lui plaire, et par quel charme un jour
   Obliger fa couronne à payer votre amour ?

On n'oblige point une couronne à payer ; et payer un amour !

V. 10.   Eh bien, qu'êtes-vous prêt de lui facrifier ? —
   Tous mes foins, tout mon fang, mon courage, ma vie.

On peut facrifier fon fang et fa vie, ce qui eft la même chofe. Mais facrifier fon courage ! qu'eft-ce que cela veut dire ? on emploie fon courage, fes foins ; on facrifie fa vie.

V. 12.   Pourriez-vous la fervir dans une jaloufie ?
   Ah ! Madame. — A ce mot en vain le cœur vous bat...
   J'ai de l'ambition, et mon orgueil de Reine
   Ne peut voir fans chagrin une autre fouveraine,
   Qui fur mon propre trône à mes yeux s'élevant,
   Jufque dans mes Etats prenne le pas devant.

Dans une jaloufie, *le cœur vous bat* ; *un orgueil de reine* ; ce n'eft pas là le ftyle noble ; et cette idée de fe *faire fervir dans une jaloufie*, eft non-feulement du comique, mais du comique infipide. Ce n'eft pas là le *phobos kai eleos*, la terreur et la pitié. Voilà une plaifante intrigue tragique que de favoir qui de deux femmes paffera la première à une porte.

Prenne le pas devant ne fe dit plus et préfente une petite idée. Voilà de ces chofes qu'il faut ennoblir par l'expreffion. *Racine* dit :

   Je ceignis la tiare, et marchai fon égal.

Prendre le pas devant eft une mauvaife façon de parler qui n'eft pas pardonnable aux gazettes.

V. 25. . . . . 'L'offre qu'elle fait
   Ou que l'on fait pour elle en affure l'effet.

Il faut éviter ces expreffions profaïques et négligées.
           Celle-ci

Celle-ci n'eſt ni noble, ni exacte. Une offre n'affure point un effet ; une offre eſt acceptée ou dédaignée. Le mot d'*effet* ne s'applique qu'aux deffeins et aux caufes, aux menaces, aux prières.

V. 34. Un autre hymen vous met dans le même embarras.

Perpenna n'a aucune raifon de parler d'un autre hymen de *Sertorius*, puifqu'il n'en eſt point queſtion dans la pièce : et quel ſtyle de comédie ! *un hymen qui met dans l'embarras.*

V. 41. Voulez-vous me fervir ? — Si je le veux ? J'y cours, Madame, et meurs déjà d'y confacrer mes jours.

Il fallait, *et je meurs* ; mais cette façon de parler eſt du ſtyle de la comédie ; encore ne dit-on pas même, *je meurs d'aller*, *je meurs de fervir*, mais *je meurs d'envie d'aller*, *de fervir* ; et cela ne fe dit que dans la converfation familière.

SCENE V.

V. 3. Il fait auprès de vous l'officieux rival.

Encore une fois ſtyle de comédie.

V. 5. A lui rendre fervice elle m'ouvre une voie Que tout mon cœur embraffe avec excès de joie.

Embraffer avec excès de joie une voie à rendre fervice, on ne peut écrire avec plus d'impropriété. C'eſt un amas de barbarifmes.

V. 9. . . . Rompant le cours d'une flamme nouvelle, Vous forcez ce rival à retourner vers elle.

Rompre le cours d'une flamme, autre barbarifme.

V. 19. . . . . Allons le recevoir, Puifque Sertorius m'impofe ce devoir.

Dans cette fcène *Perpenna* parait généreux ; il n'eſt

Comment. fur Corneille. Tome II. R

plus queſtion de l'aſſaſſinat de *Sertorius*, qui fait le ſujet du drame. C'eſt d'ordinaire un grand défaut dans une pièce, ſoit tragique, ſoit comique, qu'un perſonnage paraiſſe, ſans rappeler les premiers ſentimens et les premiers deſſeins qu'il a d'abord annoncés; c'eſt rompre l'unité de deſſein qui doit régner dans tout l'ouvrage.

Nous ſommes entrés dans preſque tous les détails de ces deux premiers actes, pour montrer aux commençans combien il eſt difficile de bien écrire en vers, pour éviter le reproche qu'on nous a fait de n'en avoir pas aſſez dit, et pour répondre au reproche ridicule que quelques gens de parti, très-mal inſtruits, nous ont fait d'en avoir trop dit. Nous ne pouvons aſſez répéter que nous cherchons uniquement la vérité, et qu'aucune cabale ne nous a jamais intimidés.

Nous reprenons quatre fois plus de fautes dans cette édition que dans les précédentes, parce que des gens qui ne ſavent pas le français, ont eu le ridicule d'imprimer qu'il ne fallait pas s'apercevoir de ces fautes.

ACTE TROISIEME.

SCENE PREMIERE.

Cette ſcène, ou plutôt la ſeconde, dont celle-ci n'eſt que le commencement, fit le ſuccès de Sertorius, et elle aura toujours une grande réputation. S'il y a quelques défauts dans le ſtyle, ces défauts n'ôtent rien à la nobleſſe des ſentimens, à la politique, aux bienſéances de toute eſpèce, qui font un chef-d'œuvre de cette converſation. Elle n'eſt pas tragique, j'en conviens; elle n'eſt que politique. La pièce de Sertorius n'a rien de la chaleur et du pathétique de la vraie tragédie, comme *Corneille* l'avoue dans ſon examen; mais cette ſcène de *Sertorius* et de *Pompée*, priſe à part, eſt un grand modèle.

Il n'y a, je crois, que deux autres exemples fur le théâtre de ces conférences entre de grands hommes, qui méritent d'être remarquées. La première, dans Shakefpeare entre *Caffius* et *Brutus*; elle eft dans un goût un peu différent de celui de *Corneille*. *Brutus* reproche à *Caffius* *that he hath an itching palm* : ce qui fignifie précifément que *Caffius* fe fait graiffer la patte. *Caffius* répond qu'il aimerait mieux être un chien et aboyer à la lune, que de fe faire donner des pots de vin. Il y a d'ailleurs des chofes vives et animées, mais ce ton de la halle n'eft pas tout-à-fait celui de la fcène tragique; ce n'eft pas celui du fage *Addiffon*.

La feconde conférence eft dans l'Alexandre de *Racine*, entre *Porus*, *Ephestion* et *Taxile*. Si *Ephestion* était un perfonnage principal, et fi la tragédie était intéreffante, cette conférence pourrait encore plaire beaucoup au théâtre, même après celle de *Sertorius* et de *Pompée*. Le mal eft que ces fcènes ne font pas abfolument néceffaires à la pièce. *Sertorius* même dit au quatrième acte :

> . . . . Quel bruit fait par la ville
> De Pompée et de moi l'entrevue inutile ?

Ces fcènes donnent rarement au fpectateur d'autre plaifir que celui de voir de grands hommes conférer enfemble.

Vers 1. Seigneur, qui des mortels eût jamais ofé croire
Que la trève à tel point dût rehauffer ma gloire ?

Certainement *Sertorius* n'a jamais dit à *Pompée*, *quel homme aurait jamais ofé croire que ma gloire pût être augmentée?* On ne parle point ainfi de foi-même; la bienféance n'eft pas obfervée dans les expreffions; le fond de la penfée eft que la vifite de *Pompée* eft le plus grand honneur qu'il ait jamais reçu ; mais il ne doit pas commencer par parler de fa gloire, et par dire que jamais mortel n'eût ofé croire que cette gloire pût augmenter, ces vers peuvent paraître une fanfaronade plus qu'un compliment. Il eût été plus court, plus naturel, plus décent de supprimer ces vers, et de dire avec une noble simplicité, *Seigneur, je doute encore si ma vue est trompée*, &c.

V. 3. Qu'un nom à qui la guerre a fait trop applaudir
Dans l'ombre de la paix trouvât à s'agrandir ?

Comment est-ce qu'un nom trouve quelque chose? *Sertorius* veut dire qu'il n'a jamais reçu tant d'honneurs; mais un nom ne s'agrandit pas; et il ne fallait pas qu'il commençât une conversation polie et modeste, par dire que la guerre a fait applaudir à son nom. Ce n'est pas au nom qu'on applaudit, c'est à la personne, aux actions.

V. 9. . . . . Faites qu'on se retire.

Pompée ne doit pas demander qu'on se retire, pour pouvoir dire en liberté à *Sertorius* qu'il l'estime. On peut faire un compliment en public, et faire ensuite retirer les assistans. Cela même eût fait un bon effet au théâtre.

SCENE II.

V. 1. L'inimitié qui règne entre nos deux partis
N'y rend pas de l'honneur tous les droits amortis.
Comme le vrai mérite a ses prérogatives
Qui prennent le dessus des haines les plus vives,
L'estime et le respect sont de justes tributs
Qu'aux plus fiers ennemis arrachent les vertus.

Cet *amortissement des droits*, ces *prérogatives du vrai mérite*, gâtent un peu ce commencement du discours de *Pompée*. *Prérogatives* n'est pas le mot propre; et des *prérogatives qui prennent le dessus des haines!* rien n'est moins élégant. Quand même ces deux vers seraient bons, ils pécheraient en ce qu'ils sont inutiles; ils affaibliraient ces deux beaux vers si nobles et si simples :

L'eftime et le refpect font les juftes tributs
Qu'aux cœurs même ennemis arrachent les vertus.

Rien de trop , voilà la grande règle.

V. 3. Comme le vrai mérite a fes prérogatives , &c.

Cette phrafe , ce *comme*, ne conviennent pas à *Pompée*. Cela fent trop fon rhéteur. Ce tour eft trop apprêté, cette expreffion trop profaïque. Le défaut eft petit ; mais il faut remarquer tout dans un dialogue auffi important que celui de *Pompée* et de *Sertorius*.

V. 7. Et c'eft ce que vient rendre à la haute vaillance,
Dont je ne fais ici que trop d'expérience,
L'ardeur de voir de près un fi fameux héros.

Ce *rendre* fe rapporte à *tribut ;* mais on ne rend point un tribut, on rend juftice , on rend hommage , on paye un tribut.

V. 10. Sans lui voir en la main piques, ni javelots ;

Il ferait à défirer que *Corneille* eût tourné autrement ce vers. *Voir piques* n'eft pas français.

V. 11. Et le front défarmé de ce regard terrible ,
Qui dans nos efcadrons guide un bras invincible.

Le front défarmé fe rapporte à *fans voir* , de forte que la véritable conftruction eft , *fans lui voir le front défarmé ;* ce qui eft précifément le contraire de ce qu'il entend. Il refte à favoir fi un général doit parler à un autre général de fon regard terrible.

V. 15. . . . Ce franc aveu fied bien aux grands courages.

C'eft ce qu'on doit dire de *Pompée* , mais c'eft ce que *Pompée* ne doit pas dire de lui : c'eft une parenthèfe du poëte. Jamais un général d'armée ne fe vante ainfi , et ne s'appelle *grand courage*. Il ne faut jamais faire parler

R 3

les hommes autrement qu'ils ne parleraient eux-mêmes.
C'eſt une règle générale qu'on ne peut trop répéter.

V. 16. J'apprends plus contre vous par mes déſavantages
Que les plus beaux ſuccès qu'ailleurs j'aye emportés
Ne m'ont encore appris par mes proſpérités.

On emporte une place, on remporte un avantage,
on a un ſuccès, on n'emporte point un ſuccès. C'eſt
un barbariſmé.

V. 19. Je vois ce qu'il faut faire à voir ce que vous faites.

Je vois à voir, répétition qu'il faut éviter.

V. 34. Souffrez que je réponde à vos civilités.

Il eût été mieux que *Sertorius* eût répondu aux civilités de *Pompée* ſans le dire ; cela donne à ſon diſcours
un air apprêté et contraint. Il annonce qu'il veut faire
un compliment. Un tel compliment doit être ſans appareil, afin qu'il paraiſſe plus naturel et plus vrai. On n'a
pas beſoin de faire retirer les aſſiſtans pour faire un
compliment.

V. 35. Vous ne me donnez rien par cette haute eſtime
Que vous n'ayez déjà dans le degré ſublime.

Degré ſublime, expreſſion faible et impropre employée
pour la rime.

V. 41. Si, dans l'occaſion, je ménage un peu mieux
L'aſſiette du pays et la faveur des lieux, &c.

Je ne peux m'empêcher de remarquer ici, qu'on trouve
dans pluſieurs livres, et ſurtout dans l'Hiſtoire du théâtre,
que le vicomte de *Turenne* à la repréſentation de Sertorius
s'écria : *où donc Corneille a-t-il pu apprendre l'art de la
guerre ?* Ce conte eſt ridicule. *Corneille* eût très-mal fait
d'entrer dans les détails de cet art ; il fait dire en général
à *Sertorius* ce que ce romain devait peut-être ſe paſſer

de dire, qu'il fait mieux fe prévaloir du terrain que *Pompée*. Il n'y a pas là de quoi étonner un *Turenne*. Les généraux de *Charles-Quint* et de *François I* pouvaient en effet s'étonner que *Machiavel*, fecrétaire de Florence, donnât des règles excellentes de tactique, et enfeignât à difpofer les bataillons comme on les range aujourd'hui; c'eft alors qu'on pouvait dire, où *Machiavel* a-t-il appris l'art de la guerre? Mais fi le vicomte de *Turenne* en avait dit autant fur un ou deux vers de *Corneille* qui n'enfeignent point la tactique, et qui ne doivent point l'enfeigner, il aurait dit une puérilité dont il était incapable.

On pouvait plus juftement dire que *Corneille* parlait fupérieurement de politique. La preuve en eft dans ces vers: *Lorfque deux factions divifent un empire*, &c. Elle eft encore plus dans Cinna. Nous fommes inondés depuis peu, de livres fur le gouvernement. Des hommes obfcurs, incapables de fe gouverner eux-mêmes, et ne connaiffant ni le monde, ni la cour, ni les affaires, fe font avifés d'inftruire les rois et les miniftres, et même de les injurier. Y a-t-il un feul de ces livres, je n'en excepte pas un, qui approche de loin de la délibération d'*Augufte* dans Cinna, et de la converfation de *Sertorius* et de *Pompée?* C'eft là que *Corneille* eft bien grand; et la comparaifon qu'on peut faire de ces morceaux avec tous nos fatras de profe fur la politique, le rend plus grand encore, et eft le plus bel éloge de la poëfie.

V. 57. Et fur les bords du Tibre, une pique à la main,
  Lui demander raifon pour le peuple romain.

On fe fervait encore de piques en France, lorfqu'on repréfenta Sertorius, et cette expreffion était plus noble qu'aujourd'hui.

V. 59. De fi hautes leçons, Seigneur, font difficiles,
  Et pourraient vous donner quelques foins inutiles,

Si vous fefiez deffein de me les expliquer
Jufqu'à m'avoir appris à les bien pratiquer.

Le dernier vers n'a pas un fens net. On ne fait fi
l'intention de l'auteur eft, fi vous vouliez m'expliquer
mes leçons, jufqu'à ce que vous m'appriffiez à les
mettre en pratique. Mais *faire deffein de les expliquer
jufqu'à m'avoir appris*, eft un contre-fens en toute langue.
Faire deffein eft un barbarifme.

V. 75. Eft-ce être tout romain qu'être chef d'une guerre
Qui veut tenir aux fers les maîtres de la terre ?

On eft chef de parti, on n'eft pas chef d'une guerre.
Le mot eft trop impropre.

V. 79. C'eft vous qui fous le joug traînez des cœurs fi braves.

Traîner des cœurs peut fe dire. *Racine* a dit :

Charmant, jeune, traînant tous les cœurs après foi.

Mais cet *après foi* ou *après lui* eft abfolument néceffaire.

Entraînant après lui tous les cœurs des foldats.

V. 89. Mais vous jugez, Seigneur, de l'ame par le bras,
Et fouvent l'un paraît ce que l'autre n'eft pas.

Ces expreffions font trop négligées ; et comment un
bras peut-il paraître différent d'une ame ? La plupart
des fautes de langage font au fond des défauts de
jufteffe.

V. 99. Je fervirai fous lui tant qu'un deftin funefte
De nos divifions foutiendra quelque refte.

Soutiendra n'eft pas le mot propre. On entretient un
refte de divifions, on les fomente, &c. On foutient un
parti, une caufe, une prétention ; mais c'eft un très-
léger défaut dans un auffi beau difcours que celui de
Pompée.

Lorfque deux factions divifent un empire,
Chacun fuit au hafard la meilleure ou la pire ;
Mais quand le choix eft fait, on ne s'en dédit plus , &c.

Quelle vérité dans ces vers , et quelle force dans leur fimplicité ! point d'épithète, rien de fuperflu ; c'eft la raifon en vers.

V. 102. J'ignore quels projets peut former fon bonheur.

Un bonheur qui forme des projets , eft trop impropre.

V. 109. Afin que Sylla mort, ce dangereux pouvoir
Ne tombe qu'en des mains qui fachent leur devoir.

On peut animer tout dans la poëfie ; mais dans une conférence fans paffion , les métaphores outrées ne peuvent avoir lieu ; peut-être cette expreffion porte encore plus l'empreinte d'une négligence qui échappe , que d'une figure qu'on recherche.

V. 128. Aux périls de Sylla vous tâtez leur courage.

Ce mot *tâter* , qui par lui-même eft familier , et même ignoble, fait ici un très-bel effet ; car , comme on l'a déjà remarqué , il n'y a guère de mot qui étant heureufement placé ne puiffe contribuer au fublime. Ce difcours de *Sertorius* eft un des plus beaux morceaux de *Corneille ;* et le refte de la fcène en eft digne , à quelques négligences près.

Ces vers :

Et votre empire en eft d'autant plus dangereux, &c.
Rome n'eft plus dans Rome, elle eft toute où je fuis, &c.

font égaux aux plus beaux vers de Cinna et des Horaces.

V. 169. C'eft Rome... — Le féjour de votre potentat
Qui n'a que fes fureurs pour maximes d'Etat, &c.

Voilà encore un des plus beaux endroits de *Corneille* ,

il y a de la force, de la grandeur, de la vérité ; et même il est supérieurement écrit, à quelques négligences, à quelques familiarités près ; comme le *tyran est bas*, donner *cette joie*, *ouvrir tous ses bras*. Mais quand une expression familière et commune est bien placée et fait un contraste, alors elle tient presque du sublime. Tel est ce vers :

Je n'appelle plus Rome un enclos de murailles.

Ce mot *enclos*, qui ailleurs est si commun et même bas, s'ennoblit, et fait un très-beau contraste avec *ce vers admirable :*

Rome n'est plus dans Rome, elle est toute où je suis.

V. 197. . . . . Et l'on ne sait que c'est
De suivre ou d'obéir que suivant qu'il leur plaît.

Il faut éviter ces expressions triviales *que c'est* qui n'est pas français, et *ce que c'est* qui étant plus régulier, est dur à l'oreille et du style de conversation.

V. 209. Vous qu'à sa défiance il a sacrifié
Jusques à vous forcer d'être son allié. . . . .

Cette transition ne me paraît pas assez ménagée. Je crois que *Sertorius* devait dans l'énumération des cruautés de *Sylla*, compter celle d'avoir forcé *Pompée* à répudier sa femme.

V. 213. J'aimais mon Aristie, il m'en vient d'arracher.

J'aimais mon Aristie, est faible, trivial et comique.

V. 219. Protéger hautement les vertus malheureuses,
C'est le moindre devoir des ames généreuses.

Sertorius ne doit point dire *qu'il est une ame généreuse.* Il doit le laisser entendre, c'est le défaut de tous les héros de *Corneille* de se vanter toujours.

SCENE III.

_V._ 1. Venez . . . . montrer à tout le genre humain
La force qu'on vous fait pour me donner la main.

La force qu'on vous fait, est un barbarisme. On dit, prendre à force, faire force de rames, de voiles; céder à la force, employer la force; mais non _faire force à quelqu'un_. Le terme propre est _faire violence_ ou _forcer_.

Remarquons ici que le grand _Pompée_ est présenté sous un aspect bien défavorable; c'est l'aventure la plus honteuse de sa vie : il a répudié _Antistia_ qu'il aimait, et a épousé _Aemilia_ la petite fille de _Sylla_, pour faire sa cour à ce tyran. Cette bassesse était d'autant plus honteuse, qu'_Emilie_ était grosse de son premier mari quand _Pompée_ l'épousa par un double divorce. _Pompée_ avoue ici sa honte à _Sertorius_ et à sa première femme. Il ne paraît que comme un esclave de _Sylla_, qui craint de déplaire à son maître. Dans cette position, quelque chose qu'il dise ou qu'il fasse, il est impossible de s'intéresser à lui. On prend un intérêt médiocre à _Sertorius_ amoureux. _Viriate_ est peut-être le premier personnage de la pièce : mais quiconque n'étalera que de la politique, n'excitera jamais les grands mouvemens qui font l'ame de la tragédie. Il est dit dans le Boleana, que _Boileau_ n'aimait pas cette fameuse conférence de _Sertorius_ et de _Pompée_. On prétend que _Boileau_ disait que cette scène n'était ni dans la raison, ni dans la nature; et qu'il était ridicule que _Pompée_ vînt redemander sa femme à _Sertorius_, tandis qu'il en avait une autre de la main de _Sylla_. J'avoue que l'objet de cette conférence peut être critiqué; mais j'ai bien de la peine à croire que _Boileau_ ne fût pas content des morceaux adroits et sublimes de cette scène; il savait trop bien que le goût consiste à savoir admirer les beautés au milieu des défauts.

(_Fin de la scène troisième._) Après une scène de politique, il n'est guère possible que jamais une scène de tendresse puisse réussir. Le cœur veut être mené par degrés : il ne peut passer rapidement d'un sujet à un autre ; et toutes les fois qu'on promène ainsi le spectateur d'objets en objets, tout intérêt cesse. C'est une des raisons qui empêchent presque toutes les tragédies de *Corneille* d'être touchantes : il paraît qu'il a senti ce défaut, puisque *Sertorius* et *Pompée* ont parlé d'*Aristie* à la fin de la scène précédente, mais ils n'en ont parlé que par occasion.

SCENE IV.

V. 3. Suivant qu'on m'aime ou hait, j'aime ou hais à mon tour, &c.

Ce vers et les suivans sont un peu du haut comique, et ôtent à la femme de *Pompée* toute sa dignité.

V. 13. Mon feu qui n'est éteint que parce qu'il doit l'être,
Cherche en dépit de moi le vôtre pour renaître, &c.

Ce *feu* qui cherche *le feu de Pompée* , ce courroux qui *trébuche* , en un mot cette scène entre un mari et une femme ne passerait pas aujourd'hui.

V. 17. M'aimeriez-vous encor, Seigneur ? — Si je vous aime ?

Ce qui fait en partie que cette scène est froide, c'est précisément cette chaleur que *Pompée* essaie de mettre dans sa réponse à sa femme. S'il est vrai qu'il l'aime si tendrement, il joue le rôle d'un lâche de l'avoir répudiée par crainte de *Sylla :* et *Pompée* ainsi avili ne peut plus intéresser les spectateurs, comme on vient de le faire voir. *Aristie* plaît encore moins, en ne paraissant que pour dire à *Pompée* qu'elle prendra un autre mari, s'il ne veut pas d'elle. Ce sont-là des intérêts qui n'ont rien de grand, ni d'attendrissant.

V. 20. Sortez de mon esprit, ressentimens jaloux...
Rentrez dans mon esprit, jaloux ressentimens...
Plus de Sertorius... Venez Sertorius... &c.

Il n'y a personne qui puisse souffrir cet apprêt, ces refrains, ces jeux d'esprit compassés. Cela ressemble un peu à ces anciennes pièces de poësies nommées chants royaux, ballades, virelais ; amusemens que jamais ni les Grecs ni les Romains ne connurent, excepté dans les vers phaleuques, qui étaient une espèce de poësie molle et efféminée où les refrains étaient admis ; et quelquefois aussi dans l'églogue :

Ducite ab urbe domum, mea carmina, ducite Daphnim.

V. 29. Plus de Sertorius. Hélas! quoique je die,
　　Vous ne me dites point, Seigneur, plus d'Emilie.

Cela ferait à sa place dans une pastorale ; mais dans une tragédie !

V. 41. Ce qu'il vous fait d'injure également m'outrage.
　　Mais enfin je vous aime et ne puis davantage.

Ce qu'il fait d'injure est un barbarisme ; mais *je vous aime et ne puis davantage*, déshonore entièrement *Pompée*. Le vainqueur de *Mithridate* ne devait pas s'avilir jusque-là.

V. 59. Elle porte en ses flancs un fruit de cet amour, &c.

Ce détail domestique, cette confidence de *Pompée*, qu'il ne couche point avec sa nouvelle femme, et qu'elle est grosse d'un autre, sont au-dessous de la comédie. De telles naïvetés qui succèdent à la belle scène de l'entrevue de *Pompée* et de *Sertorius*, justifient ce que *Molière* disait de *Corneille*, qu'il y avait un lutin qui tantôt lui fesait ses vers admirables, et tantôt le laissait travailler lui-même.

V. 66. Rendez-le moi, Seigneur, ce grand nom qu'elle porte.

C'est le lutin qui fit ce vers-là ; mais ce n'est pas lui qui fit, *pour celles de ma sorte.*

　　Et ce nom seul est tout pour celles de ma sorte.

V. 80. Mais pour venger ma gloire, il me faut un époux.

Une femme qui dit que pour la venger, il lui faut un mari, dit une étrange chofe. *Corneille* l'a bien fenti en relevant cet aveu par ces mots, *il m'en faut un illuftre* ; et ce n'eft peut-être pas encore affez.

V. 82. Ah! ne vous laffez point d'aimer et d'être aimée.

eft un vers d'églogue ; et entre un mari et une femme, il eft au-deffous de l'églogue.

V. 85. Ayez plus de courage et moins d'impatience.

C'eft au contraire, c'eft *Ariftie* qui doit dire à *Pompée*, *ayez plus de courage* : c'eft lui feul qui en manque ici.

V. 93. Mais tant qu'il pourra tout, que pourrai-je, Madame ?

Ce vers humilie trop *Pompée*. Il y a des hommes qu'il ne faut jamais faire voir petits.

V. 94. Suivre en tous lieux, Seigneur, l'exil de votre femme ;

On ne fuit point un exil, on fuit une exilée.

V. 96. Et rendre un heureux calme à nos divifions.

On rend le calme à un peuple agité et divifé ; on ne rend point le calme à une divifion. Cela eft impropre, et forme un contre-fens. On fait fuccéder le calme au trouble, à l'orage ; l'union, la concorde à la divifion. *Corneille* dans fes vingt dernières pièces ne fe fert prefque jamais du mot propre, ne parle prefque jamais français, et furtout n'eft jamais intéreffant ; et cela tandis que la langue fe perfectionnait fous la plume de tant de beaux génies du grand fiècle, tandis que *Racine* parlait au cœur avec tant de chaleur, de nobleffe, d'élégance, et dans un langage fi pur.

V. 101. Ce n'eft pas s'affranchir qu'un moment le paraître.

Pour que ce vers fût français, il faudrait *ce n'eft pas être affranchi que le paraître*.

V.106. Perpenna qui l'a joint saura que vous en dire.

Ce vers familier, et la dissertation politique de *Pompée* avec sa femme, augmentent les défauts de cette scène. Le principal vice est dans le sujet, et je crois qu'il était impossible de mettre de la chaleur dans cette pièce.

V.109. . . . . Ce peu que j'y rends de vaine déférence,
Jaloux du vrai pouvoir, ne sert qu'en apparence.

Le peu de déférence qui est jaloux du pouvoir et qui sert en apparence, est un galimatias qui n'est pas français.

V.124. Me voulez-vous, Seigneur? ne me voulez-vous pas?

C'est un vers de comédie qui avilit tout; et ce vers est le précis de toute la scène.

V.133. Sertorius fait vaincre, et garder ses conquêtes. —
La vôtre, à la garder, coûtera bien des têtes.

La vôtre, &c. est un vers de Nicomède qui est bien plus à sa place dans Nicomède qu'ici, parce qu'il sied mieux à *Nicomède* de braver son frère qu'à *Pompée* de braver sa femme.

V.153. Ah! c'en est trop, Madame, et de nouveau je jure. . . —

Ce vers fait bien connaître à quel point cette scène de politique amoureuse était difficile à faire. Quand on répète ce qu'on a déjà dit, c'est une preuve qu'on n'a rien à dire.

V.160. Me punissent les dieux que vous avez jurés,
Si, passé ce moment, et hors de votre vue,
Je vous garde une foi que vous avez rompue!

Il faudrait au moins qu'elle fût sûre d'épouser *Sertorius*, pour parler ainsi.

V.164. Eteindre un tel amour! — Vous-même l'éteignez.

Si *Pompée* est en effet si amoureux, il n'a pas dû se

féparer d'*Ariftie* ; et s'il n'a pas une paffion violente, tout ce qu'il dit de cet amour refroidit au lieu d'échauffer.

V. dern. Adieu donc pour deux jours. — Adieu pour tout jamais.

Pour jamais eft bien plus fort que *pour tout jamais*. Ce dialogue preffé, rapide, coupé, eft fouvent dans *Corneille* d'une grande beauté. Il ferait beaucoup d'effet entre deux amans ; il n'en fait point entre un mari et une femme qui ne font pas dans une fituation affez douloureufe. Il était impoffible de faire d'un tel fujet une véritable tragédie. Les demi-paffions ne réuffiffent jamais à la longue ; et les intérêts politiques peuvent tout au plus produire quelques beaux vers qu'on aime à citer. La feule fcène de *Sertorius* et de *Pompée* fuffifait alors à une nation qui fortait des guerres civiles. On n'avait rien d'aucun auteur qu'on pût comparer à ce morceau fublime, et on pardonnait à tout le refte en faveur de ces beautés qui n'appartenaient dans le monde entier qu'à *Corneille*.

ACTE QUATRIEME.

SCENE PREMIERE.

Vers 1. Pourrai-je voir la reine ? &c.

C ETTE fcène de *Sertorius* avec une confidente a quelque chofe de comique. Les fcènes avec les fubalternes font d'ordinaire très-froides dans la tragédie, à moins que ces perfonnages fecondaires n'apportent des nouvelles intéreffantes, ou qu'ils ne donnent lieu à des explications plus intéreffantes encore. Mais ici *Sertorius* demande fimplement des nouvelles. Il veut favoir *où vont les fentimens de Viriate*, quoique des fentimens n'aillent point. *Thamire* femble un peu le railler, en lui
difant,

difant, que *Perpenna* offert par lui, *fléchira* le dédain de la reine : et *Sertorius* répond, qu'il a pour elle un *violent* refpect. Cela n'eft pas fort tragique.

V. 19. . . . Je préférerais un peu d'emportement
    Aux plus humbles devoirs d'un tel accablement, &c.

Avouons que *Sertorius* et cette fuivante débitent un étrange galimatias de comédie. Ce violent *refpect* que l'afpect de *Viriate* fait régner fur les plus doux vœux de *Sertorius*, ce peu de *refpects* qui reffemblent aux *refpects* de *Sertorius*, ce *refpect* qui ne fait que trouver des raifons pour un autre, et cette fuivante qui préférerait un peu d'emportement aux plus humbles devoirs d'un accablement ! Enfin, l'autre qui lui réplique qu'il n'en eft rien parti capable de lui nuire, et qu'un foupir échappé ne pût détruire ! Ce n'eft pas le lutin qui a fait de tels vers.

V. 34. Ah ! pour être romain je n'en fuis pas moins homme.

Ce vers a quelque chofe de comique ; auffi eft-il excellent dans la bouche du *Tartufe*, qui dit :

    Ah ! pour être dévôt je n'en fuis pas moins homme !

Mais il n'eft pas permis à *Pompée* de parler comme le *Tartufe.*

V. 35. J'aime, et peut-être plus qu'on n'a jamais aimé.

Ce vers prouve encore que ceux qui ont dit que *Corneille* dédaignait de faire parler d'amour fes héros, fe font bien trompés. Ce vers eft d'autant plus déplacé dans la bouche de *Sertorius*, qu'il n'a rien dit jufqu'ici qui puiffe faire croire qu'il ait une grande paffion. Rien ne déplaît plus au théâtre que les expreffions fortes d'un fentiment faible ; plus on cherche alors à attacher, et moins on attache.

Comment. fur Corneille. **Tome II.**   S

Et qu'eft-ce qu'une reine qui eft fenfible à de nouveaux défirs, et qui entend des raifons et non pas des foupirs!

Et cette fuivante qui n'entend pas bien ce qu'un foupir veut dire, et qui ferait un meilleur truchement. Non jamais on n'a rien mis de plus mauvais fur la fcène tragique. On dira, tant qu'on voudra, que cette critique eft dure; je dois et je veux la publier, parce que je détefte le mauvais autant que j'idolâtre le bon.

V. 49. La voici. Profitez des avis qu'on vous donne,
Et gardez bien furtout qu'elle ne m'en foupçonne.

Profitez de mes avis, mais ne me nommez pas, difcours de foubrette ridicule. A quoi fert cette froide fcène de comédie? Mais il faut remplir fon acte, mais il faut donner à un parterre, fouvent ignorant, groffier et tumultueux, trois cents vers pour les cinq fous qu'on payait alors. Non, il faut bien plutôt ne donner que deux cents beaux vers par acte, que trois cents mauvais. Il ne faut point proftituer ainfi l'art de la poëfie. Il eft honteux qu'il y ait en France un parterre où les fpectateurs font debout, preffés, gênés, néceffairement tumultueux; peut-être c'eft encore un mal qu'on donne des fpectacles tous les jours; s'ils étaient plus rares, ils pourraient devenir meilleurs:

Voluptates commendat rarior ufus.

SCENE II.

V. 1. On m'a dit qu'Ariftie a manqué fon projet.

Cette fcène remplie d'ironie et de coquetterie femble bien peu convenable à *Sertorius* et à *Viriate.* Les vers en paraiffent auffi contraints que les fentimens. Mais quand on voit enfuite *Sertorius* qui dit qu'il aime *malgré fes cheveux gris,* et qu'il a cru qu'il ne lui en coûterait *que*

deux ou trois soupirs, *Sertorius* paraît trop petit. *Viriate*
d'ailleurs lui dit à peu-près les mêmes chofes qu'*Ariftie*
a dites à *Pompée*. L'une dit ; *me voulez-vous ? ne me voulez-*
vous pas ? l'autre dit ; *m'aimez-vous ?* L'une veut que
Pompée lui rende fa main ; l'autre, que *Sertorius* lui donne
fa main. *Pompée* a parlé politique à fa femme ; *Sertorius*
parle politique à fa maîtreffe. *Viriate* lui dit : *vous favez*
que l'amour n'eft pas ce qui me preffe. L'un et l'autre s'épui-
fent en raifonnemens. Enfin, *Viriate* finit cette fcène en
difant :

> Je fuis reine, et qui fait porter une couronne,
> Quand il a prononcé, n'aime point qu'on raifonne.

C'eft parler à *Sertorius* dont elle dépend, comme fi
elle parlait à fon domeftique : et ce, *n'aime point qu'on*
raifonne, eft d'un comique qui n'eft pas fupportable. La
fierté eft ridicule quand elle n'eft pas à fa place.

V. 8. Ce n'eft pas en effet ce qui plus m'embarraffe, *&c...*

> *Obéir fans remife, une offre en l'air, affurer des nœuds,*
> *une frénéfie pouffée au dernier éclat.*

Quels vers ! quelles expreffions ! et de petits écoliers
oferont me reprocher d'être trop févère !

V. 19. Et quand l'obéiffance a de l'exactitude,

> Elle voit que fa gloire eft dans la promptitude.

Une obéiffance qui a de l'exactitude !

V. 29. Je n'ai donc qu'à mourir en faveur de ce choix.

Il n'y a guère dans toutes ces fcènes d'expreffion qui
foit jufte ; mais le pis eft que les fentimens font encore
moins naturels. Un vieux factieux tel que *Sertorius*,
doit-il dire à une femme qu'il mourra en faveur du
choix qu'elle fera d'un autre.

V. 41. Puis-je me plaindre à vous d'un retour inégal

> Qui tient moins d'un ami qu'il ne fait d'un rival ?

Ce n'eft pas parler français, c'eft coudre enfemble,

pour rimer, des paroles qui ne fignifient rien : car que peut fignifier un retour inégal ? que d'obfcurités ! que de barbarifmes entaffés ! et quelle froideur !

V. 45. Vous m'en parlez enfin comme fi vous m'aimiez,

Il n'y a point de vers plus comique.

V. 46. Souffrez, après ce mot, que je meure à vos pieds.

Jamais le ridicule exceffif des intrigues amoureufes de nos héros de théâtre, n'a paru plus fenfiblement que dans ce couplet où ce vieux militaire, ce vieux conjuré, veut mourir d'amour aux pieds de fa *Viriate* qu'il n'aime guère. Il s'en eft défendu *à voir fes cheveux gris;* mais fa paffion ne s'eft pas *vue ralentie*, quoiqu'il fe fût figuré que de tels déplaifirs ne lui coûteraient que deux ou trois foupirs. Il envifageait l'*eftime de chef magnanime.*

V. 74. . . . Je ne fais que c'eft d'aimer, ni de haïr.

Ariftie a dit à *Pompée*, *fuivant qu'on m'aime ou hait, j'aime ou hais à mon tour;* et *Viriate* dit à *Sertorius*, qu'*elle ne fait que c'eft d'aimer ni de haïr.* Dès qu'elle ne fait que c'eft ou ce que c'eft, elle n'a qu'un intérêt de politique, par conféquent elle eft froide. Cependant elle dit, le moment d'après, *m'aimez-vous ?* Ne devrait-elle pas lui dire, l'amour n'eft pas fait pour nous; l'intérêt de l'Etat, le vôtre, celui de ma grandeur, doivent préfider à notre hymenée.

V. 91. Que fe tiendrait heureux un amour moins fincère,
 Qui n'aurait autre but que de fe fatisfaire !

Autre but que de fe fatisfaire, donne une idée qui eft un peu comique, et qui affurément ne convient pas à la tragédie.

V. 114. Et que m'importe à moi fi Rome fouffre ou non, *&c.*

Voilà enfin des fentimens dignes d'une reine et d'une

ennemie de Rome. Voilà des vers qui feraient dignes de l'entrevue de *Pompée* et de *Sertorius*, avec un peu de correction.

Si tout le rôle de *Viriate* était de cette force, la pièce ferait au rang des chefs-d'œuvre.

*V.*135. . . . . Je vois quelles tempêtes
Cet ordre furprenant formera fur nos têtes.

Un ordre furprenant qui forme des tempêtes fur des têtes !

*V.*144. Elle prendra pour vous une haine où j'afpire , &c.

Prendre une haine ! afpirer à une haine ! un courroux endurci ! et c'eft par là qu'on veut l'arrêter ici !

*V.*148. Mais nos Romains , Madame, aiment tous leur patrie ;
Et de tous leurs travaux , l'unique et doux efpoir,
C'eft de vaincre bientôt affez pour la revoir.

Vaincre affez pour revoir Rome !

*V.*161. La perte de Sylla n'eft pas ce que je veux ;
Rome attire encor moins la fierté de mes vœux.

Attirer la fierté des vœux, c'eft encore une de ces expreffions impropres et fans juftefle. *Un hymen qui ne peut trouver d'amorces au milieu d'une ville ! des attraits où l'on n'eft roi qu'un an.*

Quand on examine de près cette foule innombrable de fautes , on eft effrayé.

*V.*180. Vous favez que l'amour n'eft pas ce qui me preffe.

Nous avons déjà remarqué ce vers. (*Voyez le commencement de cette fcène.*)

SCENE III.

V. 1. Dieux qui peut faire ainfi difparaître la reine ? &c.

Cette fcène paraît encore moins digne de la tragédie que les précédentes. *Perpenna* et *Sertorius* ne s'entendent point : l'un dit, je parlais de *Sylla* ; l'autre, je parlais de la reine. Ces petites méprifes ne font permifes que dans la comédie. Il eft vrai que cette fcène eft toute comique : *Quelque chofe qui le gêne ; favez-vous ce qu'on dit ? l'avez-vous mis fort loin au-delà de la porte ? je me fuis difpenfé de le mener plus loin ; nous n'avons rien conclu, mais ce n'eft pas ma faute. Si je m'en trouvais mal, vous ne feriez pas bien.* Tout le refte eft écrit de ce ftyle.

V. 29. ... Je vous demandais quel bruit fait par la ville
De Pompée et de moi l'entretien inutile.

Quel bruit fait par la ville eft du ftyle de la comédie, comme on le fent affez. Mais ce que *Sertorius* fait trop fentir, c'eft qu'en effet la conférence qu'il a eue avec *Pompée*, n'a rien produit dans la pièce. Ce n'eft, comme on l'a déjà dit, qu'une belle converfation dont il ne réfulte rien, un beau dialogue de politique. Si cette entrevue avait fait naître la confpiration de *Perpenna*, ou quelque autre intrigue intéreffante et terrible, elle eût été une beauté tragique, au lieu qu'elle n'eft qu'une beauté de dialogue.

Remarquez que cette tragédie eft un tiffu de converfations fouvent très-embrouillées, jufqu'à ce que le héros de la pièce foit affaffiné. De là naît la froideur qui produit l'ennui.

V. 32. Seigneur, ceux de fa fuite en ont fu mal ufer, &c.

Les gens de la fuite de Pompée qui en ont fu mal ufer ; le coup d'une erreur qu'on veut rompre avant qu'elle groffiffe ; une pourpre qui agit ; l'erreur qui s'épand jufqu'en nos garnifons ; des gens comme vous deux et moi ; Sylla qui prend cette mesure , de rendre l'impunité fort sûre ; la reine qui est d'une humeur si fière. Ce sont là des expressions peu convenables et bien vicieuses ; mais le plus grand vice, encore une fois , c'est le manque d'intérêt ; et ce manque d'intérêt vient principalement de ce qu'il n'y a dans la pièce que des demi-desseins, des demi-passions et des demi-volontés.

Sertorius conseille à *Perpenna* d'épouser la reine des Illergètes , *qui rendra ses volontés bien plutôt satisfaites ;* après quoi il lui dit qu'il ira souper chez lui. Assurément il n'y a rien là de tragique.

V. 51. Croyez-moi, pour des gens comme vous deux et moi,
   Rien n'est si dangereux que trop de bonne foi.

Des gens comme vous deux !

V. 53. Sylla, par politique , a pris cette mesure
   De montrer aux soldats l'impunité fort sûre.

Un homme d'Etat prend des mesures , un ouvrier, un maçon , un tailleur, un cordonnier , prennent une mesure.

V. 85. Celle des Vacéens , celle des Illergètes
   Rendraient vos volontés bien plutôt satisfaites.

On ne s'attendait ni à la reine des Vacéens, ni à celle des Illergètes. Rien n'est plus froid que de pareilles propositions, et, dans une tragédie , le froid est encore plus insupportable que le comique déplacé, et que les fautes de langage.

V. 107. Voyez quel prompt remède on y peut apporter,
   Et quel fruit nous aurons de la violenter.

Un fruit de violenter est un barbarisme et un solécisme.

V. 127. Adieu ; j'entre un moment pour calmer son chagrin,
   Et me rendrai chez vous à l'heure du festin.

La scène commence par un général de l'armée romaine

S 4

qui dit qu'il a reconduit le grand *Pompée* jusqu'à la porte, et finit par un autre général qui dit : Allons souper.

SCENE IV.

V. 1. Ce maître si chéri fait pous vous des merveilles.

Du comique encore, et de l'ironie ! et dans un subalterne !

V. 5. Quels services faut-il que votre espoir hasarde, Afin de mériter l'amour qu'elle vous garde ?

Des services qu'un espoir hasarde, et un amour qu'on garde !

V. dern. . . . . . Allons en résoudre chez moi.

Il peut aussi bien se résoudre dans l'endroit où il parle.

ACTE CINQUIEME.

SCENE PREMIERE.

Vers 1. Oui, Madame, j'en suis comme vous ennemie. Vous aimez les grandeurs et je hais l'infamie, &c.

QUE veulent *Aristie* et *Viriate* ? qu'ont-elles à se dire ? elles se parlent pour se parler : c'est une dame qui rend visite à une autre ; elles font la conversation, et cela est si vrai que *Viriate* répète à la femme de *Pompée* tout ce qu'elle a déjà dit de *Sertorius*.

La règle est qu'aucun personnage ne doit paraître sur la scène sans nécessité. Ce n'est pas encore assez, il faut que cette nécessité soit intéressante. Ces dialogues inutiles font ce qu'on appelle du remplissage. Il est presque impossible de faire une tragédie exempte de ce défaut.

L'usage a voulu que les actes eussent une longueur à peu-près égale. Le public encore grossier se croyait trompé s'il n'avait pas deux heures de spectacle pour son argent. Les chœurs des anciens étaient absolument ignorés ; et dans ces malheureux jeux de paume où de mauvais farceurs étaient accoutumés à déclamer les farces de *Hardi* et de *Garnier*, le bourgeois de Paris exigeait pour ses cinq sous qu'on déclamât pendant deux heures. Cette loi a prévalu depuis que nous sommes sortis de la barbarie où nous étions plongés. On ne peut trop s'élever contre ce ridicule usage.

V. 41. Avec un seul vaisseau ce grand héros prit terre, &c.

Ces particularités ont déjà été annoncées dès le premier acte. *Viriate* fait au cinquième une nouvelle exposition. Rien ne fait mieux voir qu'elle n'a rien à dire : point de passion, point d'intrigue dans *Viriate*, nul changement d'état.

V. 80. . . . Mais que nous veut ce romain inconnu ? &c.

Comme *Pompée* et *Sertorius* ont eu un entretien qui n'a rien produit, *Aristie* et *Viriate* ont ici un entretien non moins inutile, mais plus froid. *Viriate* conte à *Aristie* l'histoire de *Sertorius*, qu'elle a déjà contée à d'autres dans les actes précédens.

Les fautes principales de langage sont : *daigner pencher sa main*, pour dire, *abaisser sa main* ; *consent l'hymenée*, au lieu de, *consent à l'hymenée* ; *s'il n'a tout son éclat*, pour, *s'il ne s'effectue pas* ; *un reste d'autre espoir* ; *la paix qui ouvre trop les portes de Rome* ; *Rome qui domine au cœur* ; *l'ordre qu'un grand effet demande, et qui arrête Pompée à le donner.*

> Si le terme est impropre et le tour vicieux,
> En vain vous m'étalez une scène savante.

Mais ici la scène n'est point savante, et les termes sont très-impropres, les tours sont très-vicieux.

SCENE II.

V. 3. . . . . Ces lettres, mieux que moi,
Vous diront un fuccès qu'à peine encor je croi.

La nouvelle arrivée de Rome que *Sylla* quitte la dicta-
ture, qu'*Emilie* eft morte en accouchant, et que *Pompée*
peut reprendre fa femme, n'a rien qui foit digne de la
tragédie. Elle avilit le grand *Pompée* qui n'ofe fe marier
et fe remarier qu'avec la permiffion de *Sylla*. De plus,
cette nouvelle n'eft qu'un événement qui ne naît point
de l'intrigue et du fond du fujet. Ce n'eft pas comme
dans Bajazet.

Viens, j'ai reçu cet ordre, il faut l'intimider.

V. 23. A deux milles d'ici j'ai fu le rencontrer.

Ce *j'ai fu* fait entendre qu'il y avait beaucoup de
peine, beaucoup d'art et de favoir-faire à rencontrer
Pompée : *j'ai fu vaincre et régner*, parce que ce font deux
chofes très-difficiles.

J'ai fu par une longue et pénible induftrie,
Des plus mortels venins prévenir la furie ;
J'ai fu lui préparer des craintes et des veilles.
J'ai prévu fes complots, je fais les prévenir.

Le mot *favoir* eft bien placé dans tous ces exemples,
il indique la peine qu'on a prife.
Mais *j'ai fu rencontrer un homme en chemin*, eft ridicule.
Tous les mauvais poëtes ont imité cette faute.

V. 29. L'ordre que pour fon camp ce grand effet demande,
L'arrête à le donner, attendant qu'il s'y rende, &c.

Tout ce couplet eft confus, obfcur, inintelligible ;
tournez-le en profe. *Son tranfport d'amour qui le rappelle,
ne lui permet pas d'achever fon retour, et l'ordre que ce grand
effet demande pour fon camp, l'arrête à le donner, attendant*

qu'il se rende à ce camp. Un pareil langage est-il supportable ? Il est triste d'être forcé de relever des fautes si considérables et si fréquentes.

(*Fin de la scène.*) Un domestique qui apporte une lettre et des nouvelles qui n'ont rien de surprenant, rien de tragique, est absolument une chose indigne du théâtre. *Aristie* qui n'a produit dans la pièce aucun événement, apprend par un exprès que la seconde femme de *Pompée* est *morte en couche.*

Arcas dit qu'il a rendu une pareille lettre à *Pompée*, qu'il a rencontré à deux milles de la ville. Ce ne sont pas là certainement les péripéties, les catastrophes que demande *Aristote* ; c'est un fait historique altéré, mis en dialogues.

SCENE III.

L'affassinat de *Sertorius*, qui devait faire un grand effet, n'en fait aucun ; la raison en est, que ce qui n'est point préparé avec terreur, n'en peut point causer ; le spectateur y prend d'autant moins d'intérêt que *Viriate* elle-même ne s'en occupe presque pas : elle ne songe qu'à elle ; elle dit qu'on *veut disposer d'elle et de son trône.*

V. 1. . . . . Ah ! Madame. — Qu'as-tu,
Thamire ? et d'où te vient ce visage abattu ? *&c.*

Qu'as-tu ! d'où te vient ce visage, cet illustre bras !

V. 20. N'attendez point de moi de soupirs ni de larmes.

Il semble que l'auteur refroidi lui-même dans cette scène, fait répéter à *Viriate* le même vers et les mêmes choses que dit *Cornélie* en tenant l'urne de *Pompée*, à cela près que les vers de *Cornélie* sont très-touchans, et que ceux de *Viriate* languissent.

V. 21. Ce sont amusemens que dédaigne aisément
Le prompt et noble orgueil d'un vif ressentiment.

Ce sont amusemens est comique ; et *le prompt et noble*

orgueil n'a point de fens. On n'a jamais dit , *un prompt orgueil*; et affurément ce n'eft pas un fentiment d'orgueil qu'on doit éprouver quand on apprend l'affaffinat de fon amant.

V. 31. Et jufqu'à ce qu'un temps plus favorable arrive ,
    Daignez vous fouvenir que vous êtes captive.

J'ai dit fouvent qu'on doit foigneufement éviter ce concours de fyllabes qui offenfent l'oreille, *jufqu'à ce que*. Cela paraît une minutie; ce n'en eft point une : ce défaut répété forme un ftyle trop barbare : j'ai lu dans une tragédie :

    Nous l'attendons tous trois jufqu'à ce qu'il fe montre,
    Parce que les profcrits s'en vont à fa rencontre.

SCENE IV.

V. 1. Sertorius eft mort, ceffez d'être jaloufe,
    Madame, du haut rang qu'aurait pris fon époufe,
    Et n'appréhendez plus, comme de fon vivant,
    Qu'en vos propres Etats elle ait le pas devant.

C'eft une chofe également révoltante et froide que l'ironie avec laquelle cet affaffin vient répéter à *Viriate* ce qu'elle lui avait dit au fecond acte , qu'elle craignait qu'*Ariftie* ne prît *le pas devant*.

Il vient fe propofer avec des *qualités* où *Viriate* trouvera *de quoi mériter une reine*. Son bras l'a dégagée d'un *choix abject*. Enfin il fait entendre à la reine qu'il eft plus jeune que *Sertorius*.

Il n'y a point de connaiffeur qui ne fe rebute à cette lecture ; le feul fruit qu'on en puiffe retirer , c'eft que jamais on ne doit mettre un grand crime fur la fcène, qu'on ne faffe frémir le fpectateur, que c'eft là où il faut porter le trouble et l'effroi dans l'ame , et que tout ce qui n'émeut point eft indigne de la fcène tragique.

C'eft une règle puifée dans la nature, qu'il ne faut point parler d'amour quand on vient de commettre un crime horrible, moins par amour que par ambition. Comment ce froid amour d'un fcélérat pourrait-il produire quelque intérêt? Que le forcené *Ladiflas*, emporté par fa paffion, teint du fang de fon rival, fe jette aux pieds de fa maîtreffe, on eft ému d'horreur et de pitié. *Orefte* fait un effet admirable dans Andromaque, quand il paraît devant *Hermione* qui l'a forcé d'affaffiner *Pyrrhus*. Point de grands crimes fans de grandes paffions qui faffent pleurer pour le criminel même. C'eft-là la vraie tragédie.

V. 7. . . . Ce coup heureux faura vous maintenir.

Un coup qui faura la maintenir ! Voilà encore ce mot de *favoir* auffi mal placé que dans les fcènes précédentes.

V. 25. Lâche, tu viens ici braver encor des femmes!

Pourquoi *Ariflie* ne fait-elle aucun effet? c'eft qu'elle eft de trop dans cette fcène.

V. 43. Cependant vous pourriez, pour votre heur et le mien,
Ne parler pas fi haut à qui ne vous dit rien.

font des vers de *Jodelet*; et *je ne vous dis rien*, après lui avoir parlé affez long-temps, eft encore plus comique.

V. 50. Et mon filence ingrat a droit de te confondre.

Le *filence ingrat de Viriate !* cette ingrate de figure : joignez à cela de *hauts remercîmens*.

V. 66. Tout mon deffein n'était qu'une atteinte frivole.

Que veut dire, *tout fon deffein qui n'était qu'une atteinte* ou une *attente frivole ?*

V. 87. Et je me réfoudrais à cet excès d'honneur,
Pour mieux choifir la place à lui percer le cœur…

V. 92. . . . . Recevez enfin ma main fi vous l'ofez.

Rodelinde dit dans Pertharite :

Pour mieux choifir la place à te percer le cœur.

. . . .

A ces conditions prends ma main fi tu l'ofes.

Mais ces vers ne font aucune impreffion ni dans Pertharite , ni dans Sertorius, parce que les perfonnages qui les prononcent n'ont pas d'affez fortes paffions. On eft quelquefois étonné que le même vers , le même hémiftiche faffe un très-grand effet dans un endroit, et foit à peine remarqué dans un autre. La fituation en eft caufe : auffi on appelle vers de *fituation* ceux qui par eux-mêmes n'ayant rien de fublime le deviennent par les circonftances où ils font placés.

V. 93. Moi, fi je l'oferais ? Vos confeils magnanimes
Pouvaient perdre moins d'art à m'étaler mes crimes.

Dès qu'on fait fentir qu'il y a de l'art dans une fcène, cette fcène ne peut plus toucher le cœur.

S C E N E V.

V. 1. . . . . . Seigneur, Pompée eft arrivé ;
Nos foldats mutinés, le peuple foulevé.

Ceci eft une aventure nouvelle qui n'eft pas affez préparée. *Pompée* pouvait venir ou ne venir pas le même jour. Les foldats pouvaient ne fe pas mutiner. Ces accidens ne tiennent point au nœud de la pièce Toute cataftrophe qui n'eft pas tirée de l'intrigue eft un défaut de l'art , et ne peut émouvoir le fpectateur.

V. 13. Pour quelle heure, Seigneur , faut-il fe préparer ? &c.

Ariftie répète ici les mêmes chofes que lui a dites

Perpenna dans la scène précédente. On a déjà obfervé que l'ironie doit rarement être employée dans le tragique ; mais dans un moment qui doit infpirer le trouble et la terreur, elle eft un défaut capital.

Ariftie ne fait ici qu'un rôle inutile, et peu digne de la femme de *Pompée.* On a tué *Sertorius* qu'elle n'aimait point ; elle fe trouve dans les mains de *Perpenna ;* elle ne fert qu'à faire remarquer combien elle a fait un voyage inutile en Efpagne.

SCENE VI.

V. 5. Je vous rends Ariftie, et finis cette crainte.

Finir une crainte !

V. 9. Je fais plus, je vous livre une fière ennemie,
Avec tout fon orgueil et fa Lufitanie.

Comme fi cet orgueil était un effet appartenant à *Viriate.*

V. 19. Et vous reconnaîtrez, par leurs perfides traits,
Combien Rome pour vous a d'ennemis fecrets...

Des ennemis pour quelqu'un, c'eft un folécifme et un barbarifme.

V. 21. Qui tous pour Ariftie enflammés de vengeance
Avec Sertorius étaient d'intelligence.

Enflammés de vengeance pour, même faute.

V. 24. Madame, il eft ici votre maître et le mien.

Quand même la fituation ferait intéreffante, théâtrale et terrible, elle ne pourrait émouvoir, parce que *Perpenna* n'eft là qu'un miférable, qu'un vil délateur ; et qu'on ne peut jouer un rôle plus bas et plus lâche.

V. 34. . . . . Seigneur, qu'allez-vous faire? —
Montrer d'un tel fecret ce que je veux favoir.

Cette action de brûler des lettres eft belle dans l'hiftoire et fait un mauvais effet dans une tragédie. On
apporte une bougie, autrefois on apportait une chandelle.

V. 40. Je n'y remettrai point le carnage et l'horreur.

On ne *remet* point le carnage dans une ville comme
on y remet la paix. Le carnage et l'horreur, termes
vagues et ufés qu'il faut éviter. Aujourd'hui tous nos
mauvais verfificateurs emploient le carnage et l'horreur
à la fin d'un vers, comme les armes et les alarmes pour
rimer.

V. *dern.* Je fuis maître, je parle; allez, obéiffez.

Le froid qui règne dans ce dénouement, vient principalement du rôle bas et méprifable que joue *Perpenna*.
Il eft affez lâche pour venir accufer la femme de *Pompée*
d'avoir voulu faire des ennemis à fon mari dans le temps
de fon divorce, et affez imbécille pour croire que *Pompée*
lui en faura gré dans le temps qu'il reprend fa femme.

Un défaut non moins grand, c'eft que cette accufation
contre *Ariftie* eft un faible épifode auquel on ne s'attend
point.

C'eft une belle chofe dans l'hiftoire que *Pompée* brûle
les lettres fans les lire, mais ce n'eft point du tout une
chofe tragique; ce qui arrive dans un cinquième acte,
fans avoir été préparé dans les premiers, ne fait jamais
une impreffion violente.

Ces lettres font une chofe abfolument étrangère à
la pièce. Ajoutez à tous ces défauts contre l'art du
théâtre, que le fupplice d'un criminel, et furtout d'un
criminel méprifable, ne produit jamais aucun mouvement dans l'ame; le fpectateur ne craint ni n'efpère. Il

n'y

n'y a point d'exemple d'un dénouement pareil qui ait remué l'ame, et il n'y en aura point. *Ariſtote* avait bien raiſon, et connaiſſait bien le cœur humain, quand il diſait que le ſimple châtiment d'un coupable ne pouvait être un ſujet propre au théâtre.

Encore une fois, le cœur veut être ému; et quand on ne le trouble pas, on manque à la première loi de la tragédie.

Viriate parle noblement à *Pompée;* mais des compli-mens finiſſent toujours une tragédie froidement. Toutes ces vérités ſont dures, je l'avoue; mais à qui dures? à un homme qui n'eſt plus. Quel bien lui ferai-je en le flattant? quel mal en diſant vrai? Ai-je entrepris un vain panégyrique ou un ouvrage utile? Ce n'eſt pas pour lui que je réfléchis et que j'écris ce que m'ont appris cinquante ans d'expérience, c'eſt pour les auteurs et pour les lecteurs. Quiconque ne connaît pas les défauts, eſt inca-pable de connaître les beautés; et je répète ce que j'ai dit dans l'examen de preſque toutes ces pièces, que la vérité eſt préférable à *Corneille*, et qu'il ne faut pas tromper les vivans par reſpect pour les morts. Je ne ſuis pas même retenu par la crainte de me voir ſoupçonné de ſentir un plaiſir ſecret à rabaiſſer un grand homme, dans la vaine idée de m'égaler à lui en l'aviliſſant: je me crois trop au-deſſous de lui. Je dirai ſeulement ici que je parlerais avec plus de hardieſſe et de force, ſi je ne m'étais pas exercé quelquefois dans l'art de *Corneille*.

J'ai dit ma penſée avec l'honnête liberté dont j'ai fait profeſſion toute ma vie, et je ſens ſi vivement ce que le père du théâtre a de ſublime, qu'il m'eſt permis plus qu'à perſonne de montrer en quoi il n'eſt pas imi-table.

SCENE VII.

V. 25. Je renonce à la guerre ainfi qu'à l'hymenée.

Cette tirade de *Viriate* eft très à fa place, pleine de raifon et de nobleffe.

SCENE VIII et dernière.

V. 9. Allons donner notre ordre à des pompes funèbres.

Donner un ordre à des pompes ! et qui pis eft *notre ordre.*

REMARQUES

SUR

SOPHONISBE,

Tragédie repréſentée en 1663.

PREFACE DU COMMENTATEUR.

Il y a des points d'hiſtoire qui paraiſſent au premier coup d'œil de beaux ſujets de tragédie, et qui au fond ſont preſque impraticables : telles ſont, par exemple, les cataſtrophes de *Sophonisbe* et de *Marc-Antoine*. Une des raiſons, qui probablement excluront toujours ces ſujets du théâtre, c'eſt qu'il eſt bien difficile que le héros n'y ſoit avili. *Maſſiniſſe*, obligé de voir ſa femme menée en triomphe à Rome, ou de la faire périr pour la ſouſtraire à cette infamie, ne peut guère jouer qu'un rôle déſagréable. Un vieux triumvir, tel qu'*Antoine*, qui ſe perd pour une femme telle que *Cléopâtre*, eſt encore moins intéreſſant, parce qu'il eſt plus mépriſable.

La Sophonisbe de *Mairet* eut un grand ſuccès ; mais c'était dans un temps où non-ſeulement le goût du public n'était point formé, mais où la France n'avait encore aucune tragédie ſupportable.

Il en avait été de même de la Sophonisbe du *Triſſino* ; et celle de *Corneille* fut oubliée au bout de quelques années ; elle eſſuya dans ſa nouveauté beaucoup de critiques, et eut des défenſeurs célèbres ; mais il paraît qu'elle ne fut ni bien attaquée ni bien défendue.

Le point principal fut oublié dans toutes ces

T 2

difputes. Il s'agiffait de favoir fi la pièce était intéreffante ; elle ne l'eft pas, puifque, malgré le nom de
fon auteur, on ne l'a point rejouée depuis quatre-
vingts ans. Si ce défaut d'intérêt, qui eft le plus grand
de tous, comme nous l'avons déjà dit, était racheté
par une fcène femblable à celle de *Sertorius* et de
Pompée, on pourrait la repréfenter encore quelquefois.

Il ne fera pas inutile de faire connaître ici le ftyle
de *Mairet* et de tous les auteurs qui donnèrent des
tragédies avant le Cid.

Syphax, dès la première fcène, reproche à *Sophonisbe*
fa femme un amour *impudique* pour le roi *Maffiniffe* fon
ennemi. *Je veux bien*, lui dit-il, *que tu me méprifes, et
que tu en aimes un autre ; mais,*

> Ne pouvais-tu trouver où prendre tes plaifirs,
> Qu'en cherchant l'amitié de ce prince numide ?

Sophonisbe lui répond :

> J'ai voulu m'affurer de l'affiftance d'un
> A qui le nom libique avec nous fût commun.

Ce même *Syphax* fe plaint à fon confident *Philon* de
l'infidélité de fon époufe ; et *Philon*, pour le confoler,
lui repréfente,

> . . . . Que c'eft aux grandes ames,
> A fouffrir de grands maux, et que femmes font femmes.

Enfuite, quand *Syphax* eft vaincu, *Phénice*, confidente de *Sophonisbe*, lui confeille de chercher à plaire
au vainqueur ; elle lui dit :

> Au refte, la douleur ne vous a point éteint
> Ni la clarté des yeux, ni la beauté du teint.

Vos pleurs vous ont lavée; et vous êtes de celles
Qu'un air triste et dolent rend encore plus belles.
Vos regards languissans font naître la pitié ,
Que l'amour fuit par fois , et toujours l'amitié ;
N'étant rien de pareil aux effets admirables
Que font dans les grands cœurs des beautés misérables.
Croyez que Massinisse est un vivant rocher ,
Si vos perfections ne le peuvent toucher.

Sophonisbe, qui n'avait pas besoin de ces conseils, emploie avec *Massinisse* le langage le plus séduisant, et lui parle même avec une dignité qui la rend encore plus touchante. Une de ses suivantes, remarquant l'effet que le discours de *Sophonisbe* a fait sur le prince, dit derrière elle à une autre suivante : *Ma compagne, il se prend ;* et sa compagne lui répond : *La victoire est à nous , ou je n'y connais rien.*

Tel était le style des pièces les plus suivies : tel était ce mélange perpétuel de comique et de tragique , qui avilissait le théâtre ; l'amour n'était qu'une galanterie bourgeoise; le grand n'était que du boursouflé ; l'esprit consistait en jeux de mots et en pointes : tout était hors de la nature. Presque personne n'avait encore ni pensé , ni parlé comme il faut , dans aucun discours public.

Il est vrai que la Sophonisbe de *Mairet* avait un mérite très-nouveau en France, c'était d'être dans les règles du théâtre. Les trois unités, de lieu, de temps et d'action, y sont parfaitement observées. On regarda son auteur comme le père de la scène française ; mais qu'est-ce que la régularité sans force, sans éloquence , sans grâce, sans décence ? Il y a des vers naturels dans la pièce, et on admirait ce naturel qui approche du bas, parce qu'on ne connaissait point encore celui qui touche au sublime.

En général le style de *Mairet* est ou ampoulé ou bourgeois. Ici c'est un officier du roi *Massinisse* qui, en annonçant que *Sophonisbe* est morte empoisonnée, dit au roi :

> Si votre majesté désire qu'on lui montre
> Ce pitoyable objet, il est ici tout contre ;
> La porte de sa chambre est à deux pas d'ici,
> Et vous le pourrez voir de l'endroit que voici.

Là c'est *Massinisse* qui, en voyant *Sophonisbe* expirée, s'écrie en s'adressant aux yeux de cette beauté :

> Vous avez donc perdu ces puissantes merveilles
> Qui dérobaient les cœurs et charmaient les oreilles ;
> Clair soleil, la terreur d'un injuste sénat,
> Et dont l'aigle romain n'a pu souffrir l'éclat ;
> Doncques votre lumière a donné de l'ombrage, *&c.*

On ne fesait guère alors autrement des vers.

Dans ce chaos, à peine débrouillé, de la tragédie naissante, on voyait pourtant des lueurs de génie ; mais surtout ce qui soutint si long-temps la pièce de *Mairet*, c'est qu'il y a de la vraie passion. Elle fut représentée sur la fin de 1634, trois ans avant le Cid, et enleva tous les suffrages. Les succès en tout genre dépendent de l'esprit du siècle. Le médiocre est admiré dans un temps d'ignorance : le bon est tout au plus approuvé dans un temps éclairé.

On fera peu de remarques grammaticales sur la Sophonisbe de *Corneille*, et on tâchera de démêler les véritables causes qui excluent cette pièce du théâtre.

REMARQUES

SUR

L'AVERTISSEMENT

AU LECTEUR.

Tome V, p. 405. *Depuis trente ans que M. Mairet a fait admirer sa Sophonisbe sur notre théâtre, elle y dure encore; ... elle a des endroits inimitables. .... Le démêlé de Scipion avec Massinisse et le désespoir de ce prince sont de ce nombre.*

On voit que *Corneille* était alors raccommodé avec *Mairet*, ou qu'il craignait de choquer le public, qui aimait toujours l'ancienne Sophonisbe. C'est dans cette scène où *Scipion* fait à *Massinisse* des reproches de sa faiblesse, qu'on trouve ce vers énergique :

Massinisse en un jour voit, aime et se marie !

Ce vers est la critique de tant d'amours de théâtre, qui commencent au premier acte et qui produisent un mariage au dernier.

Page 408. *Je ne m'aperçus point qu'on se scandalisât de voir dans le Sertorius, Pompée mari de deux femmes vivantes, dont l'une venait chercher un second mari aux yeux même de ce premier.*

C'est qu'*Aristie* est répudiée; et on la plaint. *Sophonisbe* ne l'est pas; et on la blâme.

Page 410. *J'aime mieux qu'on me reproche d'avoir fait mes femmes trop héroïnes .... que de m'entendre louer d'avoir efféminé mes héros par une docte et sublime complaisance au goût de nos délicats, qui veulent de l'amour par-tout.*

Ce n'est point *Racine* que *Corneille* désigne ici. Ce grand homme qui n'a jamais efféminé ses héros, qui

T 4

n'a traité l'amour que comme une paffion dangereufe,
et non comme une galanterie froide, pour remplir un
acte ou deux d'une intrigue languiffante : *Racine*, dis-je,
n'avait encore publié aucune pièce de théâtre ; c'eft de
Quinault dont il eft ici queftion. Le jeune *Quinault* venait
de donner fucceffivement Stratonice, Amalafonte, le
faux Tibérinus, Aftrate. Cet Aftrate furtout, joué dans
le même temps que Sophonisbe, avait attiré tout Paris,
tandis que Sophonisbe était négligée. Il y a de très-
belles fcènes dans Aftrate ; il y règne furtout de l'intérêt : c'eft ce qui fit fon grand fuccès. Le public était
las de pièces qui roulaient fur une politique froide, mêlée
de raifonnemens fur l'amour, et de complimens amoureux, fans aucune paffion véritable. On commençait auffi
à s'apercevoir qu'il fallait un autre ftyle que celui dont
les dernières pièces de *Corneille* font écrites. Celui de
Quinault était plus naturel et moins obfcur. Enfin fes
pièces eurent un prodigieux fuccès, jufqu'à ce que
l'Andromaque de *Racine* les éclipfa toutes. *Boileau* com-
mença à rendre l'Aftrate ridicule en fe moquant de
l'anneau royal, qui en effet eft une invention puérile ;
mais il faut convenir qu'il y a de très-belles fcènes entre
Sichée et *Aftrate*.

REMARQUES

SUR

SOPHONISBE,

TRAGEDIE.

ACTE PREMIER.

SCENE PREMIERE.

Vers 5. ... L'orgueil des Romains fe promettait l'éclat
D'affervir par leur prife et vous et tout l'Etat.

L'ECLAT d'affervir vous et tout l'Etat par une prife, folécifme et barbarifme.

V. 7. Syphax a diffipé par fa feule préfence
De leur ambition la plus fière efpérance.

La plus fière efpérance d'une ambition, folécifme et barbarifme.

V. 12. Il les range en bataille au milieu de la plaine ;
L'ennemi fait le même.

L'ennemi fait le même, barbarifme.

(*Fin de la fcène.*) Vous voyez que l'expofition de la pièce eft bien faite. On entre tout d'un coup en matière. On eft occupé de grands objets. Les fautes de ftyle, comme , *fe promettre l'éclat d'affervir vous et l'Etat , étaler des menaces , envoyer un trompette , une heure à conférer* , font des minuties qu'il ne faut pas , à la vérité , négliger, mais qu'on ne doit pas reprendre févèrement , quand le beau eft dominant.

S C E N E I I.

V. 2. ... Vos vœux pour la paix n'ont pas votre ame entière.

Des vœux qui n'ont pas une ame entière !

V. 23. Nous vaincrons, Herminie, &c.

Il y a des degrés dans le mauvais comme dans le bon. Cette tirade n'eſt pas de ce dernier degré qui étonne et qui révolte dans Pertharite , dans Théodore , dans Attila , dans Agéſilas. Mais ſi le plus plat des auteurs tragiques s'aviſait de dire aujourd'hui , *nos deſtins jaloux voudront faire quelque choſe pour nous à leur tour. Un amour qu'il m'a plu de trahir , ne ſe trahira pas juſqu'à me haïr ; et l'eſtime qu'on prend pour un autre mérite , et un ordre ambitieux d'un hymen ;* et ſi enfin il étalait ſans ceſſe tous ces miſérables lieux communs de politique , y aurait-il aſſez de ſifflets pour lui ?

V. 29. Jamais à ce qu'on aime on n'impute d'offenſe , &c.

Le cœur eſt glacé dès cette ſcène. Ces diſſertations ſur l'amour , qui tiennent plus de la comédie que de la tragédie , ne conviennent ni à une femme qui aime véritablement , ni à une ambitieuſe comme *Sophonisbe* ; et *Sophonisbe* qui dans cette ſcène trouve bon que *Maſſiniſſe* ne l'aime point, et qui ne veut pas qu'il en aime une autre , joue dès ce moment un perſonnage auquel on ne peut jamais s'intéreſſer.

V. 53. Ce reſte ne va point à regretter ma perte,

Dont je prendrais encor l'occaſion offerte.

Un reſte qui ne va point à regretter une perte dont on prendrait encore l'occaſion offerte ! quelles expreſſions ! quel ſtyle !

V. 96. Un eſclave échappé nous fait toujours rougir.

Cette petite coquetterie comique et cette nouvelle

differtation fur les femmes qui veulent toujours conferver leurs amans, font fi déplacées, que la confidente a bien raifon de lui dire refpectueufement qu'elle eft une capricieufe. Ce mot feul de *caprice* ôte au rôle de *Sophonisbe* toute la dignité qu'il devait avoir, détruit l'intérêt, et eft un vice capital. Ajoutez à cette grande faute les défauts continuels de la diction, comme *Eryxe qui avance la douleur de Sophonisbe par fa joie ; une nouveauté qui n'ofe confoler de la déloyauté ; un illuftre refus ; une perte devenue amère au-dedans ; Herminie qui ne comprend pas que peut importer à laquelle on veuille s'arrêter ; un refte d'amour qui ne va point à regretter une perte dont on prendrait encore l'occafion offerte ;* et tout ce galimatias abfurde qu'on ne remarqua pas affez dans un temps où le goût des Français n'était pas encore formé, et qu'on ne remarque guère aujourd'hui, parce qu'on ne lit pas avec attention, et furtout parce que prefque perfonne ne lit les dernières pièces de *Corneille*.

SCENE III.

V. 27. Rome nous aurait donc appris l'art de trembler.

On n'avait pas mis encore la peur au rang des arts.

V. 30. On ne voit point d'ici ce qui fe paffe à Rome.

On fent combien ce vers eft ridicule dans une tragédie. Si on voulait remarquer tous les mauvais vers, la peine ferait trop grande et ferait perdue.

(*Fin de la fcène.*) Cette converfation politique entre deux femmes, leurs petites picoteries n'élèvent l'ame du fpectateur ni ne la remuent, et le lecteur eft rebuté de voir à tout moment de ces vers de comédie que *Corneille* s'eft permis dans toutes fes pièces depuis Cinna, et que le fuccès conftant de Cinna devait l'engager à

profcrire de fon ftyle. On pourrait obferver les folécifmes , les barbarifmes de ces deux femmes , et , ce qui eft
bien plus impardonnable , leur langage trivial et comique.

Il n'eft pas permis de mettre dans une tragédie , des
vers tels que ceux-ci :

> Avez-vous en ces lieux quelque commerce ? Aucun.
> D'où le favez-vous donc ? D'un peu de fens commun.
> On pourrait fort attendre : et pendant cette attente
> Vous pourriez n'avoir pas l'ame la plus contente.
> On ne fait point d'ici ce qui fe paffe à Rome.
> Mais , Madame , les dieux vous l'ont-ils révélé ?
> . . . . L'ame la plus crédule,
> D'un miracle pareil , ferait quelque fcrupule.
> . . . . . . Un fuccès hautement emporté,
> Qui mettrait notre gloire en plus d'égalité.
> Du refte , fi la paix vous plaît ou vous déplaît ,
> La victoire et la paix font pour moi même chofe. &c. &c.

C'eft-là ce que *Saint-Evremont* appelle parler avec
dignité , c'eft la véritable tragédie : et l'Andromaque de
Racine eft à fes yeux une pièce dans laquelle il y a des
chofes qui approchent du bon ! Tel eft le préjugé ; telle
eft l'envie fecrète qu'on porte au mérite nouveau fans
prefque s'en apercevoir. *Saint-Evremont* était né après
Corneille, et avait vu naître *Racine*. Ofons dire qu'il n'était
digne de juger ni l'un ni l'autre. Il n'y a peut-être jamais
eu de réputation plus ufurpée que celle de *Saint-Evremont*.

SCENE IV.

V. dern. Et je faurai pour vous vaincre ou mourir en roi.

Cette fcène devrait être intéreffante et fublime.
Sophonisbe veut forcer fon mari à prendre le parti de
Carthage contre les Romains. C'eft un grand objet et
digne de *Corneille* ; fi cet objet n'eft pas rempli , c'eft en

partie la faute du ſtyle. C'eſt cette répétition, *m'aimez-vous*, *Seigneur ? oui*, *m'aimez-vous encore ?* C'eſt cette imitation du diſcours de *Pauline* à *Polyeucte :*

> Moi qui, pour en étreindre à jamais les grands nœuds,
> Ai d'un amour ſi juſte éteint les plus beaux feux.

Imitation mauvaiſe ; car le ſacrifice que *Pauline* a fait de ſon amour pour *Sévère* eſt touchant, et le ſacrifice de *Maſſiniſſe*, que *Sophonisbe* a fait à l'ambition, eſt d'un genre tout différent. Enfin, *Syphax* eſt faible ; *Sophonisbe* veut gouverner ſon mari. La ſcène n'eſt pas aſſez fortement écrite, et tout eſt froid.

Je ne parle point de *Carthage abandonnée, qui vaut pour l'un et pour l'autre une grande journée ;* je ne parle pas du ſtyle qui devrait réparer les vices du fond, et qui les augmente.

ACTE SECOND.

ON retrouve dans ce ſecond acte des étincelles du feu qui avait animé l'auteur de Cinna et de Polyeucte, &c. Cependant la pièce de *Corneille* n'eut qu'un médiocre ſuccès, et la Sophonisbe de *Mairet* continua à être repréſentée. Je crois en trouver la raiſon juſque dans les beaux endroits même de la Sophonisbe de *Corneille*. *Eryxe*, cette ancienne maîtreſſe de *Maſſiniſſe*, démêle très-bien l'amour de *Maſſiniſſe* pour ſa rivale : tout ce qu'elle dit eſt vrai, mais ce vrai ne peut toucher. Elle annonce elle-même que *Sophonisbe* eſt aimée ; dès-lors plus d'incertitude dans l'eſprit du ſpectateur, plus de ſuſpenſion, plus de crainte. *Mairet* avait eu l'art de tenir les eſprits en ſuſpens : on ne ſait d'abord chez lui ſi *Maſſiniſſe* pardonnera ou non à ſa captive. C'eſt beaucoup que dans le temps groſſier où *Mairet* écrivait, il devînt ce grand art d'intéreſſer. Sa pièce était à la vérité remplie de vers de comédie et de longues déclamations ; mais ce goût subfista très-long-temps, et il n'y avait qu'un petit nombre d'esprits éclairés qui s'aperçuffent de ces défauts. On aimait encore, ainfi que nous l'avons remarqué fouvent, ces longues tirades raifonnées, qui, à l'aide de cinq ou fix vers pompeux, et de la déclamation ampoulée d'un acteur, fubjuguaient l'imagination d'un parterre, alors peu inftruit, qui admirait ce qu'il entendait et ce qu'il n'entendait pas. Des vers durs, entortillés, obfcurs, paffaient à la faveur de quelques vers heureux. On ne connaiffait pas la pureté et l'élégance continue du ftyle.

La pièce de *Mairet* fubfifta donc, ainfi que plufieurs ouvrages de *Defmarets*, de *Triftan*, de *Durier*, de *Rotrou*, jufqu'à ce que le goût du public fût formé.

La Sophonisbe de *Corneille* tomba enfuite comme les autres pièces de tous ces auteurs ; elle eft plus fortement écrite, mais non plus purement ; et avec l'incorrection et l'obfcurité continuelle du ftyle, elle a le grand défaut d'être abfolument fans intérêt, comme le lecteur peut le fentir à chaque page.

SCENE PREMIERE.

(*Fin de la fcène.*) On fent dans cette fcène combien *Eryxe* eft froide et rebutante.

> J'aime donc Maffiniffe, et je prétends qu'il m'aime ;
> Je l'adore et je veux qu'il m'adore de même.
> Pour jufte aux yeux de tous qu'en puiffe être la caufe,
> Une femme jaloufe à cent mépris s'expofe.
> Plus elle fait de bruit, moins on en fait d'état.

Eft-ce là une comédie de *Montfleuri* ? eft-ce une tragédie de *Corneille* ?

SCENE II.

Cette scène est aussi froide et aussi comiquement écrite que la précédente. *Massinisse* est non-seulement le maître de la ville, mais aussi des murs. *Il voit céder les soins de la victoire aux douceurs de l'amour en ce reste de jour. Il n'aurait plus sujet d'aucune inquiétude, n'était qu'il ne peut sortir d'ingratitude.* Quand on fait parler ainsi ses héros, il faut se taire. *Eryxe* dit autant de sottises que *Massinisse* : j'appelle hardiment les choses par leur nom ; et j'ai cette hardiesse, parce que j'idolâtre les beaux morceaux du Cid, d'Horace, de Cinna, de Polyeucte et de Pompée.

SCENE III.

(*Fin de la scène.*) Ce qui fait que cette petite scène de bravades entre *Erixe* et *Sophonisbe* est froide, c'est qu'elle ne change rien à la situation, c'est qu'elle est inutile, c'est que ces deux femmes ne se bravent que pour se braver.

SCENE IV.

Vers 1. . . . . Pardonnez-vous à cette inquiétude
Que fait de mon destin la triste incertitude ?

On a dit que ce qui déplut davantage dans la Sophonisbe de *Corneille*, c'est que cette reine épouse le vainqueur de son mari, le même jour que ce mari est prisonnier. Il se peut qu'une telle indécence, un tel mépris de la pudeur et des lois, ait révolté tous les esprits bien faits. Mais les actions les plus condamnables, les plus révoltantes sont très-souvent admises dans la tragédie, quand elles sont amenées et traitées avec un grand art. Il n'y en a point du tout ici ; et les discours que se tiennent ces deux amans, n'étaient pas capables de faire excuser ce second mariage dans la maison même qu'habite encore le premier mari.

Pardonnez, Monsieur, à l'inquiétude que l'incertitude de mon destin fait. Jugez l'excès de ma confusion. Si ce qu'on vit d'intelligence entre nous, ne nous convaincra point d'une vengeance indigne. Mais plus l'injure est grande, d'autant mieux éclate la générosité de servir une ingrate, mise par votre bras lui-même, hors d'état d'en reconnaître l'éclat.

Cet horrible galimatias hérissé de solécismes, est-il bien propre à faire pardonner à *Sophonisbe* l'insolente indécence de sa conduite?

On ne peut excuser *Corneille* qu'en disant qu'il a fait Cinna.

(*Fin de la scène.*) Scène froide encore, parce que le spectateur sait déjà quel parti a pris *Massinisse*, parce qu'elle est dénuée de grandes passions et de grands mouvemens de l'ame.

S C E N E V.

V. 16. Mais comme enfin la vie est bonne à quelque chose,
Ma patrie elle-même à ce trépas s'oppose.

La vie est bonne à quelque chose! quels discours et quels raisonnemens!

(*Fin de la scène.*) Scène plus froide encore, parce que *Sophonisbe* ne fait que raisonner avec sa confidente sur ce qui vient de se passer. Par-tout où il n'y a ni crainte, ni espérance, ni combats du cœur, ni infortunes attendrissantes, il n'y a point de tragédie. Encore si la froideur était un peu ranimée par l'éloquence de la poësie! mais une prose incorrecte et rimée ne fait qu'augmenter les vices de la construction de la pièce.

ACTE

ACTE TROISIEME.

SCENE PREMIERE.

Vers 1. Oui, Seigneur, j'ai donné vos ordres à la porte, &c.

Mêmes défauts par-tout. Quel fruit tirerait-on des remarques que nous pourrions faire ? Il n'y a que le bon qui mérite d'être difcuté.

(*Fin de la fcène.*) Scène froide, parce qu'elle ne change rien à la fituation de la fcène précédente, parce qu'un fubalterne rapporte en fubalterne un difcours inutile de l'inutile *Eryxe*, et qu'il eft fort indifférent que cette *Eryxe* ait prononcé ou non ce vers comique :

Le roi n'ufe pas mal de mon confentement.

SCENE II.

(*Fin de la fcène.*) Scène froide encore, par la même raifon qu'elle n'apporte aucun changement, qu'elle ne forme aucun nœud, que les perfonnages répètent une partie de ce qu'ils ont déjà dit, qu'on ne s'intéreffe point à *Eryxe*, qu'elle ne fait rien du tout dans la pièce. Ce font les Romains et non pas *Eryxe* que *Maffiniffe* doit craindre ; qu'elle fe plaigne ou qu'elle ne fe plaigne pas, les Romains voudront toujours mener *Sophonisbe* en triomphe. Mais le pis de tout cela, c'eft qu'on ne faurait plus mal écrire. La première loi quand on fait des vers, c'eft de les faire bons.

SCENE III.

(*Fin de la fcène.*) Nouvelles bravades inutiles, qui rendent cette fcène auffi froide que les autres.

Comment. fur Corneille. Tome II.   V

SCENE IV.

(*Fin de la scène.*) Scène encore froide. *Sophonisbe* semble y craindre en vain la vengeance d'*Eryxe* qui n'est point en état de se venger, qui ne joue d'autre personnage que celui d'être délaissée, qui ne parle pas même aux Romains, qui, comme on l'a déjà remarqué, ne produit rien du tout dans la pièce.

SCENE VI.

V. 97. Votre exemple est ma loi ; vous vivez et je vi.

Il est bon que dans la poësie on puisse supprimer ou ajouter des lettres selon le besoin, sans nuire à l'harmonie ; *je fai, je vi, je croi, je doi,* pour *je vis, je fais, je crois, je dois,* &c.

(*Fin de la scène.*) Cette scène n'est pas de la froideur des autres, par cette seule raison que la situation est embarrassante ; mais cette situation n'est ni noble, ni tragique ; elle est révoltante, elle tient du comique. Un vieux mari qui vient revoir sa femme, et qui la trouve mariée à un autre, ferait aujourd'hui un effet très-ridicule. On n'aime de telles aventures que dans les contes de *la Fontaine*, et dans des farces. Les mots de *roi*, de *couronne*, de *diadème*, loin de mettre de la dignité dans une aventure si peu tragique, ne servent qu'à faire mieux sentir le contraste de la tragédie et de la comédie. *Syphax* est si prodigieusement avili, qu'il est impossible qu'on prenne à lui le moindre intérêt. Pour peu qu'on pèse toutes ces raisons, on verra qu'à la longue une nation éclairée est toujours juste, et que c'est en se formant le goût que le public a rejeté Sophonisbe.

ACTE QUATRIEME.

SCENE II.

(*Fin de la scène.*) Si le vieux *Syphax* a été humilié avec sa femme, il l'est bien plus avec *Lélius*, en demandant pardon d'avoir combattu les Romains, et s'excusant sur son *imbécille et sévère esclavage, sur ses cheveux gris, sur les ardeurs ramassées dans ses veines glacées.*

On demande pourquoi il n'est pas permis d'introduire dans la tragédie des personnages bas et méprisables ? La tragédie, dit-on, doit peindre les mœurs des grands ; et parmi les grands il se trouve beaucoup d'hommes méprisables et ridicules : cela est vrai ; mais ce qu'on méprise, ne peut jamais intéresser : il faut qu'une tragédie intéresse ; et ce qui est fait pour le pinceau de *Téniers*, ne l'est pas pour celui de *Raphaël*.

SCENE III.

Vers 93. Vous parlez tant d'amour, qu'il faut que je confesse
　　　　Que j'ai honte pour vous de voir tant de faiblesse, &c.

Il y a bien de la force et de la dignité dans les vers suivans ; c'est ce morceau singulier, ce sont quelques autres tirades contre la passion de l'amour, qui ont fait dire assez mal à propos que *Corneille* avait dédaigné de représenter ses héros amoureux. Le discours de *Lélius* est noble, et a quelque chose de sublime ; mais vous sentez que plus il est grand, plus il rend *Massinisse* petit. *Massinisse* est le premier personnage de la pièce, puisque c'est lui qui est passionné et infortuné. Dès que ce premier personnage devient un subalterne traité avec mépris par son supérieur, il ne peut plus être souffert : il est impossible, comme on l'a déjà dit, de s'intéresser à ce

qu'on méprife. Quand le vieux Don *Diegue* dit à *Rodrigue*
fon fils :

> L'amour n'eft qu'un plaifir, l'honneur eft un devoir :

il n'avilit point *Rodrigue*, il le rend même plus intéreffant, en mettant aux prifes fa paffion avec l'amour
filial ; mais fi un envoyé de *Pompée* venait reprocher à
Mithridate fa faibleffe pour *Monime*, s'il infultait avec
une dérifion amère au ridicule d'un vieillard amoureux,
jaloux de fes deux enfans, *Mithridate* ne ferait plus
fupportable.

Il paraît que *Lélius* fe moque continuellement de
Maffiniffe, et que ce prince n'exprime, ni affez ce qu'il
doit dire, ni affez bien ce qu'il dit.

> Quel ridicule efpoir en garderait mon ame,
> Si votre dureté me refufe ma femme ?
> Eft-il rien plus à moi, rien plus à balancer ?

Lélius répond à ces vers comiques, que fa femme n'eft
point fa femme ; le numide ne parle alors que de fon
amour fidelle, de ce qu'un digne amour donne d'impatience, des amours de *Mars* et de *Jupiter* ; il dit qu'il
ne veut régner et vivre que dans les bras de *Sophonisbe*:
il parle beaucoup plus tendrement de fa paffion pour
elle à *Lélius*, qu'il n'en parle à elle-même ; et par là il
redouble le mépris que *Lélius* lui témoigne. C'était-là
pourtant une belle occafion de répondre avec dignité à
Lélius, de faire valoir les droits des rois et des nations,
d'oppofer la violence africaine à la grandeur romaine,
de repouffer l'outrage par l'outrage, au lieu de jouer
le rôle d'un valet qui s'eft marié fans la permiffion de
fon maître ; il foutient ce malheureux perfonnage dans
la fcène fuivante avec *Sophonisbe* ; il la prie de venir
demander grâce avec lui à *Scipion* : et enfin la faibleffe
de fes expreffions ne répond que trop à celle de fon ame.

(*Fin de la fcène.*) *Maffiniffe* paraît dans un avilillement

encore plus grand que *Syphax*; il vient fe plaindre de ce
qu'on lui prend fa femme : il fait l'apologie de l'amour
devant le lieutenant de *Scipion*; et il fait cette apologie
en vers comiques : *Pour aimer à notre âge, en eft-on moins
parfait ?* &c. et *Lélius* qui ne paraît là que pour dire qu'il
ne faut point aimer, joue un rôle auffi froid que celui de
Maffiniffe eft humiliant.

S C E N E   V.

V. 7. Allons, allons, Madame, effayer aujourd'hui
Sur le grand Scipion ce qu'il a craint pour lui.

Quoi ! *Maffiniffe* apprenant que le jeune *Scipion* arrive,
confeille à fa femme d'aller lui faire des coquetteries,
et de tâcher d'avoir en un jour trois maris ! *Sophonisbe*
répond noblement ; mais toute la grandeur de *Corneille*
ne pourrait ennoblir cette fcène qui commence par une
propofition fi lâche et fi ridicule.

S C E N E   V I.

V. 1. Douterez-vous encor, Seigneur, qu'elle vous aime ? —
Mézétule, il eft vrai, fon amour eft extrême.

Il ferait à fouhaiter qu'il le fût, il y aurait au moins
quelque intérêt dans la pièce ; mais *Sophonisbe* n'a point
du tout cette *illuftre faibleffe* dont *Maffiniffe* l'a priée de
faire voir les douceurs. Elle ne lui a dit qu'un mot un
peu tendre : elle a toujours grand foin de perfuader
qu'elle n'aime que fa grandeur.

ACTE CINQUIEME.

SCENE PREMIERE.

Vers 32. Tous les cœurs ont leur faible, et c'était-là le mien.

Toutes les scènes précédentes ayant été si froides, il est impossible que ce cinquième acte ne le soit pas. *Sophonisbe* elle-même avertit qu'elle n'avait point de passion, qu'elle n'avait que la folle ardeur de braver sa rivale ; que c'était-là son *suprême bien* et son *faible*. Un tel faible n'est nullement tragique.

Elle a donc un caractère aussi froid que ses deux maris, puisque de son aveu elle n'a qu'un *caprice* sans grandeur d'ame et sans amour.

SCENE II.

(*Fin de la scène.*) Comment se peut-il faire qu'une scène où un mari envoie du poison à sa femme, soit froide et comique ? c'est que cette femme lui renvoie son poison, après que ce poison lui a été présenté comme un message tout ordinaire ; c'est qu'elle lui fait dire qu'il n'a qu'à s'empoisonner lui-même. Après une si étrange scène, tout ce qui peut étonner, c'est qu'il se soit trouvé autrefois des défenseurs de cette tragédie ; et ce qui ferait plus étonnant, c'est qu'on la rejouât aujourd'hui.

SCENE IV.

(*Fin de la scène.*) Cette scène paraît au-dessous de toutes les précédentes, par la raison même qu'elle devait être touchante. Une femme à qui son mari envoie du poison, et qui en fait confidence à sa rivale, semble devoir produire quelques grands mouvemens, quelque changement furprenant de fortune, quelque cataftrophe. Mais cette confidence faite froidement et reçue de même, ne produit qu'un vers de comédie :

Que voulez-vous, Madame, il faut s'en confoler.

Les expreffions les plus fimples dans de grands malheurs, font fouvent les plus nobles et les plus touchantes ; mais nous avons déjà remarqué combien il faut craindre en cherchant le fimple de tomber dans le comique et dans le bas.

S C E N E V.

(*Fin de la fcène.*) Cette fin de la pièce eft, quant au fond, très-inférieure à celle de *Mairet*. Car du moins *Maffiniffe* dans *Mairet* eft au défefpoir ; il montre aux Romains fa femme expirante, et il fe tue auprès d'elle. Mais ici *Sophonisbe* parle de *Maffiniffe* comme du dernier des hommes, et cet homme fi méprifé époufe *Eryxe*. La pièce de *Corneille* finit donc par le mariage de deux perfonnages dont perfonne ne fe foucie ; et *Corneille* a fi bien fenti combien *Maffiniffe* eft bas et odieux, qu'il n'ofe le faire paraître ; de forte qu'il ne refte fur la fcène qu'un *Lélius* qui ne prend nulle part au dénouement, la froide *Eryxe*, et des fubalternes.

S C E N E V I I I *et dernière*.

V. 37. Elle meurt à mes yeux, mais elle meurt fans trouble ;
Et foutient, en mourant, la pompe d'un courroux
Qui femble moins mourir que triompher de nous.

La pompe d'un courroux qui femble moins mourir que triompher ! On voit affez que c'eft-là de l'enflure dépourvue du mot propre, et qu'un courroux n'eft pas pompeux. *Eryxe* répond avec nobleffe et avec convenance. Il eût été à défirer que la pièce finît par ce difcours

V 4

d'*Eryxe*, ou que *Lélius* eût mieux parlé : car qu'importe qu'on *aille voir Scipion et Maffiniffe* ?

V. dern. Madame, encore un coup , laiffons-en faire au temps.

n'eft pas une fin heureufe. Les meilleures font celles qui laiffent dans l'ame du fpectateur quelque idée fublime, quelque maxime vertueufe et importante , convenable au fujet ; mais tous les fujets n'en font pas fufceptibles.

On n'a point remarqué tous les défauts dans les détails, que le lecteur remarque affez. La pièce en eft pleine ; elle eft très-froide , très-mal conçue, et très-mal écrite.

REMARQUES
SUR OTHON,

TRAGEDIE REPRESENTÉE EN 1665.

PREFACE DU COMMENTATEUR.

Il ne faut guère en croire fur un ouvrage ni l'auteur, ni fes amis, encore moins les critiques précipitées qu'on en fait dans la nouveauté. En vain *Corneille* dit, dans fa préface, que cette pièce égale ou paffe la meilleure des fiennes. En vain *Fontenelle* fait l'éloge d'Othon; le temps feul eft juge fouverain; il a banni cette pièce du théâtre. Il y en a fans doute une raifon qu'il faut chercher; je n'en connais point de meilleure que l'exemple de Britannicus. Le temps nous a appris que quand on veut mettre la politique fur le théâtre, il faut la traiter comme *Racine*, y jeter de grands intérêts, des paffions vraies, et de grands mouvemens d'éloquence; et que rien n'eft plus néceffaire qu'un ftyle pur, noble, coulant et égal, qui fe foutienne d'un bout de la pièce à l'autre. Voilà tout ce qui manque à Othon.

Avouons que cette tragédie n'eft qu'un arrangement de famille; on ne s'y intéreffe pour perfonne; il y eft beaucoup parlé d'amour, et cet amour même refroidit le lecteur. Lorfque ce reffort, qui devrait attacher, a manqué fon effet, la pièce eft perdue.

Il eft dit dans l'Hiftoire du théâtre, à l'article *Othon*, que *Corneille* refit trois fois le cinquième acte; j'ai de la peine à le croire; mais fi la chofe eft vraie, elle prouve qu'il fallait le refaire une quatrième fois,

ou plutôt qu'il était impoſſible de tirer un cinquième
acte intéreſſant d'un ſujet ainſi arrangé. *Corneille* ne
refit pas trois fois la première ſcène du premier acte,
qui eſt pleine de très-grandes beautés. Quand le ſujet
porte l'auteur, il vogue à pleines voiles; mais quand
l'auteur porte le ſujet, quand il eſt accablé du poids
de la difficulté, et refroidi par le défaut d'intérêt
qu'il ne peut ſe diſſimuler à lui-même, alors tous
ſes efforts ſont inutiles. *Corneille* pouvait être d'abord
échauffé par le beau portrait que fait *Tacite* de la
cour de *Galba*, et par le diſcours qu'il prête à cet
empereur.

Le nom de Rome était encore quelque choſe d'important. *Corneille* avait aſſez d'invention pour former
une intrigue de cinq actes; mais tout cela n'avait
rien d'attachant ni de tragique; il le ſentit, ſans
doute, plus d'une fois en compoſant; et quand il
fut au cinquième acte, il ſe vit arrêté. Il s'aperçut
trop tard que ce n'était pas là une tragédie. *Racine*
lui-même aurait échoué dans un ſujet pareil.

REMARQUES

SUR OTHON,

TRAGEDIE.

ACTE PREMIER.

SCENE PREMIERE.

Il y a peu de pièces qui commencent plus heureusement que celle-ci; je crois même que de toutes les expositions, celle d'Othon peut passer pour la plus belle; et je ne connais que l'exposition de Bajazet qui lui soit supérieure.

Vers 41. Je les voyais tous trois se hâter sous un maître,
  Qui, chargé d'un long âge, a peu de temps à l'être,
  Et tous trois à l'envi s'empresser ardemment
  A qui dévorerait ce règne d'un moment.

Corneille n'a jamais fait quatre vers plus forts, plus pleins, plus sublimes; et c'est en partie ce qui justifie la liberté que je prends de préférer cette exposition à celles de toutes ses autres pièces. A la vérité, il y a quelques vers familiers et négligés dans cette première scène, quelques expressions vicieuses, comme, *le mérite et le sang font un éclat en vous*: on ne dit point, *faire un éclat dans quelqu'un*.

V. 44. A qui dévorerait ce règne d'un moment.

La beauté de ce vers consiste dans cette métaphore rapide du mot *dévorer*; tout autre terme eût été faible: c'est-là un de ces mots que *Despréaux* appelait *trouvés*.

Racine eſt plein de ces expreſſions dont il a enrichi la langue. Mais qu'arrive-t-il ? Bientôt ces termes neufs et originaux, employés par les écrivains les plus médiocres, perdent leur premier éclat qui les diſtinguait; ils deviennent familiers ; alors les hommes de génie ſont obligés de chercher d'autres expreſſions, qui ſouvent ne ſont pas ſi heureuſes. C'eſt ce qui produit le ſtyle forcé et ſauvage dont nous ſommes inondés. Il en eſt à peu-près comme des modes : on invente pour une princeſſe une parure nouvelle, toutes les femmes l'adoptent; on veut enſuite renchérir, et on invente du bizarre plutôt que de l'agréable.

V. 91. Il ſe vengerait même à la face des Dieux ,

A la face des Dieux , eſt ce qu'on appelle une cheville ; il ne s'agit point ici de dieux et d'autels. Ces malheureux hémiſtiches qui ne diſent rien, parce qu'ils ſemblent en trop dire, n'ont été que trop ſouvent imités.

V. 102. Seigneur, en moins de rien il ſe fait des miracles;

eſt un vers comique : mais ces petits défauts , qui rendraient une mauvaiſe ſcène encore plus mauvaiſe, n'empêchent pas que celle-ci ne ſoit claire, vigoureuſe, attachante ; trois mérites très-rares dans les expoſitions.

Cette première ſcène d'Othon prouve que *Corneille* avait encore beaucoup de génie. Je crois qu'il ne lui a manqué que d'être ſévère pour lui-même, et d'avoir des amis ſévères. Un homme capable de faire une telle ſcène, pouvait aſſurément faire encore de bonnes pièces. C'eſt un très-grand malheur, il faut le redire, que perſonne ne l'avertit qu'il choiſiſſait mal ſes ſujets, que ces diſſertations politiques n'étaient pas propres au théâtre, qu'il fallait parler au cœur, obſerver les règles de la langue, s'exprimer avec clarté et avec élégance, ne jamais rien dire de trop, préférer le ſentiment au raiſonnement :

il le pouvait ; il ne l'a fait dans aucune de ses dernières
pièces. Elles donnent de grands regrets.

SCENE II.

V. 1. Je crois que vous m'aimez, Seigneur, et que ma fille
   Vous fit prendre intérêt en toute la famille, &c.

La pièce commence à faiblir dès cette seconde scène.
On voit trop que la tragédie ne sera qu'une intrigue de
cour, une cabale pour donner un successeur à *Galba*.
C'est-là de quoi fournir une douzaine de lignes à un
historien, et quelques pages à des écrivains d'anecdotes ;
mais ce n'est pas là un sujet de tragédie. Othon est beaucoup moins théâtral que Sophonisbe, et bien moins
heureux encore que Sertorius. Agésilas qui suit, est moins
théâtral encore qu'Othon. Le succès est presque toujours
dans le sujet ; ce qui le prouve, c'est que Théodore,
Sophonisbe, la Toison d'or, Pertharite, Othon, Agésilas,
Suréna, Pulchérie, Bérénice, Attila, pièces que le
public a proscrites, sont écrites à peu-près du même style
que Rodogune, dont on revoit le cinquième acte et
quelques autres morceaux avec tant de plaisir. Ce sont
quelquefois les mêmes beautés, et toujours les mêmes
défauts dans l'élocution. Par-tout vous trouverez des pensées fortes, et des idées alambiquées, de la hauteur et de
la familiarité, de l'amour mêlé de politique, quelques
vers heureux, et beaucoup de mal faits, des raisonnemens, des contestations, des bravades. Il est impossible
de ne pas reconnaître la même main. D'où peut donc
venir la différence du succès, si ce n'est du fond même du
dessin ? Les défauts de style, qui ne se remarquent pas
dans le beau spectacle du cinquième acte de Rodogune,
se font sentir quand le sujet ne les couvre pas, quand
l'esprit du spectateur refroidi a la liberté d'examiner la
diction, l'inconvenance, l'irrégularité des phrases, les
solécismes. Je sais bien qu'Oedipe était un très-beau

fujet ; mais ce n'eft pas le fujet de Sophocle que *Corneille*
a traité , c'eft l'amour de *Théſée* et de *Dircé* , mêlé avec
la fable d'*Oedipe ;* c'eft une froide politique jointe à un
froid amour , qui rend tant de pièces infipides.

Une fille qui fait prendre intérêt en toute la famille ; des
devoirs dont s'empreſſe un amant ; Galba qui refuſe ſon ordre
à l'effet de nos vœux ; de l'air dont nous nous regardons ; une
vérité qu'on voit trop manifeſte ; du tumulte excité ; Vitellius
qui arrive avec ſa force unie ; ce qu'il a de vieux corps ; de
qui ſe l'immola ; ramener les eſprits par un jeune empereur ;
il ira du côté de Lacus ; il a remis exprès à tantôt d'en
réſoudre ; ces grands jaloux ; un œil bas ; une princeſſe qui
s'eſt miſe à ſourire : tout cela eſt à la vérité très-défectueux.
Le fond du difcours de *Vinius* eſt raiſonnable ; mais ce
n'eſt pas aſſez.

V. 87. . . . . Il eft d'autres romains,
Seigneur , qui fauront mieux appuyer vos deſſeins...
Et qui feront ravis de vous devoir l'empire, —
. . . . Sans Plautine
L'amour m'eſt un poifon, le bonheur m'affaſſine,
. . . . . . Les douceurs du pouvoir fouverain
Me font d'affreux tourmens , s'il m'en coûte ma main..
Vous voulez que je règne, et je ne fais qu'aimer.

Je ne remarquerai que ces étranges vers dans cette
fcène ; ils font en partie le fujet de la pièce. *Othon* eft
amoureux ; car, quoi qu'on en dife, encore une fois,
il n'y a aucun des héros de *Corneille* qui ne le foit ; mais
il eft amoureux froidement. Il n'a d'abord demandé la
fille de *Vinius* que par politique ; il n'a pas de ces paſſions
violentes, qui feules réuſſiſſent au théâtre , et qui feules
font pardonner le refus d'un empire. Il a commencé par
étaler la profondeur d'un courtifan habile ; il parle à
préfent comme un jeune homme paſſionné et tendre. Il
dément le caractère qu'il a fait paraître dans la première
fcène ; et le même homme qui fe fera nommer empereur

et qui détrônera *Galba*, renonce ici à l'empire. Le fpectateur ne croit guère à cet amour, il ne s'y intéreffe pas.
Un des meilleurs connaiffeurs, en lifant Othon pour la
première fois, dit à cette feconde fcène : Il eft impoffible
que la pièce ne foit froide ; et il ne fe trompa point. En
effet, ces craintes éloignées que montre *Vinius* de ce qui
peut arriver un jour, ne font point un affez grand reffort.
Il faut craindre des périls préfens et véritables dans la
tragédie, fans quoi tout languit, tout ennuie.

SCENE III.

V. 1. Non pas, Seigneur, non pas; quoi que le ciel m'envoie,
Je ne veux rien tenir d'une honteufe voie.

Cette troifième fcène juftifie déjà ce qu'on doit prévoir, que ce n'eft pas là une tragédie. *Plautine* écoutait
à la porte, et elle vient interrompre fon père, pour
dire en vers durs et obfcurs, qu'elle ne voudrait point
un jour époufer fon amant, fi cet amant marié à une
autre, ne pouvait revenir à elle que par un divorce.
Non-feulement c'eft manquer à la bienféance, mais
quel faible intérêt, quel froid fujet d'une fcène, qu'une
fille qui, fans être appelée, vient dire à fon père devant
fon amant, ce qu'elle ferait un jour, fi ce froid amant
voulait l'époufer en troifièmes noces ! Elle ferait en effet
la troifième femme d'*Othon*, qui l'épouferait après avoir
répudié *Poppée* et *Camille*.

V. 7. ... Je vaincrai l'horreur d'un fi cruel devoir, &c.

*Vaincre l'horreur d'un cruel devoir; ce qu'à fes défirs elle
fait de violence, pour fuir les appas honteux d'une efpérance
indigne ; la vertu qui dompte et bannit l'amour, et qui n'en
fouffre qu'un vertueux retour.* Ce font-là des expreffions
qui affaibliraient les plus beaux fentimens.

V. 16. Quittez vos yeux de père, et prenez-en d'amant.

Ce vers ne prépare pas un intérêt tragique, et ce

défaut revient souvent dans toutes ces dernières tragédies.

SCENE IV.

V. 2. . . . S'il faut prévenir ce mortel déshonneur,
Recevez-en l'exemple, &c.

Othon, qui veut se tuer ainsi au premier acte pour une crainte imaginaire, et pour une maîtresse, excite plutôt le rire que la terreur ; rien n'est jamais plus mal reçu au théâtre qu'un désespoir mal placé, et qu'on n'attendait pas d'un homme qui n'a d'abord parlé que de politique. Ajoutons que cette scène entre *Othon* et *Plautine* est très-faible. Je remarque que *Plautine* conseille ici à *Othon* précisément la même chose qu'*Atalide* à *Bajazet ;* mais quelle différence de situation, de sentimens et de style ! *Bajazet* est réellement en danger de sa vie, et *Othon* ne court ici qu'un danger chimérique. *Plautine* est raisonneuse et froide. *Atalide* est touchante, et a autant de délicatesse que d'amour. Enfin, ce qui est de la plus grande importance, les vers de *Corneille* ne valent rien, et ceux de *Racine* sont parfaits dans leur genre. Comparez (rien ne forme plus le goût), comparez aux vers d'*Atalide* ces vers de *Plautine :*

> Et n'aspire qu'au bien d'aimer et d'être aimé. —
> Qu'un tel épurement demande un grand courage ! . . .
> Et se croit mal aimé, s'il n'en a l'assurance. . . .
> Et que de votre cœur vos yeux indépendans
> Triomphent comme moi des troubles du dedans. —
> Conservez-moi toujours l'estime et l'amitié.

C'est le style, c'est la diction qui fait tout dans les scènes où le spectateur est assez tranquille pour réfléchir sur les vers ; et encore est-il nécessaire de ne point négliger la diction dans les situations les plus frappantes du théâtre. En un mot, il faut toujours bien écrire.

V. 22. Il est un autre amour dont les vœux innocens
S'élèvent au-dessus du commerce des sens.

Encore

Encore des differtations métaphyfiques fur l'amour: quel mauvais goût! C'était l'efprit du temps, dit-on ; mais il faut dire encore que la nation françaife eft la feule qui ait eu cette malheureufe efpèce d'efprit. Cela eft bien pis que les *concetti* qu'on reprochait aux Italiens.

ACTE SECOND.

SCENE PREMIERE.

Vers 1. Dis-moi donc, lorfqu'Othon s'eft offert à Camille,
A-t-il paru contraint ? a-t-elle été facile ?
Son hommage auprès d'elle a-t-il eu plein effet ?
Comment l'a-t-elle pris, et comment l'a-t-il fait ? &c.

RACINE a encore pris entièrement cette fituation dans fa tragédie de *Bajazet*. *Atalide* a envoyé fon amant à *Roxane ;* elle s'informe en tremblant du fuccès de cette entrevue qu'elle a ordonnée elle-même, et qui doit caufer fa mort. La délicateffe de fes fentimens, les combats de fon cœur, fes craintes, fes douleurs, font exprimées en vers fi naturels, fi aifés, fi tendres, que ces vraies beautés charment tous les lecteurs.

Mais ici, *Corneille* commence fa fcène par quatre vers, dont le ridicule eft fi extrême, qu'on n'ofe plus même les citer dans des ouvrages férieux : *Dis-moi donc, lorfqu'Othon*, &c.

Plautine exprime les mêmes fentimens qu'*Atalide :*

En regardant fon change ainfi que mon ouvrage, &c.

Atalide eft dans des circonftances abfolument femblables : mais c'eft précifément dans ces mêmes fituations qu'on voit la prodigieufe différence qu'il y a entre le fentiment et le raifonnement, entre l'élégance et la dureté du ftyle, entre cet art charmant qui développe avec une vérité si touchante tous les replis du cœur, et la vaine déclamation ou la sécheresse.

V. 27. Othon à la princesse a fait un compliment,

Plus en homme de cour qu'en véritable amant; &c.

Toute cette tirade est entièrement du style de la comédie, mais de la comédie froide et dénuée d'intérêt. *L'amour qui est civilité dans Othon, et la civilité qui est amour dans Camille*, est si éloigné de la tragédie, qu'on ne conçoit guère comment *Corneille* a pu y faire entrer de pareilles phrases et de pareilles idées.

V. 33. Ses gestes concertés, ses regards de mesure,

N'y laissaient aucun mot aller à l'aventure...

Jusque dans ses soupirs la justesse régnait,

Et suivait pas à pas un effort de mémoire, &c.

Qu'est-ce que *des regards de mesure, et la justesse qui règne dans des soupirs*? et comment cette *justesse de soupirs* peut-elle suivre un *effort de mémoire*? *Othon a-t-il appris par cœur un long compliment*? De tels vers ne seraient tolérables en aucun genre de poësie. Que veut dire madame de *Sévigné*, quand elle dit: *Racine n'ira pas loin, pardonnons de mauvais vers à Corneille*? Non, il ne faut pas pardonner des pensées fausses très-mal exprimées; il faut être juste.

S C E N E I I.

V. 1. . . . . . . Que venez-vous m'apprendre?

Corneille qu'on a voulu faire passer pour un poëte qui dédaignait d'introduire l'amour sur la scène, était tellement accoutumé à faire parler d'amour ses héros, qu'il représente ici un vieux ministre d'Etat, comme amoureux de *Plautine*; et cette *Plautine* lui répond par des injures. On peut, dans les mouvemens violens d'une passion trahie, et dans l'excès du malheur, s'emporter en reproches; mais *Plautine* n'a aucune raison de parler ainsi au premier ministre de l'empereur qui la demande

en mariage : ce trait eft contre la bienféance et contre
la raifon ; ce qui eft bien plus extraordinaire, c'eft que
Martian à qui *Plautine* fait le plus fanglant outrage, en
lui reprochant très-mal à propos fa naiffance, lui dit
enfuite, *Madame, encore un coup, fouffrez que je vous
aime.* L'amour de ce miniftre, les réponfes de *Plautine*,
et tout ce dialogue révoltent et refroidiffent. Ce n'eft
là ni peindre les hommes comme ils font, ni comme
ils doivent être, ni les faire parler comme ils doivent
parler.

V. 15. Votre ame, en me fefant cette civilité,
    Devrait l'accompagner de plus de vérité, &c.

 *Une ame qui fait une civilité ; le mal qui vient à un vieux
miniftre d'Etat* (et c'eft le mal d'amour) ; et *Plautine* qui
répond à ce miniftre, *qu'il n'a point changé de vifage* ; et
l'autre qui réplique, *qu'il a l'oreille du grand maître.*

 Que dire d'un tel dialogue ? On eft obligé de faire un
commentaire : que ce commentaire au moins ferve à
faire connaître que fon auteur rend juftice : il ne connaît
aucune occafion où l'on doive déguifer la vérité. *Plautine*
montre de la hauteur ; et fi cette hauteur menait à quelque chofe de tragique, elle pourrait faire impreffion.
Remarquons encore que de la hauteur n'eft pas de la
grandeur.

S C E N E I I I.

V. 1. Madame, enfin Galba s'accorde à vos fouhaits,
    Et j'ai tant fait fur lui, que dès cette journée
    De vous avec Othon il confent l'hymenée. —
    Qu'en dites-vous, Seigneur ? &c.

 Tout ce qu'on peut remarquer, c'eft que, *j'ai tant fait
fur lui,* eft un barbarifme et une expreffion baffe : que
le *qu'en dites-vous* de *Plautine,* eft une ironie comique ;
que *fa grande ame qui fait un préfent de fa flamme,* eft très-

vicieux; qu'*il fait bon s'expliquer*, eſt bourgeois ; et que la ſcène eſt très-froide.

SCENE IV.

V. 35. Il fait trop ménager ſes vertus et ſes vices,
Il était ſous Néron de toutes ſes délices, *&c.*

Le portrait d'*Othon* eſt très-beau dans cette ſcène. Il eſt permis à un auteur dramatique d'ajouter des traits aux caractères qu'il dépeint, et d'aller plus loin que l'hiſtoire. *Tacite* dit d'*Othon*: *pueritiam incurioſe, adoleſcentiam petulanter egerat, gratus Neroni æmulatione luxus... in provinciam ſpecie legationis ſepoſuit... comiter adminiſtrata provincia.* Son enfance fut pareſſeuſe, ſa jeuneſſe débauchée ; il plut à *Néron* en imitant ſes vices et ſon luxe. S'étant éxilé lui-même dans la Luſitanie dont il était gouverneur, il s'y comporta avec humanité.

Cette ſcène ferait intéreſſante ſi elle produiſait de grands événemens. Les fautes ſont, *l'amitié reſaiſie de trois cœurs, que ce nœud la retienne d'ajouter, ou près de cette belle*, et quelques autres expreſſions qui ne ſont ni aſſez nobles, ni aſſez correctes.

V. 66. S'il a grande naiſſance, il a peu de vertu, *&c.*

S'il a grande naiſſance ; une vigueur adroite et fière qui sème des appas ; et c'eſt-là juſtement ; moquons-nous du reſte ; il nous devra le tout ; s'il vient par nous à bout, &c. Il n'eſt pas néceſſaire de dire que toutes ces façons de parler ſont ou vicieuſes ou ignobles.

V. 101. Quoi, votre amour toujours fera ſon capital
Des attraits de Plautine et du nœud conjugal ?

Cela ſeul ſuffirait pour avilir un héros, et détruit tout ce que cette ſcène promettait.

SCENE V.

V. 1. Je vous rencontre enſemble ici fort à propos,
Et voulais à tous deux vous dire quatre mots.

A propos et *quatre mots* auraient gâté le rôle de *Cornélie.* Mais une fille qui vient parler ainſi de ſon mariage à deux miniſtres, eſt bien loin d'être une *Cornélie. Camille* emploie cette figure froide de l'ironie, qu'il faut employer ſi ſobrement ; elle parle en bourgeoiſe, en parlant de l'empire. *Je ſais ce qui m'eſt propre ; je m'aime un peu moi-même ; je n'ai pas grande envie.* L'inſipidité de l'intrigue, et la baſſeſſe de l'expreſſion ſont égales. Ces fautes trop ſouvent répétées ſont cauſe que cette pièce admirablement commencée, faiblit de ſcène en ſcène, et ne peut plus être repréſentée.

ACTE TROISIEME.

Vers 1. Ton frère te l'a dit, Albiane ? — Oui, Madame.
Galba choiſit Piſon, et vous êtes ſa femme, &c.

L'INTRIGUE n'eſt pas ici plus intéreſſante et plus tragique qu'auparavant. Cette confidente qui apprend à ſa maîtreſſe qu'elle va être femme de *Piſon*, et que ſon amant *Othon* ſera ſacrifié, pourrait émouvoir le ſpectateur, ſi le péril d'*Othon* était bien certain. Mais, qui a dit à cette confidente qu'un jour *Piſon* étant céſar, ſe déferait d'*Othon* ? Premièrement, *Camille* devrait apprendre ſon mariage de la bouche de l'empereur, et non de celle d'une confidente ; et ce ſerait du moins une eſpèce de ſituation, une petite ſurpriſe, quelque choſe de reſſemblant à un coup de théâtre, ſi *Camille*, eſpérant d'obtenir *Othon* de l'empereur, recevait inopinément de la bouche de l'empereur l'ordre d'en épouſer un autre.

X 3

Secondement, de longs difcours d'une fuivante, qui dit que *les princeffes doivent faire les avances*, jeteraient du froid fur le rôle de *Phèdre*, et fur les tragédies d'Andromaque et d'Iphigénie.

Troifièmement, s'il y a quelque chofe d'auffi comique et d'auffi infipide qu'une fuivante qui dit, *c'eft la gêne où réduit celles de votre forte. — Si je n'avais fait enhardir votre amant, il ne vous aurait pas parlé*, &c. c'eft une princeffe qui répond : *Tu le crois donc qu'il m'aime ?* Le lecteur fent affez, *qu'un devoir qui paffe du côté de l'amour... fe faire en la cour un accès pour un plus digne amour*, en un mot, tout ce dialogue, n'eft pas ce qu'on doit attendre dans une tragédie.

SCENE II.

V. 1. . . . L'empereur vient ici vous trouver,
Pour vous dire fon choix et le faire approuver, &c.

On ne voit jamais dans cette pièce qu'une fille à marier. Il n'eft pas contre la convenance que *Galba* tâche d'ennoblir la petiteffe de cette intrigue par un difcours politique ; mais il eft contre toute bienféance, tranchons le mot, il eft intolérable que *Camille* dife à l'empereur qu'il ferait bon *que fon mari eût quelque chofe de propre à donner de l'amour*. *Galba* dit à fa nièce que ce raifonnement eft fort délicat.

SCENE III.

V. antépénult. N'en parlons plus ; dans Rome il fera d'autres femmes
A qui Pifon en vain n'offrira pas fa foi.

Si on fefait paraître un vieillard de comédie, entre fa nièce et un amant qu'elle veut époufer, on ne pourrait guère s'exprimer autrement que dans cette fcène.

N'en parlons plus.... il fera d'autres femmes
A qui Pifon en vain , &c.

Otez les noms, toute cette tragédie n'eft qu'une comédie fans intérêt, et auffi froidement écrite que durement. Je le répète, on a voulu un commentaire fur toutes les pièces de *Corneille* ; mais, que dire d'un mauvais ouvrage, finon qu'il eft mauvais, en montrant aux étrangers et aux jeunes gens pourquoi il eft fi mauvais ?

SCENE IV.

V. 1. Othon, eft-il bien vrai que vous aimiez Camille ? &c.

Le vice de cette fcène eft la fuite des défauts précédens. La petite ironie de *Galba*, *eft-il bien vrai que vous aimiez Camille ? fi vous l'aimez, elle vous aime auffi ; fon cœur afpire à votre hymen d'une telle force ; choififfez des charges à communs fentimens ; tenez-vous affuré qu'elle aura tout mon bien ;* y a-t-il dans tout cela un feul mot qui ne foit, même pour le fond, convenable au feul genre comique ?

SCENE V.

V. 1. Vous pouvez voir par-là mon ame toute entière , &c.

Cette fcène fort du ton de la comédie ; mais l'impreffion déjà reçue, empêche le fpectateur de voir de l'élévation dans un fujet, qui, pendant près de trois actes, n'a prefque rien eu de noble et de grand. Tous les difcours artificieux que tient *Othon* pour fe débarraffer de l'amour de *Camille*, toutes fes craintes de l'avenir, ne peuvent faire naître d'autre fentiment que celui de l'indifférence. *Camille* à la fin de la fcène eft jaloufe de *Plautine*, mais elle eft froidement jaloufe. *Othon* ne peut guère intéreffer perfonne en parlant de fa première femme *Poppée*, qui a été maîtreffe de *Néron*. *Camille* peut-elle intéreffer

X 4

davantage, en difant qu'*elle ne fait point faire valoir les chofes*, qu'*elle ne fait pas quel amour elle a pu donner ; mais* qu'*Othon aime à raifonner fur l'empire. Elle l'y trouve affez fort, et même d'une force à montrer qu'il connaît ce que l'empire a d'amorce ?*

Je crois que cet acte était impraticable. Tout manque quand l'intérêt manque. C'eft précifément ce que dit l'auteur de l'hiftoire du théâtre français, à l'article OTHON : *La partie la plus néceffaire y manque ; l'intérêt eft l'ame d'une pièce, et le fpectateur n'en prend ici pour aucun des perfonnages.*

ACTE QUATRIEME.

SCENE PREMIERE.

Vers 1. Que voulez-vous, Seigneur, qu'enfin je vous confeille? &c.

CETTE fcène pourrait faire quelque effet, fi *Othon* était véritablement en danger ; mais cette crainte prématurée, que *Pifon* ne le faffe mourir un jour, n'a rien de réel, comme on l'a déjà remarqué. Tout l'édifice de la pièce tombe par cette feule raifon ; et je crois que c'eft une loi qui ne fouffre aucune exception, que jamais un danger éloigné ne doit faire le nœud d'une tragédie.

SCENE II.

Le conful *Vinius* vient ici apprendre à *Othon* une grande nouvelle. Une partie de l'armée défire *Othon* pour empereur ; mais cela même rend *Othon* et *Vinius* des perfonnages froids et inutiles : ni l'un ni l'autre n'ont eu la moindre part au grand changement qui fe va faire dans l'empire romain. Ce font quatre foldats qui font venus avertir *Vinius* des fentimens de l'armée ; les perfonnages principaux n'ont rien fait du tout. C'eft un défaut capital qu'il faut éviter dans quelque fujet que ce puiffe être.

SCENE III.

Vinius joue ici le rôle d'un intrigant, et rien de plus. Il ne fe foucie point d'*Othon* ; il lui importe peu qui fa fille époufera ; fes fentimens font bas, lorfque même il parle de l'empire, et il fe fait méprifer par fa propre fille inutilement.

SCENE IV.

Ces petites picoteries de deux femmes, ces ironies, ces bravades continuelles, qui ne produifent rien du tout, feraient mauvaifes, quand même elles produiraient quelque chofe. Ces petites fcènes de rempliffages font fréquentes dans les dernières pièces de *Corneille*. Jamais *Racine* n'eft tombé dans ce défaut ; et quand il fait parler *Hermione* à *Andromaque*, *Iphigénie* à *Eriphyle*, *Roxane* à *Atalide*, il n'emploie point ces froides ironies, ces petits reproches comiques, ce ton bourgeois, ces expreffions de la converfation la plus familière. Il fait parler ces femmes avec nobleffe et avec fentiment. Il touche le cœur, il arrache même quelquefois des larmes ; mais que *Corneille* eft loin d'en faire répandre !

SCENE V.

Que dire de cette fcène, finon qu'elle eft auffi froide que les autres ? *Camille* croit tromper *Martian*, et *Martian* croit tromper *Camille*, fans qu'il y ait encore le moindre danger pour perfonne, fans qu'il y ait eu aucun événement, fans qu'il y ait eu un feul moment d'intérêt.

SCENE VI.

V. pénul. Du courroux à l'amour si le retour est doux,
  On repasse aisément de l'amour au courroux.

Aucun personnage n'agit dans la pièce. Un subalterne apprend à *Camille*, que quinze ou vingt soldats ont proclamé *Othon*; et *Camille*, qui aimait cet *Othon*, consent tout d'un coup qu'on lui fasse couper la tête, et prononce une maxime de comédie sur le retour de l'amour au courroux, et du courroux à l'amour.

ACTE CINQUIEME.

L'E cinquième acte est absolument dans le goût des quatre premiers, et fort au-dessous d'eux ; aucun personnage n'agit, et tous discutent. Le vieux *Galba*, ayant menacé sa nièce, discute avec elle ses raisons, et se trompe, comme un vieillard de comédie qu'on prend pour dupe ; et le style n'est ni plus net, ni plus pur, ni plus noble que dans ce qu'on a déjà lu.

SCENE II.

Vers 3. . . . . Ceux de la marine et les Illyriens
  Se sont avec chaleur joints aux prétoriens, &c.

Après tous les mauvais vers précédens que nous n'avons point repris, nous ne dirons rien des soldats de la marine et des Illyriens qui se font avec chaleur joints aux prétoriens ; mais nous remarquerons que cette scène pouvait être aussi belle que celle d'*Auguste*, de *Cinna* et de *Maxime*, et qu'elle n'est qu'une scène froide de comédie. Pourquoi ? c'est qu'elle est écrite de ce style familier, bas, obscur, incorrect auquel *Corneille* s'était accoutumé ; c'eft qu'il n'y a ni nobleffe dans les fenti-mens , ni éloquence dans les difcours , ni rien qui attache.

On a dit quelquefois que *Corneille* ne cherchait pas à faire de beaux vers ; que la grandeur des fentimens l'occupait tout entier : mais il n'y a nulle grandeur dans aucune de fes dernières pièces ; et quant aux vers , il faut les faire excellens , ou ne fe point mêler d'écrire. Cinna ne paffe à la poftérité qu'à caufe de fes beaux vers : ils font dans la bouche de tous les connaiffeurs. Le grand mérite de *Corneille* eft d'avoir fait de très-beaux vers dans fes premières pièces , c'eft-à-dire , d'avoir exprimé de très-belles penfées en vers corrects et harmonieux.

(*Commenc. de la fcène.*) *Galba* dit , *eh bien , quelles nouvelles ?* Cet empereur , au lieu d'agir comme il le doit , demande ce qui fe paffe , comme un nouvellifte. *Vinius* lui donne le confeil de perfifter à ne rien faire , confeil vifiblement ridicule. Il lui dit : *Un falutaire avis agit avec lenteur.* Ce n'eft pas certainement dans le moment d'une crife auffi forte , quand on proclame un autre empereur , que la lenteur eft falutaire. *Galba* ne fait à quoi fe déterminer , et fe contente de faire remarquer à fa nièce qu'il eft trifte de régner quand les miniftres d'Etat fe contrarient.

SCENE III.

Galba demandait tranquillement des nouvelles. On lui en donne une fauffe. Il eft vrai que cette fauffe nouvelle eft rapportée dans *Tacite* ; mais c'eft précifément parce qu'elle n'eft qu'hiftorique , parce qu'elle n'eft point pré-parée , parce que c'eft un fimple menfonge d'un nommé *Atticus* , qu'il fallait ne pas employer un dénouement fi deftitué d'art et d'intérêt.

SCENE IV.

Cet *Atticus* qui n'eſt pas un perſonnage de la pièce, vient en faire le dénouement, en feſant accroire qu'il a tué *Othon.* Ce pourrait être tout au plus le dénouement du Menteur. Le vieux *Galba* croit cette fauſſeté. Il conſeille à *Plautine* d'*évaporer ſes ſoupirs.* *Camille* dit un petit mot d'ironie à *Plautine*, et va *dans ſon appartement.*

SCENE V.

Non-ſeulement *Plautine* demeure ſur la ſcène, et s'occupe à répondre par des injures à l'amour du miniſtre d'Etat *Martian*; mais ce grand miniſtre d'Etat qui devrait avoir par-tout des ſerviteurs et des émiſſaires, ne ſait rien de ce qui s'eſt paſſé. Il croit une fauſſe nouvelle, lui qui devrait avoir tout fait pour être informé de la vérité. Il eſt pris pour dupe par cet *Atticus*, comme l'empereur.

SCENE VI.

Enfin, deux ſoldats terminent tout dans le propre palais de *Galba. Martian* et *Plautine* apprennent qu'*Othon* eſt empereur. Si le lecteur peut aller juſqu'au bout de cette pièce et de ces remarques, il obſervera qu'il ne faut jamais introduire ſur la fin d'une tragédie, un perſonnage ignoré dans les premiers actes, un ſubalterne qui commande en maître. Il eſt impoſſible de s'intéreſſer à ce perſonnage; et il avilit tous les autres.

SCENE VII.

Cette fcène eft auffi froide que tout le refte, parce qu'on ne s'intéreffe point du tout à ce *Vinius* qu'on jette par la fenêtre. Tout cet acte fe paffe à apprendre des nouvelles, fans qu'il y ait ni intrigue attachante, ni fentimens touchans, ni grands tableaux, ni beau dénouement, ni beaux vers. *Othon* l'empereur ne reparaît que pour dire qu'il eft *un malheureux amant*. *Camille* eft oubliée. *Galba* n'a paru dans la pièce que pour être trompé et tué.

Puiffent au moins ces réflexions perfuader les jeunes auteurs, qu'un fujet politique n'eft point un fujet tragique ; que ce qui eft propre pour l'hiftoire, l'eft rarement pour le théâtre ; qu'il faut dans la tragédie beaucoup de fentiment et peu de raifonnemens ; que l'ame doit être émue par degrés ; que fans terreur et fans pitié, nul ouvrage dramatique ne peut atteindre au but de l'art ; et qu'enfin, le ftyle doit être pur, vif, majeftueux et facile !

Corneille, dans une épître au roi, dit, qu'Othon et Suréna,

Ne font point des cadets indignes de Cinna.

Il y a en effet dans le commencement d'Othon des vers auffi forts que les plus beaux de Cinna ; mais la fuite eft bien loin d'y répondre : auffi cette pièce n'eft point reftée au théâtre.

On joua la même année l'Aftrate de *Quinault*, célèbre par le ridicule que *Defpréaux* lui a donné, mais plus célèbre alors par le prodigieux fuccès qu'elle eut. Ce qui fit ce fuccès, ce fut l'intérêt qui parut régner dans la pièce. Le public était las de tragédies en raifonnemens, et de héros differtateurs. Les cœurs fe laifsèrent toucher par l'Aftrate, fans examiner fi la pièce était

vraifemblable , bien conduite , bien écrite. Les paffions
y parlaient , et c'en fut affez. Les acteurs s'animèrent ;
ils portèrent dans l'ame du fpectateur un attendriffement auquel il n'était pas accoutumé. Les excellens
ouvrages de l'inimitable *Racine* n'avaient point encore
paru. Les véritables routes du cœur étaient ignorées ;
celles que préfentait l'Aftrate furent fuivies avec tranfport. Rien ne prouve mieux qu'il faut intéreffer , puifque
l'intérêt le plus mal amené échauffa tout le public ,
que des intrigues froides de politique glaçaient depuis
plufieurs années.

REMARQUES

SUR

AGESILAS,

TRAGEDIE.

1666.

PREFACE DU COMMENTATEUR.

AGESILAS n'eſt guère connu dans le monde que par le mot de *Deſpréaux* :

> J'ai vu l'Agéſilas ; hélas !

Il eut tort ſans doute de faire imprimer, dans ſes ouvrages, ce mot qui n'en valait pas la peine ; mais il n'eut pas tort de le dire. La tragédie d'Agéſilas eſt un des plus faibles ouvrages de *Corneille*. Le public commençait à ſe dégoûter. On trouve dans une lettre manuſcrite d'un homme de ce temps-là, qu'il s'éleva un murmure très-déſagréable dans le parterre, à ces vers d'*Aglatide* :

> Hélas !... je n'entends pas des mieux,
> Comme il faut qu'un hélas s'explique ;
> Et lorſqu'on ſe retranche au langage des yeux,
> Je ſuis muette à la réplique.

Ce même parterre avait paſſé, dans la pièce d'Othon, des vers beaucoup plus répréhenſibles, en faveur des beautés des premières ſcènes ; mais il n'y avait point de pareilles beautés dans Agéſilas : on fit ſentir à *Corneille* qu'il vieilliſſait. Il donnait un ouvrage de théâtre prefque tous les ans, depuis 1625. Si vous en exceptez l'intervalle entre Pertharite et Oedipe, il travaillait trop vîte ; il était épuifé. Plaignons le trifte état de fa fortune, qui ne répondait pas à fon mérite, et qui le forçait à travailler.

On prétend que la mefure des vers qu'il employa dans Agéfilas nuifit beaucoup au fuccès de cette tragédie. Je crois, au contraire, que cette nouveauté aurait réuffi, et qu'on aurait prodigué les louanges à ce génie fi fécond et fi varié, s'il n'avait pas entiè-rement négligé dans Agéfilas, comme dans les pièces précédentes, l'intérêt et le ftyle.

Les vers irréguliers pourraient faire un très-bel effet dans une tragédie ; ils exigent, à la vérité, un rhythme différent de celui des vers alexandrins et des vers de dix fyllabes ; ils demandent un art fingulier : vous pouvez voir quelques exemples de la perfection de ce genre dans *Quinault* :

> Le perfide Renaud me fuit ;
> Tout perfide qu'il eft, mon lâche cœur le fuit.
> Il me laiffe mourante, il veut que je périffe.
> Je revois à regret la clarté qui me luit.
> L'horreur de l'éternelle nuit
> Cède à l'horreur de mon fupplice, &c. &c.

Toute cette fcène bien déclamée remuera les cœurs autant que fi elle était bien chantée ; et la mufique même de cette admirable fcène n'eft qu'une déclama-tion notée.

Il eft donc prouvé que cette mefure de vers pourrait porter dans la tragédie une beauté nouvelle dont le public a befoin pour varier l'uniformité du théâtre.

Le

Le lecteur doit trouver bon qu'on ne faſſe aucun commentaire ſur une pièce qu'on ne devrait pas même imprimer : il ſerait mieux, ſans doute, qu'on ne publiât que les bons ouvrages des bons auteurs ; mais le public veut tout avoir, ſoit par une vaine curioſité, ſoit par une malignité ſecrète, qui aime à repaître ſes yeux des fautes des grands hommes.

La tragédie d'Agéſilas eſt à la vérité très-froide, et auſſi mal écrite que mal conduite. Il y a pourtant quelques endroits où on retrouve encore un reſte de *Corneille*. Le roi *Agéſilas* dit à *Lyſander* :

En tirant toute à vous la ſuprême puiſſance,
 Vous me laiſſez des titres vains.
On s'empreſſe à vous voir, on s'efforce à vous plaire;
On croit lire en vos yeux ce qu'il faut qu'on eſpère ;
On penſe avoir tout fait quand on vous a parlé.
Mon palais près du vôtre eſt un lieu déſolé.....
Général en idée, et monarque en peinture,
De ces illuſtres noms pourrais-je faire cas,
S'il les fallait porter, moins comme Agéſilas,
 Que comme votre créature,
Et montrer avec pompe au reſte des humains,
En ma propre grandeur l'ouvrage de vos mains ?
Si vous m'avez fait roi, Lyſander, je veux l'être.
Soyez-moi bon ſujet, je vous ferai bon maître ;
Mais ne prétendez plus partager avec moi
 Ni la puiſſance, ni l'emploi.
Si vous croyez qu'un ſceptre accable qui le porte,
A moins qu'il prenne une aide à ſoutenir ſon poids,
 Laiſſez diſcerner à mon choix
Quelle main à m'aider pourrait être aſſez forte.

Vous aurez bonne part à des emplois fi doux,
  Quand vous pourrez m'en laiffer faire ;
Mais foyez fûr auffi d'un fuccès tout contraire,
 Tant que vous ne voudrez les tenir que de vous.

S'il y a beaucoup de fautes de diction dans ces vers, fi le ftyle eft faible, du moins les penfées font fortes, fages, vraies, fans enflure et fans amplification de rhétorique.

Qu'il me foit permis de dire ici que, dans mon enfance, le père *Tournemine*, jéfuite, partifan outré de *Corneille*, et ennemi de *Racine*, qu'il regardait comme janféniste, me fefait remarquer ce morceau, qu'il préférait à toutes les pièces de *Racine*. C'eft ainfi que la prévention corrompt le goût, comme elle altère le jugement dans toutes les actions de la vie.

REMARQUES

SUR

ATTILA, ROI DES HUNS,

TRAGEDIE. 1667.

PREFACE DU COMMENTATEUR.

ATTILA parut malheureusement la même année qu'Andromaque. La comparaison ne contribua pas à faire remonter *Corneille* à ce haut point de gloire où il s'était élevé ; il baissait, et *Racine* s'élevait ; c'était alors le temps de la retraite, il devait prendre ce parti honorable. La plaisanterie de *Despréaux* devait l'avertir de ne plus travailler, ou de travailler avec plus de soin :

> J'ai vu l'Agésilas ; hélas !
> Mais après l'Attila, holà.

On connaît encore ces vers :

> Peut aller au parterre attaquer Attila ;
> Et si le roi des Huns ne lui charme l'oreille,
> Traiter de visigoths tous les vers de Corneille.

On a prétendu (car que ne prétend-on pas ?) que *Corneille* avait regardé ces vers comme un éloge ; mais quel poëte trouvera jamais bon qu'on traite ses vers de visigoths, surtout lorsqu'ils sont en effet durs et obscurs pour la plupart ? La dureté et la sécheresse dans l'expreſſion, ſont aſſez communément le partage de la vieilleſſe ; il arrive alors à notre eſprit ce qui arrive à nos fibres. *Racine* dans la force de ſon âge, né avec un cœur tendre, un eſprit flexible, une oreille harmonieuſe, donnait à la langue françaiſe un charme qu'elle n'avait point eu juſqu'alors. Ses vers entraient dans la mémoire des ſpectateurs, comme un jour doux entre dans les yeux. Jamais les nuances des paſſions ne furent exprimées avec un coloris plus naturel et plus vrai ; jamais on ne fit de vers plus coulans, et en même temps plus exacts.

Il ne faut pas s'étonner ſi le ſtyle de *Corneille*, devenu encore plus incorrect et plus raboteux dans ſes der- nières pièces, rebutait les eſprits que *Racine* enchantait, et qui devenaient par cela même plus difficiles.

Quel commentaire peut-on faire ſur Attila, *qui combat de tête, encore plus que de bras ; ſur la terreur de ſon bras, qui lui donne pour nouveaux compagnons les Alains, les Francs et les Bourguignons ;* ſur un *Ardaric* et ſur un *Valamir*, deux prétendus rois qu'on traite comme des officiers ſubalternes ; ſur cet *Ardaric* qui eſt amoureux, et qui s'écrie :

> Qu'un monarque eſt heureux, lorſque le ciel lui donne
> La main d'une ſi rare et ſi belle perſonne ! *&c.*

La même raiſon qui m'a empêché d'entrer dans aucun détail ſur Agéſilas, m'arrête pour Attila ; et les lecteurs, qui pourront lire ces pièces, me pardonne- ront ſans doute de m'abſtenir des remarques ; je ſuis ſûr du moins qu'ils ne me pardonneraient pas d'en avoir fait.

Je dirai feulement, dans cette préface, qu'il eft très-vraifemblable que cet *Attila* , très-peu connu des hiftoriens, était un homme d'un mérite rare dans fon métier de brigand. Un capitaine de la nation des Huns qui force l'empereur *Théodofe* à lui payer tribut, qui favait difcipliner fes armées, les recruter chez fes ennemis mêmes, et nourrir la guerre par la guerre; un homme qui marcha en vainqueur, de Conftanti-nople aux portes de Rome, et qui, dans un règne de dix ans, fut la terreur de l'Europe entière, devait avoir autant de politique que de courage; et c'eft une grande erreur de penfer qu'on puiffe être conquérant, fans avoir autant d'habileté que de valeur. Il ne faut pas croire fur la foi de *Jornandès*, qu'*Attila* mena une armée de cinq cents mille hommes dans les plaines de la Champagne; avec quoi aurait-il nourri une pareille armée? La prétendue victoire remportée par *Aetius*, auprès de Châlons, et deux cents mille hommes tués de part et d'autre dans cette bataille, peuvent être mis au rang des menfonges hiftoriques. Comment *Attila*, vaincu en Champagne, ferait-il allé prendre Aquilée? La Champagne n'eft pas affurément le chemin d'Aquilée dans le Frioul. Perfonne ne nous a donné des détails hiftoriques fur ces temps malheu-reux. Tout ce qu'on fait, c'eft que les Barbares venaient des Palus-Méotides et du Borifthène, paffaient par l'Illyrie, entraient en Italie par le Tirol, ravageaient l'Italie entière, franchiffaient enfuite l'Apennin et les Alpes, et allaient jufqu'au Rhin, jufqu'au Danube.

Corneille, dans fa tragédie d'Attila, fait paraître *Ildione* , une princeffe, fœur d'un prétendu roi de

France; elle s'appelait *Ildecone* à la première représentation: on changea enfuite ce nom ridicule. *Mérouée*,
fon prétendu frère, ne fut jamais roi de France. Il
était à la tête d'une petite nation barbare vers Maïence,
Francfort et Cologne. *Corneille* dit :

> Que le grand Mérouée eft un roi magnanime,
> Amoureux de la gloire, ardent après l'eftime...
> Qu'il a déjà foumis et la Seine et la Loire.

Ces fictions peuvent être permifes dans une tragédie; mais il faudrait que ces fictions fuffent intéreffantes.

REMARQUES

SUR

BERENICE,

Tragédie de Racine, repréſentée en 1670.

PREFACE DU COMMENTATEUR.

Un amant et une maîtreſſe qui ſe quittent, ne ſont pas ſans doute un ſujet de tragédie. Si on avait propoſé un tel plan à *Sophocle* où à *Euripide*, ils l'auraient renvoyé à *Ariſtophane*. L'amour qui n'eſt qu'amour, qui n'eſt point une paſſion terrible et funeſte, ne ſemble fait que pour la comédie, pour la paſtorale, ou pour l'églogue.

Cependant, *Henriette* d'Angleterre, belle-ſœur de *Louis XIV*, voulut que *Racine* et *Corneille* fiſſent chacun une tragédie des adieux de *Titus* et de *Bérénice*. Elle crut qu'une victoire obtenue ſur l'amour le plus vrai et le plus tendre, ennobliſſait le ſujet : et en cela elle ne ſe trompait pas ; mais elle avait encore un intérêt ſecret à voir cette victoire repréſentée ſur le théâtre ; elle ſe reſſouvenait des ſentimens qu'elle avait eus long-temps pour *Louis XIV*, et du goût vif de ce prince pour elle. Le danger de cette paſſion, la crainte de mettre le trouble dans la famille royale, les noms de beau-frère et de belle-ſœur, mirent un frein à leurs déſirs ; mais il reſta toujours dans leurs cœurs une inclination ſecrète, toujours chère à l'un et à l'autre.

Y 4

Ce font ces fentimens qu'elle voulut voir développés fur la fcène, autant pour fa confolation que pour fon amufement. Elle chargea le marquis de *Dangeau*, confident de fes amours avec le roi, d'engager fecrétement *Corneille* et *Racine* à travailler l'un et l'autre fur ce fujet, qui paraiffait fi peu fait pour la fcène. Les deux pièces furent compofées dans l'année 1670, fans qu'aucun des deux fût qu'il avait un rival.

Elles furent jouées en même temps fur la fin de la même année ; celle de *Racine* à l'hôtel de Bourgogne, et celle de *Corneille* au Palais royal.

Il eft étonnant que *Corneille* tombât dans ce piége; il devait bien fentir que le fujet était l'oppofé de fon talent. *Entelle* ne terraffa point *Darès* dans ce combat, il s'en faut bien. La pièce de *Corneille* tomba; celle de *Racine* eut trente repréfentations de fuite ; et toutes les fois qu'il s'eft trouvé un acteur et une actrice capables d'intéreffer dans les rôles de *Titus* et de *Bérénice*, cet ouvrage dramatique, qui n'eft peut-être pas une tragédie, a toujours excité les applaudiffemens les plus vrais ; ce font les larmes.

Racine fut bien vengé par le fuccès de Bérénice de la chute de Britannicus. Cette eftimable pièce était tombée, parce qu'elle avait paru un peu froide; le cinquième acte furtout avait ce défaut; et *Néron*, qui revenait alors avec *Junie*, et qui fe juftifiait de la mort de *Britannicus*, fefait un très-mauvais effet. *Néron*, qui fe cache derrière une tapifferie pour écouter, ne paraiffait pas un empereur romain. On trouvait que deux amans, dont l'un eft aux genoux de l'autre, et qui font furpris enfemble, formaient un

coup de théâtre plus comique que tragique ; les intérêts d'*Agrippine*, qui veut feulement avoir le premier
crédit, ne femblaient pas un objet affez important.
Narciffe n'était qu'odieux ; *Britannicus* et *Junie* étaient
regardés comme des perfonnages faibles. Ce n'eft
qu'avec le temps que les connaiffeurs firent revenir
le public. On vit que cette pièce était la peinture
fidelle de la cour de *Néron*. On admira enfin toute
l'énergie de *Tacite* exprimée dans des vers dignes de
Virgile. On comprit que *Britannicus* et *Junie* ne devaient
pas avoir un autre caractère. On démêla dans *Agrippine*
des beautés vraies, folides, qui ne font ni gigantefques,
ni hors de la nature, et qui ne furprennent point le
parterre par des déclamations ampoulées. Le développement du caractère de *Néron* fut enfin regardé
comme un chef-d'œuvre. On convint que le rôle de
Burrhus eft admirable d'un bout à l'autre, et qu'il n'y
a rien de ce genre dans toute l'antiquité. Britannicus
fut la pièce des connaiffeurs, qui conviennent des
défauts, et qui apprécient les beautés.

Racine paffa de l'imitation de *Tacite* à celle de *Tibulle*.
Il fe tira d'un très-mauvais pas par un effort de l'art,
et par la magie enchantereffe de ce ftyle qui n'a été
donné qu'à lui.

Jamais on n'a mieux fenti quel eft le mérite de la
difficulté furmontée. Cette difficulté était extrême ;
le fond ne femblait fournir que deux ou trois fcènes,
et il fallait faire cinq actes.

On ne donnera qu'un léger commentaire fur la
tragédie de *Corneille* ; il faut avouer qu'elle n'en mérite
pas. On en fera fur celle de *Racine* que nous donnons

avant la Bérénice de *Corneille*. Les lecteurs doivent
sentir qu'on ne cherche qu'à leur être utile : ce n'est
ni pour *Corneille*, ni pour *Racine* qu'on écrit, c'est
pour leur art, et pour les amateurs de cet art si difficile.

On ne doit pas se passionner pour un nom. Qu'importe qui soit l'auteur de la Bérénice qu'on lit avec
plaisir, et celui de la Bérénice qu'on ne lit plus ? C'est
l'ouvrage, et non la personne, qui intéresse la postérité.
Tout esprit de parti doit céder au désir de s'instruire.

REMARQUES

SUR

BERENICE,

TRAGEDIE DE RACINE.

ACTE PREMIER.

SCENE PREMIERE.

Vers 7. De fon appartement cette porte eft prochaine,
Et cette autre conduit dans celui de la reine, &c.

Ce détail n'eft point inutile ; il fait voir clairement combien l'unité de lieu eft obfervée ; il met le fpectateur au fait tout d'un coup. On pourrait dire que *la pompe de ces lieux*, *et ce cabinet fuperbe*, paraiffent des expreffions peu convenables à un prince que cette pompe ne doit point du tout éblouir, et qui eft occupé de toute autre chofe que des ornemens d'un cabinet. J'ai toujours remarqué que la douceur des vers empêchait qu'on ne remarquât ce défaut.

V. 15. Quoi, déjà de Titus époufe en efpérance,
Ce rang entre elle et vous met-il tant de diftance ?

Epoufe en efpérance, expreffion heureufe et neuve dont *Racine* enrichit la langue, et que par conféquent on critiqua d'abord. Remarquez encore qu'*époufe* fuppofe, *étant époufe* ; c'eft une ellipfe heureufe en poëfie. Ces fineffes font le charme de la diction.

V. 17. Va, dis-je, et fans vouloir te charger d'autres foins,
    Vois fi je puis bientôt lui parler fans témoins.

Ce vers, *fans vouloir te*, &c. qui ne femble fait que
pour la rime, annonce avec art qu'*Antiochus* aime *Bérénice*.

S C E N E   I I.

A N T I O C H U S   *feul.*

Beaucoup de lecteurs réprouvent ce long monologue.
Il n'eft pas naturel qu'on faffe ainfi tout feul l'hiftoire de
fes amours, qu'on dife, *je me fuis tû cinq ans*; *on m'a
impofé filence*; *j'ai couvert mon amour d'un voile d'amitié.*
On pardonne un monologue qui eft un combat du cœur,
mais non une récapitulation hiftorique.

V. 20. Belle reine, et pourquoi vous offenferiez-vous ?

Belle reine a paffé pour une expreffion fade.

V. 28. Je pars, fidelle encor quand je n'efpère plus.

Ces amans fidelles, fans fuccès et fans efpoir, n'intéreffent jamais. Cependant la douce harmonie de ces
vers naturels, fait qu'on fupporte *Antiochus*: c'eft furtout
dans ces faibles rôles que la belle verfification eft
néceffaire.

S C E N E   I I I.

V. 2. . . . . Je n'ai percé qu'à peine
    Les flots toujours nouveaux d'un peuple adorateur,
    Qu'attire fur fes pas fa prochaine grandeur.

La profe n'eût pu exprimer cette idée avec la même
précifion, ni fe parer de la beauté de ces figures. C'eft-
là le grand mérite de la poëfie. Cette fcène eft parfaitement écrite, et conduite de même; car il doit y avoir
une conduite dans chaque fcène comme dans le total de

la pièce ; elle est même intéressante, parce qu'*Antiochus* ne dit point son secret, et le fait entendre.

SCENE IV.

V. 25. Jugez de ma douleur, moi dont l'ardeur extrême,
Je vous l'ai dit cent fois, n'aime en lui que lui-même,
Moi qui, loin des grandeurs dont il est revêtu,
Aurais choisi son cœur et cherché sa vertu !

Personne avant *Racine* n'avait ainsi exprimé ces sentimens, qu'on retrouve à la vérité dans tous les livres d'amour, et dont le seul mérite consiste dans le choix des mots. Sans cette élégance si fine et si naturelle, tout serait languissant.

V. 68. Mes pleurs et mes soupirs vous suivaient en tous lieux.

Ce vers et les suivans n'ont pas le mérite qu'on a remarqué dans les notes précédentes. Un roi dont *les pleurs et les soupirs suivent en tous lieux* une reine amoureuse d'un autre, est là un fade personnage qui exprime en vers faibles et lâches un amour un peu ridicule. Si la pièce était écrite de ce ton, elle ne serait qu'une très-faible idylle en dialogues. Plus le héros qu'on fait parler est dans une position désagréable et indigne d'un héros, plus il faut s'étudier à relever par la beauté du style la faiblesse du fond. Le rôle d'*Antiochus* ne peut avoir rien de tragique ; mettez-y donc plus de noblesse, plus de chaleur et plus d'intérêt, s'il est possible.

En général, les déclarations d'amour, les maximes d'amour sont faites pour la comédie. Les déclarations de *Xipharès*, d'*Hippolyte*, d'*Antiochus*, sont de la galanterie, et rien de plus : ces morceaux se sentent du goût dominant qui régnait alors.

V. 84. La valeur de Titus surpassait ma fureur, &c.

Voilà à peu-près ce qu'un lecteur éclairé demande.

Antiochus fe relève, et c'eft un grand art de mettre les
louanges de *Titus* dans fa bouche. Toute cette tirade où
il parle de *Titus*, eft parfaite en fon genre. Si *Antiochus*
ne parlait là que de fon amour, il ennuyerait, il affa-
dirait ; mais tous les acceffoires, toutes les circonftances
qu'il emploie, font nobles et intéreffantes ; c'eft la gloire
de *Titus*, c'eft un fiége fameux dans l'hiftoire, c'eft,
fans le vouloir, l'éloge de l'amour de *Bérénice* pour *Titus*.
Vous vous fentez alors attaché malgré vous et malgré la
petiteffe du rôle d'*Antiochus*. Vous verrez dans l'examen
d'Ariane, que l'auteur n'a pu imiter ni l'art de *Racine*,
ni le ftyle de *Racine*. Les premiers actes d'Ariane font
une faible copie de Bérénice. Vous fentirez combien il eft
difficile d'approcher de cette élégance continue et de ce
ftyle toujours naturel.

V. 130. J'oublie en fa faveur un difcours qui m'outrage, *&c.*

Voilà le modèle d'une réponfe noble et décente ; ce n'eft
point ce langage des anciennes héroïnes de roman, qu'une
déclaration refpectueufe tranfporte d'une colère impertinente. *Bérénice* ménage tout ce qu'elle doit à l'amitié
d'*Antiochus* ; elle intéreffe par la vérité de fa tendreffe pour
l'empereur. Il femble qu'on entende *Henriette* d'Angleterre elle-même, parlant au marquis de *Vardes*. La politeffe
de la cour de *Louis XIV*, l'agrément de la langue françaife, la douceur de la verfification la plus naturelle, le
fentiment le plus tendre, tout fe trouve dans ce peu de
vers. Point de ces maximes générales que le fentiment
réprouve. Rien de trop, rien de trop peu. On ne pouvait rendre plus agréable quelque chofe de plus mince.

SCENE V.

V. 1. . . . Que je le plains ! tant de fidélité,
Madame, méritait plus de profpérité, *&c.*

La faibleffe du fujet fe montre ici dans toute fa mifère ;

ce n'eſt plus ce goût ſi fin, ſi délicat ; *Phénice* parle un peu en ſoubrette.

***V.* 5.** Je l'aurais retenu.

eſt encore plus mauvais ; cela eſt d'un froid comique : il importe bien ce qu'aurait fait *Phénice !* mais ce défaut eſt bientôt réparé par le diſcours paſſionné de *Bérénice :*

> Cette foule de rois, ces conſuls, ce ſénat,
> Qui tous de mon amant empruntaient leur éclat, *&c.*

***V.* 31.** En quelque obſcurité que le ciel l'eût fait naître,
> Le monde, en le voyant, eût reconnu ſon maître.

Un homme ſans goût a traité cet éloge de flatterie ; il n'a pas ſongé que c'eſt une amante qui parle. Ce vers fit d'autant plus de plaiſir qu'on l'appliquait à *Louis XIV,* alors couvert de gloire, et dont la figure, très-ſupérieure à celle d'*Auguſte,* ſemblait faite pour commander aux autres hommes ; car *Auguſte* était petit et ramaſſé, et *Louis XIV* avait reçu tous les avantages que peut donner la nature. Enfin, dans ce vers, c'était moins *Bérénice* que *Madame* qui s'expliquait. Rien ne fait plus de plaiſir que ces alluſions ſecrètes ; mais il faut que les vers qui les font naître, ſoient beaux par eux-mêmes.

***V.* 39.** Auſſitôt, ſans l'attendre, et ſans être attendue,
> Je reviens le chercher, et, dans cette entrevue,
> Dire tout ce qu'aux cœurs l'un de l'autre contens,
> Inſpirent des tranſports retenus ſi long-temps.

Ces vers ne font que des vers d'églogue. La ſortie de *Bérénice* qui ne s'en va que pour revenir dire tout ce que diſent *les cœurs contens,* eſt ſans intérêt, ſans art, ſans dignité. Rien ne reſſemble moins à une tragédie. Il eſt vrai que l'idée qu'elle a de ſon bonheur, fait déjà un contraſte avec l'infortune qu'on ſait bien qu'elle va eſſuyer ; mais la fin de cet acte n'en eſt pas moins faible.

ACTE SECOND.

SCENE PREMIERE.

Vers 2. . . . . J'ai couru chez la reine, &c.

JE crois que le fecond acte commence plus mal que le premier ne finit. *J'ai couru chez la reine*, comme s'il fallait courir bien loin pour aller d'un appartement dans un autre. *J'y fuis couru*, qui eft un folécifme ; cet *il fuffit. Et que fait la reine Bérénice?* et le *trop aimable princeffe* ; tout cela eft *trop petit* et d'une naïveté qu'il eft trop aifé de tourner en ridicule. Les fimples propos d'amour font des objets de raillerie quand ils ne font point relevés ou par la force de la paffion, ou par l'élégance du difcours : auffi ces vers prêtèrent-ils le flanc à la parodie de la farce nommée comédie italienne.

SCENE II.

V. 7. . . . . J'entends de tous côtés
     Publier vos vertus, Seigneur, et fes beautés.

On ne publie point des beautés, cela n'eft pas exact.

V. 13. Et je l'ai vue auffi cette cour peu fincère,
     A fes maîtres toujours trop foigneufe de plaire, &c.

Rarement *Racine* tombe-t-il long-temps ; et quand il fe relève, c'eft toujours avec une élégance auffi noble que fimple, toujours avec le mot propre, ou avec des figures juftes et naturelles, fans lefquelles le mot propre ne ferait que de l'exactitude. La réponfe de *Paulin* eft un chef-d'œuvre de raifon et d'habileté ; elle eft fortifiée par des faits, par des exemples ; tout y eft vrai, rien n'eft exagéré ; point de cette enflure qui aime à repréfenter
                                                    les

les plus grands rois avilis en présence d'un bourgeois de Rome. Le discours de *Paulin* n'en a que plus de force ; il annonce la disgrâce de *Bérénice*.

Racine et *Corneille* ont évité tous deux de faire trop sentir combien les Romains méprisaient une juive. Ils pouvaient s'étendre sur l'aversion que cette misérable nation inspirait à tous les peuples ; mais l'un et l'autre ont bien vu que cette vérité trop développée, jeterait sur *Bérénice* un avilissement qui détruirait tout intérêt.

V. 35. On sait qu'elle est charmante ; et de si belles mains
  Semblent vous demander l'empire des humains.

De si belles mains ne paraît pas digne de la tragédie ; mais il n'y a que ce vers de faible dans cette tirade.

V. 83. Cet amour est ardent, il le faut confesser.

Il y a dans presque toutes les pièces de *Racine* de ces naïvetés puériles ; et ce sont presque toujours les confidens qui les disent. Les critiques en prirent occasion de donner du ridicule au seul nom de *Paulin*, qui fut long-temps un terme de mépris. *Racine* eût mieux fait d'ailleurs de choisir un autre confident, et de ne point le nommer d'un nom français, tandis qu'il laisse à *Titus* son nom latin. Ce qui est bien plus digne de remarque, c'est que les railleurs sont toujours injustes. S'ils relevèrent les mauvais vers qui échappent à *Paulin*, ils oublièrent qu'il en débite beaucoup d'excellens. Ces railleurs s'épuisèrent sur la Bérénice de *Racine*, dont ils sentaient l'extrême mérite dans le fond de leur cœur. Ils ne disaient rien de celle de *Corneille* qui était déjà oubliée ; mais ils opposaient l'ancien mérite de *Corneille* au mérite présent de *Racine*.

V. 207. Depuis cinq ans entiers chaque jour je la vois,
  Et crois toujours la voir pour la première fois.

Ces vers sont connus de presque tout le monde ; on

Comment. sur Corneille. Tome II.   Z

en a fait mille applications ; ils font naturels et pleins de fentiment: mais ce qui les rend encore meilleurs, c'eft qu'ils terminent un morceau charmant. Ce n'eft pas une beauté fans doute de l'Electre et de l'Oedipe de *Sophocle ;* mais, qu'on fe mette à la place de l'auteur, qu'on effaye de faire parler *Titus* comme *Racine* y était obligé, et qu'on voie s'il eft poffible de le faire mieux parler. Le grand mérite confifte à repréfenter les hommes et les chofes comme elles font dans la nature, et dans la belle nature. *Raphaël* réuffit auffi-bien à peindre les grâces que les furies.

*V.*212. Encore un coup, allons, il n'y faut plus penfer.

Encore un coup eft une façon de parler trop familière et prefque baffe, dont *Racine* fait trop fouvent ufage.

V. dern. Je n'examine point fi j'y pourrai furvivre.

Cette réfolution de l'empereur ne fait attendre qu'une feule fcène. Il peut renvoyer *Bérénice* avec *Antiochus*, et la pièce fera bientôt finie. On conçoit très-difficilement comment le fujet pourra fournir encore quatre actes; il n'y a point de nœud, point d'obftacle, point d'intrigue. L'empereur eft le maître, il a pris fon parti, il veut et il doit vouloir que *Bérénice* parte. Ce n'eft que dans les fentimens inépuifables du cœur, dans le paffage d'un mouvement à l'autre, dans le développement des plus fécrets refforts de l'ame que l'auteur a pu trouver de quoi remplir la carrière. C'eft un mérite prodigieux, et dont je crois que lui feul était capable.

SCENE IV.

V. 6. Je demeure fans voix et fans reffentiment.

Ce dernier mot eft le feul employé par *Racine* qui ait été hors d'ufage depuis lui. *Reffentiment* n'eft plus employé que pour exprimer le souvenir des outrages, et non celui des bienfaits.

V. 29. N'en doutez point, Madame ;

Ces mots de *Madame* et de *Seigneur* ne font que des complimens français. On n'employa jamais chez les Grecs, ni chez les Romains, la valeur de ces termes. C'est une remarque qu'on peut faire sur toutes nos tragédies. Nous ne nous servons point des mots *Monsieur*, *Madame*, dans les comédies tirées du grec : l'usage a permis que nous appelions les Romains et les Grecs *Seigneur*, et les Romaines *Madame*; usage vicieux en soi, mais qui cesse de l'être, puisque le temps l'a autorisé.

SCENE V.

V. 16. Il craint peut-être, il craint d'épouser une reine.
Hélas! s'il était vrai... Mais non, &c.

Sans ce *mais non*, sans les assurances que *Titus* lui a données tant de fois, de n'être jamais arrêté par ce scrupule, elle devrait s'attacher à cette idée; elle devrait dire, pourquoi *Titus* embarrassé vient-il de prononcer en soupirant les mots de *Rome* et d'*empire*? Elle se rassure sur les promesses qu'on lui a faites ; elle cherche de vaines raisons. Il est pardonnable, ce me semble, qu'elle craigne que *Titus* ne soit instruit de l'amour d'*Antiochus*. Les amans et les conjurés peuvent, je crois, sur le théâtre, se livrer à des craintes un peu chimériques, et se méprendre. Ils sont toujours troublés, et le trouble ne raisonne pas. *Bérénice*, en raisonnant juste, aurait plutôt craint Rome que la jalousie de *Titus*. Elle aurait dit, si *Titus* m'aime, il forcera les Romains à souffrir qu'il m'épouse ; et non pas, *si Titus est jaloux, Titus est amoureux.*

Z 2

ACTE TROISIEME.

SCENE PREMIERE.

On n'a d'autre remarque à faire sur cette scène, sinon qu'elle est écrite avec la même élégance que le reste, et avec le même art. *Antiochus*, chargé par son rival même de déclarer à *Bérénice* que ce rival aimé renonce à elle, devient alors un personnage un peu plus nécessaire qu'il n'était.

SCENE II.

C'est ici qu'on voit plus qu'ailleurs, la nécessité absolue de faire de beaux vers, c'est-à-dire, d'être éloquent de cette éloquence propre au caractère du personnage et à la situation ; de n'avoir que des idées justes et naturelles ; de ne se pas permettre un mot vicieux, une construction obscure, une syllabe rude ; de charmer l'oreille et l'esprit par une élégance continue. Les rôles qui ne sont ni principaux, ni relevés, ni tragiques, ont surtout besoin de cette élégance et du charme d'une diction pure. *Bérénice*, *Atalide*, *Eriphyle*, *Aricie* étaient perdues sans ce prodige de l'art ; prodige d'autant plus grand qu'il n'étonne point, qu'il plaît par la simplicité, et que chacun croit que s'il avait eu à faire parler ces personnages, il n'aurait pu les faire parler autrement.

Speret idem, sudet multum, frustraque laboret.

SCENE III.

V. 12. . . . . Suspendez votre ressentiment.
D'autres, loin de se taire en ce même moment,
Triompheraient peut-être, &c.

Concevez l'excès de la tyrannie de la rime, puisque l'auteur qui lui commande le plus est gêné par elle au point de remplir un hémistiche de ces mots inutiles et lâches, *en ce même moment.*

V. 23. Vous voyez devant vous une reine éperdue,
Qui, la mort dans le sein, vous demande deux mots.

Deux mots ailleurs seraient une expression triviale ; elle est ici très-touchante ; tout intéresse, la situation, la passion, le discours de *Bérénice*, l'embarras même d'*Antiochus.*

V. 67. Pour jamais à mes yeux gardez-vous de paraître.

Voilà le caractère de la passion. *Bérénice* vient de flatter tout à l'heure *Antiochus* pour savoir son secret ; elle lui a dit : si jamais je vous fus chère, parlez ; elle l'a menacé de sa haine s'il garde le silence ; et dès qu'il a parlé, elle lui ordonne de ne jamais paraître devant elle. Ces flatteries, ces emportemens font un effet très-intéressant dans la bouche d'une femme ; ils ne touche-raient pas ainsi dans un homme. Tous ces symptômes de l'amour font le partage des amantes. Presque toutes les héroïnes de *Racine* étalent ces sentimens de tendresse, de jalousie, de colère, de fureur ; tantôt soumises, tantôt désespérées. C'est avec raison qu'on a nommé *Racine* le poëte des femmes. Ce n'est pas là du vrai tragique ; mais c'est la beauté que le sujet comportait.

SCENE IV.

V. pénul. Va voir fi la douleur ne l'a point trop faifie.

Tous les actes de cette pièce finiffent par des vers
faibles et un peu langoureux. Le public aime affez que
chaque acte fe termine par quelque morceau brillant qui
enlève les applaudiffemens. Mais Bérénice réuffit fans
ce fecours. Les tendreffes de l'amour ne compórtent guère
ces grands traits qu'on exige à la fin des actes dans des
fituations vraiment tragiques.

ACTE QUATRIEME.

SCENE PREMIERE.

Vers 1. Phénice ne vient point. Momens trop rigoureux
    Que vous paraiffez lents à mes rapides vœux ! *&c.*

JE me fouviens d'avoir vû autrefois une tragédie de
Saint-Jean-Baptifte , fuppofée antérieure à Bérénice, dans
laquelle on avait inféré toute cette tirade , pour faire
croire que *Racine* l'avait volée. Cette fuppofition mal-
adroite était affez confondue par le ftyle barbare du
refte de la pièce. Mais ce trait fuffit pour faire voir à
quels excès fe porte la jaloufie , furtout quand il s'agit
des fuccès du théâtre, qui, étant les plus éclatans dans la
littérature , font auffi ceux qui aveuglent le plus les yeux
de l'envie. *Corneille* et *Racine* en reffentirent les effets
tant qu'ils travaillèrent.

SCENE II.

***V*. 10.** Souffrez que de vos pleurs je répare l'outrage, &c.

On peut appliquer à ces vers ce précepte de *Boileau* :

Qui dit, fans s'avilir, les plus petites chofes.

En effet, rien n'eft plus petit que de faire paraître fur le théâtre tragique une fuivante qui propofe à fa maîtreffe de rajufter fon voile et fes cheveux. Otez à ces idées les grâces de la diction, on rira.

SCENE III.

***V*. dern.** Voyons la reine.

Ou le théâtre refte vide, ou *Titus* voit *Bérénice* ; s'il la voit, il doit donc dire qu'il l'évite, ou lui parler.

SCENE IV.

(*Fin de la fcène.*) Ce monologue eft long, et il contient, pour le fond, les mêmes chofes à peu-près que *Titus* a dites à *Paulin*. Mais remarquez qu'il y a des nuances différentes. Les nuances font beaucoup dans la peinture des paffions ; et c'eft-là le grand art fi caché et fi difficile dont *Racine* s'eft fervi pour aller jufqu'au cinquième acte fans rebuter le fpectateur. Il n'y a pas dans ce monologue un feul mot hors de fa place. *Ah lâche ! fais l'amour, et renonce à l'empire.* Ce vers et tout ce qui fuit me paraiffent admirables.

SCENE V.

***V*.115.** Vous êtes empereur, Seigneur, et vous pleurez !

Ce vers fi connu fefait allufion à cette réponfe de mademoifelle *Mancini* à *Louis XIV : Vous m'aimez, vous*

Z 4

êtes roi, vous pleurez, et je pars ! Cette réponse est bien plus remplie de sentiment, est bien plus énergique que le vers de *Bérénice.* Ce vers même n'est au fond qu'un reproche un peu ironique. Vous dites qu'un empereur doit vaincre l'amour; vous êtes empereur, et vous pleurez !

*V.*116. Oui, Madame, il est vrai, je pleure, je soupire.

Cela est trop faible; il ne faut pas dire, *je pleure*; il faut que par vos discours on juge que votre cœur est déchiré. Je m'étonne comment *Racine*, a cette fois, manqué à une règle qu'il connaissait si bien.

*V.*130. Je sais qu'en vous quittant, le malheureux Titus
　　　　Passe l'austérité de toutes les vertus.

Cela me paraît encore plus faible, parce que rien ne l'est tant que l'exagération outrée. Il est ridicule qu'un empereur dise qu'il y a plus de vertu, plus d'austérité à quitter sa maîtresse, qu'à immoler à sa patrie ses deux enfans coupables. Il fallait peut-être dire, en parlant des *Brutus* et des *Manlius*, *Titus en vous quittant les égale peut-être*; ou plutôt, il ne fallait point comparer une victoire remportée sur l'amour à ces exemples étonnans et presque surnaturels de la rigidité des anciens Romains. Les vers sont bien faits, je l'avoue; mais encore une fois, cette scène élégante n'est pas ce qu'elle devrait être.

V. dern. Adieu.

Peut-être cette scène pouvait-elle être plus vive, et porter dans les cœurs plus de trouble et d'attendrissement; peut-être est-elle plus élégante et mesurée que déchirante.

> Et que tout l'univers reconnaisse, sans peine,
> Les pleurs d'un empereur, et les pleurs d'une reine.
> Car enfin, ma princesse, il faut nous séparer. —
> Eh bien, Seigneur, eh bien, qu'en peut-il arriver ?

Vous ne comptez pour rien les pleurs de Bérénice. —
Je les compte pour rien ! Ah ! ciel, quelle injustice !

Tout cela me paraît petit, je le dis hardiment ; et je
suis en cela seul de l'opinion de *Saint-Evremond* qui dit
en plusieurs endroits, que les sentimens dans nos tragédies ne sont pas assez profonds, que le désespoir n'y
est qu'une simple douleur, la fureur un peu de colère.

SCENE VI.

V. 17. Moi-même je me hais. Néron, tant détesté,
N'a point à cet excès poussé sa cruauté.

Autre exagération puérile. Quelle comparaison y a-t-il
à faire d'un homme qui n'épouse point sa maîtresse à
un monstre qui fait assassiner sa mère ?

V. 20. Allons, Rome en dira ce qu'elle en voudra dire. —
Quoi, Seigneur ! — Je ne sais, Paulin, ce que je dis.

Dire et *dis* font un mauvais effet. *Je ne sais ce que je
dis*, est du style comique, et c'était quand il se croyait
plus austère que *Brutus*, et plus cruel que *Néron*, qu'il
pouvait s'écrier, *je ne sais ce que je dis*.

V. 27. Et le peuple, élevant vos vertus jusqu'aux nues,
Va par-tout de lauriers couronner vos statues.

Elevant vos vertus, &c. ni cette expression, ni cette
cacophonie ne semblent dignes de *Racine*.

V. dern. Pourquoi suis-je empereur ? pourquoi suis-je amoureux ?

Tous ces actes finissent froidement, et par des vers
qui appartiennent plus à la haute comédie qu'à la tragédie. Il ne doit pas demander pourquoi il est empereur ?
Amoureux est d'une idylle ; *amoureux* est trop général.
Pourquoi dois-je quitter ce que je dois adorer ? pourquoi suis-je forcé à rendre malheureuse celle qui mérite

le moins de l'être ? C'est-là (du moins je le crois) le
fentiment qu'il devait exprimer.

SCENE VII.

V. 3. Elle n'entend ni pleurs, ni confeil, ni raifon.

Ce mot *pleurs* joint avec *confeil et raifon* , fauve l'irrégularité du terme *entendre*. On n'entend point des pleurs ;
mais ici, *n'entend* fignifie *ne donne point attention*.

V. dern. Moi-même, en ce moment, fais-je fi je refpire ?

Cette fcène et la fuivante , qui femblent être peu de
chofe , me paraiffent parfaites. *Antiochus* joue le rôle
d'un homme qui eft fupérieur à fa paffion. *Titus* eft
attendri et ébranlé comme il doit l'être ; et dans le
moment le fénat vient le féliciter d'une victoire qu'il
craint de remporter fur lui-même. Ce font des refforts
prefque imperceptibles qui agiffent puiffamment fur
l'ame. Il y a mille fois plus d'art dans cette belle fimplicité, que dans cette foule d'incidens dont on a chargé
tant de tragédies. *Corneille* a auffi le mérite de n'avoir
jamais recours à cette malheureufe et ftérile fécondité
qui entaffe événemens fur événemens ; mais il n'a pas
l'art de *Racine* , de trouver dans l'incident le plus fimple
le développement du cœur humain.

ACTE CINQUIEME.

SCENE CINQUIEME.

Vers 55. Lifez, ingrat! lifez, et me laiffez fortir.

TITUS lifait tout haut cette lettre à la première repréfentation. Un mauvais plaifant dit que c'était le tefta-
ment de *Bérénice. Racine* en fit fupprimer la lecture. On
a cru que la vraie raifon était que la lettre ne contenait
que les mêmes chofes que *Bérénice* dit dans le cours de
la pièce.

SCENE VII et dernière.

V. dern. Pour la dernière fois, adieu , Seigneur. — Hélas !

Je n'ai rien à dire de ce cinquième acte , finon que
c'eft en fon genre un chef-d'œuvre , et qu'en le relifant
avec des yeux févères , je fuis encore étonné qu'on ait
pu tirer des chofes fi touchantes d'une fituation qui eft
toujours la même ; qu'on ait trouvé encore de quoi
attendrir, quand on paraît avoir tout dit ; que même
tout paraiffe neuf dans ce dernier acte , qui n'eft que
le réfumé des quatre précédens : le mérite eft égal à la
difficulté, et cette difficulté était extrême. On peut être
un peu choqué qu'une pièce finiffe par un *hélas!* Il
fallait être sûr de s'être rendu maître du cœur des
fpectateurs pour ofer finir ainfi.

Voilà fans contredit la plus faible des tragédies de
Racine qui font reftées au théâtre. Ce n'eft pas même
une tragédie : mais que de beautés de détail , et quel
charme inexprimable règne prefque toujours dans la
diction ! Pardonnons à *Corneille* de n'avoir jamais connu
ni cette pureté , ni cette élégance. Mais comment fe
peut-il faire que perfonne depuis *Racine* n'ait approché

de ce ftyle enchanteur ? Eft-ce un don de la nature ?
eft-ce le fruit d'un travail affidu ? c'eft l'effet de l'un et
de l'autre. Il n'eft pas étonnant que perfonne ne foit
arrivé à ce point de perfection ; mais il l'eft que le public
ait depuis applaudi avec tranfport à des pièces qui à
peine étaient écrites en français , dans lefquelles il n'y
avait ni connaiffance du cœur humain , ni bon fens ,
ni poëfie ; c'eft que des fituations féduifent, c'eft que le
goût eft très-rare. Il en a été de même dans d'autres arts.
En vain on a devant les yeux des *Raphaël*, des *Titien*,
des *Paul Véronèfe* ; des peintres médiocres ufurpent après
eux de la réputation , et il n'y a que les connaiffeurs
qui fixent à la longue le mérite des ouvrages.

REMARQUES

SUR

TITE ET BERENICE,

COMEDIE HEROIQUE DE CORNEILLE.

ACTE PREMIER.

SCENE PREMIERE.

Vers 3. . . . Plus nous approchons de ce grand hymenée,
   Plus en dépit de moi je m'en trouve gênée.

On saura bientôt de quel hymenée on parle ; mais on ne saura point que c'est *Domitie* qui parle ; et le lieu où elle est n'est point annoncé.

Cette *Domitie*, fille de *Corbulon*, est amoureuse de *Domitian*, qui l'est aussi d'elle. Il est vrai que cet amour est froid ; mais il est vrai aussi que quand *Domitian* et sa maîtresse *Domitie* s'exprimeraient avec la tendre élégance des héros de *Racine*, ils n'en intéresseraient pas davantage. Il y a des personnages qu'il ne faut jamais représenter amoureux : les grands hommes, comme *Alexandre*, *César*, *Scipion*, *Caton*, *Cicéron*, parce que c'est les avilir ; et les méchans hommes, parce que l'amour dans une ame féroce ne peut jamais être qu'une passion grossière qui révolte au lieu de toucher, à moins qu'un tel caractère ne soit attendri et changé par un amour qui le subjugue. *Domitian*, *Caligula*, *Néron*, *Commode*, en un mot, tous les tyrans qui feront l'amour à l'ordinaire, déplairont toujours. Dès que *Domitian* est l'amoureux de la pièce, la pièce est tombée.

V. 6.   Ne devrait-il pas faire auſſi tous mes plaiſirs ?

Il ſemble par ce vers, et par tant d'autres dans ce goût, que *Corneille* ait voulu imiter la molleſſe du ſtyle de ſon rival, qui ſeul alors était en poſſeſſion des applaudiſſe-mens au théâtre ; mais il l'imite comme un homme robuſte, ſans grâce et ſans ſoupleſſe, qui voudrait ſe donner les attitudes grâcieuſes d'un danſeur agile et élégant.

V. 8.   Rome s'en fait d'avance en l'eſprit une fête, *&c.*

Cette expreſſion, et l'*amer* et le *rude*, *tout-à-fait la maîtreſſe*, *un nœud reculé qui dégoûte*, font bien voir que *Corneille* n'était pas fait pour combattre *Racine* dans la carrière de l'élégance et du ſentiment.

V. 41.   J'ai quelques droits, Plautine, à l'empire romain, *&c.*

Où ſont donc ces droits à l'empire qu'elle *peut mettre en bonne main* ? Quoi ! parce qu'elle eſt fille d'un *Corbulon*, que quelques troupes voulurent déclarer céſar, elle a des droits à l'empire ? C'eſt heurter toutes les notions qu'on a du gouvernement des Romains.

V. 43.   Mon père avant le ſien, élu pour cet empire,
                Préféra .... tu le ſais, et c'eſt aſſez t'en dire.

On n'eſt point élu pour l'empire, cela n'eſt pas français ; et que veut dire ce *préféra* avec ces points. . . . . . ? On peut laiſſer une phraſe ſuſpendue quand on craint de s'expliquer, quand on aurait trop de choſes à dire, quand on fait entendre par ce qui ſuit, ce qu'on n'a pas voulu énoncer d'abord, et qu'on le fait plus fortement entendre que ſi on s'expliquait, comme dans Britannicus :

Et ce même Sénèque, et ce même Burrhus,
        Qui depuis... Rome alors eſtimait leurs vertus.

Mais ici ce *préféra* ne ſignifie autre choſe ſinon que

Corbulon préféra son devoir : ce n'était pas là la place d'une réticence. On s'est un peu étendu sur cette remarque, parce qu'elle contient une règle générale, et que ces réticences inutiles et déplacées ne font que trop communes.

V. 46. Mais pour le cœur, te dis-je, il n'est pas tout à moi.—
La chose est bien égale, il n'a pas tout le vôtre, &c.

La chose est bien égale ; il n'a pas tout le vôtre ; vous en aimez un autre ; et comme sa raison ; une ardeur pour un rang ; qu'entre nous la chose soit égale ; un divorce qui ravale ; un fort à qui l'on renvoie ; ce que Plautine a d'ambitieux caprice qui lui fait un dur supplice ; en l'aimant comme il faut ; comme il faut qu'il vous aime. Est-il possible qu'avec un tel style on ait voulu jouter contre *Racine* dans un ouvrage où tout dépend du style !

V. 63. Si l'amour quelquefois souffre qu'on le contraigne,
Il souffre rarement qu'une autre ardeur l'éteigne ;
Et quand l'ambition en met l'empire à bas,
Elle en fait son esclave et ne l'étouffe pas.

Je passe tous les vers, ou faibles ou durs, ou qui offensent la langue, et je remarquerai seulement que voilà des dissertations sur l'amour, des sentences générales. Ce n'est pas là comme il faut s'y prendre pour traiter une passion douce et tendre ; ce n'est pas là *Horatii curiosa felicitas*, et le *molle* de *Virgile*.

V. 75. Laisse-moi retracer ma vie en ta mémoire ;
Tu me connais assez pour en savoir l'histoire.

Pourquoi donc répète t-elle cette histoire à une personne qui la sait si bien ? Le sentiment de son *illustre orgueil* n'est pas une raison suffisante pour fonder ce récit qui d'ailleurs est trop long et trop peu intéressant.

Cette *Domitie* partagée entre l'ambition et l'amour,

n'eſt véritablement ni ambitieuſe, ni ſenſible. Ces caractères indécis et mitoyens ne peuvent jamais réuſſir, à moins que leur incertitude ne naiſſe d'une paſſion violente, et qu'on ne voie juſque dans cette indéciſion l'effet du ſentiment dominant qui les emporte. Tel eſt *Pyrrhus* dans Andromaque, caractère vraiment théâtral et tragique, excepté dans la ſcène imitée de *Térence* : *Crois-tu, ſi je l'épouſe, qu'Andromaque en ſon cœur n'en ſera pas jalouſe?* et dans la ſcène où *Pyrrhus* vient dire à *Hermione* qu'il ne peut l'aimer.

Cette première ſcène de *Domitie* annonce que la pièce ſera ſans intérêt ; c'eſt le plus grand des défauts.

SCENE II.

V. 1. Faut-il mourir, Madame? et ſi proche du terme
Votre illuſtre inconſtance eſt-elle encor ſi ferme, *&c.*

Cette ſeconde ſcène tient au-delà de ce que là première a promis. Un *Domitian* qui veut mourir d'amour ! c'eſt mettre un hochet entre les mains de *Polyphème* : et qu'eſt-ce qu'une *illuſtre inconſtance proche du terme, ſi ferme, que les reſtes d'un feu ſi fort ſe promettent la mort de Domitian dans quatre jours ?* Ces paroles, ces tours inintelligibles qui ſont comme jetés au haſard, forment un étrange diſcours ! La princeſſe *Henriette* joua un tour bien ſanglant à *Corneille*, quand elle le fit travailler à Bérénice.

On ne voit que trop combien la ſuite eſt digne de ce commencement. Quels vers que ceux-ci ! et que de barbariſmes ! *Ce n'eſt pas un mal qui vaille en ſoupirer ; un choix qui charme avec un peu d'appas qu'on met ſi bas ;* et tous ces complimens ironiques que ſe font *Domitian* et *Domitie ;* et *cette beauté qui n'a écouté aucun des ſoupirans qui l'accablaient de leurs regards mourans ;* et *ſon cœur qui va tout à Domitian quand on le laiſſe aller.*

On eſt étonné qu'on ait pu jouer une pièce ainſi écrite, ainſi dialoguée et raiſonnée.

Tous

Tous ces raisonnemens de *Domitie* ne peuvent être écoutés. *Comme la passion du trône est la première, elle est la dominante : ce n'est pas qu'elle ne se violente à trahir l'amour ; mais il est juste que des soupirs secrets la punissent d'aimer contre ses intérêts.*

Il semble que dans cette pièce *Corneille* ait voulu en quelque sorte imiter ce double amour qui règne dans l'Andromaque, et qu'il ait tenté de plier la roideur de son caractère à ce genre de tragédie si délicat et si difficile. *Domitian* aime *Domitie*, *Titus* aime aussi *Domitie* un peu. On propose *Bérénice* à *Domitian*, et *Bérénice* est aimée véritablement de *Titus*. Avouons qu'on ne pouvait faire un plus mauvais plan.

SCENE III.

V. I. Elle se défend bien, Seigneur, et dans la cour... —
Aucun n'a plus d'esprit, Albin, et moins d'amour, &c.

Il s'agit bien là d'esprit ; et *cette adresse à défendre une mauvaise cause, et la flamme qui applique cette adresse au secours.* Quels vains et malheureux propos ! Peut-on dire en de plus mauvais vers des choses plus indignes du théâtre tragique ?

V. 14. Dans toute la nature aime-t-on autrement ? &c.

Quoi ! dans une tragédie une dissertation sur l'amour propre ? Finissons. Il a bien fallu faire quelques remarques sur ce premier acte, pour montrer que c'est une peine perdue d'en faire sur les autres. Un commentaire peut être utile quand on a des beautés et des défauts à examiner : mais ce serait vouloir outrager la mémoire de *Corneille*, de s'appesantir sur toutes les fautes d'un ouvrage où il n'y a guère que des fautes. Finissons nos remarques par respect pour lui : rendons-lui justice ; convenons que c'est un grand homme qui fut trop souvent différent de lui-même, sans que ses pièces malheureuses fissent tort aux beaux morceaux qui sont dans les autres.

Comment. sur Corneille. Tome II.   A a

REMARQUES

SUR

PULCHERIE,

Tragédie repréſentée en 1672.

PREFACE DU COMMENTATEUR.

PULCHERIE était une fille de l'empereur *Arcadius* et de l'impératrice *Eudoxie*. Elle avait toute l'ambition de ſa mère. *Corneille* dit, dans ſon avis au lecteur, que ſes talens étaient merveilleux, et que dès l'âge de quinze ans *elle empiéta l'empire ſur ſon frère*. Il eſt vrai que ce frère, *Théodoſe II*, était un homme très-faible, qui fut long-temps gouverné par cette ſœur impé- rieuſe, plus capable d'intrigues que d'affaires, plus occupée de ſoutenir ſon crédit que de défendre l'em- pire, et n'ayant pour miniſtres que des eſclaves ſans courage.

Auſſi, ce fut de ſon temps que les peuples du Nord ravagèrent l'empire romain. Cette princeſſe, après la mort de *Théodoſe le jeune*, épouſa un vieux militaire, auſſi peu fait pour gouverner que *Théodoſe*; elle en fit ſon premier domeſtique, ſous le nom d'empereur. C'était un homme qui n'avait ſu ſe conduire ni dans la guerre, ni dans la paix. Il avait été long-temps priſonnier de *Genſeric*; et quand il fut ſur le trône, il ne ſe mêla que des querelles des Eutichiens et des Neſtoriens. On ſent un mouvement d'indignation quand on lit, dans la continuation de l'Hiſtoire romaine de *Laurent Echard*, le puéril et honteux éloge de *Pulchérie* et de *Martian*. ,, *Pulchérie* (dit l'auteur) ,, dont les vertus avaient mérité la confiance de tout ,, l'empire, offrit la couronne à *Martian*, pourvu ,, qu'il voulût l'époufer, et qu'il la laiſsât fidelle à ,, fon vœu de virginité. ,,

Quelle pitié! il fallait dire, pourvu qu'il la laiſsât demeurer fidelle à fon vœu d'ambition et d'avarice: elle avait cinquante ans, et *Martian* foixante et dix.

Il eſt permis à un poëte d'ennoblir fes perſonnages et de changer l'hiſtoire, furtout l'hiſtoire de ces temps de confuſion et de faibleſſe. *Corneille* intitula d'abord cette pièce, *tragédie*; il la préſenta aux comédiens, qui refuſèrent de la jouer. Ils étaient plus frappés de leurs intérêts que de la réputation de *Corneille*; il fut obligé de la donner à une mauvaiſe troupe qui jouait au Marais, et qui ne put fe foutenir; et malheureuſement pour Pulchérie, on joua Mithridate à peu-près dans le même temps; car Pulchérie fut repréſentée les derniers jours de 1672, et Mithridate les premiers de 1673.

Fontenelle prétend que fon oncle *Corneille* fe peignit lui-même avec bien de la force dans le perſonnage de *Martian*. Voici comme *Martian* parle de lui-même dans la première fcène du fecond acte :

J'aimais quand j'étais jeune, et ne déplaiſais guère :
Quelquefois de foi-même on cherchait à me plaire ;
Je pouvais afpirer au cœur le mieux placé ;
Mais, hélas! j'étais jeune, et ce temps eſt paſſé.

Le fouvenir en tue, et l'on ne l'envifage
Qu'avec, s'il le faut dire, une efpèce de rage.
On le repouffe, on fait cent projets fuperflus;
Le trait qu'on porte au cœur s'enfonce d'autant plus;
Et ce feu que de honte on s'obftine à contraindre,
Redouble par l'effort qu'on fe fait pour l'éteindre.

Si ces vers d'un vieux berger, plutôt que d'un vieux capitaine, ont paru *forts* à *Fontenelle*, ils n'en font pas moins faibles. Enfin *Pulchérie* époufe *Martian*. Un *Afpar* en eft tout étonné : *Quoi*, dit-il, *tout vieil et tout caffé qu'il eft ? Pulchérie* répond, *Tout vieil et tout caffé, je l'époufe ; il me plaît ; j'ai mes raifons.*

Cette *Pulchérie* qui dit à *Léon, j'ai de la fierté,* s'exprime trop fouvent en foubrette de comédie.

Je vois entrer Irène ; Afpar la trouve belle.
Faites agir pour vous l'amour qu'il a pour elle.
Et comme en ce deffein rien n'eft à négliger,
Voyez ce qu'une fœur vous pourra ménager.
. . . .
Vous aimez, vous plaifez ; c'eft tout auprès des femmes.
C'eft par-là qu'on furprend, qu'on enlève leurs ames.
. . . .
Afpar vous aura vue, et fon ame eft chagrine...—
Il m'a vue, et j'ai vu quel chagrin le domine.
Mais il n'a pas laiffé de me faire juger
Du choix que fait mon cœur quel fera le danger.
Il part de bons avis quelquefois de la haine.
On peut tirer du fruit de tout ce qui fait peine.
Et des plus grands deffeins qui veut venir à bout,
Prête l'oreille à tous, et fait profit de tout.

C'eft ainfi que la pièce eft écrite. La matière y eft digne de la forme. C'eft un mariage ridicule traverfé ridiculement et conclu de même.

L'intrigue de la pièce, le ftyle et le mauvais fuccès déterminèrent *Corneille* à ne donner à cet ouvrage que le titre de *comédie héroïque*; mais comme il n'y a ni comique, ni héroïfme dans la pièce, il ferait difficile de lui donner un nom qui lui convînt.

Il femble pourtant que fi *Corneille* avait voulu choifir des fujets plus dignes du théâtre tragique, il les aurait peut-être traités convenablement; il aurait pu rappeler fon génie qui fuyait de lui. On en peut juger par le début de *Pulchérie*.

Je vous aime, Léon, et n'en fais point myftère;
Dés feux tels que les miens n'ont rien qu'il faille taire.
Je vous aime, et non pas de cette folle ardeur
Que les yeux éblouis font maîtreffe du cœur;
Non d'un amour conçu par les fens en tumulte,
A qui l'ame applaudit fans qu'elle fe confulte,
Et qui ne concevant que d'aveugles défirs,
Languit dans les faveurs, et meurt dans les plaifirs.

Ces premiers vers en effet font impofans; ils font bien faits; il n'y a pas une faute contre la langue; et ils prouvent que *Corneille* aurait pu écrire encore avec force et avec pureté, s'il avait voulu travailler davantage fes ouvrages. Cependant les connaiffeurs d'un goût exercé fentiront bien que ce début annonce une pièce froide. Si *Pulchérie* aime ainfi, fon amour ne doit guère toucher. On s'aperçoit encore que c'eft le poëte qui parle, et non la princeffe. C'eft un défaut dans lequel *Corneille* tombe toujours. Quelle princeſſe débutera jamais par dire que l'amour *languit dans les faveurs, et meurt dans les plaiſirs* ? Quelle idée ces vers ne donnent-ils pas d'une volupté que *Pulchérie* ne doit pas connaître ? De plus, cette *Pulchérie* ne fait ici que répéter ce que *Viriate* a dit dans la tragédie de Sertorius.

> Ce ne ſont pas les ſens que mon amour conſulte,
> Il hait des paſſions l'impétueux tumulte.

Il y a des beautés de pure déclamation ; il y a des beautés de ſentiment, qui ſont les véritables. Cette pièce tombe dans le même inconvénient qu'Othon. Trois perſonnes ſe diſputent la main de la nièce d'*Othon ;* et ici on voit trois prétendans à *Pulchérie ;* nulle grande intrigue, nul événement conſidérable, pas un ſeul perſonnage auquel on s'intéreſſe. Il y a quelques beaux vers dans Othon, et ce mérite manque à Pulchérie. On y parle d'amour de manière à dégoûter de cette paſſion, s'il était poſſible. Pourquoi *Corneille* s'obſtinait-il à traiter l'amour ? Sa comédie héroïque de Tite et Bérénice devait lui apprendre que ce n'était pas à lui de faire parler des amans, ou plutôt qu'il ne devait plus travailler pour le théâtre : *ſolve ſeneſcentem.* Il veut de l'amour dans toutes ſes pièces ; et, depuis Polyeucte, ce ne ſont que des contrats de mariage, où l'on ſtipule pendant cinq actes les intérêts des parties, ou des raiſonnemens alambiqués ſur le devoir des *vrais amans.* A l'égard du ſtyle, tandis qu'il ſe perfectionnait tous les jours en France, *Corneille* le gâtait de jour en jour. C'eſt, dès la première ſcène, *l'habitude à régner et l'horreur*

d'en déchoir ; c'est un penchant flatteur qui fait des affu-
rances ; ce font des hauts faits qui portent à grands pas
à l'empire.

C'est un vieux *Martian* qui conte fes amours à fa
fille *Juftine* , et qui lui dit : *Allons , parle auffi des*
tiens ; c'est mon tour d'écouter. La bonne *Juftine* lui dit
comment elle est tombée amoureufe , et comment fon impru-
dente ardeur prête à s'évaporer refpecte fa pudeur.

On parle toujours d'amour à la *Pulchérie* , âgée de
cinquante ans. Elle aime un prince nommé *Léon* ,
et elle prie une fille de fa cour de faire l'amour à ce
Léon , afin qu'elle, impératrice , puiffe s'en détacher.

> Qu'il est fort cet amour ! fauve-m'en fi tu peux.
> Vois Léon , parle-lui , dérobe-moi fes vœux.
> M'en faire un prompt larcin , c'est me rendre fervice.

De tels vers font d'une mauvaife comédie , et de
tels fentimens ne font pas d'une tragédie.

Mais que dirons-nous de ce vieux *Martian* amoureux
de la vieille *Pulchérie* ? Cette impératrice entame avec
lui une plaifante converfation au cinquième acte :

> On m'a dit que pour moi vous aviez de l'amour ;
> Seigneur , ferait-il vrai ?

MARTIAN.

> Qui vous l'a dit , Madame ?

PULCHERIE.

> Vos fervices , mes yeux....

A quoi le bonhomme répond , *qu'il s'est tû après*
s'être rendu, qu'en effet il languit, il foupire ; mais qu'enfin

A a 4

la langueur qu'on voit sur son visage est encore plus l'effet de l'amour que de l'âge.

J'aime encore mieux je ne sais quelle farce dans laquelle un vieillard est saisi d'une toux violente devant sa maîtresse, et lui dit : *Mademoiselle, c'est d'amour que je tousse.*

J'avoue, sans balancer, que les *Pradon*, les *Bonnecorse*, les *Coras*, les *Danchet* n'ont rien fait de si plat et de si ridicule que toutes ces dernières pièces de *Corneille*. Mais je n'ai dû le dire qu'après l'avoir prouvé.

Corneille se plaint dans une de ses épîtres, des succès de son rival; il finit par dire :

Et la seule tendresse est toujours à la mode.

Oui, la seule tendresse de *Racine*, la tendresse vraie, touchante, exprimée dans un style égal à celui du quatrième livre de *Virgile*, et non pas la tendresse fausse et froide, mal exprimée.

Ce que peu de gens ont remarqué, c'est que *Racine*, en traitant toujours l'amour, a parfaitement observé ce précepte de *Despréaux* :

Qu'Achille aime autrement que Thyrsis et Philène,
Et que l'amour, souvent de remords combattu,
Paraisse une faiblesse, et non une vertu.

Le rôle de *Mithridate* est au fond par lui-même un peu ridicule. Un vieillard jaloux de ses deux enfans, est un vrai personnage de comédie; et la manière dont il arrache à *Monime* son secret est petite et ignoble; on l'a déjà dit ailleurs, et rien n'est plus vrai. Mais que ce fond est enrichi et ennobli ! que *Mithridate*

fent bien fes fautes, et qu'il fe reproche dignement
fa faibleffe!

Quoi! des plus chères mains craignant les trahifons,
J'ai pris foin de m'armer contre tous les poifons.
J'ai fu, par une longue et pénible induftrie,
Des plus mortels venins prévenir la furie.
Ah! qu'il eût mieux valu, plus fage et plus heureux,
Et repouffant les traits d'un amour dangereux,
Ne pas laiffer remplir d'ardeurs empoifonnées
Un cœur déjà glacé par le froid des années!

Quand un homme fe reproche fes fautes avec tant
de force et de nobleffe, avec un langage fi fublime et
fi naturel, on les lui pardonne.

C'eft ainfi que *Roxane* fe dit à elle-même :

Tu pleures, malheureufe! ah! tu devais pleurer,
Lorfque d'un vain défir à ta perte pouffée,
Tu conçus de le voir la première penfée.

On ne voit point dans ces excellens ouvrages, de
*héros qui porte un beau feu dans fon fein, de princeffe
aimant fa renommée, qui quand elle dit qu'elle aime eft
sûre d'être aimée.* On n'y fait point *un compliment, plus
en homme d'efprit qu'en véritable amant; l'abfence aux
vrais amans n'y eft pas pire que la pefte.* Un héros n'y
dit point, comme dans Alcibiade, que *quand il a troublé
la paix d'un jeune cœur, il a cent fois éprouvé qu'un mortel
peut goûter un bonheur achevé. Phèdre,* dans fon admirable
rôle, le chef-d'œuvre de l'efprit humain, et le modèle
éternel, mais inimitable, de quiconque voudra jamais
écrire en vers; *Phèdre* fe fait plus de reproches que
le mari le plus auftère ne pourrait lui en faire. C'eft

ainfi, encore une fois, qu'il faut parler d'amour, ou n'en point parler du tout.

C'eft furtout en lifant ce rôle de *Phèdre*, qu'on s'écrie avec *Defpréaux* :

Eh ! qui, voyant un jour la douleur vertueufe
De Phèdre, malgré foi perfide, inceftueufe,
D'un fi jufte travail noblement étonné,
Ne bénira d'abord le fiècle fortuné,
Qui, rendu plus fameux par tes illuftres veilles,
Vit naître fous ta main ces pompeufes merveilles ?

Ces merveilles étaient plus touchantes que pompeufes. Que ceux-là fe font trompés, qui ont dit et répété que *Racine* avait gâté le théâtre par la tendreffe, tandis que c'eft lui feul qui a épuré ce théâtre, infecté toujours avant lui, et prefque toujours après lui, d'amours poftiches, froids et ridicules, qui déshonorent les fujets les plus graves de l'antiquité ! Il vaudrait autant fe plaindre du quatrième livre de *Virgile*, que de la manière dont *Racine* a traité l'amour. Si on peut condamner en lui quelque chofe, c'eft de n'avoir pas toujours mis dans cette paffion toutes les fureurs tragiques dont elle eft fufceptible, de ne lui avoir pas donné toute fa violence, de s'être quelquefois contenté de l'élégance, de n'avoir que touché le cœur, quand il pouvait le déchirer ; d'avoir été faible dans prefque tous fes derniers actes. Mais tel qu'il eft, je le crois le plus parfait de tous nos poëtes. Son art eft fi difficile, que depuis lui nous n'avons pas vu une feule bonne tragédie. Il y en a eu feulement quelques-unes en très-petit nombre, dans lefquelles les connaiffeurs trouvent des beautés ; et, avant lui, nous n'en avons eu aucune qui fût bien faite du commencement jufqu'à la fin. L'auteur de ce commentaire eft d'autant plus en droit d'annoncer cette vérité, que lui-même s'étant exercé dans le genre tragique, n'en a connu que les difficultés, et n'eft jamais parvenu à faire un feul ouvrage qu'il ne regardât comme très-médiocre.

Non-feulement *Racine* a prefque toujours traité l'amour comme une paffion funefte et tragique, dont ceux qui en font atteints rougiffent; mais *Quinault* même fentit dans fes opéra que c'eft ainfi qu'il faut repréfenter l'amour.

Armide commence par vouloir perdre *Renaud*, l'ennemi de fa fecte :

Le vainqueur de Renaud, fi quelqu'un le peut être,
Sera digne de moi.

Elle ne l'aime que malgré elle; fa fierté en gémit; elle veut cacher fa faibleffe à toute la terre; elle appelle la Haine à fon fecours :

Venez, Haine implacable!
Sortez du gouffre épouvantable
Où vous faites régner une éternelle horreur.
Sauvez-moi de l'amour, rien n'eft fi redoutable;
Rendez-moi mon courroux, rendez-moi ma fureur,
Contre un ennemi trop aimable.

Il y a même de la morale dans cet opéra. La Haine qu'*Armide* a invoquée, lui dit :

Je ne puis te punir d'une plus rude peine,
Que de t'abandonner pour jamais à l'amour.

Sitôt que *Renaud* s'eſt regardé dans le miroir ſymbolique qu'on lui préſente, il a honte de lui-même ; il s'écrie :

> Ciel, quelle honte de paraître
> Dans l'indigne état où je ſuis !

Il abandonne ſa maîtreſſe pour ſon devoir ſans balancer. Ces lieux communs de *morale lubrique* que *Boileau* reproche à *Quinault*, ne ſont que dans la bouche des génies ſéducteurs qui ont contribué à faire tomber *Renaud* dans le piége.

Si on examine les admirables opéra de *Quinault*, Armide, Roland, Atis, Théſée, Amadis, l'amour y eſt tragique et funeſte. C'eſt une vérité que peu de critiques ont reconnue, parce que rien n'eſt ſi rare que d'examiner. Y a-t-il rien, par exemple, de plus noble et de plus beau que ces vers d'*Amadis* ?

> J'ai choiſi la gloire pour guide ;
> J'ai prétendu marcher ſur les traces d'Alcide.
> Heureux, ſi j'avais évité
> Le charme trop fatal dont il fut enchanté !
> Son cœur n'eut que trop de tendreſſe.
> Je ſuis tombé dans ſon malheur ;
> J'ai mal imité ſa valeur,
> J'imite trop bien ſa faibleſſe.

Enfin, *Médée* elle-même ne rend-elle pas hommage aux mœurs qu'elle brave dans ces vers ſi connus ?

> Le deſtin de Médée eſt d'être criminelle ;
> Mais ſon cœur était né pour aimer la vertu.

Voyez ſur *Quinault*, et ſur les règles de la tragédie,

la Poëtique de M. *Marmontel*, ouvrage rempli de goût, de raison et de science.

On aurait pu placer ces réflexions au-devant de toute autre pièce que Pulchérie ; mais elles se sont présentées ici, et elles ont distrait un moment l'auteur des remarques du triste soin de faire réimprimer des pièces que *Corneille* aurait dû oublier, qui n'ôtent rien aux grandes beautés de ses ouvrages, mais qu'enfin il est difficile de pouvoir lire.

PREFACE DE PULCHERIE, PAR CORNEILLE,

Tome VI, *page 521.*

(A la fin.) *J'AURAI de quoi me satisfaire, si cet ouvrage est aussi heureux à la lecture qu'il l'a été à la représentation, et si j'ose ne vous dissimuler rien, je me flatte assez pour l'espérer.*

Il se flatte beaucoup trop. Cet ouvrage ne fut point heureux à la représentation, et ne le sera jamais à la lecture ; puisqu'il n'est ni intéressant, ni conduit théâtralement, ni bien écrit. Il s'en faut beaucoup.

On a prétendu que ce grand homme tombé si bas, n'était pas capable d'apprécier ses ouvrages, qu'il ne savait pas distinguer les admirables scènes de Cinna ; de Polyeucte, de celles d'Agésilas et d'Attila. J'ai peine à le croire. Je pense plutôt qu'appesanti par l'âge et par la dernière manière qu'il s'était faite insensiblement, il cherchait à se tromper lui-même.

REMARQUES

SUR

SURENA,

GENERAL DES PARTHES,

Tragédie repréfentée en 1674.

PREFACE DU COMMENTATEUR.

SURENA n'eft point un nom propre, c'eft un titre
d'honneur, un nom de dignité. Le *Suréna* des Parthes
était l'*Ethmadoulet* des Perfans d'aujourd'hui, le
grand vifir des Turcs. Cette méprife reffemble à celle
de plufieurs de nos écrivains, qui ont parlé d'un
Azem, grand vifir de la Porte ottomane, ne fachant
pas que *vifir azem* fignifie *grand vifir*. Mais la méprife
eft bien plus pardonnable à *Corneille* qu'à ces hiftoriens, parce que l'hiftoire des Parthes nous eft bien
moins connue que celle des nouveaux Perfans et des
Turcs.

La tragédie de Suréna fut jouée les derniers jours
de 1674, et les premiers de 1675 : elle roule toute
entière fur l'amour. Il femblait que *Corneille* voulût
jouter contre *Racine*. Ce grand homme avait donné
fon Iphigénie, la même année 1674. J'avoue que je
regarde Iphigénie comme le chef-d'œuvre de la fcène;
et je foufcris à ces beaux vers de *Defpréaux* :

> Jamais Iphigénie en Aulide immolée,
> N'a coûté tant de pleurs à la Gréce affemblée,

Que , dans l'heureux fpectacle à nos yeux étalé ,
En a fait fous fon nom verfer la Champmêlé.

Veut-on de la grandeur? on la trouve dans *Achille*,
mais telle qu'il la faut au théâtre, néceffaire, paffionnée, fans enflure, fans déclamation. Veut-on de la
vraie politique? tout le rôle d'*Ulyffe* en eft plein ; et
c'eft une politique parfaite , uniquement fondée fur
l'amour du bien public ; elle eft adroite ; elle eft noble ;
elle ne differte point ; elle augmente la terreur. *Clytemneftre* eft le modèle du grand pathétique ; *Iphigénie*
celui de la fimplicité noble et intéreffante ; *Agamemnon*
eft tel qu'il doit être : et quel ftyle ! c'eft-là le vrai
fublime.

Après Suréna , *Pierre Corneille* renonça au théâtre,
auquel il eût dû renoncer plutôt. Il furvécut près de
dix ans à cette pièce , et fut témoin des fuccès mérités
de fon illuftre rival ; mais il avait la confolation de
voir repréfenter fes anciennes pièces avec des applaudiffemens toujours nouveaux ; et c'eft aux beaux
morceaux de ces anciens ouvrages que nous renvoyons
le lecteur. Il remarquera que tout ce qui eft bien
penfé dans ces chefs-d'œuvre eft prefque toujours bien
exprimé, à quelques tours et quelques termes près
qui ont vieilli ; et qu'il n'eft obfcur, guindé, alambiqué, incorrect, faible et froid , que quand il n'eft pas
foutenu par la force du fujet. Prefque tout ce qui eft
mal exprimé chez lui ne méritait pas d'être exprimé.
Il écrivait très-inégalement ; mais je ne fais s'il avait
un génie inégal , comme on le dit ; car je le vois
toujours , dans fes meilleures pièces et dans fes plus
mauvaifes, attaché à la folidité du raifonnement, à
la force et à la profondeur des idées , prefque toujours

plus occupé de differter que de toucher ; plein de
reffources, jufque dans les fujets les plus ingrats,
mais de reffources fouvent peu tragiques ; choififfant
mal tous fes fujets, depuis Oedipe ; inventant des
intrigues, mais petites, fans chaleur et fans vie ;
s'étant fait un mauvais ftyle, pour avoir travaillé trop
rapidement ; et cherchant à fe tromper lui-même fur
fes dernières pièces. Son grand mérite eft d'avoir
trouvé la France agrefte, groffière, ignorante, fans
efprit, fans goût vers le temps du Cid, et de l'avoir
changée : car l'efprit qui règne au théâtre eft l'image
fidelle de l'efprit d'une nation. Non-feulement on
doit à *Corneille* la tragédie, la comédie, mais on lui
doit l'art de penfer.

Il n'eut pas le pathétique des Grecs ; il n'en donna
une idée que dans le dernier acte de Rodogune ; et
le tableau que forme ce cinquième acte, me paraît,
avec fes défauts très-fupérieur à tout ce que la Gréce,
admirait. Le tableau du cinquième acte d'Athalie eft
dans ce grand goût. Il faut avouer que tous les derniers
actes des autres pièces, fans exception, font maigres,
décharnés, faibles en comparaifon. Si vous exceptez
ces deux fpectacles frappans, nos tragédies françaifes
ont été trop fouvent des recueils de dialogues, plutôt
que des actions pathétiques. C'eft par-là que nous
péchons principalement ; mais avec ce défaut, et
quelques autres auxquels la néceffité de faire cinq
actes affujettit les auteurs, on avoue que la fcène
françaife eft fupérieure à celle de toutes les nations
anciennes et modernes. Cet art eft abfolument néceffaire dans une grande ville telle que Paris : mais,

avant

avant *Corneille*, cet art n'exiſtait pas ; et, après *Racine*, il paraît impoſſible qu'il s'accroiſſe.

Il n'eſt pas plus poſſible de faire un commentaire ſur la pièce de Suréna que ſur Agéſilas, Attila, Pulchérie, Pertharite, Tite et Bérénice, la Toiſon d'or, Théodore. Si on a fait quelques réflexions ſur Othon, c'eſt qu'en effet les beaux vers répandus dans la première ſcène ſoutenaient un peu le commentateur dans ce travail ingrat et dégoûtant. Je finirai par dire qu'il ne faut examiner que les ouvrages qui ont des beautés avec des défauts, afin d'apprendre aux jeunes gens à éviter les uns, et à imiter les autres : mais, pour les pièces auſſi mal inventées que mal écrites, où les fautes innombrables ne ſont pas rachetées par une ſeule belle ſcène, il eſt très-inutile de commenter ce qu'on ne peut lire.

On n'aura donc ici qu'une ſeule obſervation, que j'ai déjà ſouvent indiquée ; c'eſt que plus *Corneille* vieilliſſait, plus il s'obſtinait à traiter l'amour, lui qui dans ſon dépit de réuſſir ſi mal, ſe plaignait *que la ſeule tendreſſe fût toujours à la mode.* D'ordinaire la vieilleſſe dédaigne des faibleſſes qu'elle ne reſſent plus. L'eſprit contracte une fermeté ſévère qui va juſqu'à la rudeſſe. Mais *Corneille*, au contraire, mit dans ſes derniers ouvrages plus de galanterie que jamais, et quelle galanterie ! peut-être voulait-il jouter contre *Racine*, dont il ſentait, malgré lui, la prodigieuſe ſupériorité dans l'art ſi difficile de rendre cette paſſion auſſi noble, auſſi tragique qu'intéreſſante. Il imprima que

> Othon ni Suréna
> Ne ſont point des cadets indignes de Cinna.

Comment. ſur Corneille. Tome II.　　B b

Ils étaient pourtant des cadets très-indignes, et *Pacorus*, et *Euridice*, et *Palmis*, et le *Suréna* parlent d'amour comme des bourgeois de Paris.

Si le mérite est grand , l'estime est un peu forte.
Vous la pardonnerez à l'amour qui m'emporte.
Comme vous le forcez à se trop expliquer ,
S'il manque de respect vous l'en faites manquer.
Il est si naturel d'estimer ce qu'on aime
Qu'on voudrait que par-tout on l'estimât de même.
Et la pente est si douce à vanter ce qu'il vaut
Que jamais on ne craint de l'élever trop haut.

C'est dans ce style ridicule que *Corneille* fait l'amour dans ses vingt dernières tragédies , et dans quelques-unes des premières. Quiconque ne sent pas ce défaut est sans aucun goût ; et quiconque veut le justifier se ment à lui-même. Ceux qui m'ont fait un crime d'être trop sévère, m'ont forcé à l'être véritablement , et à n'adoucir aucune vérité. Je ne dois rien à ceux qui sont de mauvaise foi. Je ne dois compte à personne de ce que j'ai fait pour une descendante de *Corneille*, et de ce que j'ai fait pour satisfaire mon goût. Je connais mieux les beaux morceaux de ce grand génie que ceux qui feignent de respecter les mauvais. Je sais par cœur tout ce qu'il a fait d'excellent. Mais on ne m'imposera silence en aucun genre sur ce qui me paraît défectueux.

Ma devise a toujours été *fari quæ sentiam.*

REMARQUES

SUR

SURENA,

GENERAL DES PARTHES,

TRAGEDIE.

ACTE CINQUIEME.

SCENE DERNIERE.

Vers 22. Non, je ne pleure point, Madame, mais je meurs.

CE vers fournira la feule remarque qu'on croie devoir faire fur la tragédie de Suréna. *Je ne pleure point, mais je meurs*, ferait le fublime de la douleur, fi cette idée était affez ménagée, affez préparée pour devenir vrai-femblable ; car le vraifemblable feul peut toucher. Il faut, pour dire qu'on meurt de douleur, et pour en mourir en effet, avoir éprouvé, avoir fait voir un défef-poir fi violent, qu'on ne s'étonne pas qu'un prompt trépas en foit la fuite. Mais on ne meurt pas ainfi de mort fubite après avoir fait des raifonnemens politiques, et des differtations fur l'amour. Le vers par lui-même eft très-tragique, mais il n'eft pas amené par des fentimens affez tragiques. Ce n'eft pas affez qu'un vers foit beau, il faut qu'il foit placé, et qu'il ne foit pas feul de fon efpèce dans la foule.

REMARQUES

SUR

ARIANE,

Tragédie de Thomas Corneille, repréfentée en 1672.

PREFACE DU COMMENTATEUR.

Un grand nombre d'amateurs du théâtre ayant demandé qu'on joignît aux œuvres dramatiques de *Pierre Corneille* l'Ariane et l'Effex de *Thomas Corneille*, fon frère, accompagnées auffi de commentaires, on n'a pu fe refufer à ce travail.

Thomas Corneille était cadet de *Pierre* d'environ vingt années. Il a fait trente-trois pièces de théâtre, auffi-bien que fon aîné. Toutes ne furent pas heureufes; mais Ariane eut un fuccès prodigieux en 1672, et balança beaucoup la réputation du Bajazet de *Racine* qu'on jouait en même temps, quoiqu'affurément Ariane n'approche pas de Bajazet: mais le fujet était heureux. Les hommes, tout ingrats qu'ils font, s'intéreffent toujours à une femme tendre, abandonnée par un ingrat; et les femmes qui fe retrouvent dans cette peinture pleurent fur elles-mêmes.

Prefque perfonne n'examine à la repréfentation fi la pièce eft bien faite et bien écrite: on eft touché: on a eu du plaifir pendant une heure; ce plaifir

même eft rare; et l'examen n'eft que pour les connaiffeurs.

On rapporte, dans la *Bibliothéque des théâtres*,
qu'Ariane fut faite en quarante jours; je ne fuis pas
étonné de cette rapidité dans un homme qui a l'habitude des vers, et qui eft plein de fon fujet. On peut
aller vîte quand on fe permet des vers profaïques,
et qu'on facrifie tous les perfonnages à un feul. Cette
pièce eft au rang de celles qu'on joue fouvent, lorfqu'une actrice veut fe diftinguer par un rôle capable
de la faire valoir. La fituation eft très-touchante. Une
femme qui a tout fait pour *Théfée*, qui l'a tiré du plus
grand péril, qui s'eft facrifiée pour lui, qui fe croit
aimée, qui mérite de l'être, qui fe voit trahie par fa
fœur, et abandonnée par fon amant, eft un des plus
heureux fujets de l'antiquité. Il eft bien plus intéreffant que la *Didon* de *Virgile;* car *Didon* a bien moins
fait pour *Enée*, et n'eft point trahie par fa fœur; elle
n'éprouve point d'infidélité, et il n'y avait peut-être
pas là de quoi fe brûler.

Il eft inutile d'ajouter que ce fujet vaut infiniment
mieux que celui de Médée. Une empoifonneufe, une
meurtrière ne peut toucher des cœurs et des efprits
bien faits.

Thomas Corneille fut plus heureux dans le choix de
ce fujet que fon frère ne le fut dans aucun des fiens
depuis Rodogune; mais je doute que *Pierre Corneille*
eût mieux fait le rôle d'*Ariane* que fon frère. On peut
remarquer, en lifant cette tragédie, qu'il y a moins
de folécifmes et moins d'obfcurités que dans les dernières pièces de *Pierre Corneille*. Le cadet n'avait pas

Bb 3

la force et la profondeur du génie de l'aîné ; mais il parlait fa langue avec plus de pureté, quoiqu'avec plus de faibleſſe. C'était d'ailleurs un homme d'un très-grand mérite, et d'une vaſte littérature ; et ſi vous exceptez *Racine*, auquel il ne faut comparer per-ſonne, il était le ſeul de ſon temps qui fût digne d'être le premier au-deſſous de ſon frère.

REMARQUES

SUR

ARIANE,

TRAGEDIE.

ACTE PREMIER.

SCENE PREMIERE.

Vers 1. Je le confeffe, Arcas, ma faibleffe redouble, &c.

CE rôle d'*Oenarus* eft vifiblement imité de celui d'*Antiochus* dans Bérénice, et c'eft une mauvaife copie d'un original défectueux par lui-même. De pareils perfonnages ne peuvent être fupportés qu'à l'aide d'une verfification toujours élégante, et de ces nuances de fentiment que *Racine* feul a connues.

Le confident d'*Oenarus* avoue que fans doute *Ariane eft belle*. *Oenarus* a vu *Théfée* rendre *quelques foins à Mégifte et à Cyane*, cela l'a flatté *du côté d'Ariane*. C'eft un amour de comédie dans le ftyle négligé de la comédie.

V. 17. Ariane vous charme, et fans doute elle eft belle;

Ce vers et tous ceux qui font dans ce goût, prouvent affez ce que dit *Riccoboni*, que la tragédie en France eft la fille du roman. Il n'y a rien de grand, de noble, de tragique, à aimer une femme parce qu'*elle eft belle*. Il faudrait du moins relever ces petiteffes par l'élégance de la poëfie.

Que le lecteur dépouille feulement de la rime les vers fuivans : *vous fûtes que Théfée avait par le fecours*

Bb 4

d'*Ariane évité les détours du labyrinthe en Crète* , *et que pour reconnaître un si fidelle amour* , *il fuyait avec elle vainqueur du minotaure* ; *quelle espérance vous laissaient des nœuds si bien formés ?* Voyez non-seulement combien ce discours est sec et languissant ; mais à quel point il péche contre la régularité.

Eviter les détours du labyrinthe en Crète. *Thésée* n'évita pas les détours du labyrinthe en Crète , puisqu'il fallait nécessairement passer par ces détours. La difficulté n'était pas de les éviter , mais de sortir en ne les évitant pas. *Virgile* dit :

> *Hic labor ille domûs , et inextricabilis error.*

Ovide dit :

> *Ducit in errorem variarum ambage viarum.*

Racine dit :

> Par vous aurait péri le monstre de la Crète ,
> Malgré tous les détours de sa vaste retraite.
> Pour en développer l'embarras incertain ,
> Ma sœur du fil fatal eût armé votre main.

Voilà des images , voilà de la poësie , et telle qu'il la faut dans le style tragique.

Pour reconnaître un amour si fidelle. On ne reconnaît point un amour comme on reconnaît un service , un bienfait. *Si fidelle* n'est pas le mot-propre. Ce n'est point comme fidelle , c'est comme passionnée qu'*Ariane* donna le fil à *Thésée.*

Des nœuds si bien formés. Un nœud est-il bien formé , parce qu'on s'enfuit avec une femme ? Cette expression lâche , triviale , vague , n'exprime pas ce qu'on doit exprimer. Examinez ainsi tous les vers , vous n'en trouverez que très-peu qui résistent à une critique exacte. Cette négligence dans le style , ou plutôt cette platitude n'est presque pas remarquée au théâtre. Elle est sauvée par la rapidité de la déclamation ; et c'est ce qui encourage tant d'auteurs à se négliger , à employer des termes impropres , à mettre presque toujours le boursouflé à la place du naturel , à rimer en épithètes , à remplir leurs vers de solécismes , ou de façons de parler obscures qui font pires que des solécismes : pour peu qu'il y ait dans leurs pièces deux ou trois situations intéressantes , quoique rebattues , ils font contens. Nous avons déjà dit que nous n'avons pas depuis *Racine* une tragédie bien écrite d'un bout à l'autre.

V. 89. D'un aveugle penchant le charme imperceptible
　　　　Frappe , saisit, entraîne et rend un cœur sensible ;
　　　　Et par une secrète et nécessaire loi,
　　　　On se livre à l'amour sans qu'on sache pourquoi.

Ces vers font une imitation de ces vers de *Rodogune :*

　　　　Il est des nœuds secrets, il est des sympathies,
　　　　Dont par le doux rapport les ames assorties , &c.

et de ces vers de la Suite du Menteur :

　　　　Quand les arrêts du ciel nous ont faits l'un pour l'autre,
　　　　Lise , c'est un accord bientôt fait que le nôtre, &c.

Redisons toujours que ces vers d'idylle , ces petites maximes d'amour conviennent peu au dialogue de la tragédie ; que toute maxime doit échapper au sentiment du personnage, qu'il peut par les expressions de son amour dire rapidement un mot qui devienne maxime, mais non pas être un parleur d'amour.

C'est ici qu'il ne sera pas inutile d'observer encore que *ces lieux communs de morale lubrique* , que *Despréaux* a tant reprochés à *Quinault*, se trouvent dans des ariettes détachées où elles font bien placées, et que jamais le personnage de la scène ne prononce une maxime qu'à propos, tantôt pour faire pressentir sa passion , tantôt

pour la déguifer. Ces maximes font toujours courtes,
naturelles, bien exprimées, convenables au perfonnage
et à fa fituation ; mais quand une fois la paffion domine,
alors plus de ces fentences amoureufes. *Arcabone* dit à
fon frère :

> Vous m'avez enfeigné la fcience terrible
> Des noirs enchantemens qui font pâlir le jour ;
> Enfeignez-moi, s'il eft poffible,
> Le fecret d'éviter les charmes de l'amour.

Elle ne cherche point à difcuter la difficulté de vaincre
cette paffion, à prouver que l'amour triomphe des
cœurs les plus durs.

Armide ne s'amufe point à dire en vers faibles :

> Non, ce n'eft point par choix, ni par raifon d'aimer,
> Qu'en voyant ce qui plaît on fe laiffe enflammer.

Elle dit en voyant *Renaud* :

> Achevons... je frémis... Vengeons-nous... je foupire.

L'amour parle en elle, et elle n'eft point parleufe
d'amour.

(*Fin de la fcène.*) Remarquons que le ftyle de cette
fcène et de beaucoup d'autres eft négligé, lâche, faible,
profaïque.

> . . . . Au défaut d'être aimé,
> Méritons jufqu'au bout de m'en voir eftimé.

SCENE II.

V. 41. Un ami fi parfait... de fi charmans appas...
J'en dis trop, c'eft à vous de ne m'entendre pas.

Qui ne fent dans toute cette fcène, et furtout en
cet endroit, la pufillanimité de ce rôle ? Avec ces *charmans
appas !* Pourquoi ce pauvre roi dit-il ainfi fon fecret à

Théfée? On laiffe échapper les fentimens de fon cœur devant fa maîtreffe, mais non pas devant fon rival.

S C E N E   I I I.

V. 24. Ma raifon, qui toujours s'intéreffe pour elle,
Me dit qu'elle eft aimable, et mes yeux qu'elle eft belle.

Ces vers qui font d'un bouquet à *Iris*, et *Ariane en beauté par-tout fi renommée*, et *l'amour qui tâche d'ébranler Théfée fur le rapport de fes yeux*, et cet *amour qui a beau parler quand le cœur fe tait*, font de *Théfée* un héros de Clélie. Les raifonnemens d'aimer ou n'aimer pas, achèvent de gâter cette fcène qui d'ailleurs eft bien conduite; mais ce n'eft pas affez qu'une fcène foit raifonnable, ce n'eft que remplir un devoir indifpenfable; et quand il n'eft queftion que d'amour, tout eft froid et petit fans le ftyle de *Racine*. Cette fcène furtout manque de force; les combats du cœur y étaient néceffaires. *Théfée* perfide envers une princeffe à qui il doit fa vie et fa gloire, devrait avoir plus de remords.

S C E N E   I V.

V. 8. Vous pouvez là-deffus vous répondre vous-même, &c.

Phèdre devait là-deffus parler avec plus d'élégance. Cette fcène eft ennuyeufe, et l'amour de *Phèdre* et de *Théfée* déplaît à tout le monde. L'ennui vient de ce qu'on fait qu'ils s'aiment et qu'ils font d'accord; ils n'ont plus rien alors d'intéreffant à fe dire. Cette fcène pouvait être belle; mais quand *Phèdre* dit, *que la gloire eft le fecours d'un cœur bien né*, et qu'avoir dit *une fois qu'on aime*, c'eft le *dire toujours*, on ne croit pas entendre une tragédie.

ACTE SECOND.

SCENE PREMIERE.

Vers 13. Mais quand d'un premier feu l'ame toute occupée
Ne trouve de douceur qu'aux traits qui l'ont frappée,
C'eft un fujet d'ennui qui ne peut s'exprimer
Qu'un amant qu'on néglige, et qui parle d'aimer.

ON voit dans ces vers quelque chofe du ftyle de *Pierre Corneille* : ce font des maximes générales, elles font juftes ; mais difons toujours que les grandes paffions ne s'expriment point en maximes. J'ai déjà remarqué que vous n'en trouvez pas un feul exemple dans *Racine*. *Trouver de la douceur à des traits*, n'eft pas élégant ; *c'eft un fujet d'ennui qui ne peut s'exprimer*, eft de la faible profe de comédie ; *un amant qui parle d'aimer*, eft un pléonafme.

V. 17. Pour m'en rendre la peine à fouffrir plus aifée,
Tandis que le roi vient, parle-moi de Théfée.

Le premier vers eft profaïque et mal fait. *Parle-moi de Théfée tandis que le roi vient* : ce vers ne me paraît pas affez paffionné. Ce *tandis que le roi vient*, femble dire, *parle-moi de Théfée en attendant*. Obfervez comme *Hermione* dans Andromaque dit la même chofe avec plus de fentiment et d'élégance :

Ah ! qu'Orefte à fon gré m'impute fes douleurs,
N'avons-nous d'entretien que celui de fes pleurs ?
Pyrrhus revient à nous. Eh bien, chère Cléone,
Conçois-tu les tranfports de l'heureufe Hermione ?
Sais-tu quel eft Pyrrhus ? t'es-tu fait raconter
Le nombre des exploits... mais qui les peut compter ?
Intrépide, et par-tout fuivi de la victoire, &c.

Cela eft bien fupérieur aux *cent monftres dont l'univers a été dégagé par Théfée, et qui fe voit purgé d'un mauvais fang; à ces victimes prifes par Théfée et par Hercule*, &c.

V. 37. J'aime Phèdre ; tu fais combien elle m'eft chère.

Ce fentiment d'*Ariane* me paraît bien naturel, et en même temps du plus grand art. Le fpectateur fent avec un extrême plaifir les raifons du filence de *Phèdre*.

V. 47. N'ayant jamais aimé, fon cœur ne conçoit pas. —
         Elle évite peut-être un cruel embarras.

Ce fentiment eft encore très-touchant, quoique le mot d'*embarras* foit trop faible.

V. 50. Mais vivre indifférente, eft-ce une vie heureufe?

Ce vers ferait fort plat, fi *Ariane* parlait d'elle-même ; mais elle parle de fa fœur ; elle la plaint de ne point aimer, tandis qu'en effet elle aime *Théfée*. On eft déjà bien vivement intéreffé.

S C E N E   I I.

V. 1. Ne vous offenfez point, princeffe incomparable, &c.

Oenarus joue ici le rôle de l'*Antiochus* de Bérénice ; mais il eft bien moins raifonnable, et bien moins touchant ; il a le ridicule de parler d'amour à une princeffe dont il fait que *Théfée* eft adoré ; et il ne l'a aimée que depuis qu'il a été témoin de leurs amours. *Antiochus*, au contraire, a aimé *Bérénice* avant qu'elle fe fût déclarée pour *Titus*, et il ne lui parle que lorfqu'il va la quitter pour jamais. Ce qui rend furtout *Oenarus* très-inférieur à *Antiochus*, c'eft la manière dont il parle.

Théfée a du mérite, et il l'a dit cent fois. Les fens ravis d'Oenarus ont cédé à l'amour dès qu'il a vu Ariane. Il fallait n'en parler plus, il l'a fait par refpect. Il n'a point changé

d'ame, il a langui d'amour tout confumé. Il demande pour
flatter fon martyre, un mot favorable et un fincère foupir.

Ariane répond qu'elle n'eft *point ingrate, que Théfée
fe trouve adoré dans fon cœur, que dès la première fois elle
l'a déclaré;* et répète encore, *dès la première fois,* comme
fi c'était un beau difcours à répéter. Ce dialogue trop
négligé devait être écrit avec la plus grande fineffe. On
ne s'aperçoit pas de ces défauts à la repréfentation, ils
choquent beaucoup à la lecture.

SCENE III.

V. 1. Prince, mon trouble parle, &c.

On ne doit, ce me femble, faire un pareil aveu que
quand il eft abfolument néceffaire. Aucune raifon ne
doit engager *Oenarus* à fe déclarer le rival de *Théfée.*
Antiochus dans Bérénice ne fait un pareil aveu qu'à la fin
du cinquième acte; et c'eft en quoi il y a un très-grand
art. Le ftyle d'*Oenarus* met le comble à l'infipidité de
fon rôle; il adore *les charmes de fon amour,* il en fait l'*aveu
au point de l'hymen.* Il dit, que *c'eft montrer affez ce qu'eft
un fi beau feu,* et qu'il eft *trahi par fa vertu.* Comment eft-il
trahi par fa vertu, puifqu'il renonce à un fi beau feu,
et qu'il va préparer le mariage de *Théfée* et d'*Ariane.*

SCENE IV.

V. 10. . . . . Apprenez un projet de ma flamme, &c.

Ce deffein d'*Ariane* d'unir une fœur qu'elle aime à
l'ami de *Théfée,* tandis que cette fœur lui prépare la plus
cruelle trahifon, forme une fituation très-belle et très-
intéreffante : c'eft-là connaître l'art de la tragédie et du
dialogue; c'eft même une efpèce de coup de théâtre.
L'embarras de *Théfée* et l'extrême bonté d'*Ariane* atta-
chent le fpectateur le plus indifférent : les vers, à la vérité,
font faibles.

V. 17. Ma sœur a du mérite, elle est aimable et belle...
   L'offre de cet hymen rendra sa joie extrême, &c.

sont des expressions trop négligées, mais la scène par
elle-même est excellente.

SCENE V.

V. 5. Je vous comprends tous deux, vous arrivez d'Athènes.

Ariane tombe dans la même méprise que *Bérénice* qui
impute au trouble de *Titus* un tout autre sujet que le
véritable. Il vaudrait mieux peut-être qu'*Ariane* demandât
à *Pirithoüs* si les Athéniens ne s'opposent pas à son mariage
avec *Thésée*, plutôt que de soupçonner tout d'un coup
qu'ils s'y opposent : mais enfin cette méprise ne servant
qu'à faire éclater davantage l'amour d'*Ariane*, intéresse
beaucoup pour elle.

V. 15. Et comment pourrait-il avoir le cœur si bas
   Que tenir tout de vous et ne vous aimer pas ?

Ces deux vers sont imités de ces deux-ci, de *Sévère*
dans Polyeucte :

   Un cœur qui vous chérit ; mais quel cœur assez bas
   Aurait pu vous connaître, et ne vous chérir pas ?

Ce mot *bas* n'est tolérable ni dans la bouche de *Sévère*,
ni dans celle de *Pirithoüs*. Un homme n'est point du tout
bas pour connaître une femme et ne la pas aimer ; et ce
n'est point à *Pirithoüs* à dire que son ami aurait le cœur
bas, s'il n'aimait pas *Ariane* : de plus, ce n'est point
une bassesse d'être perfide en amour. Chaque chose a
son nom propre ; et sans la convenance des termes, il
n'y a rien de beau.

V. 27. . . . . Les moindres lâchetés
   Sont pour votre grand cœur des crimes détestés.

Cette impropriété de termes déplaît à quiconque

aime la juſteſſe dans les diſcours. Le mot de *lâcheté* ne convient pas plus que celui de *bas* : et *l'ardeur ſans pareille pour la gloire*, eſt déplacée quand il s'agit d'amour. Cette ſcène reſſemble encore à celle où *Antiochus* vient annoncer à *Bérénice* qu'elle doit renoncer à *Titus* ; mais il y a bien plus d'art à faire apprendre le malheur de *Bérénice* par ſon amant même, qu'à faire inſtruire *Ariane* de ſa diſgrâce par un homme qui n'y a nul intérêt.

V. 33. . . . . . . Moi, qui voudrais pour Théſée
　　　　A cent et cent périls voir ma vie expoſée !

Cela eſt encore imité de *Racine.*

　　Moi, dont vous connaiſſez le trouble et le tourment,
　　Quand vous ne me quittez que pour quelque moment ;
　　Moi qui mourrais le jour qu'on voudrait m'interdire
　　De vous. . . . .

Cela vaut mieux que *cent et cent périls* ; mais la ſitua-tion eſt-très touchante ; et c'eſt preſque toujours la ſituation qui fait le ſuccès au théâtre.

S C E N E   V I.

V. 2.　Il n'en faut point douter, je ſuis trahie, &c.

Il manque peut-être à cette ſcène de la gradation dans la douleur, et de la force dans les ſentimens. *Ariane* ne doit point dire *qu'elle regrette cette raiſon barbare.* La raiſon ne s'oppoſe point du tout à ſa juſte douleur ; et ce n'eſt pas ainſi que le déſeſpoir s'exprime : c'eſt le poëte qui fait là une petite digreſſion ſur la *raiſon barbare;* ce n'eſt point *Ariane. Thomas Corneille* imitait ſouvent de ſon frère ce grand défaut qui conſiſte à vouloir raiſonner quand il faut ſentir.

SCENE

SCENE VII.

V. 2. Vous avez cru Théfée un héros tout parfait ?
Vous l'eftimiez, fans doute ; et qui ne l'eût pas fait ?
. . . . Plus d'honneur, tout chancelle.

Voilà des expreffions bien étranges ; il n'était plus permis d'écrire avec tant de négligence, après les modèles que *Thomas Corneille* avait devant les yeux.

V. 12. Son fang devrait payer la douleur qui me preffe.

Pour parler ainfi, *Ariane* devait être plus sûre de l'infidélité de *Théfée*. Ce que lui a dit *Pirithoüs* n'eft point affez clair pour la convaincre de fon malheur ; elle devait demander des éclairciffemens à *Pirithoüs* ; elle devait même chercher *Théfée*. L'amour aime à fe flatter ; le doute, l'agitation, le trouble devaient être plus marqués ; *Phèdre* fe préfente ici d'elle-même ; c'était à fa fœur à la faire prier de venir. *Phèdre* ne doit point dire, *Quoi, Théfée ?* . . . Feindre en cette occafion de l'étonnement, c'eft un artifice qui rend *Phèdre* odieufe.

V. 44. Le ciel m'infpira bien, quand par l'amour féduite
Je vous fis, malgré vous, accompagner ma fuite.
Il femble qué dès-lors il me fefait prévoir
Le funefte befoin que j'en devais avoir.

Voilà quatre vers dignes de *Racine*.

V. 51. Hélas ! et plût au ciel que vous fuffiez aimer !

Ce vers eft encore fort beau, et par le naturel dont il eft, et par la fituation. Elle fouhaite que fa fœur connaiffe l'amour ; et pour fon malheur *Phèdre* ne le connaît que trop. Il ferait à fouhaiter que les vers fuivans fuffent dignes de celui-là.

ACTE TROISIEME.

SCENE PREMIERE.

Cette scène est une de celles qui devaient être traitées avec le plus d'art et d'élégance. C'est le mérite de bien dire, qui seul peut donner du prix à ces dialogues, où l'on ne peut dire que des choses communes. Que serait *Aricie*, que serait *Atalide*, si l'auteur n'avait employé tous les charmes de la diction pour faire valoir un fond médiocre ? C'est-là ce que la poësie a de plus difficile ; c'est elle qui orne les moindres objets.

> Qui dit sans s'avilir les plus petites choses,
> Fait des plus secs chardons des œillets et des roses.
>
> *In tenui labor, at tenuis non gloria.*

Ce rôle de *Phèdre* était très-délicat à traiter : quelque chose qu'elle dise pour se justifier, elle est coupable ; et dès qu'elle a fait l'aveu de sa passion à *Thésée*, on ne peut la regarder que comme une perfide qui cherche à pallier sa trahison. Cependant, il y a beaucoup d'art et de bienséance dans les reproches qu'elle se fait, et dans la résolution qu'elle semble prendre.

> Que de faiblesse ! il faut l'empêcher d'en jouir,
> Combattre incessamment son infidelle audace.
> Allez, Pirithoüs, revoyez-le de grâce.

Et si les vers étaient meilleurs, ce sentiment rendrait *Phèdre* supportable.

Vers 46. Nous avancerions peu, Madame, il vous adore;

Le personnage de *Pirithoüs* est un peu lâche : est-ce à lui d'encourager *Phèdre* dans sa perfidie ?

V. 58. Quoi! je la trahirais, &c.

L'art du dialogue exige qu'on réponde précisément à ce que l'interlocuteur a dit. Ce n'est que dans une grande passion , dans l'excès d'un grand malheur, qu'on doit ne pas observer cette règle : l'ame alors est toute remplie de ce qui l'occupe, et non de ce qu'on lui dit. C'est alors qu'il est beau de ne pas bien répondre ; mais ici *Pirithoüs* ouvre à *Phèdre* la voie la plus convenable et la plus honnête de réussir dans sa passion : cette passion même doit la forcer à répondre à l'ouverture de *Pirithoüs*.

SCENE II.

V. 3. . . . Quand au repentir on le porte à céder,
Croit-il que mon amour ose trop demander ?

Ces scènes font trop faiblement écrites ; mais le plus grand défaut est la nécessité malheureuse où l'auteur met *Phèdre* de ne faire que tromper. Il fallait un coup de l'art pour ennoblir ce rôle. Peut-être si *Phèdre* avait pu espérer qu'*Ariane* épouserait le roi de Naxe, si sur cette espérance elle s'était engagée avec *Thésée*, alors étant moins coupable, elle serait beaucoup plus intéressante.

Ariane d'ailleurs, ne dit pas toujours ce qu'elle doit dire ; elle se sert du mot de *rage*, elle veut qu'on peigne bien sa *rage* : ce n'est pas ainsi qu'on cherche à attendrir son amant.

SCENE III.

V. 1. Par ce que je vous dis , ne croyez pas, Madame ,
Que je veuille applaudir à sa nouvelle flamme , &c.

Cette scène est inutile, et par-là devient languissante au théâtre. *Pirithoüs* ne fait que redire en vers faibles ce qu'il a déjà dit ; et *Ariane* dit des choses trop vagues.

SCENE IV.

V. 1. Approchez-vous, Théfée, et perdez cette crainte.

Cette fcène eft très-touchante au théâtre, du moins de la part d'*Ariane* : elle le ferait encore davantage fi *Ariane* n'était pas tout-à-fait sûre de fon malheur. Il faut toujours faire durer cette incertitude le plus qu'on peut ; c'eft elle qui eft l'ame de la tragédie : l'auteur l'a fi bien fenti, qu'*Ariane* femble encore douter du changement de *Théfée*, quand elle doit en être sûre. *Pourquoi m'aborder*, dit-elle, *la rougeur au front, quand rien ne vous confond ? et fi ce qu'on m'a dit a quelque vérité*, &c. c'eft s'exprimer en doutant, et c'eft ce qui eft dans la nature ; mais il ne fallait donc pas que dans les fcènes précédentes on l'eût inftruite pofitivement qu'elle était abandonnée.

V. 5.   Un héros tel que vous, à qui la gloire eft chère,
   Quoi qu'il faffe , ne fait, que ce qu'il voit à faire ; . . .
  . . . . Le labyrinthe ouvert
  Vous fit fuir le trépas. . . . .

Voilà de mauvais vers ; et ceux-ci ne font pas meilleurs :

   Et que s'eft-il offert que je puffe tenter,
   Qu'en ta faveur ma flamme ait craint d'exécuter ?

Mais auffi , il y a des vers très-heureux , comme :

  . . . . Eblouis-moi fi bien,
   Que je puiffe penfer que tu ne me dois rien. . . .
   Je te fuis, mène-moi dans quelque île déferte. . . .
   Tu n'as qu'à dire un mot, ce crime eft effacé,
   C'en eft fait, tu le vois, je n'ai plus de colère.

Mais furtout ,

   Remène-moi, barbare, aux lieux où tu m'as prife ;

eft admirable.

Le cœur humain eſt ſurtout bien développé et bien peint, quand *Ariane* dit à *Théſée*, *ôte-toi de mes yeux, je ne veux pas avoir l'affront que tu me quittes*; et que dans le moment même elle eſt au déſeſpoir qu'il prenne congé d'elle. Il y a beaucoup de vers dignes de *Racine*, et entièrement dans ſon goût; ceux-ci, par exemple :

> As-tu vu quelle joie a paru dans ſes yeux ?
> Combien il eſt ſorti ſatisfait de ma haine ?
> Que de mépris !

Cette céſure interrompue au ſecond pied, c'eſt-à-dire au bout de quatre ſyllabes, fait un effet charmant ſur l'oreille et ſur le cœur. Ces fineſſes de l'art furent introduites par *Racine*, et il n'y a que les connaiſſeurs qui en ſentent le prix.

V. 14. Même zèle toujours ſuit mon reſpect extrême, &c.

Théſée ne peut guère répondre que par ces proteſtations vagues de reconnaiſſance; mais c'eſt alors que la beauté de la diction doit réparer le vice du ſujet, et qu'il faut tâcher de dire d'une manière ſingulière des choſes communes.

Tous les ſentimens d'*Ariane* dans cette ſcène ſont naturels et attendriſſans; on ne pourrait leur reprocher qu'une diction un peu proſaïque et négligée.

ACTE QUATRIEME.

SCENE PREMIERE.

Vers 1. Un si grand changement ne peut trop me surprendre, &c.

Cette scène d'*Oenarus* et de *Phèdre* est une de celles qui refroidissent le plus la pièce ; on le sent assez. Ce roi qui fait le dernier ce qui se passe dans sa cour, et qui dit que, *voir un bel espoir tout à coup avorter, passe tous les malheurs qu'on ait à redouter, et que c'est du courroux du ciel la preuve la plus funeste*, paraît un roi assez méprisable ; mais quand il dit qu'il sera responsable de ce que *Thésée* aime probablement dans sa cour quelque fille d'honneur, et qu'on voudra qu'il soit le garant de cet hommage inconnu, on ne peut pas lui pardonner ces discours indignes d'un prince.

Ce que lui dit *Phèdre* est plus froid encore. Toutes les scènes où *Ariane* ne paraît pas, sont absolument manquées.

SCENE II.

V. 1.   Madame, je ne sais si l'ennui qui vous touche
           Doit m'ouvrir, pour vous plaindre, ou me fermer la
           bouche, &c.

On ne peut parler plus mal. Il ne sait si l'ennui qui touche *Ariane* doit *lui ouvrir pour la plaindre, ou lui fermer la bouche* ; il doit en partager les coups, quoi qui *la blesse* ; il sent le changement *qui trompe la flamme d'Ariane, et il le met au rang des plus noirs attentats ; et le ciel lui est témoin si Ariane en doute, qu'il voudrait racheter de son sang ce que...* *Ariane* fait fort bien de l'interrompre ; mais le mauvais style d'*Oenarus* la gagne. L'espérance qu'elle donne à

Oenarus de l'époufer, dès qu'elle connaîtra fa rivale heureufe, eft d'un très-grand artifice. Son deffein eft de tuer cette rivale; c'eft devant *Phèdre* qu'elle explique l'intérêt qu'elle a de connaître la perfonne qui lui enlève *Théfée*; et l'embarras de *Phèdre* ferait un très-grand plaifir au fpectateur, fi le rôle de *Phèdre* était plus animé et mieux écrit.

SCENE III.

V. 13. Et lorfque fon amour a tant reçu du vôtre,
Vous le verrez fans peine entre les bras d'une autre? —
Entre les bras d'une autre! Avant ce coup, ma fœur,
J'aime, je fuis trahie, on connaîtra mon cœur.

Voilà de la vraie paffion. La fureur d'une amante trahie éclate ici d'une manière très-naturelle. On fouhaiterait feulement que *Thomas Corneille* n'eût point, dans cet endroit, imité fon frère qui débite des maximes quand il faut que le fentiment parle. *Ariane* dit :

Moins l'amour outragé fait voir d'emportement,
Plus quand le coup approche, il frappe furement.

Il femble qu'elle débite une loi du code de l'amour pour s'y conformer. Voilà de ces fautes dans lefquelles *Racine* ne tombe pas. D'ailleurs, tous les difcours d'*Ariane* font paffionnés comme ils doivent l'être; mais la diction ne répond pas aux fentimens, et c'eft un défaut capital.

V. 50. Il faut frapper par-là, c'eft fon endroit fenfible, &c.

Cette expreffion ridicule, et cette autre qui eft un plat folécifme, *elle me fait trahir*; et celle-ci, *confentir à ce que la rage a de plus fanglant*, font du ftyle le plus incorrect et le plus lâche. Cependant à la repréfentation, le public ne fent point ces fautes; la fituation entraîne : une excellente actrice glisse sur ces sottises, et ne vous fait apercevoir que les beautés de sentiment. Telle est l'illusion du théâtre; tout passe quand le sujet est intéressant. Il n'y a que le seul *Racine* qui soutienne constamment l'épreuve de la lecture.

V. 67. Et pour ce qu'a quitté ma trop crédule foi,
　　　Je n'avais que ce cœur que je croyais à moi.
　　　Je le perds, on me l'ôte, il n'est rien que n'essaye
　　　La fureur qui m'anime, afin qu'on me le paye.

On ne peut guère faire de plus mauvais vers. L'auteur veut dans cette scène imiter ces beaux vers d'Andromaque:

　　　Je percerai ce cœur que je n'ai pu toucher,
　　　Et mes sanglantes mains contre mon sein tournées,
　　　Aussitôt, malgré lui, joindront nos destinées;
　　　Et tout ingrat qu'il est, il me fera plus doux
　　　De mourir avec lui que de vivre avec vous.

Thomas Corneille imite visiblement cet endroit, en fesant dire à *Ariane*:

　　　Tout perfide qu'il est, ma mort suivra la sienne;
　　　Et sur mon propre sang, l'ardeur de nous unir,
　　　Me le fera venger aussitôt que punir.

Quoique *Thomas Corneille* eût pris son frère pour son modèle, on voit que, malgré lui, il ne pouvait s'empêcher de chercher à suivre *Racine*, quand il s'agissait de faire parler les passions.

Cependant, il se peut faire, et même il arrive souvent, que deux auteurs ayant à traiter les mêmes situations, expriment les mêmes sentimens et les mêmes pensées; la nature se fait également entendre à l'un et à l'autre. *Racine* fesait jouer Bajazet à peu-près dans le temps que *Corneille* donnait Ariane. Il fait dire à *Roxane*:

Quel furcroît de vengeance et de douceur nouvelle,
De le montrer bientôt pâle et mort devant elle !
De voir fur cet objet fes regards arrêtés ,
Me payer les plaifirs que je leur ai prêtés !

Ariane dit dans un mouvement à peu-près femblable :

Vous figurez-vous bien fon défefpoir extrême,
Quand dégouttante encor du fang de ce qu'il aime,
Ma main offerte au roi, dans ce fatal inftant,
Bravera jufqu'au bout la douleur qui l'attend ?

Voyez combien ce demi-vers , *bravera jufqu'au bout* ,
gâte cette tirade. Que veut dire *braver une douleur qui
attend quelqu'un* ? Un feul mauvais vers de cette efpèce
corrompt tout le plaifir que les fentimens les plus naturels
peuvent donner. C'eft furtout dans la peinture des
paffions qu'il faut que le ftyle foit pur , et qu'il n'y ait
pas un feul mot qui embarraffe l'efprit ; car alors le cœur
n'eft plus touché.

Ariane s'écarte malheureufement de la nature à la fin
de cette fcène ; c'eft ce qui achève de la défigurer. Elle
dit qu'*elle doit* donner *à fon cœur* une *cruelle gêne. Son
cœur* , dit - elle , *l'a trahie* , *en lui fefant prendre un
amour trop indigne.* Il faut qu'*elle trahiffe fon cœur à
fon tour ; et elle punira ce cœur, de ce qu'il n'a pas
connu qu'il parlait pour un traître, en parlant pour
Théfée.* C'eft-là le comble du mauvais goût. Un ftyle
lâche eft prefque pardonnable en comparaifon de ces
froids jeux d'efprit dans lefquels on s'étudie à mal écrire.

SCENE IV.

***V*. 2.** De l'amour aifément on ne vainc pas les charmes, &c.

Je n'infifte pas fur ce mot *vainc*, qui ne doit jamais entrer dans les vers, ni même dans la profe. On doit éviter tous les mots dont le fon eft défagréable, et qui ne font qu'un refte de l'ancienne barbarie. Mais on ne voit pas trop ce que veut dire *Ariane : S'il dépendait de nous de vaincre les charmes de l'amour, je regretterais moins ce que je perds en vous ;* cela ne fe joint point à ce vers, *il vous force à changer, il faut que j'y confente.* Il y a une logique fecrète qui doit régner dans tout ce qu'on dit, et même dans les paffions les plus violentes ; fans cette logique on ne parle qu'au hafard, on débite des vers qui ne font que des vers : le bon fens doit animer juf-qu'au délire de l'amour.

Théfée joue par-tout un rôle défagréable, et ici plus qu'ailleurs. Un héros qui dans une fcène ne dit que ces trois mots, *Madame, je n'ai pas* ... ferait mieux de ne rien dire du tout.

SCENE V.

***V*. 27.** A quoi que fon courroux puiffe être difpofé,
Il eft pour s'en défendre un moyen bien aifé, &c.

Il ne tròuve pour défendre fa maîtreffe de meilleur moyen que de s'enfuir. Il dit que *la foudre gronde parce qu'Ariane veut fe venger de fa rivale.* Ce n'eft pas là le vrai *Théfée. Il veut dès cette même nuit, de ces lieux difparaître fans bruit.* C'eft un propos de comédie. La fcène en général eft mal écrite, et il y a des vers qu'on ne peut fupporter, comme, par exemple, celui-ci :

Je la tue, et c'eft vous qui me le faites faire.

Mais il y en a aussi d'heureux et de naturels auxquels tout l'art de *Racine* ne pourrait rien ajouter :

> Et qui me répondra que vous serez fidelle ? . . .
> Votre légèreté peut me laisser ailleurs, &c.

La scène finit mal : *Donnez l'ordre qu'il faut, je serai prête à tout.* C'était là qu'on attendait quelques combats du cœur, quelques remords, et surtout de beaux vers qui rendissent le rôle de *Phèdre* plus supportable.

ACTE CINQUIEME.

SCENE PREMIERE.

Vers 14. Ma mort n'est qu'un malheur qui ne vaut pas le craindre.

CETTE expression n'est pas française ; c'est un reste des mauvaises façons de parler de l'ancien temps, que *Thomas Corneille* se permettait rarement.

Il y a beaucoup d'art à jeter, dans cette scène, quelques légers soupçons sur *Phèdre*, et à les détruire. On ne peut mieux préparer le coup mortel qu'*Ariane* recevra quand elle apprendra que *Thésée* est parti avec sa sœur. Il est vrai que le style est bien négligé ; l'intérêt se soutient, et c'est beaucoup ; mais les oreilles délicates ne peuvent supporter

> Que la jeune Cyane est celle que l'on croit.
> Que Thésée. — On la nomme à cause qu'il la voit.

Un tel style gâte les choses les plus intéressantes.

SCENE II.

V. 18. Si l'on m'avait dit vrai, vous feriez hors de peine.

Pirithoüs eft ici plus petit que jamais. L'intime ami de *Théfée* ne fait rien de ce qui fe paffe, et ne joue que le perfonnage d'un valet.

SCENE III.

V. 1. . . . . Que fait ma fœur ? vient-elle ? &c.

Cette fcène eft véritablement intéreffante ; elle montre bien qu'il faut toujours, jufqu'à la fin, de l'inquiétude et de l'incertitude au théâtre.

V. 19. Elle ne paraît point, et Théfée eft parti.

Ce font là de ces vers que la fituation feule rend excellens ; les moindres ornemens les affaibliraient. Il y en a quelques-uns de cette efpèce dans Ariane ; c'eft un très-grand mérite : tant il eft vrai que le naturel eft toujours ce qui plaît le plus.

SCENE IV.

V. 12. . . . . Il viole fa foi,
Me défefpère, et veut qu'on prenne foin de moi !

Cette répétition des mots du billet de *Théfée, qu'on prenne foin de moi,* eft excellente. *Il viole fa foi, me défefpère,* eft faible et lâche. C'eft de fa fœur qu'elle doit parler : elle favait bien déjà que *Théfée* avait violé fa foi. *Il me défefpère,* eft un terme vague. *Ariane* ne dit pas ce qu'elle doit dire ; ainfi, le mauvais eft fouvent à côté du bon, et le goût confifte à démêler ces nuances.

V. dern. Le roi, vous, et les dieux, vous êtes tous complices.

Ce vers paffe pour être beau ; il le ferait en effet, fi

les dieux avaient eu quelque part à la pièce , fi quelque oracle avait trompé *Ariane :* il faut avouer que *les dieux* viennent là affez inutilement pour remplir le vers, et pour frapper l'oreille de la multitude ; mais ce vers fait toujours effet.

S C E N E   V.

V. 1. Ah! Nérine !

Cette fimple exclamation eft très-touchante. On fe peint à foi-même *Ariane* plongée dans une douleur qu'elle n'a pas la force d'exprimer. Mais lorfque le moment d'après elle dit , que fa *douleur eft fi forte ,* que *fuccombant aux maux qu'on lui fait découvrir ,* elle *demeure infenfible à force de fouffrir ;* ce n'eft plus la douleur d'*Ariane* qui parle , c'eft l'efprit du poëte. Il me paraît qu'*Ariane* rai-fonne trop , et qu'elle ne raifonne pas affez bien.

V. 17. Je promettais fon fang à mes bouillans tranfports;
Mais je trouve à brifer les liens les plus forts.

L'un n'eft pas oppofé à l'autre. Le poëte ne s'exprime pas comme il le doit ; il veut dire, *j'efpérais me venger d'une rivale , et cette rivale eft ma fœur : elle fuit avec mon amant , et tous deux bravent ma vengeance.* Il y a là une douzaine de vers fort mal faits ; mais rien n'eft plus beau que ceux-ci :

La perfide abufant de ma tendre amitié,
Montrait de ma difgrâce une fauffe pitié ;
Et jouiffant des maux que j'aimais à lui peindre,
Elle en était la caufe , et feignait de me plaindre.

Voyez comme dans ces quatre vers tout eft naturel et aifé, comme il n'y a aucun mot inutile ou hors de fa place.

V. 58. Je le comble de biens, il m'accable de maux, &c.

Il eſt naturel à la douleur de ſe répandre en plaintes ; la loquacité même lui eſt permiſe, mais c'eſt à condition qu'on ne dira rien que de juſte, et qu'on ne ſe plaindra point vaguement et en termes impropres. *Ariane* n'a pas comblé *Théſée* de biens ; il faut qu'elle exprime ſa ſituation, et non pas qu'elle diſe faiblement qu'on l'accable de maux. Comment peut-elle dire que *Théſée* évite ſa rencontre par la honte qu'il a de ſa perfidie, dans le temps que *Théſée* eſt parti avec *Phèdre* ? Comment peut-elle dire qu'*il faudra bien enfin qu'il ſe montre* ? *Ariane* en ſe plaignant ainſi, ſèche les larmes des connaiſſeurs qui s'attendriſſaient pour elle. Elle a beau dire, par un retour ſur ſoi-même, *à quel lâche eſpoir mon trouble me réduit !* ce trouble n'a point dû lui faire oublier que ſa ſœur lui a enlevé ſon amant, et qu'ils voguent tous deux vers Athènes ; bien au contraire, c'eſt ſur cette fuite que tous ſes emportemens et tout ſon déſeſpoir doivent être fondés. Les vers qu'elle débite ne ſont pas aſſez bien faits.

> La peur d'en faire trop ſerait hors de ſaiſon.
> . . . . Si je demeure aimée ;
> . . . . Où mon cœur ſe ravale.
> De cette aſſaſſinante et trop funeſte idée ;
> Quelques bras que contre eux ma haine puiſſe unir,
> Je ſouffre plus encor qu'elle ne peut punir.

SCENE VI et dernière.

V. 1. Je ne viens point, Madame, oppofer à vos plaintes
De faux raifonnemens, ou d'injuftes contraintes, &c.

Ce pauvre prince de Naxe qui ne vient point oppofer *d'injuftes contraintes et de faux raifonnemens*, et qui ne finit jamais fa phrafe, achève fon rôle auffi mal qu'il l'a commencé.

Enfin, dans cette pièce, il n'y a qu'*Ariane*. C'eft une tragédie faible, dans laquelle il y a des morceaux très-naturels et très-touchans, et quelques-uns même très-bien écrits.

REMARQUES

SUR

LE COMTE D'ESSEX,

Tragédie de Thomas Corneille, représentée en 1678.

PREFACE DU COMMENTATEUR.

La mort du comte d'*Essex* a été le sujet de quelques tragédies, tant en France qu'en Angleterre. *La Calprenède* fut le premier qui mit ce sujet sur la scène en 1632. Sa pièce eut un très-grand succès. L'abbé *Boyer*, long-temps après, traita ce sujet différemment en 1672. Sa pièce était plus régulière ; mais elle était froide, et elle tomba. *Thomas Corneille*, en 1678, donna sa tragédie du Comte d'Essex : elle est la seule qu'on joue encore quelquefois. Aucun de ces trois auteurs ne s'est attaché scrupuleusement à l'histoire.

> *Pictoribus atque poëtis*
> *Quidlibet audendi semper fuit æqua potestas.*

Mais cette liberté a ses bornes, comme toute autre espèce de liberté. Il ne sera pas inutile de donner ici un précis de cet événement.

Elisabeth, reine d'Angleterre, qui régna avec beaucoup de prudence et de bonheur, eut pour base de sa conduite, depuis qu'elle fut sur le trône, le dessein

de

de ne fe jamais donner de mari, et de ne fe foumettre
jamais à un amant. Elle aimait à plaire, et elle
n'était pas infenfible. *Robert Dudley*, fils du duc de
Northumberland, lui infpira d'abord quelque inclination, et fut regardé quelque temps comme un favori
déclaré, fans qu'il fût un amant heureux.

Le comte de *Leicefter* fuccéda dans la faveur à
Dudley; et enfin, après la mort de *Leicefter*, *Robert
d'Evreux*, comte d'*Effex*, fut dans fes bonnes grâces.
Il était fils d'un comte d'*Effex*, créé par la reine
comte-maréchal d'Irlande : cette famille était origi-
naire de Normandie, comme le nom d'*Evreux* le
témoigne affez. Ce n'eft pas que la ville d'Evreux eût
jamais appartenu à cette maifon ; elle avait été érigée
en comté par *Richard premier*, duc de Normandie,
pour un de fes fils, nommé *Robert*, archevêque de
Rouen, qui, étant archevêque, fe maria folennelle-
ment avec une demoifelle nommée *Herlève*. De ce
mariage, que l'ufage approuvait alors, naquit une
fille qui porta le comté d'Evreux dans la maifon de
Montfort. *Philippe-Augufte* acquit Evreux en 1200 par
une tranfaction ; ce comté fut depuis réuni à la couronne, et cédé enfuite en pleine propriété, en 1651,
par *Louis XIV*, à la maifon de la *Tour d'Auvergne de
Bouillon*. La maifon d'*Effex*, en Angleterre, defcendait
d'un officier fubalterne, natif d'Evreux, qui fuivit
Guillaume le bâtard à la conquête de l'Angleterre, et
qui prit le nom de la ville où il était né. Jamais
Evreux n'appartint à cette famille, comme quelques-
uns l'ont cru. Le premier de cette maifon qui fut
comte d'*Effex*, fut *Gautier d'Evreux*, père du favori

d'*Elifabeth*; et ce favori, nommé *Guillaume*, laiffa un fils qui fut fort malheureux, et dans qui la race s'éteignit.

Cette petite obfervation n'eft que pour ceux qui aiment les recherches hiftoriques, et n'a aucun rapport avec la tragédie que nous examinerons.

Le jeune *Guillaume*, comte d'*Effex*, qui fait le fujet de la pièce, s'étant un jour préfenté devant la reine, lorfqu'elle allait fe promener dans un jardin, il fe trouva un endroit rempli de fange fur le paffage; *Effex* détacha fur le champ un manteau broché d'or qu'il portait, et l'étendit fous les pieds de la reine; elle fut touchée de cette galanterie: celui qui la fefait était d'une figure noble et aimable; il parut à la cour avec beaucoup d'éclat. La reine, âgée de cinquante-huit ans, prit bientôt pour lui un goût que fon âge mettait à l'abri des foupçons: il était auffi brillant par fon courage et par la hauteur de fon efprit, que par fa bonne mine. Il demanda la permiffion d'aller conquérir, à fes dépens, un canton de l'Irlande, et fe fignala fouvent en volontaire. Il fit revivre l'ancien efprit de la chevalerie, portant toujours à fon bonnet un gant de la reine *Elifabeth*. C'eft lui qui, commandant les troupes anglaifes au fiége de Rouen, propofa un duel à l'amiral de *Villars-Brancas*, qui défendait la place, pour lui prouver, difait-il dans fon cartel, que fa maîtreffe était plus belle que celle de l'amiral. Il fallait qu'il entendît par-là quelque autre dame que la reine *Elifabeth*, dont l'âge et le grand nez n'avaient pas de puiffans charmes. L'amiral lui répondit qu'il fe fouciait fort peu que fa maîtreffe fût belle ou laide, et qu'il l'empêcherait bien d'entrer dans Rouen. Il défendit très-bien la place, et fe moqua de lui.

La reine le fit grand maître de l'artillerie, lui donna l'ordre de la jarretière, et enfin le mit de fon confeil privé. Il y eut quelque temps le premier crédit ; mais il ne fit jamais rien de mémorable ; et, lorfqu'en 1599, il alla en Irlande contre les rebelles, à la tête d'une armée de plus de vingt mille hommes, il laiffa dépérir entièrement cette armée qui devait fubjuguer l'Irlande en fe montrant. Obligé de rendre compte d'une fi mauvaife conduite devant le confeil, il ne répondit que par des bravades qui n'auraient pas même convenu après une campagne heureufe. La reine, qui avait encore pour lui quelque bonté, fe contenta de lui ôter fa place au confeil, de fufpendre l'exercice de fes autres dignités, et de lui défendre la cour. Elle avait alors foixante et huit ans. Il eft ridicule d'imaginer que l'amour pût avoir la moindre part dans cette aventure. Le comté confpira indignement contre fa bienfaitrice ; mais fa confpiration fut celle d'un homme fans jugement. Il crut que *Jacques*, roi d'Ecoffe, héritier naturel d'*Elifabeth*, pourrait le fecourir, et venir détrôner la reine. Il fe flatta d'avoir un parti dans Londres ; on le vit dans les rues fuivi de quelques infenfés attachés à fa fortune, tenter inutilement de foulever le peuple. On le faifit, ainfi que plufieurs de fes complices. Il fut condamné et exécuté felon les lois, fans être plaint de perfonne. On prétend qu'il était devenu dévot dans fa prifon, et qu'un malheureux prédicant presbytérien, lui

ayant perfuadé qu'il ferait damné s'il n'accufait pas
tous ceux qui avaient part à fon crime , il eut la
lâcheté d'être leur délateur , et de déshonorer ainfi la
fin de fa vie. Le goût qu'*Elifabeth* avait eu autrefois
pour lui , et dont il était en effet très-peu digne, a
fervi de prétexte à des romans et à des tragédies.
On a prétendu qu'elle avait héfité à figner l'arrêt de
mort que les pairs du royaume avaient prononcé
contre lui. Ce qui eft sûr, c'eft qu'elle le figna ; rien
n'eft plus avéré , et cela feul dément les romans et les
tragédies.

REMARQUES

SUR

LE COMTE D'ESSEX,

TRAGEDIE.

ACTE PREMIER.

SCENE PREMIERE.

Vers 1. Non, mon cher Salsbury, vous n'avez rien à craindre.

Il n'y eut point de *Salsbury* mêlé dans l'affaire du comte d'*Essex* : son principal complice était un comte de *Southampton ;* mais apparemment que le premier nom parut plus sonore à l'auteur, ou plutôt il n'était pas au fait de l'histoire d'Angleterre.

V. 57. Comme il hait les méchans, il me serait utile
   A chasser un Coban, un Ralegh, un Cécile,
   Un tas d'hommes sans nom, &c.

Cécile, milord *Bourgley*, fils de milord *Bourgley*, principal ministre d'Etat, sous *Elisabeth*, fut depuis comte de *Salisbury*. Il s'en fallait beaucoup que ce fût un homme sans nom. L'auteur ne devait pas faire d'un comte de *Salisbury* un confident du comte d'*Essex*, puisque le véritable comte de *Salisbury* était ce même *Cécile*, son ennemi personnel, un des seigneurs qui le condamnèrent. *Ralegh* était un vice-amiral célèbre par ses grandes actions et par son génie, et dont le mérite solide était fort supérieur au brillant du comte d'*Essex*. Il n'y eut jamais de

Coban, mais bien un lord *Cobham* d'une des plus illuſtres maiſons du pays, qui, ſous le roi *Jacques I*, fut mis en priſon pour une conſpiration vraie ou prétendue. Il n'eſt pas permis de falſifier à ce point une hiſtoire ſi récente, et de traiter avec tant d'indignité des hommes de la plus grande naiſſance et du plus grand mérite : les perſonnes inſtruites en ſont révoltées, ſans que les ignorans y trouvent beaucoup de plaiſir.

V. 68. Avez-vous de la reine aſſiégé le palais,
Lorſque le duc d'Irton épouſant Henriette...

Il n'y a jamais eu ni duc d'*Irton*, ni aucun homme de ce nom à la cour de Londres. Il eſt bon de ſavoir que dans ce temps-là on n'accordait le titre de duc qu'aux ſeigneurs alliés des rois et des reines.

V. 87. Pour elle, chaque jour, réduite à me parler,
Elle a voulu me vaincre, et n'a pu m'ébranler ;

Il ſemblerait qu'*Eliſabeth* fût une *Roxane* qui n'oſant entretenir le comte d'*Eſſex* lui fit parler d'amour ſous le nom d'une *Atalide*. Quand on ſait que la reine d'Angleterre était preſque ſeptuagénaire, ces petites intrigues, ces petites ſolliçitations amoureuſes deviennent bien extraordinaires.

Quant au ſtyle, il eſt faible, mais clair, et entièrement dans le genre médiocre.

V. 123. Pour ne hafarder pas un objet ſi charmant,
De la ſœur de Suffolk je me feignis amant.

Il n'y avait pas plus de ſœur de *Suffolk* que de duc d'*Irton*. Le comte d'*Eſſex* était marié. L'intrigue de la tragédie n'eſt qu'un roman ; le grand point eſt que ce roman puiſſe intéreſſer. On demande juſqu'à quel point il eſt permis de falſifier l'hiſtoire dans un poëme ? je ne crois pas qu'on puiſſe changer, ſans déplaire, les faits, ni même les caractères connus du public. Un auteur qui

repréfenterait *Céfar* battu à Pharfale, ferait auffi ridicule
que celui qui, dans un opéra, introduifait *Céfar* fur la
fcène, chantant *alla fuga, allo fcampo, fignori*. Mais quand
les événemens qu'on traite font ignorés d'une nation,
l'auteur en eſt abfolument le maître. Prefque perfonne
en France, du temps de *Thomas Corneille*, n'était inftruit
de l'hiftoire d'Angleterre; aujourd'hui un poëte devrait
être plus circcnfpect.

SCENE II.

***V*. 1 1 4.** Et fi l'on vous arrête? — On n'oferait, Madame.

C'eſt la réponfe que fit le duc de *Guife le balafré* à un
billet dans lequel on l'avertiffait qu'*Henri III* devait le
faire faifir; il mit au bas du billet, *on n'oferait*. Cette
réponfe pouvait convenir au duc de *Guife* qui était alors
auffi puiffant que fon fouverain, et non au comte d'*Effex*
déchu alors de tous fes emplois; mais les fpectateurs
n'y regardent pas de fi près.

SCENE III.

***V*. 55.** Et j'aurai tout loifir, après de longs outrages,
D'apprendre qui je fuis à des flatteurs à gages.

On ne peut guère traiter ainfi un principal miniftre
d'Etat; toutes les expreffions du comte d'*Effex* font peu
mefurées et ne font pas affez nobles.

ACTE SECOND.

SCENE PREMIERE.

*Vers.*7. Il a trop de ma bouche, il a trop de mes yeux
Appris qu'il eſt, l'ingrat, ce que j'aime le mieux.

JE n'examine point ſi ces vers ſont mauvais. Une
reine telle qu'*Eliſabeth*, preſque décrépite, qui parle du
poiſon qui dévore ſon cœur, et de ce que ſes yeux et ſa
bouche ont dit à ſon ingrat, eſt un perſonnage comique.
C'eſt-là peut-être un des plus grands exemples du défaut
qu'on a ſi ſouvent reproché à notre nation, de changer
la tragédie en roman amoureux.

S'il s'agiſſait d'une jeune reine, ce roman ſerait tolérable ; et on ne peut attribuer le ſuccès de cette pièce
qu'à l'ignorance où était le parterre de l'âge d'*Eliſabeth*.
Tout ce qu'elle pouvait raiſonnablement dire, c'eſt qu'autrefois elle avait eu de l'inclination pour *Eſſex* ; mais
alors il n'y aurait eu rien d'intéreſſant. L'intérêt ne peut
donc ſubſiſter qu'aux dépens de la vraiſemblance. Qu'en
doit-on conclure ? que l'aventure du comte d'*Eſſex* eſt
un ſujet mal choiſi.

V. 15. Au crime, pour lui plaire, il s'oſe abandonner,
Et n'en veut à mes jours que pour la couronner.

Quelle était donc cette jeune *Suffolk* que ce comte
d'*Eſſex* voulait ainſi couronner ? Il n'y en avait point
alors ; et comment le comte d'*Eſſex* aurait-il donné la
couronne d'Angleterre ? Il fallait au moins expliquer
une choſe ſi peu vraiſemblable, et lui donner quelque
couleur. Voilà une jeune *Suffolk* tombée des nues,
qu'*Eſſex* veut faire reine d'Angleterre, ſans qu'on
ſache pourquoi, ni par quels moyens. Une choſe ſi

importante ne devait pas être dite en paſſant. La reine
ſe plaint qu'on en veut à ſes jours ; cela eſt bien plus
grave : et elle n'y inſiſte pas , elle n'en parle que comme
d'un petit incident ; cela n'eſt pas dans la nature. Mais
telle eſt la force du préjugé , que le peuple aima cette
tragédie , ſans conſidérer autre choſe que l'amour d'une
reine et l'orgueil d'un héros infortuné , quoiqu'*Eliſabeth*
n'eût point été en effet amoureuſe , et qu'*Eſſex* n'eût
pas été un héros du premier ordre. Auſſi cet ouvrage
qui ſéduiſit le peuple , ne fut jamais du goût des connaiſſeurs.

V. 22. Mais, Madame, un ſujet doit-il aimer ſa reine ?
      Et quand l'amour naîtrait, a-t-il à triompher ,
      Où le reſpect plus fort combat pour l'étouffer ?

Il eſt bien queſtion de ſavoir s'il eſt permis ou non
à un ſujet d'avoir de l'amour pour ſa reine , quand un
ſujet eſt accuſé d'un crime d'Etat ſi grand ? Ces mauvais
vers ſervent encore à faire voir combien il faut d'art pour
développer les reſſorts du cœur humain. Quel choix de
mots, quels tours délicats, quelle fineſſe on doit employer!

V. 30. Je lui donnais ſujet de ne ſe point contraindre, &c.

Quelles faibles et proſaïques expreſſions ! et que veut
dire une femme quand elle avoue qu'elle n'a point donné
à ſon amant ſujet de ſe contraindre avec elle ?

SCENE II.

V. 17. Ciel! faut-il que ce cœur qui fe feut déchirer,
Contre un fujet ingrat tremble à fe déclarer?
Que ma mort qu'il réfout me demandant la fienne,
Une indigne pitié m'étonne, me retienne, &c.

Il eſt clair que ſi *Eſſex* a conſpiré contre la vie
d'*Eliſabeth*, elle ne doit pas ſe borner à dire, *il verra ce
que c'eſt que d'outrager ſa reine*; et s'il s'en eſt tenu à *s'être
caché cet amour où pour lui le cœur d'Eliſabeth eſt attaché*,
elle ne doit pas dire qu'il a conſpiré ſa mort. Ce n'eſt
point ici une amante déſeſpérée, qui dit à ſon amant
infidelle *qu'il la tue*; c'eſt une vieille et grande reine qui dit
poſitivement qu'on a voulu la détrôner et la tuer. Elle
ne dit donc point du tout ce qu'elle doit dire; elle
ne parle ni en amante abandonnée, ni en reine contre
laquelle on conſpire; elle mêle enſemble ces deux attentats ſi différens l'un de l'autre; elle dit, *j'ai ſouffert juſqu'ici malgré ſes injuſtices.* L'injuſtice était un peu forte de
vouloir lui ôter la vie. *Il faut en l'abaiſſant étonner les ingrats.*
Quoi! elle prétend qu'*Eſſex* eſt coupable de haute trahiſon, de lèſe-majeſté au premier chef, et elle ſe contente
de dire qu'*il faut l'abaiſſer*, qu'*il faut étonner les ingrats*!
J'avoue que tous ces termes ſi mal meſurés, ſi peu convenables à la ſituation, et qui ne diſent rien que de vague,
cette obſcurité, cette incertitude ne me permettent pas
de prendre le moindre intérêt à ces perſonnages. Le
lecteur, le ſpectateur éclairé veut ſavoir préciſément de
quoi il s'agit. Il eſt tenté d'interrompre la reine *Eliſabeth*,
et de lui dire: De quoi vous plaignez-vous? expliquez-vous
nettement: le comte d'*Eſſex* a-t-il voulu vous poignarder,
ſe faire reconnaître roi d'Angleterre en épouſant la ſœur
de ce *Suffolk*? Développez-nous donc comment un
deſſein ſi atroce et ſi fou a pu ſe former? comment votre
général de l'artillerie dépoſſédé par vous, comment un

fimple gentilhomme s'eft mis dans la tête de vous fuccéder ? cela vaut bien la peine d'être expliqué. Ce que
vous dites eft auffi incroyable que vos lamentations
de n'être point aimée à l'âge de près de foixante et dix
ans font ridicules. J'ajouterais encore : parlez en plus
beaux vers fi vous voulez me toucher.

V. 38. Les témoins font ouïs, fon procès eft tout fait, &c.

Ce n'eft pas la peine d'écrire en vers, quand on fe
permet un ftyle fi commun ; ce n'eft là que rimer de la
profe triviale. Il y a dans cette fcène quelques mouvemens de paffion , quelques combats du cœur; mais qu'ils
font mal exprimés ! Il femble qu'on ait applaudi dans
cette pièce plutôt ce que les acteurs devaient dire que
ce qu'ils difent, plutôt leur fituation que leurs difcours.
C'eft ce qui arrive fouvent dans les ouvrages fondés fur
les paffions ; le cœur du fpectateur s'y prête à l'état des
perfonnages, et n'examine point. Ainfi tous les jours
nous nous attendriffons à la vue des perfonnes malheureufes , fans faire attention à la manière dont elles
expriment leurs infortunes.

SCENE III.

V. 10. Dans un projet coupable il le fait affermi ;

On ne peut guère écrire plus mal ; mais le rôle de
Cécile eft plus mauvais que ce ftyle : il eft froid, il eft
fubalterne. Quand on veut peindre de tels hommes , il
faut employer les couleurs dont *Racine* a peint *Narciffe.*

SCENE V.

***V*. 1.** Comte, j'ai tout appris;

Cette fcène était auffi difficile à faire, que le fond
en eft tragique. C'eft un fujet accufé d'avoir trahi fa
fouveraine, comme *Cinna*; c'eft un amant convaincu
d'être ingrat envers fa fouveraine, comme *Bajazet*. Ces
deux fituations font violentes; mais l'une fait tort à
l'autre. Deux accufations, deux caractères, deux embarras
à foutenir à la fois, demandent le plus grand art.
Elifabeth eft ici reine et amante, fière et tendre, indignée
en qualité de fouveraine, et outragée dans fon cœur.
L'entrevue eft donc très-intéreffante. Le dialogue répond-il
à l'importance et à l'intérêt de la fcène ?

***V*. 19.** Je fais trop que le trône, où le ciel vous fait feoir,
Vous donne fur ma vie un abfolu pouvoir.

Notandi funt tibi mores. Le *coftume* n'eft pas obfervé ici.
Le trône où le ciel fait feoir Elifabeth, ne lui donne un
pouvoir abfolu fur la vie de perfonne, encore moins fur
celle d'un pair du royaume. Cette maxime ferait peut-
être convenable dans Maroc ou dans Ifpahan ; mais
elle eft abfolument fauffe à Londres.

***V*. 30.** Si pour l'Etat tremblant la fuite en eft à craindre,
C'eft à voir des flatteurs s'efforcer aujourd'hui,
En me rendant fufpect, d'en abattre l'appui.

Cette tirade écrite d'un ftyle profaïque et froid, en
profe rimée, finit par une rodomontade qu'on excufe,
parce que le poëte fuppofe que le comte d'*Effex* eft un
grand homme qui a fauvé l'Angleterre ; mais en général,
il eft toujours beaucoup plus beau de faire fentir fes fervices que de les étaler, de laiffer jugèr ce qu'on eft
plutôt que de le dire : et quand on eft forcé de le dire pour
repouffer la calomnie, il faut le dire en très-beaux vers.

V. 37. Des traîtres, des méchans accoutumés au crime
M'ont, par leurs fauffetés, arraché votre eftime ;

C'eft fe défendre trop vaguement. Il n'eft ni grand , ni
tragique , ni décent de répondre ainfi ; la vérité de l'hiftoire dément trop ces accufations générales et ces vaines
récriminations. Tout d'un coup il fe contredit lui-même ;
il fe rend coupable par ces vers, d'ailleurs très-faibles : '

C'eft au trône où peut-être on m'eût laiffé monter,
Que je me fuffe mis en pouvoir d'éclater.

Le lord *Effex* au trône ! de quel droit ? comment ? fur
quelle apparence ? par quels moyens ? La reine *Elifabeth*
devait ici l'interrompre ; elle devait être furprife d'une
telle folie. Quoi ! un membre ordinaire de la chambre
haute, convaincu d'avoir voulu en vain exciter une
fédition , ofe dire qu'il pouvait fe faire roi ! Si la chofe
dont il fe vante fi imprudemment eft fauffe, la reine ne
peut voir en lui qu'un homme réellement fou ; fi elle eft
vraie, ce n'eft pas là le temps de lui parler d'amour.

V. 57. . . . . Et qu'avait fait ta reine
Qui dût à fa ruine intéreffer ta haine ?

Elifabeth, dans ce couplet, ne fait autre chofe que de
donner au comte d'*Effex* des efpérances de l'époufer. Eft-
ce ainfi qu'*Elifabeth* aurait répondu à un grand maître de
l'artillerie hors d'exercice, à un confeiller privé hors de
charge, qui lui aurait fait entendre qu'il n'avait tenu
qu'à ce confeiller privé de fe mettre fur le trône d'Angleterre ? *Elifabeth* à foixante et huit ans pouvait-elle
parler ainfi ? Cette idée choquante fe préfente toujours
au lecteur inftruit.

V. 94. Le trône te plairait, mais avec ma rivale.

Cette rivale imaginaire qu'on ne voit point, rend les

reproches d'*Elifabeth* auffi peu convenables que les difcours d'*Effex* font inconféquens. Si cette *Suffolk* a quelques droits au trône, fi *Effex* a confpiré pour la faire
reine, *Elifabeth* a donc dû s'affurer d'elle. *Thomas Corneille*
a bien fenti en général que la rivalité doit exciter la
colère, que l'intérêt d'une couronne et celui d'une
paffion doivent produire des mouvemens au théâtre ;
mais ces mouvemens ne peuvent toucher quand ils ne
font pas fondés. Une confpiration, une reine en danger
d'être détrônée, une amante facrifiée, font affurément
des fujets tragiques ; ils ceffent de l'être dès que tout
porte à faux.

V. 109. . . . . J'accepterais un pardon ? Moi, Madame ?

Cela eft beau et digne de *Pierre Corneille.* Ce vers eft
fublime parce que le fentiment eft grand, et qu'il eft
exprimé avec fimplicité ; mais quand on fait qu'*Effex*
était véritablement coupable et que fa conduite avait
été celle d'un infenfé, cette belle réponfe n'a plus la
même force.

V. 117. Vous le favez, Madame, et l'Efpagne confufe
Juftifie un vainqueur que l'Angleterre accufe.

En effet, le comte d'*Effex* était entré dans Cadix quand
l'amiral *Howard*, fous qui il fervait, battit la flotte efpagnole dans ces parages. C'était le feul fervice un peu
fignalé que le comte d'*Effex* eût jamais rendu. Il n'y avait
pas là de quoi fe faire tant valoir. Tel eft l'inconvénient
de choifir un fujet de tragédie dans un temps et chez un
peuple fi voifins de nous. Aujourd'hui que l'on eft plus
éclairé, on connaît la reine *Elifabeth* et le comte d'*Effex* ;
et on fait trop que l'un et l'autre n'étaient point ce que
la tragédie les repréfente, et qu'ils n'ont rien dit de ce
qu'on leur fait dire. Il n'en eft pas ainfi de la fable de
Bajazet traitée par *Racine* ; on ne peut l'accufer d'avoir

falfifié une hiftoire connue. Perfonne ne fait ce qu'était *Roxane* ; l'hiftoire ne parle ni d'*Atalide* ni du vifir *Acomat*. *Racine* était en droit de créer fes perfonnages.

SCENE VI.

V. 3. Et ne voyez-vous pas que vous êtes perdu,
Si vous fouffrez l'arrêt qui peut être rendu ? &c.

Affurément le comte d'*Effex* eft perdu s'il eft con-damné et exécuté ; mais quelles façons de parler , *fouffrir un arrêt* , *avoir des juges pour y trouver afile !*

La ducheffe prétendue d'*Irton* eft une femme vertueufe et fage , qui n'a voulu ni fe perdre auprès d'*Elifabeth* en aimant le comte , ni époufer fon amant. Ce caractère ferait beau s'il était animé , s'il fervait au nœud de la pièce ; elle ne fait là qu'office d'ami. Ce n'eft pas affez pour le théâtre.

SCENE VII.

V. 10. Vous avez dans vos mains ce que toute la terre
A vu plus d'une fois utile à l'Angleterre.

Ces vers et la fituation frappent ; on n'examine pas fi *toute la terre* eft un mot un peu oifeux amené pour rimer à l'Angleterre, fi *cette épée* a été fi utile : on eft touché. Mais lorfqu'*Effex* ajoute :

... Quelque douleur que j'en puiffe fentir,
La reine veut fe perdre , il y faut confentir.

Tout homme un peu inftruit fe révolte contre une bravade fi déplacée. En quoi , comment *Elifabeth* eft-elle perdue , fi on arrête un fou infolent qui a couru dans les rues de Londres , et qui a voulu ameuter la popu-lace , fans avoir pu feulement fe faire fuivre de dix miférables ?

ACTE TROISIEME.

SCENE DEUXIEME.

***Vers* 11.** J'en faurai le coup prêt d'éclater, le verrai...
Non, puifqu'en moi toujours l'amante te fit peine,
Tu le veux, pour te plaire, il faut paraître reine, &c.

IL n'eſt pas permis de faire de tels vers. Prefque tout ce que dit *Eliſabeth* manque de convenance, de force et d'élégance ; mais le public voit une reine qui a fait condamner à la mort un homme qu'elle aime, on s'attendrit : on eſt indulgent au théâtre fur la verſification, du moins on l'était encore du temps de *Thomas Corneille.*

***V.* 55.** O vous, Rois, que pour lui ma flamme a négligés,
Jetez les yeux fur moi, vous êtes bien vengés.

Ce font-là des vers heureux. Si la pièce était écrite de ce ſtyle, elle ſerait bonne, malgré ſes défauts ; car quelle critique pourrait faire tort à un ouvrage intéreſſant par le fond, et éloquent dans les détails ?

***V.* 66.** Doutes-tu qu'il ne veuille implorer ma clémence ?
Que ſûr que mes bontés paſſent ſes attentats...

Ce vers ne ſignifie rien : non-feulement le fens en eſt interrompu par ces points qu'on appelle pourſuivans, mais il ſerait difficile de le remplir. C'eſt une très-grande négligence de ne point finir ſa phraſe, ſa période, et de ſe laiſſer ainſi interrompre, furtout quand le perſonnage qui interrompt, eſt un fubalterne qui manque aux bienféances en coupant la parole à ſon fupérieur. *Thomas Corneille* eſt fujet à ce défaut dans toutes ſes pièces. Au reſte, ce défaut n'empêchera jamais un

ouvrage

ouvrage d'être intéreſſant et pathétique ; mais un auteur foigneux de bien écrire, doit éviter cette négligence.

V. 74. Je frémis de le perdre, et tremble à m'y réſoudre ;
Si, me bravant toujours, il oſe m'y forcer,
Moi reine, lui fujet, puis-je m'en difpenſer ?

Il me femble qu'il y a toujours quelque chofe de louche, de confus, de vague, dans tout ce que les perſonnages de cette tragédie difent et font. Que toute action foit claire, toute intrigue bien connue, tout fentiment bien développé ; ce font là des régles inviolables. Mais ici que veut le comte d'*Eſſex*? que veut *Eliſabeth*? quel eſt le crime du comte? eſt-il accufé fauſſement? eſt-il coupable? Si la reine le croit innocent, elle doit prendre fa défenſe ; s'il eſt reconnu criminel, eſt-il raiſonnable que la confidente diſe qu'il n'implorera jamais fa grâce, qu'il eſt trop fier? La fierté eſt très-convenable à un guerrier vertueux et innocent, non à un homme convaincu de haute trahiſon. *Qu'il fléchiſſe*, dit la reine : eſt-ce bien là le fentiment qui doit l'occuper fi elle l'aime? Quand il aura fléchi, quand il aura obtenu fa grâce, *Eliſabeth* en fera-t-elle plus aimée? *Je l'aime*, dit la reine, *cent fois plus que moi-même.* Ah, Madame, fi vous avez la tête tournée à ce point, fi votre paſſion eſt fi grande, examinez donc l'affaire de votre amant, et ne fouffrez pas que fes ennemis l'accablent et le perſécutent injuſtement fous votre nom, comme il eſt dit, quoique fauſſement, dans toute la pièce.

SCENE III.

La fcène du prétendu comte de *Salsbury* avec la reine, a quelque chofe de touchant ; mais il reſte toujours cette incertitude et cet embarras qui font peine. On ne fait pas précifément de quoi il s'agit. *Le crime ne fuit pas toujours l'apparence : craignez les injuſtices de ceux qui de fa*

Comment. fur Corneille. Tome II. Ee

mort se rendent les complices. La reine doit donc alors, séduite par sa passion, penser comme *Salsbury*, croire *Essex* innocent, mettre ses accusateurs entre les mains de la justice, et faire condamner celui qui sera trouvé coupable.

Mais, après que ce *Salsbury* a dit que les injustices rendent complices les juges du comte d'*Essex*, il parle à la reine de clémence; il lui dit, *que la clémence a toujours eu ses droits, et qu'elle est la vertu la plus digne des rois.* Il avoue donc que le comte d'*Essex* est criminel. A laquelle de ces deux idées faudra-t-il s'arrêter? à quoi faudra-t-il se fixer? La reine répond qu'*Essex* est trop fier, que *c'est l'ordinaire écueil des ambitieux, qu'il s'est fait un outrage des soins qu'elle a pris pour détourner l'orage, et que si la tête du comte fait raison à la reine de sa fierté, c'est sa faute.* Le spectateur a pu passer de tels discours, le lecteur est moins indulgent.

V. 45. Il mérite sans doute une honteuse peine.
Quand sa fierté combat les bontés de sa reine.

Pourquoi mérite-t-il une honteuse peine, s'il n'est que fier? Il la mérite s'il a conspiré; si, comme *Cécile* l'a dit, du *comte de Tyron de l'irlandais suivi, il en voulait au trône, et qu'il l'aurait ravi.* On ne sait jamais à quoi s'en tenir dans cette pièce; ni la conspiration du comte d'*Essex*, ni les sentimens d'*Elisabeth* ne sont jamais assez éclaircis.

V. 74. Mais, Madame, on se sert de lettres contrefaites.

Il est bien étrange que *Salsbury* dise qu'on a contrefait l'écriture du comte d'*Essex*, et que la reine ne songe pas à examiner une chose si importante. Elle doit assurément s'en éclaircir, et comme amante, et comme reine. Elle ne répond pas seulement à cette ouverture qu'elle devait saisir, et qui demandait l'examen le plus prompt et le plus exact; elle répète encore en d'autres mots, que le comte est trop fier.

SCENE IV.

V. 14. Le lâche impunément aura fu me braver.

Elifabeth devait dire à fa confidente, la ducheffe prétendue d'*Irton* : Savez-vous ce que le comte de *Salsbury* vient de m'apprendre? *Effex* n'eft point coupable. Il affure que les lettres qu'on lui impute font contrefaites. Il a récufé les faux témoins que *Cécile* apofte contre lui. Je dois juftice au moindre de mes fujets, encore plus à un homme que j'aime. Mon devoir, mes fentimens me forcent à chercher tous les moyens poffibles de conftater fon innocence. Au lieu de parler d'une manière fi naturelle et fi jufte, elle appelle *Effex*, lâche. Ce mot *lâche* n'eft pas compatible avec *braver*; elle ne dit rien de ce qu'elle doit dire.

V. 20. La prifon vous pourrait....—Non, je veux qu'il fléchiffe;
Il y va de ma gloire, il faut qu'il cède. ...

Elifabeth s'obftine toujours à cette feule idée qui ne paraît guère convenable; car, lorfqu'il s'agit de la vie de ce qu'on aime, on fent bien d'autres alarmes. Voici ce qui a probablement engagé *Thomas Corneille* à faire le fondement de fa pièce de cette perféverance de la reine à vouloir que le comte d'*Effex* s'humilie. Elle lui avait ôté précédemment toutes fes charges après fa mauvaife conduite en Irlande. Elle avait même pouffé l'emportement honteux de la colère jufqu'à lui donner un foufflet. Le comte s'était retiré à la campagne; il avait demandé humblement pardon par écrit, et il difait dans fa lettre, *qu'il était pénitent comme Nabuchodonofor, et qu'il mangeait du foin.* La reine alors n'avait voulu que l'humilier, et il pouvait efpérer fon rétabliffement. Ce fut alors qu'il imagina pouvoir profiter de la vieilleffe de la reine pour foulever le peuple, qu'il crut qu'on pourrait faire venir d'Ecoffe le roi *Jacques* fucceffeur naturel

d'*Elifabeth*, et qu'il forma une confpiration auffi mal
digérée que criminelle. Il fut pris précifément en flagrant
délit, condamné et exécuté avec fes complices ; il n'était
plus alors queftion de *fierté*.

Cette fcène de la ducheffe d'*Irton* avec *Elifabeth*, a
quelque reffemblance à celle d'*Atalide* avec *Roxane*. La
ducheffe avoue qu'elle eft aimée du comte d'*Effex*,
comme *Atalide* avoue qu'elle eft aimée de *Bajazet*. La
ducheffe eft plus vertueufe, mais moins intéreffante ; et
ce qui ôte tout intérêt à cette fcène de la ducheffe avec
la reine, c'eft qu'on n'y parle que d'une intrigue paffée ;
c'eft que la reine a ceffé dans les fcènes précédentes de
penfer à cette prétendue *Suffolk* dont elle a cru le comte
d'*Effex* amoureux ; c'eft qu'enfin la ducheffe d'*Irton* étant
mariée, *Elifabeth* ne peut plus être jaloufe avec bienféance : mais furtout une jaloufie d'*Elifabeth* à fon âge
ne peut être touchante. Il en faut toujours revenir là.
C'eft le grand vice du fujet. L'amour n'eft fait ni pour
les vieux, ni pour les vieilles.

V. 92. Sur le crime apparent je fauverai ma gloire, &c.

On voit affez quel eft ici le défaut de ftyle, et ce que
c'eft qu'*une gloire fauvée fur un crime apparent*. Mais
pourquoi *Elifabeth* eft-elle plus fâchée contre la dame
prétendue d'*Irton* que contre la dame prétendue de
Suffolk ? Que lui importe d'être négligée pour l'une ou
pour l'autre ? Elle n'eft point aimée, cela doit lui fuffire.

La fin de cette fcène paraît belle ; elle eft paffionnée
et attendriffante. Il ferait pourtant à défirer qu'*Elifabeth*
ne dît pas toujours la même chofe ; elle recommande
tantôt à *Tilney*, tantôt à *Salsbury*, tantôt à *Irton* d'engager
le comte d'*Effex* à n'être plus *fier* et à demander grâce.
C'eft-là le feul fentiment dominant ; c'eft-là le feul nœud.
Il ne tenait qu'à elle de pardonner, et alors il n'y avait
plus de pièce.

On doit, autant qu'on le peut, donner aux perfonnages des fentimens qu'ils doivent néceffairement avoir dans la fituation où ils fe trouvent.

ACTE QUATRIEME.

SCENE PREMIERE.

Vers 3. Si l'arrêt qui me perd te femble à redouter,
_J'aime mieux le fouffrir que de le mériter.

VOILA donc le comte d'*Effex* qui protefte nettement de fon innocence. *Elifabeth*, dans cette fuppofition de l'auteur, eft donc inexcufable d'avoir fait condamner le comte : la ducheffe d'*Irton* s'eft donc très-mal conduite en n'éclairciffant pas la reine. Il eft condamné fur de faux témoignages ; et la reine, qui l'adore, ne s'eft pas mife en peine de fe faire rendre compte des pièces du procès qu'on lui a dit vingt fois être fauffes. Une telle négligence n'eft pas naturelle ; c'eft un défaut capital. Faites toujours penfer et dire à vos perfonnages ce qu'ils doivent dire et penfer ; faites-les agir comme ils doivent agir. L'amour feul d'*Elifabeth*, dira-t-on, l'aura forcée à mettre *Effex* entre les mains de la juftice ; mais ce même amour devait lui faire examiner un arrêt qu'on fuppofe injufte : elle n'eft pas affez furieufe d'amour pour qu'on l'excufe. *Effex* n'eft pas affez paffionné pour fa ducheffe ; fa ducheffe n'eft pas affez paffionnée pour lui. Tous les rôles paraiffent manqués dans cette tragédie ; et cependant elle a eu du fuccès. Quelle en eft la raifon ? je le répète, la fituation des perfonnages, attendriffante par elle-même, et l'ignorance où le parterre a été long-temps.

S C E N E I I.

V. 1.   O fortune! ô grandeur, dont l'amorce flatteufe
          Surprend, touche, éblouit une ame ambitieufe,
          De tant d'honneurs reçus, c'eft donc là tout le fruit! *&c.*

Cette fcène, ce monologue eft encore une des raifons
du fuccès. Ces réflexions naturelles fur la fragilité des
grandeurs humaines, plaifent quoique faiblement écrites.
Un grand feigneur qu'on va mener à l'échafaud, intéreffe toujours le public; et la repréfentation de ces
aventures, fans aucun fecours de la poëfie, fait le même
effet à peu-près que la vérité même.

S C E N E I I I.

V. 1.   Eh bien, de ma faveur vous voyez les effets.

Ce vers naturel devient fublime, parce que le comte
d'*Effex* et *Salsbury* fuppofent tous deux que c'eft en
effet la faveur de la reine qui le conduit à la mort.
Le fuccès eft encore ici dans la fituation feule. En
vain *Thomas* imite faiblement ces vers de fon frère:

> Enfin tout ce qu'adore en ma haute fortune,
> D'un courtifan flatteur la préfence importune.

En vain il s'étend en lieux communs et vagues:

> Qui vit de fon bonheur tout l'univers jaloux, *&c.*

En vain il affaiblit le pathétique du moment par ces
mauvais vers: *Tout paffe, et qui m'eût dit, après ce qu'on
m'a vu.* Le pathétique de la chofe fubfifte malgré lui, et
le parterre eft touché.

V. 14.   Votre feule fierté, qu'elle voudrait abattre,
           S'oppofe à fes bontés, s'obftine à les combattre.

Cette fierté de la reine qui lutte fans ceffe contre la

fierté d'*Effex*, eft toujours le fujet de la tragédie. C'eft
une illufion qui ne laiffe pas de plaire au public.
Cependant, fi cette fierté feule agit, c'eft un pur
caprice de la part d'*Elifabeth* et du comte d'*Effex*. Je veux
qu'il me demande pardon ; Je ne veux pas demander
pardon : Voilà la pièce. Il femble qu'alors le fpectateur
oublie qu'*Elifabeth* eft extravagante, fi elle veut qu'on
lui demande pardon d'un crime imaginaire ; qu'elle eft
injufte et barbare de ne pas examiner ce crime, avant
d'exiger qu'on lui demande pardon. On oublie l'effentiel
pour ne s'occuper que de ces fentimens de fierté qui
féduifent prefque toujours.

V. 33. Le crime fait la honte et non pas l'échafaud ;

Ce vers a paffé en proverbe, et a été quelquefois cité
à propos dans des occafions funeftes.

V. 34. Ou fi dans mon arrêt quelque infamie éclate,
  Elle eft, lorfque je meurs pour une reine ingrate,
  Qui, voulant oublier cent preuves de ma foi,
  Ne mérita jamais un fujet tel que moi.

Ou *Effex* eft ici le fou le plus infolent, ou l'homme
le plus innocent. Surement il n'eft coupable dans la
tragédie d'aucun des crimes dont on l'accufe. C'eft ici
un héros ; c'eft un homme dont le deftin de l'Angleterre a dépendu ; c'eft l'appui d'*Elifabeth*. Elle eft donc,
en ce cas, une femme déteftable, qui fait couper le cou
au premier homme du pays parce qu'il a aimé une
autre femme qu'elle. Que deviennent alors fes irréfo-
lutions, fes tendreffes, fes remords, fes agitations ? Rien
de tout cela ne doit être dans fon caractère !

V. 44. Pour la feule ducheffe il m'aurait été doux
  De paffer.... Mais hélas ! un autre eft fon époux.

Je ne relève point cette réticence à ce mot de *paffer*,

figure si mal à propos prodiguée. La réticence ne convient que quand on craint ou qu'on rougit d'achever ce qu'on a commencé. Le grand défaut, c'est que les amours du comte d'*Essex* et de la duchesse mariée à un autre, ont été trop légèrement touchés, ont à peine effleuré le cœur.

On ne voit pas non plus pourquoi le comte veut mourir sans être justifié, lui qui se croit entièrement innocent. On ne voit pas pourquoi étant calomnié par les prétendus faussaires, *Cécile* et *Ralegh*, qu'il déteste, il n'instruit pas la reine du crime de faux qu'il leur impute. Comment se peut-il qu'un homme si fier, pouvant d'un mot se venger des ennemis qui l'écrasent, néglige de dire ce mot ? Cela n'est pas dans la nature. Aime-t-il assez la duchesse d'*Irton* ? est-il assez furieux, assez enivré de sa passion, pour déclarer qu'il aime mieux être décapité que de vivre sans elle ? Il aurait donc fallu lui donner dans la pièce toutes les fureurs de l'amour qu'il n'a pas eues,

L'excès de la passion peut excuser tout ; et si le comte d'*Essex* était un jeune homme comme le *Ladislas* de *Rotrou*, toujours emporté par un amour violent, il ferait un très-grand effet. Il fait paraître au moins quelques touches, quelques nuances légères de ces grands traits nécessaires à la vraie tragédie, et par-là il peut intéresser. C'est un crayon faible et peu correct ; mais c'est le crayon de ce qui affecte le plus le cœur humain.

S C E N E   I V.

V. **1.** Venez, venez, Madame, on a besoin de vous.

Un héros condamné, un ami qui le pleure, une maîtresse qui se désespère, forment un tableau bien touchant. Il y manque le coloris. Que cette scène eût été belle, si elle avait été bien traitée ! Préparez, quand vous voulez toucher. N'interrompez jamais les affauts que vous livrez au cœur. Voilà le comte d'*Effex* qui veut mourir, parce qu'il ne peut vivre avec la ducheffe d'*Irton*; il lui dit :

> Mais vivre, et voir fans ceffe un rival odieux...
> Ah ! Madame, à ce nom je deviens furieux.

Ce font là de bien mauvais vers, il eft vrai. Il ne faut pas dire, *je deviens furieux*; il faut faire voir qu'on l'eft. Mais fi cet *Effex* avait, dans les premiers actes, parlé en effet avec fureur de ce *rival odieux*; s'il avait été *furieux* en effet; fi l'amour emporté et tragique avait déployé en lui tous les fentimens de cette paffion fatale; fi la ducheffe les avait partagés; que de beautés alors, que d'intérêt, et que de larmes ! Mais ce n'eft que par manière d'acquit qu'ils parlent de leurs amours. Ne paffez point ainfi d'un objet à un autre, fi vous voulez toucher. Cette interruption eft néceffaire dans l'hiftoire, admife dans le poëme épique, dont la longueur exige de la variété; réprouvée dans la tragédie, qui ne doit préfenter qu'un objet, quoique réfultant de plufieurs objets; qu'une paffion dominante, qu'un intérêt principal. L'unité en tout y eft une loi fondamentale.

ACTE CINQUIEME.

SCENE PREMIERE.

Vers 3. Et l'ingrat dédaignant mes bontés pour appui,
Peut ne s'étonner pas quand je tremble pour lui ?

Elle se plaint toujours, et en mauvais vers, de cet ingrat qui dédaigne ses *bontés pour appui*, et qui ne veut pas demander pardon. C'est toujours le même sentiment sans aucune variété. Ce n'est pas là sans doute où l'unité est une perfection. Conservez l'unité dans le caractère, mais variez-la par mille nuances, tantôt par des soupçons, par des craintes, par des espérances, par des réconciliations et des ruptures, tantôt par un incident qui donne à tout une face nouvelle.

V. 11. . . . . Il veut, le lâche, il veut
Montrer que sur sa reine il connaît ce qu'il peut.

Elle appelle deux fois *lâche* cet homme si fier. Elle voulait, dit-elle, pour se faire aimer, *l'envoyer à l'échafaud*, seulement pour lui faire peur ; c'est-là un excellent moyen d'inspirer de la tendresse.

V. 37. N'est-il pas, n'est-il pas ce sujet téméraire,
Qui, fesant son malheur d'avoir trop su te plaire,
S'obstine à préférer une honteuse fin
Aux honneurs dont ta flamme eût comblé son destin ?

Que le mot propre est nécessaire ! et que sans lui tout languit ou révolte ! Peut-on appeler *sujet téméraire* un homme qui ne peut avoir de l'amour pour une vieille reine ? Le dégoût est-il une témérité ? *Essex* est téméraire d'ailleurs, mais non pas en amour, non pas parce qu'il aime mieux mourir que d'aimer la reine. Ces répétitions, *n'eſt-il pas*, *n'eſt-il pas*, ne doivent être employées que bien rarement, et dans les cas où la paſſion effrénée s'occupe de quelque grande image.

SCENE II.

V. 9.   Ton cœur s'eſt fait efclave ; obéis, il eſt juſte.

Ce vers eſt parfait, et ce retour de l'indignation à la clémence eſt bien naturel. C'eſt une belle péripétie, une belle fin de tragédie, quand on paſſe de la crainte à la pitié, de la rigueur au pardon, et qu'enſuite on retombe par un accident nouveau, mais vraiſemblable, dans l'abyme dont on vient de ſortir.

SCENE III.

V. 10.   C'eſt moi ſur cet arrêt que l'on doit conſulter,
          Et ſans que je le ſigne on l'oſe exécuter ?

C'eſt ce qui peut arriver en France, où les cours de juſtice ſont en poſſeſſion depuis long-temps de faire exécuter les citoyens, ſans en avertir le ſouverain, ſelon l'ancien uſage qui ſubſiſte encore dans preſque toute l'Europe ; mais c'eſt ce qui n'arrive jamais en Angleterre : il faut abſolument ce qu'on appelle le *death warant, la garantie de mort*.

La ſignature du monarque eſt indiſpenſable, et il n'y a pas un ſeul exemple du contraire, excepté dans les temps de trouble où le ſouverain n'était pas reconnu. C'eſt un fait public, qu'*Eliſabeth* ſigna l'arrêt rendu par les pairs contre le comte d'*Eſſex*. Le droit de la fiction ne s'étend pas juſqu'à contredire ſur le théâtre les lois d'une nation ſi voiſine de nous ; et ſurtout la loi la plus ſage, la plus humaine, qui laiſſe à la clémence le temps de déſarmer la ſévérité, et quelquefois l'injuſtice.

V. 15. D'autre fang, mais plus vil, expira l'attentat.

Le fang de *Cécile* n'était point vil; mais enfin on peut le fuppofer, et la faute eft légère. Cette injure, faite à la mémoire d'un très-grand miniftre, peut fe pardonner. Il eft permis à l'auteur de repréfenter *Elifabeth* égarée, qui permet tout à fa douleur. C'eft à peu-près la fituation d'*Hermione* qui a demandé vengeance, et qui eft au défefpoir d'être vengée. Mais que cette imitation eft faible! qu'elle eft dépourvue de paffion, d'éloquence et de génie! Tout eft animé dans le cinquième acte où *Racine* préfente *Hermione* furieufe d'avoir été obéie; tout eft languiffant dans *Elifabeth*. Il n'y a rien de plus fublime et de plus paffionné tout enfemble que la réponfe d'*Hermione*, *Qui te l'a dit?* Auffi *Hermione* a-t-elle été vivement agitée d'amour, de jaloufie et de colère pendant toute la pièce. *Elifabeth* a été un peu froide. Sans cette chaleur que la feule nature donne aux véritables poëtes, il n'y a point de bonne tragédie.

Tout ce qu'on peut dire de l'Effex de *Thomas Corneille*, c'eft que la pièce eft médiocre, et par l'intrigue, et par le ftyle; mais il y a quelque intérêt, quelques vers heureux; et on l'a jouée long-temps fur le même théâtre où l'on repréfentait Cinna et Andromaque. Les acteurs, et furtout ceux de province, aimaient à faire le rôle du comte d'*Effex*, à paraître avec une jarretière brodée au-deffous du genou, et un grand ruban bleu en bandoulière. Le comte d'*Effex*, donné pour un héros du premier ordre, perfécuté par l'envie, ne laiffe pas d'en impofer. Enfin le nombre des bonnes tragédies eft fi petit chez toutes les nations du monde, que celles qui ne font pas abfolument mauvaifes attirent toujours des fpectateurs, quand de bons acteurs les font valoir.

On a fait environ mille tragédies depuis *Mairet* et *Rotrou*. Combien en eft-il refté qui puiffent avoir le fceau de l'immortalité, et qu'on puiffe citer comme des modèles? Il n'y en a pas une vingtaine. Nous avons une collection, intitulée, *Recueil des meilleures pièces de théâtre*, *en douze volumes* ; et , dans ce recueil, on ne trouve que le feul Vencéflas qu'on repréfente encore, en faveur de la première fcène, et du quatrième acte, qui font en effet de très-beaux morceaux.

Tant de pièces, ou refufées au théâtre depuis cent ans, ou qui n'y ont paru qu'une ou deux fois, ou qui n'ont point été imprimées, ou qui l'ayant été font oubliées, prouvent affez la prodigieufe difficulté de cet art.

Il faut raffembler dans un même lieu, dans une même journée, des hommes et des femmes au-deffus du commun, qui, par des intérêts divers, concourent à un même intérêt, à une même action. Il faut intéreffer des fpectateurs de tout rang et de tout âge, depuis la première fcène jufqu'à la dernière ; tout doit être écrit en vers, fans qu'on puiffe s'en permettre ni de durs, ni de plats, ni de forcés, ni d'obfcurs.

S C E N E   V I I I   et dernière.

V. 5o. . . . . C'eſt par lui que je règne.

Rien ne prouve mieux l'ignorance où le public était alors de l'hiſtoire de ſes voiſins. Il ne ſerait pas permis aujourd'hui de dire qu'*Eliſabeth* régnait par le comte d'*Eſſex*, qui venait de laiſſer détruire honteuſement en Irlande la ſeule armée qu'on lui eût jamais confiée.

V. 52. Par lui, par ſa valeur, ou tremblans, ou défaits,
    Les plus grands potentats m'ont demandé la paix.

Il n'y a guère rien de plus mauvais que la dernière tirade d'*Eliſabeth*. *Les plus grands potentats, par Eſſex tremblans, lui ont demandé la paix, après qu'elle doit tout à ſes fameux exploits. Qui eût jamais penſé qu'il dût mourir ſur un écha-faud! quel revers!* On voit aſſez que ces froides réflexions font tout languir; mais le dernier vers eſt fort beau, parce qu'il eſt touchant et paſſionné.

        Feſons que, d'un infame et rigoureux ſupplice,
        Les honneurs du tombeau réparent l'injuſtice.
        Si le ciel à mes vœux peut ſe laiſſer toucher,
        Vous n'aurez pas long-temps à me la reprocher.

AVIS DU COMMENTATEUR

Sur les comédies de Corneille.

Sɪ les hommes ne songeaient qu'à perfectionner leur goût et leur raison par les livres, les bibliothéques feraient moins nombreuses et plus utiles ; mais on veut avoir tout ce qu'on a écrit sur une matière, et tout ce qu'un homme célèbre a écrit de mauvais comme de bon ; dût-on ne le jamais lire.

Cette espèce d'intempérance, dans ceux qui recherchent les livres, est plus pardonnable à l'égard de *Pierre Corneille* que de tout autre. Ses comédies, qu'on a rejetées à la fin de cette édition, sont à la vérité indignes de notre siècle ; mais elles furent long-temps ce qu'il y avait de moins mauvais en ce genre, tant nous étions loin d'avoir la plus légère connaissance des beaux arts. *Pierre Corneille* ouvrit la carrière du comique, et même de l'opéra, comme nous l'avons remarqué. On verra dans ces comédies, qu'on ne joue plus depuis *Molière*, des vers quelquefois très-bien faits, et des étincelles de génie qui fesaient voir combien l'auteur était au-dessus de son siècle.

Fin du Commentaire sur Corneille.

TABLE

DES PIECES

CONTENUES DANS CE VOLUME.

VERS

Comment. fur Corneille. **Tome II.** F f

Fin de la Table.

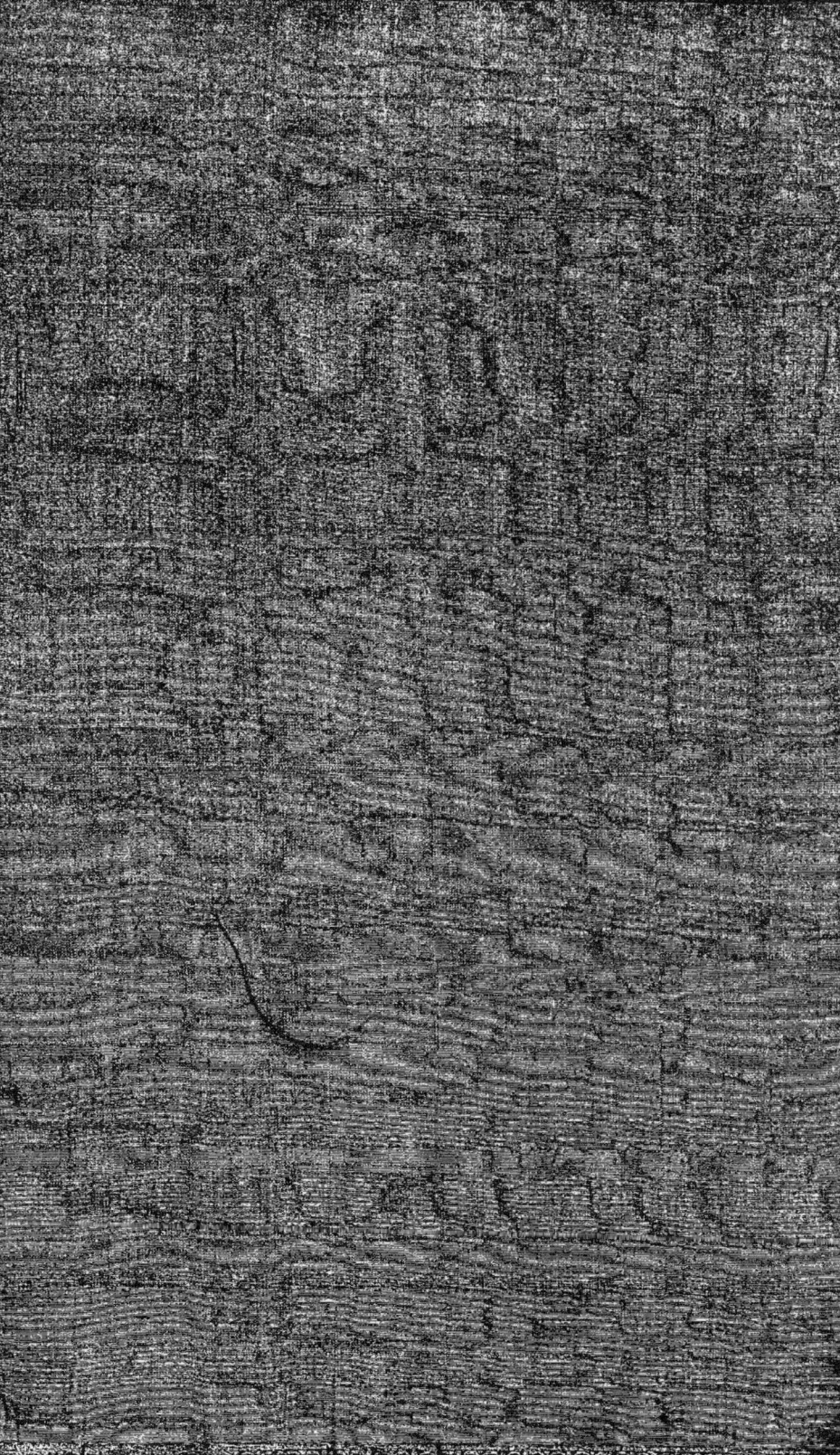

VOLTAI

5 I

COMMEN

SUR CORN

TOM II